Kate Logan wurde 1971 als Tochter deutscher Eltern in Seattle, Washington, geboren. Schon als Kind entdeckte sie ihre Liebe zum Schreiben. Heute lebt und arbeitet sie in ihrer Wahlheimat München.

Von der Autorin bisher im Verlag Carl Ueberreuter erschienen:
Der Geist, der mich liebte

Kate Logan

Nicht alle Geister lieben mich

UEBERREUTER

Das säurefreie und alterungsbeständige Papier EOS liefert Salzer, St. Pölten
(hergestellt aus chlorfrei gebleichtem Zellstoff aus nachhaltiger Forstwirtschaft).

ISBN 978-3-8000-5606-4

Umschlaggestaltung von Nele Schütz Design, München,
unter Verwendung von Fotos von © Michael Trevillion

Gedruckt in Österreich
1 3 5 7 6 4 2

Ueberreuter im Internet: www.ueberreuter.at

1

Ich hetzte den Hügel hinauf, als wäre eine Horde Zombies hinter mir her.

Die Narbe an meinem Bauch pulsierte und meine Waden schmerzten so heftig, dass es nur noch eine Frage der Zeit war, bis meine Beine den Dienst versagten. Trotzdem weigerte ich mich stehen zu bleiben, gestattete mir lediglich, ein wenig langsamer zu laufen. Ich wollte es endlich hinter mich bringen. Ich *musste* es hinter mich bringen. Die Ungewissheit fraß mich auf, und es hatte mich all meine Geduld gekostet, zumindest bis zum Einbruch der Dämmerung zu warten, bevor ich mich auf den Weg machte.

Die feuchtkalte Oktoberluft brannte in meinen Lungen und mit jedem Atemzug tanzten flimmernde Punkte vor meinen Augen. Ich hätte in meinem alten Käfer sitzen und gemütlich den Hügel nach oben fahren können, aber ich hatte mich gegen die bequeme Variante entschieden. Wenn jemand kam, wollte ich in der Lage sein, unbemerkt zu verschwinden, und solange mein Käfer keinen Unsichtbarkeitsknopf hatte, war der Fußmarsch die einzige Alternative.

Ich hielt mich am Rand des Gehwegs, dicht an den Bäumen, bereit, beim ersten auffälligen Laut zwischen dem Grünzeug abzutauchen. Das Keuchen und Pfeifen, das mit jedem Atemzug aus meinem Mund entwich, ließ mich allerdings bezweifeln, dass ich es überhaupt bemerken würde, wenn jemand käme.

Eine Hand auf die Narbe an meinem Bauch gepresst, lief ich weiter. Ich war erst gestern aus dem Krankenhaus entlassen worden und nach Cedars Creek zurückgekehrt. Entgegen dem Rat der Ärzte, mich zu schonen, hatte ich den gestrigen Tag damit verbracht, Tante Fionas Sachen in Kartons zu packen und diese in der Garage zu stapeln – zumindest bis Nicholas bei Einbruch der Nacht erschienen war.

Ich warf einen Blick zum Himmel, der immer mehr an Licht und Farbe verlor. Nicht mehr lange, dann würde ich Nicholas wiedersehen.

Nachdem ich einmal tief durchgeatmet hatte, beschleunigte ich meinen Schritt wieder und folgte der gewundenen Straße weiter nach oben, bis zur letzten Kurve. Das Crowley-Anwesen tauchte so unvermittelt vor mir aus der Dämmerung auf, dass ich wie versteinert innehielt. Die dunklen Fenster starrten mir entgegen wie leere Augenhöhlen. Na wunderbar. Drei Wochen ohne Kabelfernsehen im Krankenhaus und ich war so sehr auf Horrorfilmentzug, dass ich bereits in einem harmlosen Haus ein Monster sah. Dabei war der Anblick des Hauses nichts, verglichen damit, was mich drinnen erwartete. So eilig ich es auch gehabt haben mochte, hier heraufzukommen, jetzt wünschte ich mir, kehrtmachen und wieder verschwinden zu können. Meine Beine zuckten. Kies knirschte unter den Sohlen, als ich mein Gewicht verlagerte.

Nein!

Ich würde nicht davonlaufen!

Allerdings brachte ich auch nicht den Mut auf, meinen Weg fortzusetzen. Ich stand einfach nur da und starrte das Haus an, bei dessen Anblick dunkle Bilder von vergangenen Erlebnissen in mir aufstiegen. Erst ein kühler Hauch an meiner linken Seite befreite mich aus meiner Lähmung. Nicholas. Zu wissen, dass er hier war, auch wenn ich ihn im Augenblick nur spüren, aber nicht sehen konnte, gab mir meine Entschlossenheit zurück. Ich verdrängte die aufkeimenden Erinnerungen und lenkte meine Aufmerksamkeit auf die Überwachungskameras an den Hausecken. Die kleinen roten

Lichter, die anzeigten, dass die Anlage in Betrieb war, waren erloschen. Ebenso tot wie ihr Besitzer.

Getrieben von dem Wunsch, es hinter mich zu bringen, lief ich die Auffahrt hoch, umrundete Adrians Jeep, der noch immer so dastand wie an jenem Abend, an dem ich das letzte Mal hier gewesen war, und ging zur Tür.

Wochenlang hatte ich damit gerechnet, dass Sheriff Travis jeden Moment mit einem Haftbefehl an meinem Krankenbett erscheinen würde. Als er schließlich kam, trug er weder seine Polizeiuniform noch stellte er die Fragen, die ich erwartet hatte. Er erkundigte sich lediglich danach, wie es mir ging und was geschehen war. Und er ließ mir ein Buch da, das meine Fantasie mehr ankurbelte als alles, was ich mir vor seinem Besuch ausgemalt hatte. *Wer die Wahrheit kennt.* So ein Buchtitel konnte unmöglich ein Zufall sein! Der Sheriff wusste etwas – unglücklicherweise konnte ich ihn nicht fragen, was das war.

Bei seinem Besuch hatte er Adrian mit keinem Wort erwähnt, ebenso wenig das Anwesen. Es bestand also die Möglichkeit, dass Adrians Leichnam immer noch unentdeckt dort drinnen lag und ich meine Spuren beseitigen konnte, ehe mich jemand mit seinem Tod in Verbindung bringen konnte. Schon bei dem Gedanken an all das Blut – *mein* Blut – wurde mir ganz schlecht. Wie eine Leiche nach ein paar Wochen roch, wollte ich mir gar nicht erst vorstellen. Ich würde es früh genug herausfinden.

An der Tür angekommen blieb ich stehen. Ich zog ein Paar Latexhandschuhe aus meiner Jackentasche, streifte sie über und griff nach der Taschenlampe, die ich an meinem Gürtel befestigt hatte. Immer wieder sah ich mich nach allen Seiten um und rechnete damit, mich jeden Moment im Scheinwerferlicht eines um die Kurve biegenden Wagens wiederzufinden.

»Das wird nicht passieren«, versuchte ich mich selbst zu beruhigen.

Das Herrenhaus war das letzte Gebäude auf dem Hügel – das *einzige* Gebäude. Die Straße war kaum befahren und von meinem Haus bis hierher gab es keine anderen Häuser. Adrian hatte gezwungenermaßen ein sehr zurückgezogenes Leben geführt, sodass ich mich kaum um plötzlichen Besuch sorgen musste. Schon eher darum, dass ihn jemand in der Distillery vermisste und hierherkam, um nach dem Rechten zu sehen. Wie groß war die Wahrscheinlichkeit, dass der Boss wochenlang verschwand und niemand nach ihm suchte? Vielleicht hatte Adrian seinen Angestellten erzählt, auf Geschäftsreise zu sein. Eine Ausrede, die er auch mir gegenüber erfolgreich benutzt hatte, um sein Hexenwerk samt Nebenwirkungen zu verbergen.

Die Tür, die Nicholas aus den Angeln gerissen hatte, um mich zu retten, lehnte am Rahmen. Als ich vorsichtig dagegendrückte, wäre sie beinahe nach innen gefallen. Ich schob sie weit genug zur Seite, um mich durch den Spalt zu zwängen, und wappnete mich gegen den Gestank. Doch statt der erwarteten Mischung aus Verwesungsgeruch und Blut schlug mir eine Wolke von Zitronenaroma entgegen – Putzmittel.

Im Haus war es bereits so düster, dass ich nur die Umrisse der Treppe im Halbdunkel ausmachen konnte. Ich knipste die Taschenlampe an und holte zischend Luft, als ich die sauberen Holzdielen sah. Meine Hand zitterte, während ich den Lichtschein über den sauberen Boden wandern ließ. Wo war das Blut? Meine Augen flogen zu der Stelle, an der Adrians Leichnam gelegen hatte.

Er war fort.

Was zum Teufel war hier los?

War es möglich, dass Adrian am Leben war?

Hatte der Trank, den er all die Jahre geschluckt hatte, ihn zurückgeholt?

Ein kühler Luftzug fuhr wie eisiger Atem über meinen Nacken und ließ mich herumfahren. Ein Paar leerer Augen starrte mir aus dem Halbdunkel entgegen. Ich stolperte zurück und riss die Taschenlampe hoch. Der Lichtstrahl traf auf die Stammesmaske, die Teil des Geisterbanns gewesen war, der Nicholas vom Haus ferngehalten hatte. Ich hatte sie in der Nacht heruntergerissen, in der ich beinahe gestorben war. Jemand hatte sie wieder an den Haken auf der Innenseite der Tür gehängt. Nichts weiter als ein nutzloses Stück Holz. Trotzdem schlug mir das Herz bis zum Hals. Es dauerte einen Moment, bis mir klar wurde, dass es kein Atem gewesen war, den ich gespürt hatte – bloß der Wind, der durch die angelehnte Tür hereinwehte.

Nur widerwillig drehte ich der Tür wieder den Rücken zu. Ich dachte daran, auf Nicholas zu warten – es konnte nicht mehr lange dauern, bis er endlich sichtbar wurde –, doch ich konnte hier nicht einfach herumstehen. Nicht in diesem Haus.

Ich durchquerte die Halle bis zur Kellertür, die Lampe auf den Boden gerichtet. Abgesehen von einer dünnen Staubschicht auf dem Holz gab es nicht die geringste Spur. Nichts deutete darauf hin, was hier geschehen war.

An der Kellertür angekommen zögerte ich. Die Kälte, die ich jetzt verspürte, war anders als der Luftzug, der mich vorhin erschreckt hatte. Dieses Mal lag etwas Vertrautes darin – eine sanfte Berührung, die mir Mut zusprechen sollte. Auch wenn ich ihn noch nicht sehen konnte, wusste ich, dass Nicholas dicht neben mir stand. So dicht, als wolle er mich antreiben, das Unvermeidbare nicht noch länger aufzuschieben. Entschlossen packte ich den Knauf und riss die Tür auf. Der Zitrusgeruch war auch hier überall und ließ keinen Zweifel daran, dass, wer auch immer im Haus gewesen war, vor dem Keller nicht haltgemacht hatte.

Ich leuchtete auf die Stufen vor mir und folgte der Treppe langsam nach unten, jeden Winkel mit dem Lichtschein abtastend. Auch hier war nirgendwo Blut. Womöglich sollte ich erleichtert sein, dass jemand den Beweis meiner Anwesenheit entfernt hatte, doch solange ich nicht wusste, *wer* dafür verantwortlich war, konnte ich nicht einmal im Ansatz daran denken, aufzuatmen.

Am Fuß der Treppe angekommen ging ich, ohne noch einmal stehen zu bleiben, zum Labor. Es kostete mich all meine Überwindung, die Tür zu öffnen – als ich es tat, stieß ich sie so heftig auf, dass sie gegen die Wand knallte. Da es hier keine Fenster gab, durch die mich das Licht hätte verraten können, tastete ich nach dem Lichtschalter und legte ihn um. Die nackte Glühbirne, die über dem OP-Tisch von der Decke baumelte, schaffte es kaum, den Raum zu erhellen. Im Zusammenspiel mit der niedrigen Steindecke verlieh das schwache Licht dem Labor etwas Beklemmendes.

Obwohl es mir widerstrebte, bewegte ich mich langsam vorwärts. Die Erinnerung an das, was in diesem Raum geschehen war, blitzte in einem Gewitter verstörender Bilder vor meinem inneren Auge auf und ließ die Narbe an meinem Bauch pulsieren. Im Raum war es so kalt, dass ich Nicholas' Nähe nicht länger spüren konnte. Ich rieb mir über die Arme, um die Gänsehaut zu vertreiben, die sich über meine Haut ausbreitete.

Der Geruch von Putzmittel war hier noch stärker als im Rest des Hauses. Der Stahltisch, auf dem Adrian mir den Bauch aufgeschlitzt hatte, war blank poliert, jede Spur von Blut fort. Der Rollwagen, auf dem Adrians Werkzeug gelegen hatte, war wieder aufgestellt worden, die Blechschale und das OP-Besteck lagen nicht mehr darauf. Ebenso war die Apparatur mit all ihren Glaskolben, Schläuchen und dem Bunsenbrenner verschwunden, mit der er das Elixier gebraut hatte, das mich beinahe das Leben gekostet hätte.

Ich war vor ein paar Wochen nach Cedars Creek gekommen, um das Haus meiner Tante zu renovieren und zu verkaufen. Tante Fiona war überraschend verstorben und hatte mir ihren Besitz hinterlassen. Wie sich herausstellte, war das Haus jedoch alles andere als unbewohnt – ich teilte es mit einem Geist. Zusammen mit Tess, die ich in der Bibliothek kennengelernt und mit der ich mich angefreundet hatte, suchte ich nach einem Weg, den Geist zu vertreiben. Tess, die ein großes Interesse für Esoterik hegte, nannte es, »ihm seinen Frieden schenken«. Das war allerdings gründlich schiefgegangen und hatte lediglich den Effekt gehabt, dass wir Nicholas' Anwesenheit ab da nicht nur spüren, sondern ihn nach Einbruch der Dunkelheit auch sehen konnten.

Wie sich herausstellte, war er der vor fünfzig Jahren verstorbene Sohn von Cedric Crowley, jenem Mann, der nach dem Ende der Prohibition die Crowley Distillery begründet hatte und zum größten Arbeitgeber im Ort geworden war.

Das Haus, in dessen Keller ich jetzt stand, war damals nichts weiter als ein Haufen Schutt gewesen, die Überreste einer Brandruine, in der Ende des 17. Jahrhunderts die Baker-Schwestern verbrannt worden waren, nachdem die Dorfbewohner sie der Hexerei für schuldig befunden hatten. Cedric ließ das neue Anwesen auf den Ruinen des Baker-Hauses erbauen und zog mit seiner Frau und seinen beiden Söhnen Adrian und Nicholas ein.

Beim Stöbern im Keller fanden die beiden – versteckt in den Fundamenten des abgebrannten Hauses – ein altes Buch und darin Formeln, Sprüche und Riten. Obwohl Adrian von dem Buch fasziniert war, setzte sich Nicholas mit seinem Wunsch, es zu vernichten, durch. Noch in derselben Nacht warf er es in den Küchenofen, nicht ahnend, dass Adrian es aus den Flammen retten und verstecken würde.

Im Laufe der Jahre begann Adrian, sich das Buch zunutze zu machen. Kleine Täuschungen, die ihn älter wirken ließen, ermöglichten es ihm, das Haus unbemerkt zu verlassen, auch wenn seine Eltern es ihm verboten hatten. Es war eine der Formeln, die nach den Flammen des Ofens noch halbwegs zu entziffern waren. Diese und eine weitere, die ewiges Leben versprach. Letztere war es, die Nicholas Sorgen bereitete. Er warnte Adrian davor, sie anzuwenden, und der versprach, die Finger davon zu lassen.

Das Schicksal jedoch hatte andere Pläne.

Nach einem Unfall, der Adrian beinahe das Leben kostete, schwor er sich, niemals zu sterben. Er begann mit den noch lesbaren Teilen der Formel zu experimentieren und schließlich gelang es ihm, die Lücken zu füllen. Das Ergebnis war ein Elixier, das ihn nicht nur unsterblich machen, sondern auch seine Jugend erhalten sollte.

Einmal platzte Nicholas versehentlich mitten in seine Experimente. Er erwischte Adrian in einem Kreidekreis, wo er eine Katze bei lebendigem Leib ausweidete. Es kam zum Streit, in dessen Verlauf Nicholas das Buch an sich brachte, um es ein für alle Mal zu vernichten. Adrian verfolgte ihn durchs Haus und stellte ihn auf der Galerie zum ersten Stock. Im darauf folgenden Gerangel verpasste Adrian seinem Bruder einen Tritt, der ihn aus dem Fenster stürzen ließ.

Ich hatte Nicholas' Gesicht noch lebhaft vor Augen, als er mir von seinem eigenen Tod erzählte, beherrscht und frei von Hass. Adrian hatte ihn ermordet und trotzdem versuchte er noch immer den Bruder in ihm zu sehen, der er früher einmal gewesen war – bevor die Hexerei sein Wesen verändert hatte und er zu einem Menschen geworden war, der sich nicht länger um das Schicksal anderer scherte.

Ein paar Wochen nach Nicholas' Tod kam Adrian eines Nachts an sein Grab und verbrannte das Buch, das so viel Unheil über die Brüder gebracht hatte.

Nicholas geisterte nun schon seit über 50 Jahren herum, doch er sah noch immer aus wie der Mann Ende zwanzig, als der er gestorben war. Im Laufe der Wochen, die wir zusammen in Tante Fionas Haus verbrachten, lernte ich ihn besser kennen, und ganz egal, wie oft ich auch mit dem Schicksal haderte, mich ausgerechnet in einen Geist zu verlieben, es änderte nichts an meinen Gefühlen. Ich hatte es wahrlich versucht. Meine Güte, ich hatte sogar mit seinem Großneffen Adrian junior geflirtet und mir einzureden versucht, dass er die bessere Wahl sei – gut aussehend, reich und eindeutig lebendig. Nicholas hatte mich auch noch ermuntert, mich mit Adrian zu treffen; denn sosehr er mich liebte, so wenig wünschte er sich für mich, dass ich mein Leben in einer Kleinstadt, an einen Geist gebunden, verbringen sollte, den ich nur berühren konnte, wenn er sich vorher etwas von meinem Atem genommen hatte.

Abgesehen davon, dass sich meine Gefühle für ihn nicht einfach so abstellen ließen, entpuppte sich Adrian als denkbar schlechte Wahl. Vermutlich hätte ich misstrauisch werden sollen, dass sich ein Mann wie Adrian überhaupt für jemanden wie mich interessierte. Nicht dass ich hässlich war oder langweilig, nichtsdestotrotz spielte Adrian in einer anderen Liga. Wären wir uns in Minneapolis oder irgendeiner anderen Großstadt begegnet, hätte mich jemand wie er nicht einmal bemerkt. Anfangs dachte ich, es läge an der Umgebung, dass er Notiz von mir nahm – zwei Großstädter, die es gegen ihren Willen in die Provinz verschlagen hatte und die sich deshalb zusammentaten –, doch auch das erwies sich als Irrtum.

An jenem Abend, an dem mich Adrian von zu Hause abholte, um mich zum Essen auszuführen, bekam Nicholas ihn das erste Mal zu Gesicht. Das Ganze war ziemlich dramatisch und ich dachte schon, Nicholas wäre vollkommen durchgedreht, als er versuchte Adrian anzugreifen. Sobald er merkte, dass er damit nichts erreichen würde – er konnte Adrian weder berühren noch ihm sonst irgendwie schaden –, versuchte er mich davon zu überzeugen, im Haus zu bleiben. Er drängte mich in eine Ecke und nahm gewaltsam meinen Atem. Plötzlich materiell geworden spürte ich seine Kraft und wusste, dass ich ihm nichts entgegenzusetzen hatte. Statt jedoch das Leben aus mir herauszusaugen, gab er mich schlagartig frei, entsetzt angesichts dessen, was er mir fast angetan hätte. Obwohl er mich sofort um Verzeihung bat, jagte mir sein Verhalten so viel Angst ein, dass ich aus dem Haus flüchtete.

Das Essen bei Adrian war dann alles andere als ein Vergnügen. Ich war viel zu abgelenkt, als dass ich mich auf das Date hätte konzentrieren können. Glücklicherweise fand der Abend ein frühes Ende.

Meine Furcht vor Nicholas war jedoch so groß, dass ich in jener Nacht im Hotel schlief. Am nächsten Morgen wollte ich zu Tess, um ihr von Nicholas' Angst einflößendem Verhalten zu erzählen. Doch Tess war tot. Erstickt. Dieselbe Todesursache, die man bei mir festgestellt hätte, wenn Nicholas mit meinem Atem das Leben aus mir gesaugt hätte, um selbst wieder lebendig zu werden.

Aber das war nicht möglich. Nicholas konnte nicht zu Tess gelangt sein, denn er war an den Umkreis des Friedhofs gebunden – zumindest dachte ich das, bis ich seine kühle Gegenwart neben mir spürte. Fernab des Friedhofs. Es war für ihn nicht leicht, mich zu stellen, und noch schwieriger, mich dazu zu bringen, ihm zuzuhören. Als er mich schließlich in die Enge trieb, war meine Panik so groß, dass mir nicht einmal auffiel, dass er lebendig sein müsste, wenn er Tess das Leben ausgesaugt hätte. Doch er war immer noch ein Geist.

Den Atem, den er mir genommen hatte, hatte er genutzt, um Tess anzurufen und sie dazu zu bringen, ein Ritual durchzuführen, damit er nicht länger an den Friedhof gebunden war. Es war jedoch Adrian gewesen, der Tess umgebracht hatte – jener Adrian, in dessen Wohnzimmer ich wenige Stunden zuvor noch gesessen hatte. Er hatte sie mit einer Tüte erstickt, wohl wissend, dass ich Nicholas verdächtigen würde.

Doch das war noch längst nicht alles. Der junge Mann, der sich mir als Adrian Crowley junior vorgestellt hatte, war in Wahrheit Nicholas' Bruder. Wie sich herausstellte, hatte er das Buch damals an Nicholas' Grab nur verbrannt, weil er längst Ersatz dafür gefunden hatte. Er hatte nie aufgehört seine Experimente voranzutreiben, und mittlerweile war es ihm gelungen, ein Elixier zu brauen, das ihn jung hielt. So gab er sich als sein eigener Enkel aus, der die Geschäfte der Distillery führte, während der vermeintlich gebrechliche Großvater angeblich im Herrenhaus ein zurückgezogenes Leben führte. Nach Jahren der Anwendung ließ die Wirkung des Elixiers jedoch immer schneller nach. Hatte der Effekt zu Beginn noch jahrelang angehalten, dauerte es mittlerweile nur noch ein paar Tage, bevor sein Körper zu altern begann und er den nächsten Schuss brauchte. Bei seinen Nachforschungen war er auf eine Möglichkeit gestoßen, die Wirkung dauerhaft zu machen. Dazu jedoch benötigte er Hexenblut.

Zu meinem Unglück war ausgerechnet ich, die harmlose Samantha Mitchell, eine entfernte Nachfahrin der Baker-Schwestern, jener Hexen, die damals in ihrem Haus verbrannt worden waren. Das war der wahre Grund, warum sich Adrian für mich interessiert hatte.

Nicholas und ich schmiedeten einen Plan, wie wir Adrian das Handwerk legen, sein Labor und seine Bücher vernichten und ihn so ein für alle Mal von seinem Elixier abschneiden könnten. Adrian jedoch war uns einen Schritt voraus, und so fand ich mich kurz darauf in seinem Keller auf dem OP-Tisch wieder, dessen spiegelblank polierte Oberfläche ich jetzt anstarrte – Nicholas durch einen Geisterbann vom Haus und von mir ferngehalten.

Adrian schlitzte mir den Bauch auf, um mich ausbluten zu lassen. Er hätte einfach eine Arterie nehmen können, dann hätte ich nicht die geringste Chance gehabt, aber vielleicht hatte er es auch auf meine Organe abgesehen. Darüber, ob diese eine Rolle in dem Ritual spielten – wie die Organe der ausgeweideten Katzen –, weigerte ich mich noch immer nachzudenken. Dass der Schmerz mich nicht umgehauen hatte, war allein dem Betäubungsmittel zuzuschreiben gewesen, das er mir verabreicht hatte.

Dank meines Pfeffersprays schaffte ich es zumindest bis nach oben und konnte den Geisterbann durchbrechen. Den Rest erledigte Nicholas.

Nachdem ich ihm bereits zuvor von meinem Atem gegeben hatte, war er noch materiell genug, um Adrian in einen Kampf zu verwickeln. Die Wirkung von Adrians Elixier war nahezu verbraucht, und als Nicholas seinen Atem nahm, holte ihn sein wahres Alter mehr und mehr ein, bis nur noch der Leichnam eines alten Mannes übrig blieb.

Durch Adrians Atem ins Leben zurückgekehrt brachte Nicholas mich aus dem Haus und trug mich die Straße hinunter. Ich erinnerte mich nicht mehr an viel, was in diesen Momenten geschah, das Entsetzen jedoch, das ich verspürte, als Nicholas mir seinen Atem gab, um meinen Tod zu verhindern, brannte sich unauslöschlich in mein Gedächtnis ein.

Als Letztes erinnerte ich mich daran, dass Nicholas plötzlich fort war und Sheriff Travis über mir kniete. Dann war da eine lange Zeit nichts mehr, ehe ich im Krankenhaus wieder zu mir kam. Nicholas war bei mir, und für einen Moment war ich erleichtert, ihn am Leben zu wissen. Dann jedoch sah ich, wie eine der Schwestern geradewegs durch ihn hindurchmarschierte, und erkannte die Wahrheit: Er hatte sein eigenes Leben geopfert, um meines zu retten.

Selbst heute wusste ich noch nicht, ob ich darüber wütend, erleichtert oder traurig sein sollte. Nicholas behauptete zwar, dass es ihm nichts ausmachen würde, immerhin sei er diesen Zustand nun seit über fünfzig Jahren gewohnt, mir jedoch machte es sehr wohl etwas aus.

In den letzten Wochen hatte ich gelernt, meinen Atem zu dosieren und ihn Nicholas zu geben, um ihn berühren zu können und mich von ihm berühren zu lassen. Wir waren gut darin geworden, die richtige Dosis zu finden. Trotzdem war es zu wenig. Nicholas hatte so viel mehr verdient als dieses geisterhafte Dasein.

Der Mord an ihm war gesühnt, er hätte seinen Frieden finden müssen, doch er war immer noch hier. Er vermutete, dass es etwas mit dem Ritual zu tun hatte, durch das er sichtbar geworden war, vielleicht auch damit, dass er für kurze Zeit wieder lebendig gewesen war. Woran es auch liegen mochte, er störte sich nicht daran.

Obwohl nichts mehr daran erinnerte, was in diesem Gewölbe geschehen war, konnte ich den Anblick des OP-Tisches nicht länger ertragen. Statt nach weiteren Spuren zu suchen, machte ich kehrt und wollte aus dem Raum flüchten, als plötzlich eine Gestalt vor mir aufragte. Mit einem Schrei fuhr ich zurück, einen Moment lang davon überzeugt, Adrian vor mir zu haben. Als der Mann jedoch nach mir griff und seine Hand durch meinen Arm glitt, atmete ich erleichtert aus.

Nicholas machte einen Schritt auf mich zu und blieb abrupt stehen, als sei ihm schlagartig bewusst geworden, dass er mich nicht berühren konnte. »Entschuldige. Ich wollte dich nicht erschrecken.«

Das wollte er nie und trotzdem schaffte er es regelmäßig, dass mir beinahe das Herz stehen blieb, wenn er nach Einbruch der Dunkelheit plötzlich sichtbar wurde. Mir war klar, dass es nicht mit Absicht geschah. Es war ja nicht so, dass er sich an mich heranschlich, um mich mit einem lauten »Buh!« an die Decke zu jagen. Vielmehr wurde er einfach an der Stelle sichtbar, an der er gerade stand, ohne sich der Tatsache bewusst zu sein, dass ich nicht jedes Mal, wenn ich mich umdrehte oder den Kopf hob, damit rechnete, ihn zu sehen.

Ich schlüpfte an ihm vorbei aus dem Labor und lehnte mich im Gang mit dem Rücken gegen die Wand. Kälte kroch aus dem Mauerwerk, durchdrang meine Jacke und den Pullover darunter und fraß sich langsam in meine Haut.

Dieses Mal spürte ich Nicholas' Nähe, und als ich den Kopf hob, blickte ich in seine kantigen Züge. Er musterte mich besorgt aus diesen unglaublich blauen Augen, die mich vom ersten Moment an in ihren Bann gezogen hatten. Er war von meinem Plan, hierherzukommen nicht sonderlich begeistert gewesen, und hatte nur zugestimmt, weil er begriffen hatte, wie wichtig es für mich war, herauszufinden, ob jemand von den Ereignissen im Haus wusste. Abgesehen davon hätte er mich in seiner körperlosen Gestalt auch nur schwer davon abhalten können.

»Alles in Ordnung, Sam?«

Ich brachte ein schiefes Lächeln zustande. »Nein, nicht wirklich.«

Er kam noch einen Schritt näher, seine Lippen ganz nah an meinen. Ich atmete aus und sah, wie er meinen Atem in sich aufnahm. Seine Lippen streiften meine in einem sanften Kuss. Einen Herzschlag später spürte ich seine Arme und lehnte mich erleichtert an seine Brust. Die Kälte, die seine

Gegenwart verströmte, machte mir nichts aus, daran hatte ich mich längst gewöhnt, und das leise Frösteln, das mich von Zeit zu Zeit noch überfiel, ließ sich mit einem dickeren Pulli leicht beheben.

»Jemand hat aufgeräumt«, sagte ich an seiner Schulter. »Es ist alles sauber.«

»Die Spurensicherung?«

Ich hatte nirgendwo ein Absperrband gesehen und auch keine Reste des Pulvers, mit dem die Polizei Fingerabdrücke sichtbar machte. Überhaupt war alles viel zu ordentlich, als dass hier ein Horde Cops durchgetrampelt sein könnte. Wenn man einmal vom scharfen Geruch des Putzmittels absah, unter den sich der modrige Geruch des Kellers mischte, gab es nicht den geringsten Hinweis darauf, dass jemand im Haus gewesen war. Soweit ich wusste, hatte Adrian niemanden gehabt, der sich um das Haus kümmerte – das hatte er sich gar nicht erlauben können angesichts der Dinge, die er in seinem Labor trieb.

»Wenn es die Spurensicherung gewesen wäre, hätte längst jemand vor meiner Tür gestanden.« Sheriff Travis beäugte mich schon seit geraumer Zeit mit Misstrauen – kein Wunder angesichts der Tatsache, dass mein Name mit so ziemlich jedem Verbrechen in Verbindung stand, das seit meiner Ankunft in Cedars Creek begangen worden war. »Ich wünschte, ich wüsste, was hier passiert ist!«

»Wenn du mich fragst, machst du dir zu viele Sorgen.« Nicholas schloss seine Arme enger um mich und strich mir über den Rücken. »Nichts von alldem lässt sich zu dir zurückverfolgen, solange deine Fingerabdrücke nirgendwo gespeichert sind. Du wurdest doch noch nie verhaftet, oder?«

»Natürlich nicht.«

»Dann können sie dich auch nicht mit den Ereignissen hier in Verbindung bringen.«

Vielleicht nicht nach den Ermittlungsmethoden, die es zu seinen Lebzeiten gegeben hatte. Seit den 50er-Jahren hatte sich die Polizeiarbeit jedoch weiterentwickelt. Ich dachte an DNA-Spuren und an das viele Blut, das man hier von mir gefunden haben musste. Andererseits konnten sie auch damit nichts anfangen, da meine DNA ebenso wenig in irgendwelchen Polizeidateien gespeichert war wie meine Fingerabdrücke. Es hatte durchaus seine Vorteile, dass ich mich an der Highschool und am College von den bösen Jungs ferngehalten hatte: Ein Abgleich meiner DNA und Fingerabdrücke würde ins Leere laufen.

Es sei denn, der Sheriff hatte einen anderen Weg gefunden. Doch das hielt selbst ich, mit meiner ansonsten blühenden Fantasie, für unwahrscheinlich. Sheriff Travis war kein Mensch, der Dinge auf die lange Bank schob. Wenn er Beweise hätte, die mich mit den Vorgängen im Haus in Verbindung brachten, hätte er mich längst damit konfrontiert.

Als Nicholas nichts mehr sagte, hob ich den Kopf und bemerkte, dass sein Blick auf das Labor gerichtet war. »Die Katzen«, sagte er dann und gab mich so schnell frei, dass ich um ein Haar das Gleichgewicht verloren hätte.

Adrian hatte sein Elixier aus dem Blut von Katzen gebraut – zumindest so lange, bis eine Nachfahrin der Hexen auf seinem Tisch gelandet war. Ich folgte Nicholas zu dem Raum, in dem sein Bruder die Tiere gehalten hatte.

Es erstaunte mich nicht, dass wir nichts weiter vorfanden als eine Reihe leerer Käfige und den intensiven Geruch von Zitrone. Ich hatte nicht die geringste Ahnung, wie lange eine Katze ohne Futter und Wasser überleben konnte, doch ich hoffte, dass sie rechtzeitig entdeckt worden waren.

Obwohl wir nicht viel Hoffnung hatten, noch etwas zu finden, sahen wir uns auch in den restlichen Kellerräumen um, ohne mehr zu entdecken als ein paar Lagerräume für

Lebensmittel und alte Möbel. Als wir in die Eingangshalle zurückkehrten und uns dem Wohnzimmer zuwandten, um unsere Erkundungen dort fortzusetzen, hielt Nicholas mitten im Schritt inne. So plötzlich, dass ich beinahe gegen ihn gelaufen wäre.

Die Augen zusammengekniffen starrte er auf die angelehnte Haustür. »Da kommt jemand.«

Kaum hatte er die Worte ausgesprochen, fiel der Lichtschein einer Taschenlampe durch eines der Fenster in die Eingangshalle. Der Lichtstrahl streifte Nicholas' schwarzes Haar. Ich griff nach seiner Hand und zog ihn zurück. Erst das amüsierte Funkeln in seinen Augen erinnerte mich daran, dass er sich mitten in die Tür stellen konnte, ohne von den Besuchern gesehen zu werden. Ich hielt noch immer sein Handgelenk umklammert, als mir der Fehler in diesem Gedankengang bewusst wurde.

»Geh sofort in Deckung!«, zischte ich.

Er öffnete den Mund, doch ehe ein Wort über seine Lippen kam, erlosch der amüsierte Glanz in seinen Augen. Offensichtlich hatte er ebenfalls begriffen, dass er – solange er meinen Atem in sich trug – so sichtbar war wie ein Zombie.

»Ich schätze, daran muss ich mich erst gewöhnen«, murmelte er und schob mich in den Schutz der Treppe. Sein Blick wanderte aufwärts.

Kommt nicht infrage! Er war schon einmal nach dort oben geflohen, als ihm unten die Fluchtwege abgeschnitten waren. Es hatte ihm den Tod gebracht. Auch wenn ich vermutete, dass die Neuankömmlinge mich schlimmstenfalls verhaften würden, legte ich es nicht darauf an, ein Risiko einzugehen.

Ich löste meine Finger von seinem Handgelenk, verwundert darüber, dass er sich mit keiner Silbe über meinen erschrockenen Klammergriff beschwert hatte, und wollte in Richtung Fenster.

Nicholas hielt mich zurück. »Lass mich das machen.«

»Du bist zu sehr daran gewöhnt, unsichtbar zu sein, um dich in deinem jetzigen Zustand unauffällig zu bewegen.«

Er setzte zu einem Widerspruch an, dann nickte er jedoch und ließ meinen Arm los. »Sei vorsichtig.«

Geduckt schlich ich zu einem der vorderen Fenster. Den Rücken an die Wand daneben gepresst, richtete ich mich vorsichtig auf und spähte hinaus.

In der Einfahrt stand ein dunkler Wagen. Polizei oder FBI, vermutete ich, dann jedoch sah ich den in der Windschutzscheibe klebenden Strichcode, der das Fahrzeug als Mietwagen auswies. Wer zum Henker kam mit einem Mietwagen hierherauf? In Cedars Creek gab es nicht einmal eine Autovermietung. Waren das Freunde von Adrian? Und wenn ja: des Juniors oder des Seniors?

Mein Blick wanderte vom Wagen zu den drei Gestalten, die sich auf die Haustür zubewegten. Ich kniff die Augen zusammen, um sie besser erkennen zu können, doch im Gegenlicht der Taschenlampen blieben es drei dunkle Silhouetten. Das Knirschen des Kieses wurde lauter, noch ein paar Schritte, dann hätten sie die Tür erreicht.

Ich huschte zu Nicholas zurück. »Wir müssen hier raus.«

Er schien mich nicht gehört zu haben. Sein Blick war konzentriert ins Nichts gerichtet, als lausche er auf etwas, was mir verborgen blieb. Zum ersten Mal fragte ich mich, ob seine Sinne feiner waren als meine. Dass er im Dunkeln deutlich besser sehen konnte als jeder Lebende, wusste ich bereits. Aber konnte er auch besser hören?

»Da stimmt etwas nicht.« Noch immer konzentriert kniff er die Augen zusammen, dann stieß er einen Fluch aus, bei dem ich nicht sicher war, ob es diese Worte in den 50er-Jahren bereits gegeben hatte, und löste sich vor meinen Augen in Luft auf. Großartig, ausgerechnet jetzt ging ihm mein Atem aus!

Aber selbst wenn er nicht länger genug von meiner Lebenskraft in sich hatte, um materiell zu sein, so hätte ich ihn zumindest noch sehen müssen. Doch Nicholas war fort. Nicht langsam verblasst, wie er es für gewöhnlich tat, wenn der Tag anbrach, sondern urplötzlich verpufft.

»Nicholas?«, fragte ich in die Leere hinein.

Ich glaubte ein Zischen zu hören, das wie »Verschwinde!« klang, doch es konnte ebenso gut der Luftzug gewesen sein, der durch den Türspalt hereinfuhr. Die Kälte, die, selbst wenn ich ihn nicht sehen konnte, ein sicheres Zeichen für seine Anwesenheit war, war fort.

Die Schritte auf dem Kies verstummten, vor der Tür waren gedämpfte Stimmen zu vernehmen. Ich schob mich seitwärts in Richtung des Durchgangs, der zum Wohnzimmer und zur Küche führte.

»... schnell sein«, hörte ich die raue Stimme eines Mannes, als die Tür zur Seite geschoben wurde. »Wir holen, weshalb wir gekommen sind, und verschwinden wieder.«

Ich unterdrückte ein Stöhnen. Das konnte auch nur mir passieren, dass sich ein paar Einbrecher ausgerechnet das Haus aussuchten, in das ich unberechtigt eingedrungen war. Ganz sicher wären sie nicht begeistert, mich hier zu finden. Eine Verhaftung durch die Cops erschien mir harmlos im Vergleich dazu, was mich erwarten mochte, wenn ich dieser Horde Verbrecher in die Hände fiel.

»Mir gefällt das nicht.« Dieses Mal sprach eine Frau. »Sieh dir die Tür an! Hier stimmt was nicht!«

»Denkst du, es ist jemand im Haus?« Eine dritte, dunklere Männerstimme.

Die Antwort darauf verstand ich nicht mehr. Ich hatte das Wohnzimmer erreicht. Glücklicherweise war die Tür nur angelehnt, sodass ich lautlos durch den Spalt schlüpfen konnte. Der Wunsch, die Tür hinter mir zu schließen, wurde lediglich von der Furcht übertroffen, dass mich ein Quietschen der Angeln verraten könnte. Obwohl ich mich mit der halb offenen Tür in meinem Rücken verwundbar fühlte, ließ ich sie, wie sie war. Da ich nicht wagte meine Taschenlampe zu benutzen, tastete ich mich an der Couch und den antiken Tischchen entlang auf das Esszimmer zu. Über dem Kamin waren die Umrisse des großen Gemäldes zu erkennen. Ich war erleichtert, dass mir die Dunkelheit den Anblick von Adrians Abbild ersparte.

Die Eindringlinge waren jetzt im Haus, ihre gedämpften Worte ein undeutliches Dröhnen in meinem Kopf. Ich konzentrierte mich darauf, versuchte herauszufinden, worüber sie sprachen, doch die Stimmen waren zu leise, als dass sie das Hämmern meines Herzschlags hätten übertönen können.

Dicke Teppiche dämpften meine Schritte, während ich mich langsam vorwärtsschob, darauf bedacht, nicht versehentlich gegen etwas zu stoßen und so die Aufmerksamkeit der Einbrecher auf mich zu lenken. Mit ein wenig Glück waren die drei bereits auf dem Weg nach oben, um die Schlafzimmer und das Arbeitszimmer nach Wertsachen zu durchsuchen. Bei meinem Glück in letzter Zeit war jedoch einer in der Eingangshalle geblieben, um Schmiere zu stehen. Zumindest befand ich mich im richtigen Teil des Hauses, sodass ich die Eingangshalle nicht noch einmal zu durchqueren brauchte – ich musste es nur bis in die Küche schaffen, dann konnte ich von dort durch die Hintertür verschwinden.

Jetzt nur keinen Fehler machen.

Obwohl ich am liebsten losgespurtet wäre, zwang ich mich, stehen zu bleiben und einmal tief durchzuatmen. Mein Herzschlag beruhigte sich ein wenig und auch das Blut rauschte nicht mehr ganz so laut in meinen Ohren, sodass ich die entstandene Stille nutzen und lauschen konnte.

Aus einiger Entfernung glaubte ich ein Rumpeln zu hören, ich hätte jedoch nicht einmal für eine Million Dollar sagen können, ob es von oben, aus dem Keller oder von sonst woher kam. Zumindest hörte es sich an, als wären die Einbrecher weit genug fort, um mir nicht in die Quere zu kommen.

Wir holen, weshalb wir gekommen sind, und verschwinden wieder. Das klang nicht gerade so, als hätten sie sich dieses Haus zufällig ausgesucht. Einen Moment lang war ich versucht zurückzuschleichen, um herauszufinden, wonach die drei suchten. Die Angst, erwischt zu werden, hielt mich jedoch davon ab. Wer hätte gedacht, dass Angst einen nicht nur um Jahre altern lassen konnte, sondern auch positive Seiten hatte – zum Beispiel jemanden davon abzuhalten, eine Dummheit zu begehen.

Ich kniff die Augen zusammen und suchte nach der Tür, die vom hinteren Teil des Wohnzimmers in die Küche führte. In Anbetracht all der Möbel, die ich auf dem Weg dorthin zu umrunden hatte, war die Gefahr groß, gegen etwas zu stoßen oder etwas umzuwerfen.

In der Eingangshalle knarrte eine Diele. Jemand rief etwas – die Stimme kam von oben, die darauf folgenden Schritte von unten. Sie hatten tatsächlich eine Wache unten zurückgelassen.

»Was?«, erklang es deutlich vom Fuß der Treppe.

»... Wohnzimmer«, kam die kaum verständliche Antwort von oben – die Frau. »Sieh nach ... dort vielleicht ... Tresor ...«

Auch wenn ich nicht alles verstanden hatte, genügte mir das, was ich gehört hatte, um zu wissen, dass ich in der Klemme steckte. Jeden Moment würde einer der Kerle hier hereinkommen. Dafür, mich langsam und vorsichtig zwischen den Möbeln hindurchzutasten, blieb keine Zeit mehr.

Mein erster Gedanke war, dass ich ein Versteck brauchte. Allerdings wurde mir schnell klar, dass das nicht sonderlich hilfreich war angesichts der Tatsache, dass diese Leute vermutlich das ganze Haus auf den Kopf stellen würden.

Auf der Suche nach einem Ausweg ließ ich meinen Blick durch den Raum gleiten, bis er am Durchgang zum Esszimmer hängen blieb. Dort drin gab es ebenfalls eine Tür zur Küche und ich konnte mir den Spießrutenlauf zwischen den Wohnzimmermöbeln hindurch sparen!

Mit großen Schritten eilte ich an der Rückseite der Couch entlang. Ich passierte gerade den gemauerten Rundbogen, der ins Esszimmer führte, als hinter mir die Tür zum Wohnraum geöffnet wurde. Ich schlug einen Haken nach links und drückte mich neben dem Durchgang gegen die Mauer. Vorsichtig schob ich meinen Kopf an die Ecke heran und spähte ins Wohnzimmer. Auf der Schwelle zwischen Wohnzimmer und Eingangshalle ragte eine schattenhafte Gestalt auf, in der einen Hand eine Taschenlampe, in der anderen etwas, was im Gegenlicht verdächtig nach einer Pistole aussah.

Der Schein der Taschenlampe tastete sich an der Couch entlang auf den Durchgang zum Esszimmer zu. Ich zog den Kopf zurück und presste mich an die Wand. Das Licht bewegte sich, kam näher, begleitet von dumpfen Schritten.

Komm nicht hier rein!, flehte ich in Gedanken.

Vor dem Durchgang verstummten die Schritte. Der Lichtschein wurde schwächer.

»Hallo Adrian«, vernahm ich die dunkle Stimme von vorhin. »Wollen wir doch mal sehen, was für ein Geheimnis du verbirgst.«

Wieder Schritte.

Das Gemälde! Er war auf der Suche nach einem Safe, und wo wäre so ein Ding besser versteckt als hinter einem Gemälde. Okay, es ging auch kaum offensichtlicher, trotzdem war ich heilfroh, als die Schritte sich wieder ein Stück entfernten, ehe sie erneut verstummten.

Ich hatte nicht die leiseste Ahnung, ob es tatsächlich einen Safe hinter Adrians Abbild gab, und ich wollte definitiv nicht lange genug bleiben, um es herauszufinden. Meine Knie waren weich und mein Herzschlag verfiel erneut in ein heftiges Hämmern, als ich mich von der Wand löste und zwischen Esstisch und Anrichte hindurch auf die Schwingtür am anderen Ende des Raumes zuhielt.

Ich drückte einen der beiden Flügel auf und war erleichtert, von den Scharnieren nicht mehr als ein leises *Klack* zu hören. Rasch schlüpfte ich in die Küche und ließ die Tür hinter mir an ihren Platz zurückgleiten.

Aus dem Esszimmer war kein Laut zu hören.

Ich hielt auf die Hintertür zu. Fahles Mondlicht fiel durch die Verglasung und wies mir den Weg. Nur noch ein paar Schritte. Ich streckte die Hand nach dem Türknauf aus – und hielt inne.

Was, wenn ich beim Öffnen der Tür den Alarm auslöste? Nein! Die Alarmanlage war abgeschaltet – immerhin waren die Überwachungskameras tot und die Eingangstür aus den Angeln gerissen gewesen. Allerdings reichte mein technisches Wissen nicht aus, um hundertprozentig sagen zu können, ob es nicht verschiedene Alarmschleifen gab und ein Teil davon nicht doch scharf geschaltet war.

Da ich keinen Steuerungskasten für die Alarmanlage ausmachen konnte, blieb mir nichts anderes übrig, als es auf direktem Weg herauszufinden. Ich drehte den Türknauf, riss die Tür auf und stürzte ins Freie. Nicht der geringste Laut begleitete mich, als ich die wenigen Meter zu den ersten Baumreihen rannte und in die Schatten der Douglasien eintauchte. Wer auch immer das Haus von allen Spuren befreit hatte, hatte sich auch um den Alarm gekümmert.

2

Im Gegensatz zu ihren beiden Begleitern hasste Laura Martin es, in fremde Häuser einzudringen. Sie verabscheute das Gefühl der Latexhandschuhe auf ihrer Haut, die dafür sorgen sollten, dass sie keine Spuren hinterließ. Abgesehen davon fühlte sie sich schlecht dabei, in den Habseligkeiten eines Verstorbenen zu wühlen, in das Leben einzudringen, das er geführt hatte, und dabei Dinge ans Tageslicht zu bringen, die oft besser unentdeckt geblieben wären.

Sie wollte nicht erfahren, dass der Mann, den sie als erfolgreichen und knallharten Börsenmakler gekannt hatte, ein Bettnässer war, oder die nette Hausfrau und Mutter sich ein Zubrot mit Telefonsex verdiente. Das waren persönliche Dinge, die niemanden etwas angingen und von denen sich der Verstorbene sicher gewünscht hätte, das Wissen darum mit ins Grab nehmen zu können. Trotzdem war sie gezwungen, in die Privatsphäre dieser Menschen einzudringen.

Sie gab sich alle Mühe, die Würde der Verstorbenen zu wahren, was alles andere als einfach war, denn ihre Begleiter verhielten sich weit weniger respektvoll. Manchmal schien es ihr, als würden die beiden Männer es geradezu darauf anlegen, die kleinen und großen Geheimnisse der Menschen aufzudecken, in deren Häuser sie eindrangen. Nicht selten machten sie sich noch Wochen später darüber lustig. Ganz zu schweigen davon, dass sie es sich nicht nehmen ließen, überall herumzuerzählen, was sie gefunden hatten.

Sie hatte versucht, die beiden davon abzuhalten – mit mäßigem Erfolg. Der einzige Unterschied war, dass sie seitdem warteten, bis Laura den Raum verließ, ehe sie ihr Wissen wie billigen Klatsch weitertrugen.

Scheinheilige Heuchler!

Immerhin hatte sie beim Durchsehen von Adrian Crowleys Sachen bisher keine unangenehmen Überraschungen erlebt. Abgesehen von einer Vorliebe für Antiquitäten und alte Bücher schien der Mann keine Schwächen gehabt zu haben. Nichts, worüber sich ihre Begleiter lustig machen konnten. Dabei hätte sie gerade bei ihm schwören können, dass er etwas zu verbergen hatte. Andererseits war sie sich im Gegensatz zu Connor, dem Anführer ihrer Gemeinschaft, nicht einmal sicher, ob der Adrian, nach dessen Habseligkeiten sie fahndeten, tatsächlich tot war. Sie hatte jedoch im Laufe der Jahre gelernt, ihm zu vertrauen. Connor irrte sich nie. Nicht lange, nachdem er den Artikel über den Tod des greisen Unternehmers entdeckt hatte, hatte er Laura und ihren Begleitern aufgetragen, sich nach Cedars Creek aufzumachen.

»Dieser Mann war jenseits der siebzig«, hatte Laura eingewandt. Jener Adrian Crowley, der dem Zirkel des Blauen Mondes angehörte, war gerade einmal Anfang zwanzig gewesen.

»Das stimmt«, hatte Connor ihr recht gegeben. »Doch laut dem Zeitungsbericht ist der gleichnamige Neffe des Unternehmers seither spurlos verschwunden. Er lebt nicht mehr.«

Laura zweifelte nicht an seinen Worten. Connor war durch sein Blut mit den Mitgliedern des Zirkels verbunden. Es bedurfte lediglich eines simplen Rituals, um ihn spüren zu lassen, ob die Blutsverbindung noch existierte. Wenn sie erlosch, war derjenige, nach dem er suchte, nicht länger am Leben.

Laura hatte Adrian kaum gekannt. Er war nur unregelmäßig zu den Versammlungen erschienen und im letzten Jahr hatte er sich gar nicht mehr sehen lassen. Doch selbst bei den wenigen Begegnungen hatte ihn stets eine Aura von Wissen und Macht umgeben, wie Laura sie nur selten erlebt hatte.

Wann immer ein Mitglied vom Zirkel des Blauen Mondes starb, hoffte sie, Connor möge jemand anderen losschicken.

Eine Hoffnung, die oft genug enttäuscht wurde, wenn erneut ihr Name fiel. Dieses Mal hatte sie sich allerdings freiwillig gemeldet. Sie wusste, dass Adrian Crowley ein Geheimnis hütete – etwas, was nichts mit körperlichen Unzulänglichkeiten oder geheimen Vorlieben zu tun hatte –, und zum ersten Mal wollte sie tatsächlich wissen, was es war.

»Hast du etwas gefunden?«

George war so unvermittelt hinter ihr im Türrahmen aufgetaucht, dass sie zusammenzuckte. »Wie oft soll ich dir noch sagen, dass du dich nicht so an mich heranschleichen sollst! Willst du, dass mir das Herz stehen bleibt?«

Von ihren Worten unbeeindruckt richtete er den Strahl seiner Taschenlampe von unten auf sein Gesicht, sodass es in einen geisterhaft blauen Schein getaucht war. »Die Dämonen werden dich holen, Laura Martin.« Seine Stimme hallte auf eine Weise, bei der Laura nicht zu sagen vermochte, ob es an der Größe des Arbeitszimmers und den nahezu kahlen Wänden lag oder ob er tatsächlich ein talentierter Stimmenimitator war.

»Lass den Quatsch!« Sie drückte seinen Arm nach unten, bis der Lichtschein wieder auf den Raum gerichtet war. »Hast du was gefunden?«

»Keine Dämonen anwesend.«

»George!« Es war ihr ein Rätsel, wie sich ihr Bruder mit seinen beinahe dreißig Jahren noch immer wie ein Kindskopf im Ferienlager aufführen konnte. Dabei wirkte er mit seiner muskulösen Statur, dem raspelkurzen braunen Haar und den durchdringenden grünen Augen ganz und gar nicht wie ein Teenager. Schon eher wie ein Soldat im Kampfeinsatz. Ein Eindruck, der durch die komplett schwarze Kleidung noch verstärkt wurde. Laura war ganz ähnlich angezogen – Jeans, Rollkragenpullover und Sneakers, alles schwarz wie eine Teergrube. Es war ein Wunder, dass Scott, der Dritte im Bunde, nicht auch noch darauf bestanden hatte, dass sie sich die Gesichter mit Tarnfarbe beschmierten. »Wir sind nicht zum Spaß hier.«

»Zumindest nicht, wenn es nach Connor geht. Was mich zu meiner Frage zurückbringt: Bist du fündig geworden?«

Laura schüttelte den Kopf. »Alles hier ist so sauber.«

»Das kommt dir doch entgegen, du hasst es, im Dreck zu wühlen.«

»Schon, aber wenn du mich fragst, ist es *zu* ordentlich. Wenn jemand plötzlich stirbt, sollte dann nicht irgendwelches Zeug herumliegen? Klamotten, das Fernsehprogramm von vor drei Wochen, Essensreste oder wenigstens schmutziges Geschirr?« Doch von einer dünnen Staubschicht einmal abgesehen, die sich auf Böden und Möbeln abgesetzt hatte, war alles geputzt und aufgeräumt.

»Vielleicht hatte er eine Haushaltshilfe, die nach seinem Tod aufgeräumt hat.«

Womöglich hatte George recht, in einem Haus wie diesem war eine Haushälterin nicht unüblich. Trotzdem fiel es ihr schwer, zu glauben, dass jemand nach dem Tod seines Arbeitgebers noch für derart gründliche Ordnung sorgen würde. Nicht ohne Bezahlung. »Wie viele Zimmer haben wir noch?«

»Höchstens ein paar Hundert.« Als er ihren strafenden Blick bemerkte, zuckte er die Schultern. »Zwei weitere Schlafzimmer und zwei Bäder, außerdem das Obergeschoss und den Dachboden. Bei unserem Glück gibt es auch noch einen Keller.«

Sie konnte nur hoffen, dass Scott in der Zwischenzeit nicht Däumchen drehte, sondern sich im Erdgeschoss umsah, andernfalls würden sie ewig brauchen. Wann immer sie mit Scott Thomas unterwegs waren, sah er sich als Anführer der kleinen Gruppe – unglücklicherweise schien er der Meinung zu sein, demzufolge bestünde seine Aufgabe in erster Linie darin, Laura und George herumzukommandieren.

Höchste Zeit, den Spieß einmal umzudrehen.

Laura schob sich an ihrem Bruder vorbei auf den Flur hinaus und ging zur Treppe. »Scott!«, rief sie nach unten.

»Was?«

Wie sie vermutet hatte, stand er am Fuß der Treppe, anstatt sich das Untergeschoss vorzunehmen. »Geh ins Wohnzimmer. Sieh nach, ob es dort vielleicht einen Tresor gibt.«

Das Knarren der Holzdielen sagte ihr, dass er sich tatsächlich in Bewegung setzte.

»Wenn du schon dabei bist«, fügte sie hinzu, »schau dir den Rest des unteren Stockwerks gleich mit an, wir werden hier oben noch eine Weile beschäftigt sein!«

Seine Antwort bestand aus einem unwirschen Brummen – er hatte es noch nie leiden können, wenn ihm jemand sagte, was er tun sollte – und Schritten, die sich entfernten.

Immerhin hatte er keine Diskussion angefangen.

Ein Blick von ihr genügte und George machte kehrt, um seine Suche in einem der anderen Zimmer fortzusetzen. Laura ging in den Raum zurück, schob das weiße Tuch zur Seite, das einen der großen Schränke abdeckte, und öffnete die Türen. Der Schrank war voll mit sorgfältig zusammengelegten Stapeln von Handtüchern und Bettwäsche. Sie ließ sich von der Ordnung nicht täuschen und begann einzelne Haufen herauszunehmen, um dahinterzusehen und bis in die hintersten Ecken zu tasten. Sogar die Wände klopfte sie ab auf der Suche nach einem doppelten Boden.

Adrian Crowley musste im Besitz von Büchern gewesen sein, deren Inhalt weit über das gewöhnliche Wissen über Kräuter und Rituale hinausging. Diese magischen Kostbarkeiten würden sie nicht im Bücherregal finden, sondern an einem sicheren Ort. Fragte sich nur, welchen Ort Adrian für sicher befunden hatte. In seinem Arbeitszimmer war Laura nicht fündig geworden. Weder in den Schüben und Schränken noch bei der Suche nach Geheimfächern oder einem Safe.

Sie konnte nur hoffen, dass sie bald etwas entdeckten, denn dieses Haus war ihr unheimlich. Ihr Bruder konnte über Dämonen witzeln, so viel er wollte – hier stimmte etwas nicht. Beim Betreten des Hauses hatte sie die Kälte gespürt, die wie ein Echo in der Luft hing. Ein Geist war hier gewesen, und es war einzig und allein ihrem Schutzamulett zu verdanken, dass er sie nicht behelligte. Scott und George mochten über ihre Sicherheitsvorkehrungen lachen. Die beiden hatten es noch nie gespürt, wenn sich andere Wesen in ihrer Nähe aufhielten. Laura jedoch wusste, wie wirksam ihre Geisterabwehr war.

Natürlich bestand die Möglichkeit, dass es sich um Adrians Geist handelte. Sie hätte versuchen können, mit ihm zu sprechen und ihn nach dem Verbleib seiner Bücher zu fragen. Allerdings bezweifelte sie, dass er bereitwillig Auskunft gegeben hätte. Jemand, der zu Lebzeiten über derartige Macht verfügt hatte, würde alles tun, um sich diese auch über den Tod hinaus zu erhalten.

Für gewöhnlich brachten sie die Bücher und Kultgegenstände verstorbener Mitglieder an sich, um deren Wissen dem Zirkel zu erhalten. Dieses Mal jedoch ging es auch darum, zu verhindern, dass dieses Wissen jemandem in die Hände fiel, der nicht damit umzugehen verstand.

»Adrian zog seine Macht nicht aus sich selbst«, hatte Connor gesagt, »sondern aus Quellen, die im günstigsten Fall als finster bezeichnet werden können.«

Laura wusste nicht, ob er damit sagen wollte, dass die Bücher Adrians Quelle waren, oder ob er der Ansicht war, Adrian hätte einen Pakt mit finsteren Mächten geschlossen.

Um ehrlich zu sein, wollte sie das auch gar nicht so genau wissen.

Sie schob gerade einen Stapel Handtücher in den Schrank zurück, da drangen von unten laute Rufe an ihr Ohr. Es war Scott, doch er war zu weit weg, als dass sie die Worte hätte verstehen können. Sie ließ die Handtücher fallen, riss ihre Taschenlampe von dem Regal, auf dem sie sie abgelegt hatte, und lief auf den Gang hinaus. Auch George hatte Scott gehört. Er war bereits an der Treppe angekommen.

»Was ist passiert?«, rief Laura ihm zu.

»Ich glaube, jemand ist im Haus!« Ohne sich nach ihr umzudrehen, lief er nach unten, immer zwei Stufen auf einmal nehmend.

Auf halbem Weg zum Wohnzimmer holte Laura ihn ein. »Sei vorsichtig!«

»Leuchte du mir den Weg.«

Sobald sie ihre Taschenlampe nach vorn gerichtet hatte, nahm er seine wie einen Knüppel in die Hand und betrat das Wohnzimmer. »Scott?«

Keine Antwort.

Laura folgte ihrem Bruder am Ledersofa vorbei durch den Raum, immer darauf bedacht, so viel wie möglich auszuleuchten. Ein Gemälde über dem Kamin hing schief, ansonsten deutete nichts darauf hin, dass hier ein Kampf stattgefunden hätte.

Vor ihnen knallte eine Tür.

Laura zuckte zusammen und hätte um ein Haar die Taschenlampe fallen lassen. Sie bekam sie gerade rechtzeitig wieder richtig zu fassen, um zu sehen, wie die Schwingtür im Esszimmer aufgestoßen wurde und Scott hindurchschoss. Sein blondes Haar war zerzaust, als sei er in einen Sturm geraten, und der dunkle Schimmer in seinen blauen Augen verhieß nichts Gutes. Das Beunruhigendste war jedoch der Anblick der Pistole in seiner Hand.

»Die Polizei?«, wollte George sofort wissen.

Scott schüttelte den Kopf. Er sicherte die Waffe und steckte sie zurück in den Bund seiner Jeans. »Eine Frau. Sie muss die ganze Zeit im Haus gewesen sein. Vermutlich hat sie nur auf eine Gelegenheit gewartet, um abzuhauen. – Hör auf, mich zu blenden!« Vor Laura blieb er stehen und drückte ihren Arm mit der Taschenlampe nach unten. Schon wenn er gut gelaunt war, wirkte Scott nicht sonderlich freundlich. Schuld daran waren seine scharfen Gesichtszüge und die Hakennase, die seinem Gesicht etwas Raubvogelhaftes verliehen. Jetzt jedoch sah er aus wie ein tollwütiger Racheengel. »Warum haben wir sie nicht bemerkt!« Es war keine Frage, sondern ein offener Vorwurf in Richtung seiner Begleiter. *Wir* bedeutete in diesem Falle *ihr*.

Laura verkniff es sich, ihm zu sagen, dass sie oben beschäftigt gewesen waren und er vermutlich die meiste Zeit auf der Treppe herumgesessen hatte, ehe sie ihn aufgefordert hatte, sich unten an die Arbeit zu machen.

Georges Blick wanderte immer wieder zur Eingangshalle, als erwarte er, dort würde jeden Moment ein schwer bewaffnetes Einsatzkommando hereinstürmen. »Denkst du, sie wird die Cops rufen?«

»So wie die gerannt ist? Eher unwahrscheinlich. Abgesehen davon«, fügte Scott hinzu, »müsste sie dann zugeben, dass sie selbst im Haus gewesen ist.«

»Sie könnte behaupten, uns von draußen gesehen zu haben«, gab Laura zu bedenken.

Scott dachte einen Moment darüber nach, schließlich schüttelte er den Kopf. »Dann müsste sie immer noch erklären, was sie nach Einbruch der Dunkelheit so nahe an diesem einsam gelegenen Haus zu suchen hatte.«

Laura fragte sich, was die Frau hier wollte, doch ehe sie ihren Gedanken aussprechen konnte, kam George ihr zuvor.

»Hatte sie etwas bei sich, als sie davongelaufen ist?«

»Du meinst die Bücher? Nein. Ich habe nichts gesehen. Ihre Hände waren leer.«

»Tasche oder Rucksack?«, hakte George nach.

»Nichts dergleichen.« Scott verlor langsam die Geduld. »Lasst uns weitermachen, bevor die Nächsten hier auftauchen.«

Die *Nächsten* konnten gut und gern die Cops sein. Trotzdem sagte Laura nichts dazu. Scott würde sich ohnehin nicht davon überzeugen lassen, das Unternehmen abzubrechen. Für ihn war ein Auftrag ein Auftrag, und er würde den Teufel tun und Connor enttäuschen oder an dem Image des Zuverlässigen kratzen, das er in den Augen des Zirkels trug. Nach Connor war Scott die Nummer zwei, doch Laura wusste, dass ihm das schon lange nicht mehr genügte. Um Connor an der Spitze abzulösen, benötigte er jedoch die Unterstützung der anderen Mitglieder. Und die würde er nur durch zuverlässig erfüllte Aufgaben bekommen. Man konnte Scott Thomas einiges vorwerfen – mangelnder Ehrgeiz gehörte nicht dazu. Falls wirklich jemand kam, konnte sie nur hoffen, dass sie ebenso schnell verschwinden konnten wie diese Frau.

Auf dem Weg zurück zur Treppe streifte der Lichtschein ihrer Taschenlampe die Haustür. Einen Herzschlag lang dachte sie, dort stünde jemand, dann jedoch bemerkte sie die leeren Augen und die weiße Bemalung. Sie hielt die Lampe darauf. »Seht euch das an!«

»Eine Cúlen-Maske.« George stieß einen leisen Pfiff aus. »Leuchte mal auf den Boden«, wies er Laura auf dem Weg zur Tür an. »Ha! Und hier ist das Pulver!« Sein Blick folgte einer feinen grauen Pulverspur, die sich an der Wand entlangzog. »Ich wette, das geht ums ganze Haus.«

Geisterabwehr. Die Linie war durchbrochen, der Bann nicht mehr brauchbar. Sie hatte sich vorhin also nicht getäuscht – in diesem Haus war ein Geist gewesen. Ob es Adrians Geist oder der eines anderen war, vermochte sie nicht zu sagen. Sie vermutete jedoch, dass Adrian das Haus zu seinen Lebzeiten mit dieser Abwehr geisterfrei gehalten hatte und sie erst nach seinem Tod außer Kraft gesetzt worden war. Vermutlich hatte jemand aus Versehen die Linien verwischt, ohne überhaupt zu wissen, womit er es zu tun hatte.

»Lasst uns weitermachen!« George schob seine Schwester auf die Treppe zu, und kurz darauf waren alle drei wieder damit beschäftigt, den Rest des Hauses zu durchsuchen. Vom Dachboden bis zum Keller stellten sie alles auf den Kopf, doch nirgendwo gab es auch nur den geringsten Anhaltspunkt, wo sich die Bücher befanden. Sie hatten nicht einmal ein Anzeichen dafür gefunden, dass Adrian überhaupt ihrem Zirkel angehört hatte. Kein Zeremoniengewand, kein Amulett mit dem Zeichen des Blauen Mondes. Nichts. Als sie sich kurz vor Tagesanbruch in der Eingangshalle trafen, waren sie ihrem Ziel keinen Schritt näher als zu Beginn des Abends.

»Es hat keinen Sinn, weiterzumachen.« Scott war die Frustration anzusehen. Es war das erste Mal, dass sie im Haus eines verstorbenen Mitgliedes keine Bücher und Kultgegenstände fanden. Es war auch das erste Mal, dass jemand anderes im Haus gewesen war. Von dem Geist ganz zu schweigen. »Vermutlich könnten wir hier alles bis auf die Grundmauern niederreißen und würden immer noch nichts finden. Crowleys Bücher sind nicht hier.«

George nickte. »Wir können unmöglich ohne sie nach Seattle zurückfahren. Connor wäre nicht begeistert.«

»Nicht begeistert?«, schnaubte Scott. »Er würde uns den Arsch aufreißen!«

»Was schlägst du vor?« Auch wenn Connor ihnen nicht den Arsch aufreißen würde, wie Scott behauptete, so wäre das Oberhaupt des Zirkels doch alles andere als glücklich. Adrian

Crowleys Wissen war zu kostbar und vermutlich auch zu gefährlich, um es nicht dem Schutz des Zirkels zu unterstellen.

»Sieht so aus, als würden wir noch eine Weile in diesem Kaff bleiben müssen.« Scott rieb sich nachdenklich das Kinn, dann richtete er seinen Blick auf Laura. »Du kümmerst dich um den Sheriff. Finde heraus, wer nach Adrians Tod Zutritt zu seinem Haus hatte. George und ich hören uns in der Stadt um.«

3

Am nächsten Morgen hatte ich mich selbst nach der dritten Tasse Kaffee immer noch nicht vollends von meinem Schrecken erholt. Allerdings war ich mir nicht sicher, was mich mehr schockierte: die Tatsache, dass das Haus so sauber war wie ein desinfiziertes OP-Besteck, oder der Umstand, dass wir gestern dort oben nicht allein gewesen waren.

Selbst als ich längst im Schutz der Bäume untergetaucht war, hatte ich noch immer Angst gehabt, der Kerl würde mir folgen und jeden Moment hinter mir zwischen den Bäumen auftauchen, seine Pistole auf mich gerichtet.

Der Einzige, der aufgetaucht war, war Nicholas gewesen. Kurz hinter dem Waldrand war er plötzlich zwischen den Bäumen hervorgetreten und hatte mein Herz damit beinahe zum Stillstand gebracht. Er wollte, dass ich mich ausruhte, die Erwähnung meines Verfolgers überzeugte ihn jedoch davon, dass dies womöglich nicht der geeignete Zeitpunkt für eine Pause war. Seite an Seite liefen wir weiter. Während ich alle Mühe hatte, einen Fuß vor den anderen zu setzen und dabei noch zu atmen, strengte ihn unsere Flucht überhaupt nicht an. Es hatte durchaus seine Vorteile, ein Geist zu sein.

Immer wieder hatte er sich ein Stück zurückfallen lassen, um sicherzugehen, dass wir nicht verfolgt wurden. Wer auch immer im Haus gewesen war, war auch nach meiner Flucht dortgeblieben. Zumindest konnte Nicholas im Wald niemanden entdecken. Wir schafften es unbehelligt den Hügel hinunter zu meinem Haus.

»Warum bist du so plötzlich verschwunden?«, platzte ich heraus, kaum dass die Tür hinter mir ins Schloss gefallen war.

»Da war etwas«, erklärte er. »Erst fühlte es sich an wie ein Kribbeln – das seltsame Gefühl, das man manchmal hat, wenn man weiß, dass etwas nicht stimmt. Doch es wurde stärker. Schmerzhaft. Als würde jemand an mir zerren … Meine Substanz war diesem geradezu gewaltsamen Angriff nicht länger gewachsen.«

»Es hat dich aus dem Haus gezwungen?«

Er nickte.

»Adrians Geisterbann?«, fragte ich, obwohl mir klar war, dass das unmöglich sein konnte. Die Geisterabwehr war längst außer Kraft gesetzt, ich selbst hatte die Linie verwischt und die Maske heruntergerissen. Abgesehen davon hatte Nicholas sich davor längere Zeit im Haus aufgehalten, ohne dass etwas passiert war.

»Es hat sich anders angefühlt als Adrians Bann, aber die Wirkung war dieselbe.«

Wir waren uns darüber einig, dass es etwas mit der Ankunft dieser Leute zu tun haben musste. Nicholas vermutete, dass einer von ihnen einen Geisterbann bei sich getragen hatte.

Seufzend stand ich auf, spülte meine Kaffeetasse aus und ging nach oben ins Schlafzimmer. Ich schnappte mir einen Spachtel und machte mich über die letzten Tapetenreste her, die noch an den Wänden klebten.

Vergangene Nacht hatte ich nicht daran gedacht, Nicholas danach zu fragen, welche Formen so ein Geisterbann haben konnte. Womöglich wusste er darauf ebenso wenig eine Antwort wie ich, es wurmte mich jedoch, damit eine weitere offene Frage auf meiner Liste zu haben. Bevor ich es wieder vergessen konnte, stellte ich ihm die Frage jetzt. Ich wusste, dass er bei mir war, spürte den kühlen Hauch, der seine Anwesenheit begleitete, so deutlich, wie ich den herannahenden Winter spürte.

»Ich wusste nicht einmal, dass es so etwas wie einen tragbaren Bann gibt«, schob ich meiner Frage hinterher. Für mich war klar gewesen, dass man sein Haus schützen konnte, vielleicht auch einen einzelnen Raum. Aber welcher normale Mensch hatte einen Geisterbann im Socken? Oder wo auch immer derjenige ihn getragen haben mochte.

Gleich nach unserer Rückkehr hatte ich Nicholas erzählt, was ich im Haus gehört und gesehen hatte, doch keiner von uns konnte sich einen Reim darauf machen, wer diese Leute waren oder was sie im Crowley-Anwesen gesucht hatten. Unglücklicherweise war Nicholas nicht in der Lage gewesen, sie auszuspionieren, da ihm der Bann nicht gestattete, nahe genug an sie heranzukommen.

Ich hätte mir gern eingeredet, dass es normale Diebe waren, aber leider hielt diese Vermutung einer logischen Betrachtung nicht stand. Es mochte Diebe geben, die ein Stück Fleisch für einen Wachhund oder ein Betäubungsmittel für eine menschliche Wache dabeihatten – aber einen Geisterbann?

Wonach hatten sie gesucht?

Ich spachtelte wie eine Besessene, die Tapetenfetzen wirbelten nur so durch die Luft, doch die Arbeit half mir nicht, meine Gedanken zum Stillstand zu bringen. Da unser Ausflug mehr Fragen aufgeworfen als beantwortet hatte, zerbrach ich mir den Kopf darüber, wie sich dieser Zustand ändern ließ. Ich konnte wohl kaum einfach in die Stadt marschieren und anfangen Fragen zu stellen – schon gar nicht dem Sheriff.

Nach nicht einmal einer Stunde waren die Tapeten ab und ich machte mich daran, die restlichen Sachen in Tante Fionas Arbeitszimmer durchzusehen. Was ich nicht behalten wollte, wanderte in Müllsäcke und Kartons. In einem der Schränke fand ich einen Fotoapparat. Es passte zu Tante Fiona – die sich schon geweigert hatte mir E-Mails zu schreiben und stattdessen auf normale Briefe bestanden hatte –, dass es sich bei dem Gerät nicht um eine moderne Digitalkamera handelte. Ein rascher Blick zeigte mir, dass ein frischer Film in der Kamera war.

Ob man Nicholas auf einem Foto sehen würde?

»Bitte lächeln!« Ich hielt die Kamera in die Richtung, in der ich seine Anwesenheit spürte, und drückte auf den Auslöser. Vorsichtshalber schoss ich gleich eine ganze Serie, wobei ich den Sucher bei jedem Bild ein Stückchen weiterwandern ließ in der Hoffnung, ihn zumindest in Teilen zu erwischen. »Heute Abend, wenn du sichtbar bist, würde ich gern noch ein paar Bilder machen.«

Ich war gespannt, ob auf einem der Fotos etwas zu erkennen sein würde. Vielleicht ein Schemen oder geisterhafter Nebel? Jene Art von Bildern, die manchmal in Zeitungen abgedruckt waren – nicht gerade in der *New York Times*, sondern in Blättern mit eher zweifelhaftem Ruf. Aber vielleicht tat ich denen ja unrecht und würde durch meine Aufnahmen eines Besseren belehrt werden.

Ich schoss gerade ein weiteres Bild, als es mich wie ein Stromschlag durchfuhr. »Die *Cedars Gazette!*«, rief ich. »Adrian war ein angesehenes Mitglied der Gesellschaft.« Streng genommen war sowohl der Junior wie auch der Senior einer *der* Promis in Cedars Creek. Wenn einem von ihnen etwas zustieße, würde die Zeitung darüber berichten!

»Adrians Leichnam war nicht mehr im Haus«, dröselte ich meine Gedankengänge für Nicholas auf. »Wenn er gefunden wurde, muss etwas darüber in der Zeitung gestanden haben.«

Ich fuhr herum und war schon auf halbem Weg zum PC, als mir einmal mehr schmerzlich bewusst wurde, dass Tante Fiona keinen Internetzugang hatte. Noch immer mit der Kamera in der Hand lief ich aus dem Zimmer, die Treppe hinunter. »Ich fahre zur Bibliothek!«, rief ich Nicholas über die Schulter zu. »Ich werde herausfinden, was in der Gazette stand!«

Unten angekommen legte ich den Fotoapparat auf den Couchtisch, schnappte mir meinen Rucksack und den Autoschlüssel und stürmte nach draußen.

Feuchte Oktoberluft schlug mir auf dem Weg zu meinem alten Käfer entgegen. Ich sprang in den Wagen, der Motor erwachte mit einem rasselnden Husten zum Leben und ich stieß rückwärts aus der Einfahrt.

Tante Fionas Haus lag einsam am Ortsrand von Cedars Creek. Wären die Kirche mit ihrem kantigen Glockenturm und der Friedhof nicht in unmittelbarer Nähe gewesen, hätte sich vermutlich nie jemand in diese Ecke verirrt. So wunderbar mir die einsame Lage noch vor wenigen Wochen erschienen war, als die Felder und Wiesen saftig grün und die Bäume von schreiend buntem Herbstlaub überzogen waren, so trist wirkte sie nun auf mich. Das Gras schien weniger saftig, die Blumen waren längst verblüht und selbst die Felder hatten einen eher graubraunen Farbton angenommen. Die Ahornbäume, die die Straße zu beiden Seiten säumten, hatten ihr flammend rotes Blattwerk abgeworfen und reckten nun ihre Skelettarme in den deprimierend grauen Herbsthimmel.

Staunend darüber, wie sehr das Wetter und die Jahreszeiten einen Ort verändern konnten, folgte ich der Straße, vorbei am Ortsschild, das einen in Cedars Creek willkommen hieß und das noch immer eine Einwohnerzahl von 8457 anzeigte. Zumindest hier hatte Adrians Tod noch keine sichtbare Veränderung gebracht. Ich fuhr an der Tankstelle vorbei und erreichte kurz darauf die Main Street mit ihren eng stehenden viktorianischen Häusern, den kleinen Geschäften und Restaurants. Ich passierte das Postamt und das Kino, stellte meinen Wagen vor dem *Cedars Inn* ab und stieg aus. Mein Blick wanderte die Straße entlang bis zum anderen Ende des Ortes, wo der gewohnte helle Rauch aus den Schornsteinen der Crowley Distillery in die Luft stieg, als wäre nichts passiert.

Was hatte ich erwartet? Dass das Leben in Cedars Creek nach Adrians Ableben zum Erliegen gekommen war? Dass die Leute mich anstarren, mit dem Finger auf mich zeigen und »Mörderin« rufen würden?

Manche der Passanten, die mir auf dem Gehweg entgegenkamen, starrten mich tatsächlich an, doch das war nur der Blick, den man in einem Ort, in dem beinahe jeder jeden kannte, Fremden zuwarf, und keine stumme Anklage.

Ich marschierte die Straße entlang, vorbei am *Green Dragon* und einem Friseursalon, und versuchte dabei, nicht in Richtung des Hügels zu starren, der von jedem Punkt des Ortes deutlich zu sehen war. Des Hügels, auf dem das Crowley-Anwesen wie ein stiller Wächter über der Stadt thronte. Stattdessen richtete ich meine Aufmerksamkeit auf die Auslagen.

Von überall starrten mir grinsende Kürbisfratzen entgegen, die mich daran erinnerten, dass Halloween näher rückte. In den harmloseren Läden hingen lediglich Girlanden aus orange-rotem Herbstlaub in den Schaufenstern, andere griffen auf künstliche Spinnweben, Spinnen und Ratten aus

Gummi, Gespenster, Skelette und noch gruseligere Scheußlichkeiten zurück. Selbst die Straßenlaternen waren mit Lichterketten und Herbstlaubgirlanden geschmückt.

Ich war immer ein großer Fan von Halloween gewesen, was angesichts meiner Vorliebe für Horrorfilme vermutlich keine große Überraschung war. Jedes Jahr machte ich mich schon Wochen vorher daran, das Haus zu dekorieren, und freute mich darauf, Kürbisse auszuhöhlen, Fratzen in ihr Äußeres zu schnitzen und sie mit einer Kerze bestückt auf die Veranda zu stellen. Nach den Ereignissen der letzten Wochen hatte ich jedoch nicht einmal daran gedacht, dass Halloween vor der Tür stand, und nach Tess' Tod stand mir ehrlich gesagt nicht gerade der Sinn danach, zu feiern.

Mit eingezogenem Kopf marschierte ich am Büro des Sheriffs vorbei, darauf gefasst, Sheriff Travis könne jeden Moment vor mir auf die Straße springen und mich in sein Büro zerren. Die Türen blieben geschlossen und niemand griff oder rief nach mir, als ich an den beiden Kürbislaternen vorbeiging, die rechts und links des Eingangs postiert waren. Ich passierte die Stadtverwaltung und zwei weitere Läden, dann stand ich vor der Bibliothek. Selbst der rote Backsteinbau, der sich so deutlich von den weißen Holzfassaden der umliegenden Gebäude abhob, wirkte bei diesem Wetter weniger knallig als gewöhnlich.

Es kostete mich einiges an Überwindung, einen der Türflügel aufzuziehen und die Bibliothek zu betreten. Trockene Wärme schlug mir entgegen, der staubige Geruch von Heizungsluft kitzelte meine Nase. Ich unterdrückte ein Niesen und marschierte durch die Empfangshalle, deren dicke Teppiche jedes Geräusch meiner Schritte schluckten. Mein Blick war starr auf den hufeisenförmigen Empfangstresen gerichtet. Jeden Augenblick würde Tess dahinter auftauchen und mich vorwurfsvoll ansehen, weil ich sie aus ihrer Lektüre gerissen hatte. Doch statt Tess war es lediglich der alte Mr Owens, der hinter dem Tresen erschien.

Einen Moment lang musterte er mich über den Rand seiner Brille hinweg, als versuche er mich einzuordnen. Hätte er mich finster angestarrt oder meinetwegen auch misstrauisch, es hätte mir nichts ausgemacht. Das Mitleid jedoch, das sich plötzlich in seinem Gesicht zeigte, nachdem er in mir Tess' Freundin erkannt hatte, war schwer auszuhalten. Zu meiner Erleichterung sparte er sich jedoch jedes Wort und nickte mir lediglich kurz zu, ehe er wieder hinter dem Tresen abtauchte.

Ich marschierte am Empfang vorbei, zwischen den Regalen hindurch, auf die Internet-PCs zu, die am hinteren Ende vor der Wand aufgestellt waren. Erstaunt registrierte ich, dass Halloween selbst vor der Bibliothek nicht haltgemacht hatte. Im Leben nicht wäre ich darauf gekommen, der alte Mr Owens könnte etwas für das Fest der Geister übrighaben, doch überall auf den Regalen und an den Wänden hingen künstliche Spinnweben mit gewaltigen Gummispinnen. Aus so mancher Lücke zwischen den Büchern lugten rotäugige Ratten oder abgehackte Hände hervor, und in einem dunklen Gang schwebte eine Gestalt mit Kapuzenumhang und einer Sense in der Hand. Die Kutte des Rippers, der an einer Schnur von der Decke hing, bauschte sich im Luftzug, als ich an ihm vorbeiging. Aus der Nähe betrachtet hing die Gummischneide der Sense ein bisschen durch, was ihm jedoch nichts von seinem Charme nahm.

Ein paar Skelette und Kürbislaternen später passierte ich den Lesetisch, an dem ich mit Tess gesessen und ihr von Nicholas' erstem Kuss erzählt hatte. Ich schluckte den Kloß herunter, der sich in meiner Kehle festsetzen wollte, und hielt auf die drei PCs zu, die in einer Reihe an der Wand standen. Selbst in Minneapolis hatte ich Bibliotheken gesehen, die nicht einmal über einen einzigen Internet-PC verfügten.

Dass es hier gleich drei waren, fand ich im ersten Moment erstaunlich. Da es in Cedars Creek jedoch kein Internetcafé gab, war es wahrscheinlich gar nicht so verwunderlich, dass die Bibliothek diese Funktion übernahm. Glücklicherweise schien sich dieser Service keiner allzu großen Nachfrage zu erfreuen, die Plätze vor den PCs waren frei, und auch sonst war weit und breit niemand zu sehen.

Ich ließ mich an einem der Rechner nieder, rief die Homepage der *Cedars Gazette* auf und öffnete das Online-Archiv. Da ich nicht vorhatte, die Ausgaben der letzten drei Wochen von vorn bis hinten zu durchstöbern, suchte ich nach den Schlagworten *Mord*, *Verbrechen* und *Leiche*. Wie erwartet gab es nur wenige Treffer – nicht weiter erstaunlich für einen ruhigen Ort wie diesen, in den das Verbrechen scheinbar erst mit meiner Ankunft Einzug gehalten hatte.

Ich fand einen Artikel, der sich mit der Frage befasste, wie viel Zeit sich die Ordnungshüter noch mit der Aufklärung des Hampton-Road-Mordes lassen wollten und wie lange die Bürger noch in Angst leben sollten angesichts der Tatsache, dass sich ein Mörder unter ihnen befand. Daneben prangte Tess' Foto wie eine stumme Anklage. Es war ein altes Bild, vermutlich aus einem Highschool-Jahrbuch, das dem flippigen Mädchen kaum ähnelte, das ich kennengelernt hatte. Trotzdem klickte ich den Artikel schnell wieder weg und setzte meine Suche fort. Alle weiteren Berichte handelten von Ereignissen aus dem Umland. Nachdem ich alle durchgesehen hatte, starrte ich konsterniert auf den Bildschirm. Nicht der geringste Hinweis auf Adrian. Wenn nicht hier, wo sollte ich dann etwas über ihn in Erfahrung bringen?

Da kam mir der Gedanke, dass ich die Recherche falsch angegangen war. Ich hatte nach Gewaltverbrechen gesucht, doch in den Augen der Menschen, die nichts von Geistern wussten, musste er eines natürlichen Todes gestorben sein.

Abgesehen davon hätte ich auch gleich auf die Idee kommen können, einfach Adrians Namen einzugeben!

Ich versuchte es also noch einmal – und stieß auf folgende Schlagzeile:

Inhaber der Crowley Distillery tot aufgefunden

Beim Anblick der Schlagzeile stockte mir der Atem. Meine Handflächen begannen zu kribbeln und mein Puls raste, als ich mich zwang, den dazugehörigen Artikel zu lesen, der nur zwei Tage nach meiner Einlieferung ins Krankenhaus erschienen war.

Zwei Tage! Das bedeutete, dass Adrians Leichnam einen Tag nachdem er versucht hatte mich umzubringen, gefunden worden war! Nur einen verdammten Tag!

Zu meiner Erleichterung erwies sich der Artikel als unspektakulär. Da war weder von Mord noch von Einbruch die Rede, die Zeilen waren nichts weiter als der Nachruf auf einen der wichtigsten Männer der Stadt, der im vorgerückten Alter von 74 Jahren, laut Aussage des Gerichtsmediziners, an Herzversagen verstorben war. Der Rest des Artikels gab seine Lebensgeschichte und die Geschichte der von seinem Vater gegründeten Distillery wieder.

Ich las den Artikel drei Mal und jedes Mal ließ er mich am Ende ratlos zurück.

Jemand hatte Adrians Leiche gefunden, so viel hatte ich bereits gewusst. Mich verwirrte jedoch, dass weder das Blut noch der Kampf, der im Haus stattgefunden hatte, mit einem einzigen Wort erwähnt worden war. Wenn ihn jemand aus der Distillery gefunden hätte, wäre sicher etwas davon zur Presse durchgesickert – das waren Informationen, die jeder drittklassige Schreiberling aus einem Zeugen herausgekitzelt hätte. Dafür, dass das nicht geschehen war, gab es nur eine

Erklärung: Es musste eine offizielle Stelle gewesen sein, die Adrian entdeckt hatte. Jemand, der Informationen zurückhielt. Dass im Artikel der Leichenbeschauer erwähnt wurde, der die Todesursache festgestellt hatte, bestätigte mich in meiner Annahme.

Der Einzige, der einen Grund gehabt hätte, sich dort oben umzusehen, war Sheriff Travis. Hatte er nicht von Anfang an skeptisch gewirkt, als ich ihm von dem vermeintlichen Überfall erzählt hatte? Er hatte nur der Straße, auf der er mich gefunden hatte, ein Stück den Hügel hinauf zu folgen brauchen. Dann hätte ihn bald das Schrillen der Alarmanlage darauf aufmerksam gemacht, dass dort oben etwas nicht stimmte. Adrian mochte die Verbindung zur Polizei gekappt haben, als er die Alarmanlage in jener Nacht scharf gestellt hatte – dass man sie hörte, wenn man dem Haus nahe genug kam, hatte er damit nicht verhindern können.

Aber wenn der Sheriff es wusste, warum zum Teufel hatte er Adrians Tod bei seinem Besuch mit keiner Silbe erwähnt? Warum nur dieses blöde Buch mit dem noch blöderen Titel?

»*Wer die Wahrheit kennt!*«, schnaubte ich dem Bildschirm entgegen. »Schwachsinn!«

Ich loggte mich aus, nicht ohne vorher meine Suchhistorie zu löschen, und verließ die Bibliothek mit dem eigenartigen Gefühl, dass meine Fragen zwar beantwortet waren, ich aber trotzdem keinen Deut schlauer war als zuvor.

Auf dem Gehsteig vor dem Gebäude blieb ich stehen und schielte zum Büro des Sheriffs. Es gab nur einen Weg, die volle Wahrheit herauszufinden, doch den würde ich ganz sicher nicht gehen! Auch wenn Sheriff Travis mich auf der Straße zum Crowley-Anwesen gefunden hatte, gab es offensichtlich keinerlei Beweise, die mich mit den Geschehnissen dort in Verbindung brachten. Mir konnte nichts passieren.

Den leisen Restzweifel, der sich zu Wort meldete, schob ich entschlossen beiseite.

Mein Magen meldete sich mit einem Knurren zu Wort, und ein Blick auf die Uhr sagte mir, dass es bereits weit nach Mittag war. Ich marschierte hinüber zum *Diner*. Das Glöckchen über der Tür klingelte, als ich eintrat. Wie jedes Mal, wenn ich hierherkam, fühlte ich mich um Jahrzehnte in der Zeit zurückversetzt. Im Inneren war es kühl. Trotz der Jahreszeit lief die Klimaanlage, als sei noch immer Sommer, doch die Gäste schienen sich nicht daran zu stören. Obwohl die Mittagszeit längst vorbei war, war der Laden voll und die Bedienungen hasteten von einem Tisch zum anderen. Ich ergatterte einen der runden Hocker, die an der langen, chromblitzenden Theke standen, und angelte mir eine Speisekarte. Jemand fütterte die Musikbox mit ein paar Münzen, und kaum hatte er die Tasten gedrückt, dröhnte der *Jailhouse Rock* aus den Lautsprechern.

Wie passend.

Immerhin war es nicht der Sheriff, der das Stück ausgewählt hatte. Andernfalls hätte ich womöglich wirklich begonnen mir Sorgen zu machen.

Ich richtete meine Aufmerksamkeit auf die Karte und traf meine Auswahl. Als ich aufsah, stand Mike vor mir.

»Hi, ich bin Mike«, begrüßte er mich mit einem freundlichen Lächeln. »Was darf ich dir bringen?« Er rückte seinen Schiffchenhut zurecht, zückte Stift und Block und sah mich auffordernd an.

Mike Fletcher war nicht nur der Sohn der Besitzerin, sondern auch ein enger Freund von Tess gewesen. Ich wusste, wie viel sie ihm bedeutet hatte, und wollte ihn fragen, wie es ihm ging. Allerdings hatte ich ihn bisher nur ein- oder zweimal kurz gesehen und nie ein Wort mit ihm gewechselt, weshalb es mir jetzt seltsam erschien, damit anzufangen. Ganz besonders, wenn es um eine derart persönliche Frage ging. Ich musterte ihn verstohlen. Nicht nur die Brille war neu, auch seine Frisur war anders. Statt auf Schulterlänge trug er sein braunes Haar jetzt kurz, was mir deutlich besser gefiel, weil es ihn nicht länger so schrecklich bieder wirken ließ. Sein Lächeln war offen und seine gute Laune wirkte echt, trotzdem glaubte ich in seinen Augen einen Schimmer Traurigkeit zu entdecken. Vielleicht redete ich mir das auch bloß ein. Ich hatte Tess nur kurz gekannt und vermisste sie schrecklich, er jedoch war mit ihr aufgewachsen und nicht erst seit Kurzem in sie verliebt gewesen. Sie zu verlieren konnte unmöglich spurlos an ihm vorübergegangen sein.

»Ich nehme einen Cheeseburger, Pommes und eine extra Portion Ketchup – alles bitte zum Mitnehmen.«

Mike nickte. »Einmal gehacktes Hirn mit Eiter und Skelettfinger mit Blut.«

So gern ich Halloween mochte, so wenig geheuer war es mir, dass die Restaurants und Imbissbuden zu dieser Zeit ihre Gerichte so fantasievoll umbenennen mussten. Es war mir unbegreiflich, dass so etwas den Umsatz ankurbeln sollte. »Gehacktes Hirn mit Eiter? O Mann, ihr schafft es, dass ich Hackfleisch und Schmelzkäse nie wieder mit denselben Augen sehen werde!«

»Nimm noch ein Stück Kürbiskuchen dazu und alles ist vergessen.«

»Was denn, das Zeug heißt einfach nur Kürbiskuchen? Nicht Zombieinnereien oder so?«

»Die haben sich nicht verkauft.«

»Woran das wohl gelegen hat?«

Wir grinsten uns an und plötzlich veränderte sich etwas in seinem Blick. Das Lächeln verschwand aus seinen Zügen, und er musterte mich, als nähme er mich zum ersten Mal, seit ich das *Diner* betreten hatte, wirklich wahr.

»Du warst mit Tess befreundet, oder?«

Ich nickte.

»Wie kommt es, dass ich dich nicht auf der Beerdigung gesehen habe?«

Damit traf er meinen wunden Punkt. Ich hatte schon Tante Fionas Beerdigung verpasst, nachdem Mom es nicht für nötig gehalten hatte, mich im Urlaub anzurufen und mir die traurige Nachricht zu überbringen. Und nun hatte ich zu Tess' Beisetzung ebenfalls nicht kommen können.

»Ich war im Krankenhaus.«

»Was Schlimmes?« Ihm war anzusehen, dass es ihm nicht leichtfiel, die Frage zu stellen – offensichtlich kam er sich ebenfalls merkwürdig dabei vor, mit jemandem über persönliche Dinge zu sprechen, mit dem ihn nicht mehr als eine gemeinsame Freundin verband.

»Ich wurde überfallen und stand dabei einem Messer im Weg.« Die Worte waren leicht dahingesagt, trotzdem konnte ich nicht verhindern, dass mir eine Gänsehaut über den Rücken lief, die nichts mit dem kühlen Luftstrom der Klimaanlage zu tun hatte.

Mikes Miene verfinsterte sich. »Doch nicht etwa von demselben Drecksack, der Tess umgebracht hat?«

Genau von dem. Das konnte ich ihm jedoch nicht sagen. Ebenso wenig, wie ich ihm sagen konnte, dass Tess' Mörder niemandem mehr etwas zuleide tun würde. »Das weiß ich nicht«, log ich. »Er wurde nie gefasst.«

Seine Reaktion bestand lediglich aus einem grimmigen Nicken, dann machte er kehrt, gab meine Order an die Küche weiter und wandte sich anderen Gästen zu. Wenn er mit den Menschen sprach, hatte er wieder das freundliche Lächeln auf den Lippen, das jedoch verschwand, sobald er sich abwandte.

Die Wartezeit erschien mir wie eine Ewigkeit. Ich hatte

es noch nie gemocht, allein in einem Lokal zu sitzen. Dabei überkam mich immer das Gefühl, von allen beobachtet und angesichts des Alleinseins auch noch bemitleidet zu werden. Selbst jetzt, wo ich nur hier war, um mir etwas zu essen mitzunehmen, fühlte ich mich von allen angestarrt. Da ich nicht wusste, wo ich gefahrlos hinsehen konnte, gab ich vor, die Speisekarte zu studieren.

»Sam«, riss mich eine bekannte Stimme aus meinen Gedanken. Ich hob den Kopf. Rose, die Inhaberin des *Diners* war neben mir stehen geblieben und musterte mich ebenso eindringlich, wie ihr Sohn es zuvor getan hatte. »Wie geht es Ihnen?«

Ich war drauf und dran, sie mit einer schnellen Erwiderung abzufertigen, da mir nicht der Sinn danach stand, über meinen Krankenhausaufenthalt oder Tess' Tod zu sprechen, als mir der Gedanke kam, dass ich mich hier an der Quelle von Klatsch und Tratsch befand.

»Ich bin okay«, sagte ich vage und richtete meinen Blick auf Mike, der gerade ein Tablett mit Getränken an einen der Tische brachte. »Wie wird er damit fertig?«

Rose seufzte und für einen Moment erschienen ihre Züge noch müder als gewöhnlich. »Er spricht nicht viel darüber, aber ich kenne ihn gut genug, um zu wissen, wie schwer es für ihn ist.«

Ich nickte. Vermutlich hätte ich noch etwas erwidern und Rose versichern sollen, dass die Zeit die Wunden heilen würde. Unglücklicherweise war ich noch nie ein Freund leerer Floskeln gewesen, sodass mir die hohlen Worte nicht über die Lippen kommen wollten.

»Ich bin nur froh, dass Sie wieder auf den Beinen sind«, erlöste Rose mich. »Nicht auszudenken, wenn Ihnen auch noch etwas zugestoßen wäre. Seit dieser Landstreicher in der Gegend ist, ist man nirgends mehr sicher.«

Ich erinnerte sie nicht daran, dass der Landstreicher längst in einer Zelle saß – gefasst, nachdem er mich überfallen und von Nicholas zur Strecke gebracht worden war. Der arme Mann hatte geradezu darum gebettelt, verhaftet zu werden, nachdem Nicholas durch meinen Atem aus dem Nichts vor ihm aufgetaucht war und ihn in die Flucht geschlagen hatte. Wenn sie dem Kerl die Schuld an den Vorfällen geben wollte, sollte sie es tun. Das war mir allemal lieber, als einmal mehr zu hören zu bekommen, dass diese schlimmen Dinge erst passierten, seit ich in Cedars Creek angekommen war. Sheriff Travis hatte mich darauf aufmerksam gemacht, und seitdem hatte ich manchmal Mühe, mich darauf zu besinnen, dass nicht ich Tess' Tod verschuldet hatte, sondern Adrian.

»In der letzten Zeit ist wirklich einiges passiert«, stimmte ich Rose zu. »Ich habe gehört, dass der alte Crowley gestorben ist, als ich im Krankenhaus war.«

Rose verzog das Gesicht. »Noch so eine Tragödie. Ich hoffe wirklich, die Distillery bleibt in Betrieb. Andernfalls wird Cedars Creek sehr bald wieder zur selben verfluchten Geisterstadt, die es vor Erscheinen der Crowleys gewesen ist.«

»Will Crowleys Erbe das Unternehmen denn nicht weiterführen?«

»Der feine Herr Junior ist nicht einmal zur Beerdigung seines Großvaters erschienen«, empörte sie sich. »Nach allem, was ich gehört habe, hat er sich seit dem Tod des Alten nicht mehr blicken lassen. Wäre er nicht an Altersschwäche gestorben, hätte ich wetten mögen, dass sein feiner Enkel die Finger im Spiel gehabt hat und jetzt irgendwo durch die Welt jettet und das Erbe durchbringt. Was aus dem Ort wird, wenn der größte Arbeitgeber die Pforten schließt, ist ihm wohl herzlich egal.«

»Vielleicht ist Adrian auf Geschäftsreise und konnte nicht

rechtzeitig zur Beerdigung zurückkommen. Am Ende weiß er noch gar nichts vom Tod seines Großvaters.« Es war eine fadenscheinige Ausrede, denn wer war schon mehr als drei Wochen geschäftlich unterwegs, ohne zumindest Kontakt zur Firma zu haben – wenn schon nicht zu seiner Familie. Rose gab sich jedoch damit zufrieden. Vermutlich genügte ihr schon die Hoffnung, dass es eine logische Erklärung für Adrian juniors Verschwinden gab und die Stadt nicht dem Niedergang geweiht war. »Wer hat den alten Mann denn gefunden?«

»Weiß ich nicht.« Ihr kurzes rotes Haar schimmerte im Licht der Neonröhren wie Feuer, als sie nachdenklich den Kopf zur Seite legte. »Es können eigentlich nur die Cops oder jemand aus der Distillery gewesen sein – sonst fährt nie jemand zu dem Anwesen hinauf.« Ihr Blick schoss an mir vorbei zu einem der Tische. »Entschuldigen Sie mich, Sam. Ich muss weitermachen.«

Ehe ich etwas erwidern konnte, war sie auch schon fort. Kurz darauf bekam ich meine Bestellung in einer braunen Papiertüte ausgehändigt, bezahlte und machte mich auf den Weg nach Hause.

4

Laura Martin fühlte sich nicht gerade wohl bei der Aufgabe, die Scott ihr übertragen hatte. *Du kümmerst dich um den Sheriff.* Großartig. In einem Krimi hätte dieses »sich kümmern« bedeutet, ihm aufzulauern, ihn auszufragen und umzubringen. Natürlich hatte Scott das nicht gemeint, sie sollte den Mann lediglich aushorchen. Trotzdem konnte Laura sich mit dem Auftrag nicht anfreunden.

»Ich bin doch kein Geheimagent.«

Sie stand an der Ecke der Bibliothek, den Blick auf die Hauptstraße gerichtet, wo der alles andere als lebhafte Verkehr dahintröpfelte. Sie konnte nur hoffen, dass es stimmte, was man sich im Allgemeinen über Kleinstädte erzählte, und dass die Menschen hier tatsächlich offener und vertrauensseliger waren als in den Metropolen, in denen sie aufgewachsen war.

Wäre ihr der Zirkel des Blauen Mondes nicht so wichtig gewesen, hätte sie Scott gesagt, wo er sich seinen Befehl hinstecken konnte. Doch hier ging es nicht um Scott, sondern darum, das Richtige zu tun. Und das bedeutete, Adrian Crowleys Bücher mussten in die Hände des Zirkels gelangen, wo sie keinen Schaden anrichten, dafür aber eines Tages vielleicht von Nutzen sein konnten.

Gähnend ließ sie ihren Blick über die Fassaden der Häuser und die Auslagen der Geschäfte wandern, aus denen ihr die dämonischen Fratzen unzähliger Halloweenkürbisse entgegengrinsten. Sie mochte Halloween, liebte die Dekorationen, die einen zu dieser Jahreszeit von allen Seiten geradezu ansprangen – was sie manchmal wirklich taten –, doch heute hatte sie kein Auge dafür. Ihre Aufmerksamkeit gehörte in erster Linie der Straße und dem Büro des Sheriffs, das sich nicht weit von der Bibliothek entfernt ein Stück die Straße runter befand. Immer wieder starrte sie auf die Tür und fragte sich, ob sie es riskieren sollte, einfach hinüberzumarschieren und den Sheriff mit Fragen zu löchern.

Nachdem die Nacht alles andere als erholsam oder bequem gewesen war, fürchtete sie jedoch, zu übermüdet zu sein und deshalb einen Fehler zu machen. Trotzdem musste sie etwas unternehmen. Scott war nicht gerade für seine unendliche Geduld bekannt. Außerdem konnte er ziemlich ungehalten werden, wenn sie sich nicht an seine Anweisungen hielt. In seinen Augen war es schon pure Zeitverschwendung gewesen, Laura nach Seattle zu fahren, damit sie eine Tasche packen und mit ihrem eigenen Wagen nach Cedars Creek zurückkehren konnte. Glücklicherweise war es ihr gelungen, ihn davon zu überzeugen, dass sie mobil und vor allem von ihm und George unabhängig sein musste, wenn sie ihre Aufgabe erfüllen sollte. Andernfalls hätte er sie vermutlich einfach auf der Hauptstraße abgesetzt und sie hätte sehen können, wie sie allein und ohne fahrbaren Untersatz zurechtkam.

Manchmal benahm Scott sich wirklich wie ein Idiot.

Sie waren in der Annahme nach Cedars Creek gekommen, dass es eine kurze Mission werden würde – rein ins Haus, Bücher und Kultgegenstände einsammeln und zurück nach Seattle. Deshalb hatte sie auch keine Kleidung zum Wechseln dabeigehabt. Nachdem sich jedoch herauskristallisiert hatte, dass daraus ein längerer Aufenthalt werden würde, hatte sie sich eine Geschichte überlegt, mit der sie den Bewohnern der Stadt gegenübertreten könnte, und die dazu passenden Klamotten aus ihrer Wohnung geholt.

Heute hatte sie sich für einen dunkelgrauen Hosenanzug entschieden – geschäftsmäßig, aber immer noch halbwegs bequem, wären da nicht die drückenden Pumps gewesen. Das lange braune Haar hatte sie zu einem ordentlichen, nicht zu strengen Pferdeschwanz zusammengebunden.

Als ein Streifenwagen die Straße aus Richtung der Fabrik herunterkam, schlüpfte Laura in die Bibliothek. Hinter der Tür blieb sie stehen, schnappte sich eine der Broschüren, die dort in einem Ständer auflagen, und gab vor, sie zu studieren. In Wahrheit spähte sie über den Rand des Flyers hinweg und beobachtete, wie der Streifenwagen in der Haltebucht vor dem Büro des Sheriffs zum Stehen kam. Sie drehte den Kopf ein Stück zur Seite, bis sie die Fahrerseite und den Gehweg im Blick hatte. Der Mann, der aus dem Wagen stieg, war vermutlich vier oder fünf Jahre älter als sie – Ende zwanzig, Anfang dreißig –, sein blondes Haar war kurz geschnitten und verschwand soeben unter dem Hut, der zu seiner Uniform gehörte und der ihn wie eine Mischung aus Cowboy und Parkranger aussehen ließ.

Für gewöhnlich fand sie diese Hüte ziemlich lächerlich, bei diesem großen und durchtrainierten Mann jedoch unterstrich er lediglich die Autorität, die er bereits durch seine Uniform und die aufrechte Haltung ausstrahlte. Die Abzeichen an seiner Brust und seiner Schulter ließen keinen Zweifel daran, dass es sich um den Sheriff handelte.

Als er die Straße hinunterging, drehte sie sich von der Scheibe weg und wandte ihm den Rücken zu. Erst als er bereits ein ganzes Stück an der Bibliothek vorbei war, wagte sie es wieder, einen Blick zu riskieren, und sah ihn gerade noch im *Diner* verschwinden.

Wenn sie sich ein Stück vorbeugte, konnte sie ihn am Tresen stehen sehen. Ein junger Mann mit einem Schiffchenhut schenkte Kaffee in einen Pappbecher, drückte einen Deckel drauf und gab ihn dem Sheriff in die Hand.

Das war Lauras Gelegenheit.

Sie verließ die Bibliothek, ein paar Sekunden bevor er aus dem *Diner* kam. Wenn sie sich nicht verschätzte, musste sie die Hausecke – die Bibliothek und die Polizeistation waren ein Stück zurückversetzt – gleichzeitig mit ihm erreichen. Sie hatte sich nicht verschätzt. In dem Augenblick, in dem sie um die Ecke schoss, kam der Sheriff von der anderen Seite. Sie prallten gegeneinander, dabei traf die ausgestreckte Hand des Sheriffs sie in den Rippen. Der Pappbecher wurde ihm aus der Hand gerissen und landete auf dem Boden. Beim Aufprall war der Deckel abgesprungen. Der Kaffee spritzte über den Gehweg, ein Teil davon traf Lauras Schuhe.

»O mein Gott!«, rief sie und versuchte, sich nicht die

schmerzende Rippe zu reiben. »Das tut mir schrecklich leid! Entschuldigen Sie!«

Der Sheriff winkte ab. »Schon in Ordnung.« Sein Blick war länger auf sie gerichtet, als ihr lieb war – andererseits war es genau das, was sie wollte: seine Aufmerksamkeit. »Haben Sie sich wehgetan?«

Laura winkte ab. »Nicht der Rede wert. Aber ich habe Ihren Kaffee vernichtet.«

»Die Entzugserscheinungen werden vermutlich nicht sofort einsetzen.«

Sie sah ihn überrascht an. Vieles hatte sie erwartet, aber nicht, dass der Mann, auf den Scott sie angesetzt hatte, Humor besaß. Dort, wo sie herkam, waren Gesetzeshüter bestenfalls Zyniker.

»Ich kann unmöglich riskieren, dass Sie sich irren«, gab sie mit einem Augenzwinkern zurück. »In Ihrem Beruf müssen Sie fit sein. Wer weiß, was passiert, wenn der Koffeinspiegel nicht stimmt. Kommen Sie, der neue Kaffee geht auf mich.«

»Wenn überhaupt«, meinte er, wobei ein leises Lächeln seine Lippen umspielte, »spendiere ich Ihnen einen Kaffee. Immerhin habe ich Sie beinahe über den Haufen gerannt.«

Laura lächelte. Abgesehen davon, dass sie ihn durchaus charmant fand, hatte sie genau das erreicht, worauf sie es angelegt hatte – eine unverfängliche Kontaktaufnahme, die erst einmal nichts mit Adrian Crowley zu tun hatte. »Wie wäre es, wenn Sie den Kaffee bezahlen und ich ein Stück Apfelkuchen drauflege?«

»Nachdem Sie nicht Kürbiskuchen gesagt haben, kann ich den Deal gelten lassen.«

»Sie mögen keinen Kürbis?«

»Halloween-Allergie«, sagte er und trat einen Schritt zur Seite, um ihr die Tür zum *Diner* zu öffnen.

Trotz der Halloween-Deko, des schwarz-weiß gefliesten Bodens und des vielen Chroms strahlte der Laden eine gewisse Gemütlichkeit aus.

Der Sheriff führte sie zu einer der Nischen und wartete, bis sie sich gesetzt hatte, bevor er ihr gegenüber Platz nahm und seinen Hut neben sich auf die rote Bank legte. Eine Kellnerin kam und stellte sich ihnen als Rose vor, was der Sheriff mit einem »Ich weiß, wer du bist« quittierte, ehe er Kaffee und Apfelkuchen für sie beide bestellte.

Unter dem Tisch wischte sich Laura unauffällig die Schuhe mit den Kaffeespritzern an ihrem Hosenbein ab. »Ich hoffe, ich halte Sie nicht von etwas Wichtigem ab, Sheriff.«

»Ed Travis«, stellte er sich vor. »Solange ich nicht offiziell unterwegs bin, können Sie mich Ed nennen.«

»Laura Martin. Laura – auch offiziell.«

Die Kellnerin brachte ihnen den Kaffee und den Kuchen. Sie hielt eine Sekunde länger inne, als nötig gewesen wäre, um beides abzustellen, und musterte Laura dabei neugierig. Vermutlich ließ sich der Sheriff nicht oft in Begleitung einer fremden Frau blicken. Immerhin trug er einen Ehering.

»Sind Sie neu in der Stadt?«, erkundigte sich der Sheriff – Ed –, sobald Rose den Tisch wieder verlassen hatte.

»Ich bin nur für ein paar Tage hier.« Laura schob sich einen Bissen Apfelkuchen in den Mund und legte sich, während sie kaute, ihre nächsten Worte sorgfältig zurecht. »Ich bin freiberufliche Journalistin und ich bin hier, um für einen Artikel zu recherchieren.«

»In unserem Nest?« Ed wirkte ehrlich erstaunt. »Worum geht es?«

Jetzt kam es darauf an. »Anlässlich des Todes von Adrian Crowley schreibe ich über die Geschichte der Distillery und ihre Auswirkungen auf den Ort. Es soll eine Art Firmenporträt mit Nachruf werden, bei dem durchaus auch persönliche Stimmen zu Wort kommen dürfen.«

»Wer sollte sich außerhalb Cedars Creek für diese Geschichte interessieren?«, fragte er zwischen zwei Bissen.

Laura hatte damit gerechnet, dass er skeptisch sein würde. »Der Artikel soll innerhalb einer ganzen Reihe von Berichten erscheinen, die sich alle um Unternehmen drehen, die den Kern kleinerer Städte bilden. Sozusagen das Herz unseres Landes.« Sie nippte an ihrem Kaffee und beobachtete den Sheriff über die Tasse hinweg. Die Skepsis war aus seinem Blick verschwunden, er hatte ihre Geschichte geschluckt. Zufrieden stellte sie die Tasse ab und nahm einen weiteren Bissen von ihrem Apfelkuchen. »Sie kannten Adrian Crowley sicherlich«, setzte sie an, nachdem sie heruntergeschluckt hatte. »Wäre es möglich, dass ich auch Ihnen ein paar Fragen stelle?«

Ed, der seinen Kuchen bereits aufgegessen hatte, nickte. »Sicher, warum nicht. Jetzt ist es allerdings ungünstig, ich muss zum Dienst. Eigentlich sollte ich nicht einmal mehr hier sein.«

»Das ist kein Problem, ich werde einige Tage bleiben«, sagte Laura. »Wenn es Ihnen recht ist, rufe ich Sie einfach an und wir vereinbaren einen Termin.«

»Im *Green Dragon* kann man sehr gut essen.« Mit einem Lächeln fügte er hinzu: »Und die Tische sind groß genug, damit sie auch noch Ihren Notizblock darauf ablegen können.«

War das etwa eine versteckte Einladung?

Er schob eine Visitenkarte über den Tisch. »Rufen Sie einfach an. Ich muss jetzt los. Es hat mich gefreut, Sie kennenzulernen, Laura.« Er griff nach seinem Hut und stand auf. »Ich hoffe, Ihre Rippen haben nichts Ernstes abbekommen.«

Sie trank einen weiteren Schluck Kaffee und beobachtete, wie er das *Diner* verließ – nicht ohne sich noch einmal nach ihr umzudrehen und ihr kurz zuzunicken – und draußen außer Sicht verschwand. Sheriff Ed Travis war ein charmanter Mann, dessen Auftreten ihr gefiel. Gleichzeitig hatte er ihr bewusst gemacht, dass er kein trotteliger Kleinstadtcowboy war, sondern jemand, der seine Umgebung mit wachen Sinnen wahrnahm. So war ihm auch nicht entgangen, dass er ihr einen ordentlichen Stoß in die Rippen verpasst hatte, als sie zusammengestoßen waren. So nett er auch sein mochte, Laura musste wachsam bleiben.

5

Zurück im Haus holte ich mir eine Flasche Cola aus dem Kühlschrank und machte es mir mit meinem Essen am Küchentisch bequem. Während ich aß, glitt mein Blick über die rustikalen Küchenschränke, die Sammlung Kaffeetassen und die bunt bemalten Wandfliesen, die zusammen mit anderen Details wie den Vorhängen und der Rüschenschürze, die neben der Tür hing, so viel Behaglichkeit verströmten. Hier würde ich nichts ändern, bestenfalls den verblichenen Linoleumboden austauschen und in den Keramiktöpfchen auf dem Fensterbrett frische Kräuter pflanzen. Auch wenn ich mir nicht viel Hoffnung machte, dass das Grünzeug unter meiner Pflege wirklich gedeihen würde.

Als ich Nicholas' Nähe spürte, sah ich auf. »Ich habe heute ein paar interessante Dinge erfahren.« Oder beunruhigende, das kam ganz darauf an, wie intensiv man darüber nachdachte. In knappen Worten fasste ich zusammen, was ich in der Bibliothek und im *Diner* herausgefunden hatte, verzichtete dabei jedoch auf jede Spekulation. Damit würde ich mich nur verrückt machen – und Nicholas ebenfalls, der sich mir in seinem jetzigen Zustand kaum mitteilen konnte. »Ich schätze, ich kann wohl bald mit einem Besuch des Sheriffs rechnen.«

Kälte strich über meinen Arm, eine tröstliche Geste, die mir half, meine aufgewühlten Gedanken für den Moment zu verdrängen. Ich räumte das Geschirr weg, warf die Verpackung in den Müll und kehrte nach oben zurück, um das Arbeitszimmer fertig auszuräumen.

Ich kam gut voran und schaffte es tatsächlich, den Inhalt sämtlicher Schränke auszusortieren und alles in Kisten zu packen, die ich übermorgen nur noch für die Müllabfuhr vor die Tür stellen musste. Für heute jedoch hatte ich genug getan. Nach einer kurzen Dusche machte ich es mir im Wohnzimmer auf der Couch gemütlich und sah mir ein Halloween-Special der Simpsons an, während ich darauf wartete, dass Nicholas sichtbar wurde.

Als die Dunkelheit endlich hereinbrach, erschien er neben mir auf der Couch. Er beugte sich über mich, seine Lippen berührten die meinen, anfangs nur ein kühler Hauch, der schnell zu einer zärtlichen Berührung wurde, während ich ihm meinen Atem gab.

Er hob die Hand und strich mir über die Wange. »Ich wünschte, ich könnte dir helfen.«

»Dass du da bist, hilft mir schon.« Das tat es wirklich. Er mochte den ganzen Tag über bei mir gewesen sein; ihn sehen, mit ihm sprechen und nach unserem Kuss auch spüren zu können, war um Längen besser, als ihn unsichtbar um mich zu haben.

Nicholas seufzte. »Aber mir reicht es nicht. Ich möchte mehr für dich tun, als dein unsichtbarer Schatten zu sein. Ich will Fragen stellen, dich festhalten und ...«

»Zumindest festhalten kannst du mich«, sagte ich und hauchte ihm noch mehr von meinem Atem ein.

Als er mich auf seinen Schoß zog, um mich erneut zu küssen, musste ich daran denken, wie ich vorgestern aus dem Krankenhaus gekommen war und ihm verkündet hatte, dass ich in Cedars Creek bleiben würde. Bei ihm. Seine anfängliche Skepsis war schnell in Leidenschaft umgeschlagen, die sich in immer heftiger werdenden Küssen manifestiert hatte. In jener Nacht hatte ich mit einem Geist geschlafen und es war wunderbar gewesen. Ihn zu spüren und ihm so nah zu sein, war alles, was ich mir die ganze Zeit über gewünscht hatte. Nichts, aber auch gar nichts war anders gewesen als mit einem lebendigen Mann. Nicht einmal die Kälte hatte mich gestört. Erst als der Morgen kam und er mir mehr und mehr entglitten war, erinnerte ich mich wieder daran, dass Nicholas alles andere als ein normaler Mann war. Das Wissen, dass ich niemals in seinen Armen aufwachen, gemeinsam mit ihm frühstücken und mit ihm den Tag verbringen würde, machte mich traurig. Trotzdem weigerte ich mich, mir Gedanken – oder gar Sorgen – über unsere Zukunft zu machen.

Wir liebten uns, das war alles, was zählte.

Auch jetzt wurde sein Kuss fordernder. Seine Hände glitten über meinen Rücken und meinen Hintern und wanderten dann unter meinem Pullover über meine nackte Haut. Mein Atem beschleunigte sich. Seine Hände fanden meine Brüste. Das leise Keuchen, das mir daraufhin entfuhr, entlockte ihm ein zufriedenes Lächeln.

Mir wurde schwindlig. Um nicht das Gleichgewicht zu verlieren, schlang ich die Arme um seinen Nacken und presste mich eng an ihn. Rote und schwarze Flecken explodierten vor meinen Augen. Ich versuchte sie fortzublinzeln, doch die Schwärze, die von allen Seiten herankroch, breitete sich immer weiter aus.

Ruckartig beendete ich den Kuss, und als seine Lippen erneut die meinen suchten, legte ich ihm eine Hand auf die Brust und hielt ihn zurück.

»Warte«, flüsterte ich atemlos. »Ich kann nicht ... Luft.«

Die Leidenschaft schwand so schlagartig aus seinen Zügen, als hätten meine Worte einen Schalter umgelegt. Er hob mich von seinem Schoß, legte mich auf die Couch und schob mir ein Kissen unter die Knie.

»Ich habe zu viel genommen.« Er saß neben mir auf der Kante und hielt meine Hand. Dabei wirkte er so bestürzt, dass ich mir wünschte, ich hätte nichts gesagt. »Es tut mir so leid.«

»Das muss es nicht.« Mir ging es schon wieder besser. Zumindest hatte ich nicht mehr das Gefühl, jeden Moment aus den Latschen zu kippen. Als ich jedoch versuchte mich aufzusetzen, kehrte der Schwindel schlagartig zurück und ich ließ mich sofort wieder in die Kissen sinken. Offensichtlich hatte mein Kreislauf nach den Wochen im Krankenhaus noch nicht wieder auf Normalbetrieb umgeschaltet.

»Du solltest nicht hierbleiben.« In seinem Blick lag eine Mischung aus Nachdenklichkeit und Furcht. »Wirf dein Leben nicht meinetwegen weg.«

»Wegwerfen?« Ich hatte das Gefühl, dass mein Leben erst begonnen hatte, seit ich ihm begegnet war. Aber ganz sicher war es deutlich aufregender geworden. »Wie kannst du so etwas sagen, Nicholas? Ich möchte bei dir sein!«

»Was habe ich dir schon zu bieten?« Er stand auf und entfernte sich von der Couch. Erst vor dem Kamin blieb er stehen, so weit fort von mir, wie es möglich war, ohne das Wohnzimmer zu verlassen. »Verdammt, Sam! Ich bin ein Geist, aber du bist am Leben! Ich will nicht, dass du meinetwegen deinen Traum aufgibst und in diesem Kaff versauerst!«

Jetzt setzte ich mich doch auf. Die Finger in die Armlehne gekrallt und den Schwindel ignorierend, der mein Gesichtsfeld sofort einzuengen versuchte, sah ich ihn an. »Dann werden wir uns eben etwas einfallen lassen, damit ich hier eine sinnvolle Beschäftigung finde – ich habe mich nämlich für dich entschieden und denke nicht daran, wegzugehen.«

Wenn ich so entschlossen war hierzubleiben, warum hatte ich dann noch nicht in Boston angerufen und den Job bei Jameson Industries abgesagt? Du meine Güte, ich war erst vorgestern aus dem Krankenhaus gekommen und schlug mich mit der Frage herum, wann die Polizei vor meiner Tür stehen und mich verhaften würde. Da war es nun wirklich kein Wunder, dass ich noch keine Zeit für den Anruf gefunden hatte.

Du hättest es schon im Krankenhaus tun können, meldete sich die hartnäckige Stimme meines Gewissens zu Wort.

Ich fühlte mich schlecht, weil ich es noch nicht getan hatte. Das war, als würde ich meine Gefühle für Nicholas infrage stellen. Doch so war es nicht. In den letzten Wochen hatte ich ihn besser kennengelernt als jeden anderen Mann in meinem Leben. Nicholas war alles, was ich mir immer gewünscht hatte. Er verstand mich auch ohne große Worte, war klug und brachte mich zum Lachen. Ich fühlte mich wohl in seiner Nähe und wusste, dass ich bei ihm immer ich selbst sein konnte und mich niemals zu verstellen brauchte. Er gab mir das Gefühl von Sicherheit, was merkwürdig war in Anbetracht der Tatsache, dass er mich nicht einmal zurückreißen könnte, wenn ich im Begriff wäre, vor einen Bus zu laufen. Trotzdem hatte er mir das Leben gerettet – und ich wusste, er würde es jederzeit wieder tun.

Ein Job war ersetzbar, ich würde schon eine andere Arbeit finden, aber es gab nur einen Nicholas. Es war schon schwer genug, den einen Menschen zu finden, der zu einem passte, einen ergänzte und dafür sorgte, dass die Hormone Achterbahn fuhren. Viele suchten ihr ganzes Leben lang vergebens. Ich hatte ihn gefunden und ich dachte nicht im Traum daran, ihn aufzugeben.

Je länger ich darüber nachdachte, desto mehr wurde mir bewusst, dass ich den Job noch nicht ganz abgeschrieben hatte, da ich insgeheim die Hoffnung hegte, doch noch nach Boston gehen zu können. Zusammen mit Nicholas. Dank Tess' Hilfe war er nicht länger an den Umkreis des Friedhofs gebunden. Wer sagte also, dass er in Cedars Creek bleiben musste? Warum sollte er nicht mit mir von hier fortgehen können? Er war ein Geist, kein Vampir. Den Sarg mit der Heimaterde konnten wir also getrost vergessen. Und da er auch kein Zombie war, mussten wir uns auch nicht darum sorgen, dass sich unsere künftigen Nachbarn über die Geruchsbelästigung beschwerten.

Da ich mir nicht sicher war, was er von meiner Idee halten würde und wie ich das Thema überhaupt ansprechen sollte, behielt ich diesen Gedanken vorerst für mich.

»Uns fällt schon etwas ein.« Mir war nicht länger schwindlig, sodass ich meine verkrampften Finger von der Armlehne lösen und mich vernünftig hinsetzen konnte. Nicholas stand noch immer vor der Wand und betrachtete mich nachdenklich. »Da ist noch mehr, oder?«

Er wich meinem Blick aus und ich fürchtete schon, er würde mir nicht antworten. Dann jedoch hob er ruckartig den Kopf und sah mich an, seine sonst so hellen blauen Augen dunkel vor Anspannung. »Ich weiß nicht, ob ich mich auf Dauer unter Kontrolle haben werde.«

Mir war sofort klar, was er meinte. »Natürlich wirst du das.« Ich sagte es, ohne zu zögern, und ich meinte es auch so. Er hatte mehrmals die Gelegenheit gehabt, meinen Atem zu nehmen. Zur Hölle, er hätte mich einfach aussaugen können, während ich schlief, doch er hatte nie versucht, mein Leben zu nehmen.

»Es ist schwerer geworden, seit ...«

»Seit du lebendig warst?« Wie jedes Mal, wenn ich daran dachte, was er meinetwegen aufgegeben hatte, überkam mich eine Mischung aus Bedauern und Dankbarkeit.

Er nickte.

»Du hast es im Griff, Nicholas.« Der Gedanke, dass er mich fortschicken wollte – und sei es nur, um mich zu schützen –, war so erschreckend, dass mir beinahe übel wurde.

Nicholas stieß sich von der Wand ab, offensichtlich war noch immer genug meines Lebens in ihm, um körperlich zu sein, und schüttelte heftig den Kopf. »Ich habe dir gerade zu viel Atem genommen!«, knurrte er. »Was glaubst du, warum du zusammengeklappt bist? Was, wenn ich mich das nächste Mal nicht so einfach bremsen kann? Ich bin stärker als du, wie willst du mich daran hindern, alles zu nehmen?«

»Das kann ich nicht«, räumte ich ein. »Aber ich vertraue dir und ich weiß, dass du es nicht tun wirst.« Beim Anblick seiner fast schon verzweifelten Miene fügte ich hinzu: »Wir waren gerade im Begriff, miteinander ... Wir haben uns mitreißen lassen. Vermutlich müssen wir einfach lernen, unsere Leidenschaft so weit zu beherrschen, dass wir unser Hirn dabei nicht vollkommen ausschalten.« Was leichter gesagt war als getan.

»Ich weiß nicht, ob es so einfach ist.«

»Dann gib uns die Chance, es herauszufinden.«

6

Nicholas war bereit, uns diese Chance zu geben. Trotzdem kam er mir für den Rest der Nacht nicht mehr nahe genug, um meinen Atem auf sich zu spüren. Die bloße Tatsache, dass er sich Gedanken darüber machte, ob seine Willenskraft ausreichen mochte, der Versuchung zu widerstehen, stärkte mein Vertrauen in ihn. Er würde mir nichts antun, davon war ich überzeugt.

Womöglich musste ich lernen, ein wenig sorgsamer mit meinem Atem umzugehen. Während der letzten Tage hatte ich ihm, wann immer er mir nahe kam, Leben eingehaucht, um ihn berühren zu können. Vielleicht war das zu viel gewesen. Aber ganz sicher nicht genug, um ihn in eine mordlüsterne Bestie zu verwandeln.

Als er im Morgengrauen durchschimmernd wurde und sich aufzulösen begann, ging ich ins Bett. Ich träumte wirre Dinge – von Nicholas, der mit langen Vampirzähnen meine Luftröhre öffnete und mir lachend den Atem raubte, und von Adrians mumifizierter Leiche, die sich erhob und mir auf Schritt und Tritt folgte, ohne sich mir zu zeigen. Wann immer ich mich umdrehte, huschte sie so schnell aus meinem Blickfeld wie eine Kakerlake, wenn man das Licht anknipste. Trotzdem wusste ich, dass sie da war. Das Gefühl, verfolgt zu werden, war so beklemmend, dass ich froh war, als mich das Schrillen des Telefons aus dem Schlaf riss.

Ich hatte gerade einmal drei Stunden geschlafen, angesichts der Träume jedoch waren sie mir wie eine Ewigkeit erschienen. Barfuß tappte ich aus meinem Schlafzimmer, die Treppe nach unten, in die Küche und griff nach dem Telefonhörer.

»Hallo?«, meldete ich mich schlaftrunken.

»Miss Mitchell, hier spricht Sheriff Travis. Habe ich Sie geweckt?«

Schlagartig war ich hellwach, ganz zu schweigen davon, dass ich mir wünschte, nicht ans Telefon gegangen zu sein und stattdessen weiter von Zombie-Adrian und seinem Bruder, dem Atemvampir, zu träumen.

»Nein, kein Problem«, brachte ich schließlich heraus, nachdem ich meinen ersten Schrecken überwunden hatte. »Was kann ich für Sie tun?«

»Ich möchte die Sache mit dem Landstreicher gern zu den Akten legen, aber dazu fehlt mir noch Ihre Unterschrift.«

Ich atmete auf. Nachdem Nicholas den Landstreicher in die Flucht geschlagen und ich die Polizei gerufen hatte, hatte Sheriff Travis meine Aussage zu Protokoll genommen. Bevor ich sie jedoch unterschreiben konnte, war Tess gestorben – und kurz darauf hatte ich mich selbst im Krankenhaus wiedergefunden.

»Außerdem«, fuhr er fort, »möchte ich bei dieser Gelegenheit gleich noch Ihre Aussage zu dem anderen Überfall aufnehmen, jetzt, wo Sie wieder gesund sind.«

Die Erleichterung, die ich eben noch verspürt hatte, war schlagartig verflogen. »Okay.« Es fiel mir schwer, meiner Stimme einen festen Klang zu geben. Mir war bewusst, dass ich viel zu leise sprach, doch es wollte mir nicht gelingen, das Unbehagen aus meiner Stimme zu verbannen. »Wann soll ich kommen?«

»Um zwei.« Ohne ein weiteres Wort legte er auf und ließ mich mit dem Telefonhörer in der Hand und meinen Ängsten im Bauch zurück.

Nachdem ich den Hörer aufgehängt hatte, dachte ich kurz daran, mich wieder hinzulegen. Da ich mir jedoch ziemlich sicher war, dass ich keinen ruhigen Schlaf mehr finden würde, nachdem sich nun auch noch das Sheriff-Monster zu meinen Albtraumgestalten gesellt hatte, versuchte ich es gar nicht erst.

Nach einer kurzen Dusche wollte ich Nicholas vom Anruf des Sheriffs erzählen, doch zu meinem Erstaunen konnte ich seine Gegenwart nicht spüren. Auf der Suche nach ihm wanderte ich durchs Haus, ohne eine Stelle zu finden, an der die Temperatur niedriger war als im Rest des Gebäudes. Auch auf mein Rufen hin änderte sich nichts daran.

Nicholas war nicht hier.

Da ich nicht wusste, wie ich draußen nach jemandem suchen sollte, der unsichtbar war und dessen Nähe ich angesichts der herbstlichen Temperaturen wohl nicht einmal spüren würde, versuchte ich es erst gar nicht und machte mich stattdessen an die Arbeit.

Bis es an der Zeit war, in die Stadt zu fahren, hatte ich den Teppich im Arbeitszimmer herausgerissen und in kleine Fetzen zerschnitten, die ich in Müllsäcke stopfte. Darunter kam ein dunkles Eichenparkett zum Vorschein, das zwar ein wenig verlebt aussah, nach dem Abschleifen aber sicher wunderschön sein würde.

Ich trug die Müllsäcke in die Garage, ehe ich in den Käfer stieg und mich auf den Weg in die Stadt machte. Um diese Tageszeit herrschte noch weniger Verkehr als normalerweise, sodass ich mein Ziel schneller erreichte, als mir lieb war. Ich parkte hinter einem Streifenwagen, wobei ich darauf achtete, nicht im Halteverbot zu stehen, und stieg aus, wild entschlossen, die Sache möglichst schnell hinter mich zu bringen.

Statt jedoch die Tür aufzureißen und in die Höhle des Löwen zu stürmen, schlich ich mit zögerlichen Schritten an den beiden Kürbislaternen vorbei, die den Eingang flankierten, und wäre vermutlich stehen geblieben, wäre nicht in diesem Augenblick jemand aus dem Gebäude gekommen, der mir die Tür aufhielt.

Ich atmete rasch durch, nickte dem Mann dankend zu und trat ein. In der kurzen Zeit, die ich nun in Cedars Creek war, hatte ich öfters mit der Polizei zu tun gehabt als in meinem ganzen Leben davor, trotzdem war es das erste Mal, dass ich die Polizeistation von innen sah. Ich weiß nicht, was ich erwartet hatte, womöglich eine gemütliche ältere Dame, die die Leute in Empfang nahm und ihnen Kaffee und Donuts anbot, während sie in bequemen Sesseln darauf warteten, bis der Sheriff oder einer seiner Deputies Zeit für sie hatte. Ganz sicher hatte ich nicht damit gerechnet, dass es so spartanisch sein würde. Der Boden war mit abgenutztem graubraunem

Linoleum ausgelegt. Die Wartestühle aus billigem Kunststoff, die an der Wand zu meiner Linken aufgereiht waren, sahen alles andere als bequem aus, und hinter dem Empfangstresen saß zwar eine Frau, doch sie war weder alt noch gemütlich. Stattdessen trug sie eine Uniform und musterte mich mit strengem Blick, als ich mich dem Tresen näherte.

»Was kann ich für Sie tun?«

»Sam Mitchell«, stellte ich mich vor. »Der Sheriff erwartet mich.«

Sie musterte mich einen Augenblick zu lange, um noch als höflich durchzugehen, dann wandte sie sich ruckartig ab, klemmte sich den Telefonhörer ans Ohr und drückte eine Taste. Während sie darauf wartete, dass ihr Anruf angenommen wurde, schenkte sie mir keinerlei Beachtung mehr.

Mein Blick wanderte an ihr vorbei in den hinteren Teil des Raumes, der aus einem Gewirr von Schreibtischen und Stühlen bestand, von denen jedoch nur ein Teil besetzt zu sein schien. Ich hatte nicht die geringste Vorstellung, wie viele Deputies hier ihren Dienst taten, vermutete aber, dass es pro Schicht sicher nicht mehr als sechs oder acht sein mochten. Vermutlich sogar noch weniger. Immerhin war dies ein verschlafenes Städtchen – zumindest war es das bis vor Kurzem gewesen.

»Mitchell ist hier«, sagte die Frau in einem Tonfall, als sei ich gar nicht anwesend. »Wo soll ich mit ihr hin?« Sie lauschte der Antwort und beendete dann mit einem »Okay« das Gespräch, ehe sie sich wieder an mich wandte. »An den Schreibtischen vorbei, erste Tür links.«

Die meisten der Uniformierten sahen nicht einmal auf, als ich an ihren Schreibtischen vorbeiging, nur einer – ein älterer Mann mit Vollbart und Brille – hob den Kopf und nickte mir kurz zu, ehe er sich wieder den Unterlagen auf seinem Tisch zuwandte.

Ich musste nicht lange nach dem Büro suchen, denn als ich es erreichte, stand Sheriff Travis bereits in der Tür und erwartete mich. Wie jedes Mal, wenn ich ihn sah, wunderte ich mich darüber, wie wenig er das Klischee des dicklichen, donutliebenden Kleinstadtsheriffs erfüllte. Ed Travis war groß und blond und wirkte durchtrainierter als so mancher Polizist, den ich in meinem Leben gesehen hatte. Dass er mit einem freundlichen Lächeln auf mich zukam, änderte nichts daran, dass ich bei seinem Anblick alle Mühe hatte, meine Fluchtreflexe zu unterdrücken.

»Miss Mitchell«, er nahm mich beim Ellenbogen und führte mich in sein Büro, »schön, dass Sie kommen konnten.«

Das Zimmer war einfach und funktionell eingerichtet. Ein großer Schreibtisch mit Telefon, PC und mehreren Ablagekörbchen, die nicht gerade überquollen vor Akten, beherrschte den Raum, dahinter erhob sich ein halbhoher Aktenschrank, über dem einige Urkunden und ein paar Fotos und gerahmte Zeitungsartikel hingen, und auf der rechten Seite gab es einen Tisch, auf dem eine Kaffeemaschine und ein paar Tassen standen. Die linke Seite des Raumes wurde komplett von einer Reihe von Einbauschränken vereinnahmt. Einer davon sah aus wie ein Gewehrschrank – vermutlich nicht der einzige hier.

»Bitte nehmen Sie Platz.« Er hielt noch immer meinen Arm und dirigierte mich auf den Besucherstuhl zu, der vor seinem Schreibtisch stand. Erst nachdem ich mich gesetzt hatte, umrundete er den Tisch und ließ sich in seinem Stuhl nieder, der deutlich bequemer aussah als meiner. »Wie geht es Ihnen? Haben Sie sich gut erholt?«

Ich weiß nicht, was ich erwartet hatte, wie er dieses Gespräch beginnen würde. Am ehesten hatte ich vermutlich mit einer direkten Anschuldigung oder dem Klicken von Handschellen gerechnet. Zumindest aber damit, dass er sogleich zum Punkt kam, statt Höflichkeitsfloskeln auszutauschen. Es gab so viele Dinge, die ich wissen wollte und die ich ihn nicht einfach fragen konnte, ohne mich in eine missliche Lage zu bringen, dass der Austausch von Höflichkeiten meine Geduld auf eine harte Probe stellte.

Zugegeben, vermutlich hätte es meine Geduld in diesem Augenblick auch strapaziert, wenn er lediglich geatmet hätte, statt mir unaufgefordert zu sagen, was ich wissen wollte. In meiner derzeitigen Situation blieb mir jedoch keine andere Wahl, als mich auf das Spiel einzulassen.

»Ich bin wiederhergestellt«, sagte ich knapp.

»Das höre ich gern.«

»Es ist ja auch nicht zuletzt Ihr Verdienst.« Ich hatte ihm bereits dafür gedankt, dass er mich ins Krankenhaus gebracht hatte, fand jedoch, dass es nicht schaden konnte, ihm zusätzlich noch ein wenig Honig ums Maul zu schmieren. »Ich verdanke Ihnen mein Leben.« *Ihnen und Nicholas.*

Er machte eine abwehrende Handbewegung, als sei ihm meine Dankbarkeit – die durchaus ehrlich gemeint war – peinlich. Sein wacher Blick und das aufmerksame Funkeln in seinen dunklen Augen sagten mir jedoch, dass das nur Show war und er meine Reaktion genauestens beobachtete. Vielleicht war ich inzwischen auch vollkommen paranoid geworden und bildete mir das alles nur ein. »Haben Sie schon mit Mr Perkins gesprochen?«

Als er bei mir im Krankenhaus gewesen war, hatte er mir erzählt, dass Wilbur Perkins, der Inhaber des Heimwerkermarktes, möglicherweise einen Käufer für mein Haus gefunden habe. Das war gewesen, bevor ich mich entschlossen hatte zu bleiben.

Ich schüttelte den Kopf. »Nein, noch nicht. Ich werde vermutlich auch gar nicht verkaufen.«

»Nicht?« Er hob eine Augenbraue.

Wunderte er sich etwa darüber, dass jemand, der in so ziemlich jedes Verbrechen verwickelt war, das sich in den letzten Wochen hier zugetragen hatte, sich nicht bei der erstbesten Gelegenheit aus dem Staub machte?

Sosehr ihn meine Eröffnung auch überraschen mochte, er kommentierte sie nicht weiter. Stattdessen zog er ein Blatt Papier aus einem der Ablagekörbe und schob es mir vor die Nase. »Lesen Sie sich alles noch einmal durch und unterschreiben Sie dann hier.« Mit dem Kugelschreiber deutete er auf eine gestrichelte Linie am Ende der Seite.

Ich nahm das Blatt und überflog es. Ich fühlte mich ein wenig schlecht dabei, dass ich dem Landstreicher unterstellt hatte, auf Drogen gewesen zu sein. Mir war jedoch keine andere Wahl geblieben, da ich sonst nicht hätte erklären können, dass der Kerl bei seiner Verhaftung etwas von einem Mann gefaselt hatte, der aus dem Nichts erschienen war und ihn angegriffen hatte. Andererseits würde er nicht für ein mögliches Drogenvergehen bestraft werden – zumindest nicht, wenn man keine Drogen in seinem Blut gefunden hatte –, sondern für die Überfälle und Einbrüche, die er im Laufe der Zeit begangen hatte.

Nachdem ich alles durchgelesen hatte, setzte ich meinen Namen darunter und gab es an den Sheriff zurück. Der schob das Blatt in eine dünne Akte und warf sie auf den Schrank hinter sich.

»Ein Fall erledigt«, sagte er, als er sich mir wieder zuwandte, »noch einer offen.« Er zog ein Diktiergerät aus der Schublade, drückte die Aufnahmetaste und stellte es zwischen uns auf den Tisch. »Jetzt erzählen Sie bitte noch einmal so ausführlich wie möglich, was in jener Nacht passiert ist, in der ich Sie fand.«

»Ich fürchte, da gibt es wirklich nicht viel zu erzählen.« Noch einmal wiederholte ich dieselbe Geschichte, die ich ihm schon im Krankenhaus aufgetischt hatte. Ich erzählte ihm von meinem angeblichen Spaziergang die Straße hinauf und davon, wie ich plötzlich ein Geräusch gehört zu haben glaubte. »Es ging alles furchtbar schnell«, sagte ich. »Erst das Geräusch, ein Rascheln und Knacken wie Schritte im Unterholz, dann wurde ich zu Boden gerissen. Das Letzte, woran ich mich erinnere, bevor ich das Bewusstsein verlor, ist ein furchtbarer Schmerz.« Zumindest der war echt gewesen, auch wenn die Umstände, die zu der Verletzung geführt hatten, vollkommen andere gewesen waren. »Als ich das nächste Mal die Augen aufschlug, waren Sie da.« Jetzt sah ich ihm direkt in die Augen. »An mehr kann ich mich nicht erinnern.«

Einen Moment lang erwiderte er meinen Blick schweigend, dann lehnte er sich ein Stück über den Schreibtisch nach vorn. »Denken Sie noch einmal nach. Hat die Person etwas gesagt? Haben Sie eine Stimme gehört? Etwas gesehen? Kleidung, Schuhe, vielleicht ein Muttermal oder eine Narbe? *Irgend*etwas?«

Ich tat ihm den Gefallen und gab vor nachzudenken. Da ich jedoch weder vorhatte, mich noch tiefer in mein eigenes Lügengebilde zu verstricken, noch, versehentlich einen Unschuldigen zu belasten, schüttelte ich schließlich den Kopf. »Es war dunkel und er kam von hinten.«

»Sie sind sich also sicher, dass es ein Mann war?«

Ich runzelte die Stirn. »Die Wucht, mit der ich zu Boden gerissen wurde … ich glaube nicht, dass eine Frau dazu in der Lage wäre.«

»Okay, wir gehen also davon aus, dass es ein Mann gewesen ist. Er hat nicht einmal Ihre Geldbörse verlangt, ehe er zugestochen hat?«

»Nein.« O verflucht, versuchte ich tatsächlich gerade, dem Sheriff zu verkaufen, dass mich jemand hinterrücks überfallen hatte, nur um mich abzustechen? Trotzdem schien es mir nicht ratsam, jetzt von meiner Version der Ereignisse abzuweichen. Je mehr ich das tat, desto mehr lief ich Gefahr, mich in Widersprüche zu verstricken. Dann doch lieber einen Blackout vorschieben und so wenig Informationen wie möglich herausrücken.

Sheriff Travis lehnte sich wieder in seinem Sessel zurück, den Blick unverwandt auf mich gerichtet. »Was hatten Sie um diese Zeit überhaupt dort draußen zu suchen?«

»Es war so ein schöner Abend und ich wollte noch ein wenig Luft schnappen«, erklärte ich. »Also bin ich spazieren gegangen.«

»An der Straße?«

»Ich bin noch nicht so lange in Cedars Creek und habe keine Ahnung, wo man hier gemeinhin spazieren geht. Allerdings war mir nicht bewusst, dass eine verlassene Gegend wie diese derart gefährlich sein könnte.« Ich zwang mich, erbost zu klingen. »Wollen Sie *mir* etwa die Schuld daran geben, was geschehen ist, weil ich mir die Beine vertreten wollte?«

»Nein, natürlich nicht. Aber Sie müssen zugeben, dass ein Spaziergang um diese Uhrzeit ausgesprochen ungewöhnlich ist.«

Ich war mir nicht sicher, um welche Uhrzeit er mich gefunden hatte. Es war bereits dunkel gewesen, als ich bei Adrian angekommen war. Der Himmel allein wusste, wie lange ich auf seinem OP-Tisch gelegen hatte, bevor ich das Bewusstsein zurückerlangt hatte. Der Sheriff musste mich gegen elf gefunden haben, vielleicht noch später. Ich konnte ihm unmöglich weismachen, dass es noch hell gewesen war, als ich zu meinem Spaziergang aufbrach. Niemals hätte ich mit so einer Verletzung mehrere Stunden überlebt, und ich war mir sicher, Sheriff Travis wusste das. Falls nicht, könnte er es sich vermutlich von den Ärzten bestätigen lassen.

»Ich war nicht müde und dachte mir, die frische Luft würde

mir guttun. Wie hätte ich denn ahnen sollen, dass …« Ich ließ den Satz absichtlich unvollendet und wandte den Blick ab.

Er hob beschwichtigend die Hände. »Ich mache Ihnen keinen Vorwurf, Miss Mitchell. Ich versuche lediglich, so viele Informationen wie möglich zu bekommen, damit wir die Person festnehmen können, die Ihnen das angetan hat.«

Ich nickte, sagte aber nichts.

Schließlich griff er nach dem Diktiergerät, schaltete es ab und stand auf. »Ich lasse meine Assistentin Ihre Aussage tippen, dann brauche ich nur noch eine weitere Unterschrift und Sie sind entlassen.«

Ehe ich etwas erwidern konnte, war er schon aus der Tür. Ich hörte ihn draußen mit einer Frau sprechen und eine Minute später war er zurück. »Möchten Sie einen Kaffee, während wir warten?«

»Gern.« Mir war alles recht, solange er mich nicht mit weiteren Fragen löcherte, die ich ohnehin nur mit einer Lüge beantworten würde. Zumindest bohrende Blicke und die in Krimis übliche »Reden Sie!«-Verhörlampe waren mir erspart geblieben.

Sheriff Travis ging zum Tisch und füllte zwei Tassen mit Kaffee. »Milch? Zucker?«

»Schwarz, danke.«

Er stellte eine Tasse vor mir ab und umrundete erneut den Schreibtisch. Statt sich jedoch wieder zu setzen, blieb er mit der Tasse in der Hand, an den Aktenschrank gelehnt stehen und musterte mich.

So allmählich hatte ich genug davon, von allen angestarrt und abgeschätzt zu werden.

»Keine Donuts?«, fragte ich, um seine Gedanken von mir abzulenken.

Auf seinen Lippen zeigte sich der Anflug eines Grinsens, das ihn deutlich jünger wirken ließ als die strenge Miene, die er sonst zur Schau stellte. »Auf keinen Fall! Wenn es nach mir ginge, sollte das Zeug verboten werden. Was für ein scheußliches Klischee: Alle Polizisten haben immer und jederzeit Donuts zu essen.«

Ich deutete auf meine Tasse. »Und Kaffee zu trinken.«

»Das tut jeder.«

Da ich dem nichts hinzuzufügen hatte, griff ich nach meiner Tasse.

»Als Sie im Krankenhaus waren, ist der alte Crowley gestorben.«

Mir blieb fast das Herz stehen angesichts des abrupten Themenwechsels. Um ein Haar hätte ich vor Schreck den Kaffee verschüttet. Ich rettete mich in ein »Autsch, ist das heiß!«, stellte die Tasse schnell wieder ab und sah ihn an. »Adrians Großvater?« Es war sinnlos, zu leugnen, dass ich den Junior gekannt hatte – dafür hatten uns zu viele Leute zusammen gesehen.

Er nickte. »Seine Sekretärin hat ihn gefunden.«

Unmöglich!, hätte ich um ein Haar gerufen, konnte mich aber gerade noch beherrschen. Wie konnte ihn jemand gefunden und der Presse nichts von dem Blut erzählt haben? Andererseits war es die einzig logische Erklärung, sonst wäre der Sheriff sicher längst mit weiteren Fragen über mich hergefallen. Aber warum sollte die Sekretärin das Blut nicht gemeldet und es stattdessen aufgewischt und alles aufs Penibelste geputzt haben?

»Da sich der Junior länger nicht im Büro gemeldet hatte«, fuhr er ohne Unterbrechung fort, »und weder er noch sein Großvater telefonisch zu erreichen waren, ist sie zum Anwesen hochgefahren, um einige Unterlagen unterzeichnen zu lassen.«

Die Tür stand offen, die Alarmanlage schrillte, setzte ich seinen Bericht in Gedanken fort, doch Sheriff Travis sagte nur: »Dabei hat sie die Leiche entdeckt.«

Meine Hände waren schweißnass und die Muskeln in meinen Beinen zuckten. Am liebsten wäre ich aufgesprungen und davongelaufen. Nichts von alledem ergab einen Sinn. Mir war nur nicht klar, ob er mir diese Version der Geschehnisse auftischte, weil er mir tatsächlich lediglich vom Tod des alten Crowley erzählen und mich – was die Todesumstände anging – schonen wollte, oder ob er versuchte, Informationen aus mir herauszukitzeln.

Ich versuchte das Durcheinander in meinem Kopf zu sortieren, das seine Worte auslösten, was nicht einfach war angesichts der Tatsache, dass der Sheriff mich noch immer musterte. Als erwarte er eine Reaktion von mir. Doch die würde er nicht bekommen.

Adrian war einen Tag nach meiner Einlieferung gefunden worden, das wusste ich aus der Zeitung. Er konnte sich also höchstens einen oder zwei Tage nicht im Büro gemeldet haben. Das alles passte nicht zusammen. Da ich jedoch keine Erklärung fand und auch keine Fragen stellen konnte, nahm ich seine Aussage einfach hin und sagte nur: »Adrian hat einmal erzählt, dass sein Großvater sehr krank war.«

»Schwaches Herz«, bestätigte der Sheriff. »Das war auch die Todesursache: Herzversagen.« Er trank einen Schluck von seinem Kaffee und beobachtete mich über den Rand seiner Tasse hinweg. »Der Junior ist verschwunden. Mittlerweile wurde er von seinen Mitarbeitern als vermisst gemeldet.«

Und das würde er auch bleiben!

»Wann haben Sie ihn zuletzt gesehen?«

Ging es ihm am Ende gar nicht um den Tod des Seniors, sondern darum, aufzuklären, was mit dem Enkel passiert war? »Am Abend, bevor Tess Adams starb«, sagte ich. »Ich war zum Essen bei ihm.«

»Ist Ihnen etwas aufgefallen?«

»Was meinen Sie?«

Er stellte seine Tasse beiseite und verschränkte die Arme vor der Brust. »Hat er sich merkwürdig benommen? Haben Sie Koffer herumstehen sehen? Hat er mit jemandem telefoniert?«

Obwohl ich die Antworten auf seine Fragen längst wusste, gab ich einmal mehr vor, darüber nachdenken zu müssen. Ich ließ mir ein wenig Zeit, ehe ich den Kopf schüttelte. »Nein, soweit ich das beurteilen kann, verhielt er sich ganz normal.« Wenn man einmal von den Drogen in meinem Wein absah, mit denen er mich zu betäuben versucht hatte. Wäre Tess nicht dazwischengekommen, um mich unter einem Vorwand aus dem Haus zu locken, hätte er mich schon an diesem Abend in seinen Keller verschleppt. Für ihr Eingreifen hatte Tess einen hohen Preis bezahlt. Den höchsten.

»Sagen Sie, Miss Mitchell, glauben Sie eigentlich an Übersinnliches?«

»Ich fürchte mich vor Zombies«, sagte ich mit einem schiefen Grinsen.

Verdammt! Dieses Gespräch entwickelte sich mehr und mehr zum Eiertanz. Was sollte diese Frage nach Übersinnlichem? Dass er mich des Mordes verdächtigen oder zumindest eine Zeugin in mir sehen würde, hatte ich befürchtet und auch erwartet. Aber wie um alles in der Welt konnte er auch nur ahnen, dass hier andere Dinge im Spiel waren – Dinge, die sich auf normale Weise nicht erklären ließen? Wenn er wenigstens endlich damit herausrücken würde, was er wusste! Da ich das Gefühl hatte, noch etwas sagen zu müssen, fügte ich ein »Und Sie?« hinzu.

»Nein.« Er schüttelte den Kopf. »Allerdings muss ich zugeben, dass ich mich manchmal frage, ob nicht doch etwas dran sein könnte – vor allem, wenn man sieht, wie viele Leute an diesen Blödsinn glauben.«

»So wie Tess?« Nach ihrem Tod war er mit der Spurensicherung in ihrer Wohnung gewesen. Dort musste er die esoterischen Bücher und rituellen Gegenstände gesehen haben.

»So wie Miss Adams«, stimmte er zu.

»Geholfen hat es ihr nicht«, sagte ich düster. Doch auch wenn die Erinnerung an Tess' Ermordung meine Stimmung weiter trübte, war ich dankbar für den Themenwechsel.

»Nein, geholfen hat es ihr wohl wirklich nicht«, gab er mir einmal mehr recht.

Sheriff Travis wollte noch etwas sagen, doch in diesem Moment kam seine Assistentin mit einem Ausdruck meiner Aussage zur Tür herein. Er nahm das Blatt entgegen und legte es mir zur Unterschrift vor.

Ich las mir alles durch und war erstaunt, wie viele Zeilen so wenig Aussage füllen konnten. Am Ende angekommen griff ich nach dem Kugelschreiber und unterschrieb.

»Danke, Miss Mitchell.« Der Sheriff nahm das Papier entgegen und ließ es in einem seiner Ablagekörbe verschwinden. »Damit wären wir hier fertig. Falls sich der junge Crowley bei Ihnen meldet, geben Sie mir bitte Bescheid.«

»Sicher.« Ich stand auf und ging zur Tür. Meine Verwirrung war nicht geringer geworden. Keine Fragen stellen zu können gab mir ein Gefühl der Hilflosigkeit. Vielleicht konnte ich wenigstens herausfinden, was es mit dem Buch auf sich hatte, das er mir geschenkt hatte. Auf der Schwelle blieb ich stehen und wandte mich noch einmal zu ihm um. »Ich habe mich noch gar nicht richtig für das Buch bedankt«, sagte ich. »Es hat mir tatsächlich geholfen, einige langweilige Stunden im Krankenhaus totzuschlagen. Haben Sie es gelesen?«

Er schüttelte den Kopf.

Mir war bewusst, dass ich mich auf dünnem Eis bewegte, trotzdem musste ich versuchen, ihm zumindest eine Reaktion zu entlocken. *Irgendetwas*, was mir einen Hinweis darauf gab, wo ich stand und wie viel er tatsächlich wusste. »Es war wirklich spannend«, fuhr ich fort. »Nur der Titel passt nicht so recht zum Inhalt.«

Er sah mir in die Augen. »Die Verpackung passt oft nicht zu dem, was sich dahinter verbirgt.«

Ich schluckte. »Vermutlich haben Sie recht«, war alles, was ich hervorbrachte, dann machte ich kehrt und wollte gehen.

»Samantha!«

Es war das erste Mal, dass er mich beim Vornamen nannte. Allerdings war ich mir nicht sicher, ob er nur freundlich sein wollte oder ob es zu irgendeiner Taktik gehörte. Aufbau einer persönlichen Beziehung zum Opfer, um es dann leichter zum Reden zu bewegen, oder etwas in der Art.

Ich drehte mich noch einmal zu ihm herum.

»Cedars Creek hat Ihnen bisher nicht viel Glück gebracht«, sagte er ernst. »Vielleicht sollten Sie Ihre Sachen packen und nach Hause fahren.«

Was sollte ich darauf erwidern? Dass der Geist, mit dem ich zusammenlebte, dasselbe sagte? Dass er sich seine Ratschläge dahin stecken konnte, wo die Sonne nicht schien? Letztlich entschied ich mich für ein diplomatisches Nicken, das so gut wie alles bedeuten konnte, und verließ das Gebäude, ohne mich noch einmal umzusehen. Erst auf der Straße blieb ich stehen, atmete tief durch und versuchte meinen rasenden Puls zu beruhigen.

7

Ed Travis legte die Hanteln zur Seite, mit denen er die letzte halbe Stunde trainiert hatte, und wischte sich mit einem Handtuch den Schweiß von der Stirn. Während der letzten Jahre war das Training zu einem festen Ritual geworden. Er lief jeden Morgen fünf Meilen, selbst wenn es in Strömen regnete, und nahm die Hanteln zur Hand, sobald er von seiner Schicht nach Hause kam. Zum einen half ihm der Sport, abzuschalten und den Job aus seinen Gedanken zu verdrängen, zum anderen kannte er jedes Klischee, das über Kleinstadtsheriffs im Umlauf war, und gab sich alle Mühe, keines davon zu erfüllen. Er kaute keinen Kaugummi, aß keine Donuts und achtete penibel darauf, nicht außer Form zu geraten. Lediglich auf seine regelmäßige Dosis Koffein wollte er nicht verzichten.

Deshalb ging er auch jetzt in die Küche, um sich eine Tasse zu holen. Nach Jahren der Übung konnte er das Zeug zu jeder Tages- und Nachtzeit trinken, ohne dass es ihm etwas ausmachte. Sollte das viele Koffein trotzdem eines Tages sein Herz zum Stillstand bringen, würde er nach all dem Training und dem Verzicht auf Junkfood zumindest gut aussehen in seinem Sarg.

Mit der Tasse in der Hand lauschte er dem Prasseln des Regens – es hatte fast schon etwas Meditatives – und beobachtete, wie das Wasser am Küchenfenster herunterlief. Schließlich kehrte er ins Wohnzimmer zurück, setzte sich auf die Couch und starrte auf die Hantelbank in der Ecke. Es wurde wirklich Zeit, dass er sich im Keller einen Fitnessraum einrichtete. Anfangs hatte es ihm gefallen, im Wohnzimmer während des Trainings den Fernseher laufen zu lassen. Zurzeit jedoch schaltete er die Glotze kaum an. Er hatte Halloween mit all den Masken, den verkleideten Kindern, den Partys und Dekorationen noch nie leiden können. Ebenso wenig wie die Horrorfilme, die seit Anfang Oktober nahezu rund um die Uhr über die Sender flimmerten. Es gab schon genug Psychopathen im realen Leben. In den letzten Wochen hatte es für seinen Geschmack ohnehin zu viele seltsame Ereignisse in seiner sonst so beschaulichen Stadt gegeben. Da brauchte er nicht auch noch diesen ganzen Halloween-Firlefanz.

Er nahm einen Schluck von seinem Kaffee und stellte die Tasse dann auf dem Couchtisch ab, neben den Büchern und den Akten, die er heute aus dem Büro mitgebracht hatte. Fünf verschiedene Ereignisse, die alle eines gemeinsam hatten: Samantha Mitchell.

Der Überfall des Landstreichers ließ sich als unglücklicher Zufall einordnen und hatte vermutlich nichts mit den anderen Ereignissen zu tun. Bei Tess Adams' Tod war er sich dessen schon nicht mehr so sicher. Er glaubte nicht, dass Miss Mitchell etwas mit ihrem Tod zu tun hatte. Bestenfalls war sie eine Zeugin, die nicht sagte, was sie wirklich wusste. Allerdings war er davon überzeugt, dass der Mordfall Adams in irgendeiner Form in Verbindung mit den anderen drei Fällen stand – auch wenn Samantha im Augenblick die einzige Verbindung zu sein schien.

Er hatte ihr nicht die Wahrheit gesagt, als er ihr von Crowleys Tod erzählt hatte. Es war keine Sekretärin gewesen, die den Alten gefunden hatte, sondern Ed selbst. Am Morgen, nachdem er Samantha verletzt gefunden hatte, war er zum Anwesen hochgefahren, um bei den Crowleys nachzufragen, ob sie etwas Ungewöhnliches bemerkt hätten. Noch bevor er den Motor des Streifenwagens abstellte, hatte er das Schrillen des Alarms gehört. Die Haustür war aus den Angeln gerissen und im Inneren hatte es ausgesehen wie in einem Schlachthaus. Angesichts all des Blutes, das er im Haus gefunden hatte, war es erstaunlich, dass der alte Crowley tatsächlich an Herzversagen gestorben war.

Ed hatte die Spurensicherung aus Seattle angefordert. Auf seine Anordnung hin kamen sie in Zivil und ließen sich in der Stadt nicht blicken. Seine eigenen Leute waren angewiesen, Stillschweigen über die Vorgänge im Crowley-Anwesen zu bewahren. Die Öffentlichkeit erfuhr lediglich, dass Adrian Crowley senior verstorben war.

Im Haus hatte es Spuren eines heftigen Kampfes gegeben, doch außer dass bei der Autopsie Spuren von Pfefferspray in Crowleys Augen gefunden worden waren, war er unverletzt gewesen. Das Blut, das man auf seiner Kleidung und an seinen Handschuhen gefunden hatte, stammte nicht von ihm. Keinem der hinzugezogenen Fachleute war es zudem gelungen, den Versuchsanordnungen, auf die sie im Keller gestoßen waren, einen Sinn abzutrotzen. Ebenso wenig konnte sich jemand einen Reim darauf machen, was sich im Haus abgespielt hatte. Eines jedoch wusste Ed mit Sicherheit: Samantha Mitchell war hier gewesen. Es war ihr Blut, das vom Keller bis zum Erdgeschoss Spuren hinterlassen hatte. Er hatte das Blut im Haus mit dem von der Stelle, an der er sie gefunden hatte, abgleichen lassen. Es stimmte zu hundert Prozent überein.

»Von wegen Überfall eines Unbekannten«, schnaubte er.

Was auch immer ihr zugestoßen war, es war im Crowley-Haus passiert. Und wie es aussah, hatten ein Skalpell und Novocain eine nicht unerhebliche Rolle dabei gespielt. Die Frage war nur, wie sie es in dem Zustand den Hügel hinunter geschafft hatte, und das auch noch, ohne dabei eine Blutspur zu hinterlassen. Es grenzte in der Tat an ein Wunder, dass sie überhaupt noch am Leben war.

Laut Autopsiebericht war der alte Crowley ohne Fremdeinwirkung gestorben, und Ed glaubte auch nicht, dass Samantha etwas mit dem Verschwinden des Enkels zu tun hatte – zumindest nicht, wenn es sich dabei um ein Verbrechen handeln sollte.

Die Frage, was sich in jener Nacht im Haus abgespielt hatte, ließ ihn seit Wochen nicht mehr los, und er war fest entschlossen, es herauszufinden.

Samantha Mitchell wirkte so bodenständig und vernünftig, dass er nicht verstand, warum sie ihm nicht die Wahrheit sagte und stattdessen seinen Fragen auswich wie ein Steuersünder dem Finanzamt.

Er hatte ihr heute bewusst falsche Informationen gegeben und keine direkten Fragen gestellt in der Hoffnung, sie von sich aus zum Sprechen zu bewegen. Ihm war jedoch schnell klar geworden, dass sie nichts sagen würde. Natürlich hätte er versuchen können, sie unter Druck zu setzen – immerhin handelte es sich um eine offizielle Ermittlung –, doch dann hätte sie sich nur einen Anwalt genommen und jede Aussage verweigert. Sie stand nicht unter Verdacht, etwas getan zu haben, und abgesehen von dem Angriff auf sie und der Tatsache, dass ihr Name in den meisten seiner Fälle auftauchte, seit sie in die Stadt gekommen war, hatte er nichts in der Hand.

Etwas war in diesem Haus vorgefallen. Etwas, was sich womöglich nicht auf normale Weise erklären ließ – zumindest die Spuren konnten keine Erklärung liefern. Das eigenartige Labor, dessen Aufbauten keiner der hinzugezogenen Chemiker erklären konnte, die fremdartigen Masken und die Pulverlinie, die an den Innenwänden des gesamten Hauses entlanggeführt hatte und nur an der Tür durchbrochen gewesen war, waren nicht die einzigen Merkwürdigkeiten.

Es gab so viel mehr, was nicht zusammenpasste. Nachdem der Alte tot war, würde sein Enkel alles erben – er hatte also keinen Grund, zu verschwinden. Es gab nichts, was man ihm hätte vorwerfen können. Nichts von dem, was die Spurensicherung im Haus gefunden hatte, deutete darauf hin, dass er in irgendeiner Form in die Vorkommnisse verwickelt war. Wobei Ed sich darüber wunderte, wie ein Mann von über 70 Jahren, dessen gesundheitlicher Zustand schon seit Längerem bestenfalls als labil bezeichnet werden konnte, in der

Lage sein sollte, jemandem derartige Verletzungen zuzufügen. Für eine Weile hatte Ed den Junior in Verdacht gehabt, doch die Spurensicherung hatte lediglich die Fingerabdrücke des Seniors und einer weiteren, unbekannten Person gefunden. Als er bei Samantha im Krankenhaus gewesen war, hatte er ihr Wasserglas mitgenommen und die Abdrücke darauf mit denen vergleichen lassen, die sie im Haus gefunden hatten. Sie gehörten zweifelsfrei Samantha Mitchell.

Weitere Fingerabdrücke hatte es im Haus nicht gegeben, auch hatte niemand versucht welche zu verwischen. Das wäre der Spurensicherung aufgefallen.

Die oberen Räume waren zwar nicht verwüstet, stellten aber dennoch ein ebenso großes Rätsel dar wie die Spuren, die sie unten gefunden hatten. Bis auf ein Schlafzimmer hatten alle anderen Räume leer gestanden, die Möbel waren größtenteils mit Laken abgedeckt gewesen. In besagtem Schlafzimmer hatten sie Bekleidung gefunden, die ein junger Mann tragen würde, und im angrenzenden Badezimmer eine ganze Batterie an Aftershaves und Cremes, aber keine Medikamente. Nirgendwo. Von seinen Fingerabdrücken einmal abgesehen, hatte nichts darauf hingedeutet, dass in diesem Haus auch ein alter, schwer kranker Mann gelebt hatte.

Und das machte alles nur noch verworrener.

Sämtliche persönlichen Gegenstände schienen einem jungen Mann gehört zu haben, die einzigen Fingerabdrücke, die sie im Haus gefunden hatten, waren jedoch die des Großvaters. Es war beinahe, als hätte Adrian Crowley junior, wissenschaftlich gesehen, nie existiert.

Eds Blick fiel auf die beiden Bücher auf seinem Wohnzimmertisch. Er hatte einen ganzen Stapel Bücher aus Crowleys Arbeitszimmer sichergestellt und ordnungsgemäß in der Akte, die er zum Verschwinden des Juniors angelegt hatte, als Beweismittel aufgeführt. Da er nicht wusste, wie er seinen

Fund klassifizieren sollte, und sich lächerlich vorgekommen wäre, das hineinzuschreiben, was er glaubte, worum es sich handelte, hatte er lediglich *13 antike Bücher* in der Akte vermerkt.

Den größten Teil hatte er während der letzten Wochen durchgesehen, doch abgesehen davon, dass ihn der Inhalt immer wieder den Kopf schütteln ließ, hatte er darin nichts gefunden, was auf Crowleys Verbleib hingedeutet hätte.

Die beiden Bücher, die jetzt vor ihm lagen, waren die letzten. Und die interessantesten. Bei den übrigen Bänden, die mittlerweile in der Asservatenkammer lagerten, handelte es sich um gewöhnliche gedruckte Werke, die zwar bereits das eine oder andere Jahrzehnt auf dem Buckel zu haben schienen, jedoch zumindest – wie er nach einigen Telefonaten herausgefunden hatte –noch antiquarisch zu erhalten waren.

Im Gegensatz zu denen auf seinem Tisch.

Eines davon war ein handgeschriebenes Journal – kein Tagebuch, es schien eher eine Mischung aus einem Rezeptbuch und einer Versuchsaufzeichnung zu sein. Ed vermutete, darin eine Erklärung für die Versuchsanordnungen zu finden, die sie im Keller des Anwesens entdeckt hatten. Unglücklicherweise war es verschlüsselt, und bisher war es weder Ed noch den Kryptoanalytikern aus Seattle, die er hinzugezogen hatte, gelungen, den Code zu entschlüsseln.

Das andere Buch war so alt und abgegriffen, dass nicht einmal mehr die Schrift auf dem Einband lesbar war. Die Seiten waren vergilbt und wellig, die Zeilen von einer geschwungenen Handschrift gefüllt, deren Tinte an einigen Stellen verlaufen war. Ein Experte hatte ihm bestätigt, dass es tatsächlich handschriftlich verfasst war und vermutlich aus dem 13. Jahrhundert stammte. Für einen Sammler musste es ein Vermögen wert sein.

Und für einen Zauberer eine unschätzbare Kostbarkeit.

»Zauberer«, murmelte er. »Was für ein Schwachsinn.« Er hatte noch nie etwas für die New-Age-Bewegung übriggehabt. Egal ob Satanisten, Okkultisten oder Esoteriker, in seinen Augen hatten diese Leute alle ein Rad ab und waren ebenso gefährlich wie jeder andere religiöse Fanatiker auch.

Ed hatte noch nie darüber nachgedacht, ob er an übernatürliche Dinge oder Zauberei glaubte – Crowley, so vermutete er, hatte mehr als das getan. Anders konnte er sich die Bücher mit all ihren Ritualen, Rezepten und Formeln – nichts anderes enthielt gerade der letzte Band – nicht erklären.

Auf allen Büchern waren die Fingerabdrücke des Alten zu finden gewesen, lediglich auf dem handgeschriebenen Buch hatten sich keinerlei Spuren gefunden, was darauf hindeutete, dass es stets nur mit Handschuhen angefasst wurde.

Er fragte sich, ob das, was sich im Haus zugetragen hatte, eine Art rituelle Handlung gewesen sein mochte. Am Ende waren beide Crowley-Männer Satanisten gewesen und hatten versucht, Samantha Mitchell in einem Ritual zu opfern. Das wäre zumindest eine Erklärung für die Masken und das Pulver.

Aber warum um alles in der Welt sprach sie dann nicht darüber, was ihr passiert war? Bedrohte der junge Crowley sie vielleicht immer noch?

Andererseits machte sie auf ihn nicht den Eindruck eines Menschen, der eingeschüchtert und unter Druck gesetzt wurde. Sie wählte ihre Antworten mit Bedacht und gab nur wenig preis. Und auch wenn sie heute Nachmittag in seinem Büro eindeutig nervös gewesen war, wirkte sie nicht, als hätte sie Angst.

Vielleicht könnte er ihr damit drohen, sie wegen Falschaussage dranzukriegen, wenn sie ihm nicht die Wahrheit sagte. Allerdings glaubte er nicht, dass er sie damit zur Zusammenarbeit bewegen könnte. Wenn er sich die Bücher so anschaute und daraus Rückschlüsse auf die Dinge zog, die die Crowleys in ihrem Haus getan haben mochten, hatte sie vermutlich Angst, dass er ihr nicht glauben würde, wenn sie ihm sagte, was wirklich gesehen war.

Ed lauschte auf den Regen, der vom Wind in Wellen gegen die Scheiben getrieben wurde. Ein rhythmisches Prasseln, das ihn drängte, etwas zu unternehmen. Womöglich war es an der Zeit, ihr klarzumachen, dass er ihr zuhören würde, ganz gleich was sie zu sagen hatte. Wenn er durchblicken ließ, dass er diese Bücher gefunden und inzwischen einen Verdacht hatte, worin die Crowleys verwickelt waren, würde das womöglich genügen, dass sie sich ihm anvertraute.

»Das hätte ich schon heute Nachmittag machen sollen.« Stattdessen war er wie die Katze um den heißen Brei herumgeschlichen und hatte versucht, sie durch dämliche Tricks zum Reden zu bringen.

Er griff nach dem Telefon und wählte die Nummer, die bei ihren persönlichen Daten in der Akte stand. Es klingelte und klingelte, doch niemand nahm ab. Ed war kurz davor, aufzulegen, als ihm einfiel, dass sie möglicherweise irgendwo im Haus beim Renovieren war und nicht sofort alles stehen und liegen lassen konnte. Deshalb gab er ihr Zeit.

Nach dem zwölften oder dreizehnten Klingeln hörte er ein Knacken in der Leitung, dann ein atemloses »Hallo?«.

»Miss Mitchell, hier ist Sheriff Travis. Störe ich?«

Ein, wie er sich einbildete, erschrockenes Schweigen folgte seinen Worten. Schließlich atmete sie einmal tief durch. »Nein, schon okay. Ich war nur gerade dabei, den ganzen Renovierungsmüll nach draußen zu schleppen. Morgen kommt die Müllabfuhr. Was kann ich für Sie tun?«

Er machte eine kurze Pause, ehe er sagte: »Ich denke, es ist an der Zeit für die Wahrheit.«

»Ich weiß nicht, wovon Sie sprechen.« Die Worte sollten

entschieden klingen, doch Ed entging das Zittern in ihrer Stimme nicht.

»Sie haben Angst vor Crowley junior, nicht wahr?«, mutmaßte er. »Das müssen Sie nicht. Wir können Sie beschützen.«

»Ich habe keine Angst vor Adrian.«

Dieses Mal fand er nichts in ihrer Stimme, das ihn zu der Annahme gebracht hätte, etwas anderes als die Wahrheit zu hören.

»Was ist es dann?«, setzte er nach. »Fürchten Sie, ich könnte Ihnen nicht glauben, was Sie zu erzählen haben? Das müssen Sie nicht. Ich habe eine ziemlich genaue Vorstellung, worin die Crowleys verwickelt waren – zumindest einer von ihnen.« Es war ein Bluff, mit dem er hoffte, sie hinter dem Ofen hervorzulocken. Als er ihr Zögern spürte, wusste er, dass er auf dem richtigen Weg war. »Sie waren in dieser Nacht im Haus.«

Zu seinem Leidwesen hatte sie sich wieder gefangen. »Lesen Sie den Bericht des Arztes, Sheriff«, sagte sie. »Wie hätte ich es in diesem Zustand den Hügel hinunter schaffen sollen?«

Dafür hatte er keine Erklärung. »Ihr Blut war überall im Haus«, sagte er ruhig. »Wenn Sie fürchten, dass Sie beschuldigt werden, etwas getan zu haben, kann ich Sie beruhigen. Aber Sie würden uns bei der Aufklärung dieses Falles sehr weiterhelfen, wenn Sie mir sagen würden, was geschehen ist.«

»Welcher Fall? Ich dachte, Mr Crowley sei an Herzversagen gestorben.«

»Das stimmt. Allerdings sind die Umstände, die zu seinem Tod führten – und besonders die Umstände, die dazu führten, dass es im Haus aussah wie in einem Schlachthaus –, ungeklärt. Ebenso wie das Verschwinden seines Enkels.« Nach einer kurzen Pause fragte er beinahe sanft: »Was ist Ihnen dort zugestoßen, Samantha?«

In der Leitung knackte es vernehmlich. Beinahe glaubte er zu sehen, wie sich ihre Hand um den Hörer verkrampfte.

»Samantha?«

»Sie haben meine Aussage«, presste sie hervor. »Darin steht alles, was ich weiß.«

Ed begriff, dass er mit Druck gar nichts erreichen würde – nicht im Moment. Womöglich hatte er sie bereits schon so weit gebracht, dass sie sich gleich morgen einen Anwalt suchen würde. »In Ordnung«, sagte er. »Wenn Sie es sich anders überlegen, rufen Sie mich an.«

Er beendete das Gespräch und warf das schnurlose Telefon, von einem deftigen Fluch begleitet, auf den Tisch. Sein Blick fiel auf das uralte Zauberbuch. Wenn es ihm nicht gelang, Samantha Mitchell zum Reden zu bringen, konnte ihm nur noch magischer Firlefanz helfen, Antworten zu bekommen. Bei der Vorstellung, in einer langen Robe und mit Zauberstab herumzulaufen und irgendwelche Verse und Formeln zu rezitieren, entfuhr ihm ein Schnauben. Trotzdem streckte er die Hand nach dem Buch aus. Er wusste nicht, ob er lediglich darin blättern oder tatsächlich nach der Formel suchen wollte, die sein Problem womöglich lösen konnte – und er würde es auch nicht herausfinden, denn bevor er nach dem Buch greifen konnte, klopfte es an der Tür. Brummend und schlecht gelaunt stand er auf, um zu sehen, wer sich bei diesem Wetter zu ihm herauswagte.

8

Sie haben meine Aussage. Darin steht alles, was ich weiß.« Mit zitternden Fingern hängte ich den Hörer auf die Gabel. Ein- oder zweimal während des Gesprächs war ich nah dran gewesen, dem Sheriff alles zu erzählen. Doch ganz gleich, was er behauptete – jemand, der nicht mit eigenen Augen gesehen hatte, was passiert war, konnte es unmöglich glauben. Letztlich würde man mich doch nur verdächtigen, etwas mit Adrians vermeintlichem Verschwinden zu tun zu haben.

Sheriff Travis mochte eine gute Vorstellungskraft besitzen, wenn es darum ging, anhand gesicherter Spuren einen Tathergang zu rekonstruieren. Womöglich war er dabei sogar für ungewöhnliche Theorien offen, wenn die Spurenlage nicht eindeutig war. Die Wirklichkeit war in diesem Fall jedoch bei Weitem zu unglaublich.

Ich lehnte mich neben dem Telefon an die Wand und fand mich plötzlich Nicholas gegenüber, der mich mit gerunzelter Stirn betrachtete.

Als ich heute Nachmittag nach Hause gekommen war, hatte ich seine Anwesenheit im Haus gespürt. Sobald er nach Einbruch der Dunkelheit sichtbar geworden war, hatte ich ihn gefragt, wo er am Morgen gesteckt hatte. Er sei draußen gewesen, hatte er mir erklärt. Um ein wenig Abstand zu bekommen und in Ruhe nachdenken zu können. Und um in sich hineinzuhorchen, wie stark der Drang nach meinem Atem war. Ehe er mir jedoch erklären konnte, zu welchem Ergebnis er gekommen war, hatte das Telefon geklingelt. Das verdammte Telefon!

Nicholas' Blick ruhte noch immer auf mir. »Du siehst aus, als hättest du einen Geist gesehen.«

»Wohl eher einen Zombie«, gab ich zurück.

»Was ist passiert?«

Ich erzählte ihm von meinem Besuch im Büro des Sheriffs – dazu waren wir seit seinem Erscheinen noch nicht gekommen – und davon, was er gerade am Telefon gesagt hatte.

Nachdem ich geendet hatte, schwieg er eine Weile. Er hob

die Hand und strich mir mit seinen kühlen Geisterfingern über den Arm, doch entgegen meiner sonstigen Gewohnheit beugte ich mich nicht vor, um ihm meinen Atem einzuhauchen. Ich hatte es bereits versucht – bevor das Telefon geklingelt hatte –, doch er war vor mir zurückgewichen und hatte den Kopf geschüttelt.

»Der Sheriff wollte dich nur aus der Reserve locken«, sagte er schließlich. »Er weiß nichts.«

»Nein, aber er ahnt etwas.« *Ich habe eine ziemlich genaue Vorstellung, worin die Crowleys verwickelt waren – zumindest einer von ihnen.* Er mochte nicht wissen, was passiert war, doch zumindest schien er geneigt zu sein zu glauben, dass Dinge im Spiel waren, die sich rein wissenschaftlich nicht erklären ließen.

Um mich abzulenken und um meinen Händen eine Beschäftigung zu geben, nahm ich meine Kaffeetasse vom Tisch, stellte sie in die Spüle und ließ sie voll Wasser laufen. Nachdem ich den Wasserhahn abgedreht hatte, fiel mein Blick auf das regennasse Fenster direkt über der Spüle. Regentropfen liefen über das Glas, doch die heftigen Schauer, die am späten Nachmittag eingesetzt hatten, waren zu einem steten Nieseln abgeklungen. Mit ihnen war auch das Rauschen verstummt, das das Haus seit Stunden eingehüllt hatte. Die Nacht drängte von außen gegen die Scheiben und machte die Welt draußen für mich unsichtbar. Alles, was ich im Schein der Küchenlampe sah, war mein eigenes Spiegelbild und das der Küche. Ich wollte mich gerade wieder Nicholas zuwenden, um unser Gespräch von vorhin fortzusetzen, als ich ein Licht bemerkte. Irritiert sah ich mich in der Küche um, dann jedoch wurde mir klar, dass es nicht von drinnen kam.

Ein Autoscheinwerfer, schoss es mir durch den Kopf.

In Minneapolis wäre das nichts Ungewöhnliches gewesen. Hier jedoch, in meinem einsam gelegenen Haus am äußersten Stadtrand, war es das. Ganz besonders um diese Uhrzeit.

Ich schaltete die Küchenlampe aus und drückte meine Nase an die Scheibe. Es waren tatsächlich Scheinwerfer, deren Licht durch den Regen schnitt. Der Wagen kam vom Hügel herunter, auf dem das Crowley-Anwesen über der Stadt thronte.

Schon als ich nach Cedars Creek kam, war die Straße nur wenig befahren gewesen. Seit ich jedoch aus dem Krankenhaus zurück war, hatte ich keinen einzigen Wagen bemerkt, der auf den Hügel gefahren oder von dort heruntergekommen wäre – von den Eindringlingen einmal abgesehen, die mich aus dem Haus vertrieben hatten. Die einzigen Fahrzeuge, die ich wahrgenommen hatte, waren aus Richtung Stadt gekommen und ein Stück vor meinem Haus zur Kirche hin abgebogen.

Ich starrte auf den Wagen, der wie ein lautloser Schemen an meinem Fenster vorüberglitt. Vielleicht jemand, der sich um den Nachlass oder das Haus kümmern sollte? Aber um diese Uhrzeit? Als der Wagen an meinem Haus vorbei war, lehnte ich mich weiter vor und folgte ihm mit meinem Blick. Ohne den Blinker zu setzen, bog er nach rechts ab. Zur Kirche. Sobald der Wagen um die Kurve war, erloschen die Scheinwerfer.

Was zum …?

Ich drehte mich zu Nicholas um, der jetzt neben mir stand. Er war im Dunkeln beinahe ebenso deutlich zu erkennen wie bei Licht. Es war kein phosphoreszierendes Glühen, das ihn umgab. Vielmehr schien er in einen hellen Nebel gehüllt zu sein, der es mir leicht machte, ihn auszumachen. »Hast du das gesehen?«

»Die Scheinwerfer?«

Ich nickte. Die Straße führte noch etwa hundert Meter weiter, ehe sie in den Parkplatz der Kirche mündete. Kein Mensch würde seine Scheinwerfer auf dieser schmalen Straße ausschalten, es sei denn, er war lebensmüde – oder hatte etwas zu verbergen.

»Meinst du, das sind die Typen, die vorgestern oben im Haus aufgetaucht sind?« Es reizte mich, nachzusehen, was da hinten los war.

»Du gehst da nicht raus, Sam.« Meine Gedanken schienen mir deutlich vom Gesicht abzulesen zu sein. Auch wenn ich fast vor Neugierde platzte, war es doch etwas anderes, lediglich darüber nachzudenken, etwas zu tun, als es tatsächlich durchzuziehen. Vor ein paar Wochen wäre ich vermutlich einfach losgegangen. Nach den Ereignissen der letzten Zeit war ich jedoch vorsichtiger geworden. Ich war heilfroh, als Nicholas sich entschied, an meiner Stelle nachzusehen.

»Du wartest hier.« Er hatte die Worte kaum ausgesprochen, da war er schon aus der Küche verschwunden. Ich folgte ihm in den Gang in Richtung Wohnzimmer und sah gerade noch, wie er durch die geschlossene Terrassentür in den Garten verschwand.

Ich löschte das Licht im Wohnzimmer und stellte mich an die Terrassentür. Die Stirn an die kühle Scheibe gedrückt spähte ich in die Dunkelheit. Nicholas hatte die Reihe Douglasien und Farne bereits erreicht, die das Grundstück vom Friedhof abgrenzte. Kein Ast schnalzte und kein Blatt erzitterte, als er an ihnen vorüberkam. Der Regen perlte von den Bäumen zu Boden, ohne Nicholas zu berühren. Einen Atemzug später war er zwischen dem Grünzeug und den uralten moosüberwucherten Grabsteinen verschwunden, die dort wie die Reste einer Mauer aus dem Boden ragten.

Friedhöfe sollten einem keine Angst machen, wenn man mit einem Geist zusammenlebte. Dummerweise konnte ich mich trotzdem nicht an den Anblick des Friedhofs gewöhnen. Schon gar nicht bei Nacht. Je näher Halloween rückte und je mehr sich die Fernsehsendungen häuften, in denen es um Geister ging, die in dieser einen Nacht die Grenze zwischen dem Totenreich und unserer Welt überschritten, desto gruseliger fand ich die Lage des Hauses.

Ich starrte in die Nacht und wartete darauf, dass Nicholas zurückkehrte. Die Zeit zog sich wie Kaugummi. Das regelmäßige Ticken der Wanduhr und das gelegentliche Ächzen der alten Holzdielen waren die einzigen Geräusche im Haus – von meinem Atem abgesehen. Ich hätte schwören können, dass zwischen jedem Ticken des Sekundenzeigers mindestens fünf Sekunden Pause lagen.

War da ein Rascheln im Garten, zwischen den Hecken? Wenn es dort draußen wirklich ein Geräusch gab, könnte ich es überhaupt hören angesichts des Tickens der Uhr und der geschlossenen Terrassentür? Bestimmt hatte ich mich bewegt und das Rascheln selbst verursacht.

Ich kniff die Augen zusammen in der Hoffnung, die Schwärze auf der anderen Seite der Scheibe dadurch besser durchdringen zu können – mit mäßigem Erfolg. Als ich mir erneut einbildete, etwas zu hören, entriegelte ich die Tür, schob sie einen winzigen Spalt auf und lauschte.

Nichts. Nur die Geräusche des Regenwassers, das vom Hausdach und von den Büschen und Bäumen tropfte.

Wie lange war Nicholas jetzt schon fort? Mindestens fünf Minuten. Vielleicht ein wenig länger. Der Friedhof war ein weitläufiges Gelände, redete ich mir ein, doch das konnte nur wenig zu meiner Beruhigung beitragen. Nicholas war ein Geist. Wenn er wollte, konnte er sich deutlich schneller bewegen als ein Mensch. Dass er noch immer nicht zurück war, gefiel mir gar nicht.

Ich redete mir ein, dass ihm nichts passieren konnte, aus demselben Grund, aus dem er so schnell war – er war ein Geist. Niemand außer mir konnte ihn sehen. Erst recht konnte niemand ihm etwas anhaben, denn er war ja bereits tot. Doch sooft ich mir das auch sagte, es beruhigte mich nicht.

Vielleicht waren es wirklich dieselben Leute, die uns vorgestern schon aus dem Herrenhaus vertrieben hatten. Was, wenn sie nicht nur über den Geisterbann verfügten, sondern auch etwas besaßen, was Nicholas ernsthaft schaden konnte?

War da etwas zwischen den Douglasien? Ich legte meine Hände an die Scheibe und schirmte mein Gesicht ab, um besser sehen zu können.

Da!

Eine Bewegung zwischen den Bäumen!

Ich wollte die Tür schon aufreißen, um Nicholas zu empfangen, hielt aber inne, als mir bewusst wurde, dass ich ihn zwischen den Bäumen nur schwer ausmachen konnte. Vorhin hatte ich ihn selbst auf diese Entfernung wesentlich deutlicher erkennen können. Jetzt war nichts von dem matten Licht zu sehen, das ihn im Dunkeln für gewöhnlich umgab.

Etwas war anders. Nicht so, wie es sein sollte.

Die Gestalt bewegte sich geduckt voran, auf das Haus zu, und plötzlich wurde mir klar, was falsch war: Wer auch immer sich dort zwischen den Bäumen befand, setzte alles daran, nicht entdeckt zu werden.

Zu begreifen, dass sich die Gestalt zwischen den Bäumen unbemerkt heranzuschleichen versuchte, war das eine – mir begreiflich zu machen, dass es sich nicht um Nicholas handelte, das andere.

Schlagartig kehrte meine Sorge zurück. Nicht um mich, sondern um Nicholas, von dem ich wusste, dass er irgendwo dort draußen sein musste.

Ich wollte die Tür zuschieben und mich von der Scheibe zurückziehen, wagte jedoch nicht, mich zu rühren. Zu groß war meine Furcht, der Kerl dort draußen könnte mich trotz der Dunkelheit bemerken. Statt also den Rückzug anzutreten und mich irgendwo im Haus zu verschanzen oder mir zumindest eine Waffe zu suchen, verharrte ich reglos, den Blick starr auf die schemenhafte Gestalt gerichtet.

Der Unbekannte hatte jetzt eines der Blumenbeete im hinteren Teil des Gartens erreicht und hielt inne. Halb von einer Kreppmyrte verborgen sah er sich kurz um, dann tauchte er hinter der Hecke ab, und ich sah nur mehr ein Paar Hände, das in der Erde wühlte.

Ich wusste nicht, was ich machen sollte. Auch wenn Nicholas sich schneller bewegen konnte als ein gewöhnlicher Mensch, so war er doch kein Vampir, der in Windeseile bei mir sein würde, wenn ich nur nach ihm rief. Ich wusste ja nicht einmal, ob er überhaupt kommen würde oder ob ihm etwas zugestoßen war.

Die Cops? Schlechte Wahl.

»Abwarten«, murmelte ich. »Bleib einfach hier, rühr dich nicht und warte, bis der Kerl verschwunden ist.« Was war das überhaupt für ein Freak, der mitten in der Nacht in fremden Gärten rumbuddelte?

Da ich den Kerl im Augenblick nicht sehen konnte, ging ich davon aus, dass auch ich für ihn nicht zu sehen war. Vorsichtig schob ich die Terrassentür zu, ließ den Riegel einrasten und zog mich von der Tür zurück. Ich lehnte mich neben der Scheibe an die Wand und beugte mich nur so weit vor, dass ich den Garten – und die Hecke, hinter der der Eindringling verschwunden war – im Blick hatte, ohne selbst Gefahr zu laufen, entdeckt zu werden.

Ich starrte und starrte, ohne wirklich etwas erkennen zu können. Trotzdem wollte es mir nicht gelingen, meine Augen auch nur für einen Moment abzuwenden – zu groß war meine Angst, ich könnte nicht mitbekommen, wie sich der Fremde näher an das Haus heranschlich.

Das Klingeln des Telefons durchdrang so unvermittelt die Stille, dass ich zusammenfuhr. Das war sicher noch einmal der Sheriff. Abgesehen davon, dass ich nicht vorhatte, meinen Beobachtungsposten zu verlassen, hätte ich für ein weiteres »Ich weiß, dass Sie etwas wissen«-Gespräch jetzt wirklich keinen Nerv gehabt.

Dann jedoch wurde mir klar, dass ich womöglich Hilfe brauchte. Nicholas war noch immer nicht zurück und der Himmel allein wusste, was der Kerl da draußen tun würde, sobald er mit meinem Beet fertig war.

Ich würde ans Telefon gehen und dem Sheriff sagen, dass jemand in meinem Garten war. Er würde kommen, den Eindringling vertreiben – sofern der nicht bereits vorher das Weite gesucht hatte –, und ich konnte einmal mehr eine Aussage machen und mich mit Fragen löchern lassen. Keine erfreulichen Aussichten, aber allemal besser, als von einem Fremden umgebracht zu werden.

Ich war schon auf halbem Weg in die Küche, als sich der Anrufbeantworter mit einem vernehmlichen Klicken einschaltete. Ich hatte das Gerät auf *Mithören* gestellt, weshalb ich mich nun selbst sagen hörte: »Hinterlassen Sie eine Nachricht.« Der obligatorische Piepton erklang, doch statt der Stimme des Sheriffs erklang die einer Frau. Ich war so perplex, dass es einen Moment dauerte, bevor ich Sues Stimme erkannte.

»Hi Sam!«, rief sie fröhlich. »Ich wollte nur mal hören, wie es dir geht. Melde dich, wenn du Zeit hast!«

Klick.

Ende des Anrufs.

Zum ersten Mal war ich enttäuscht, nicht die Stimme des Sheriffs zu hören. Dann würde ich eben ihn anrufen. Ich nahm mein Handy vom Küchentisch und kehrte zu meinem Beobachtungsposten an der Terrassentür zurück. Ich klappte das Handy auf und schirmte das Display mit der Hand ab, damit das Licht von draußen nicht gesehen werden konnte. Aus dem Augenwinkel registrierte ich eine Bewegung.

Der Kerl war noch immer hinter der Hecke. Jetzt richtete er sich auf, sah sich erneut nach allen Seiten um und zog sich langsam zurück, bis er aus meinem Sichtfeld verschwand.

Ich verharrte reglos. Wo war er hin? Sosehr ich mich bemühte, ich konnte ihn nicht mehr entdecken. Da ich fürchtete, er könnte das Haus mittlerweile umrundet haben und sich jeden Moment an der Tür zu schaffen machen, lief ich in die Küche und spähte dort aus dem Fenster. Neben der Straße hatte ich von hier aus auch die Veranda vor der Eingangstür im Blick.

Dort war alles ruhig.

Meine Aufmerksamkeit war noch immer auf die Vorderseite des Hauses gerichtet, als ein Paar Scheinwerfer in der Nacht aufblitzte. Der Wagen, der vorhin Richtung Friedhof gefahren war, kam wieder zurück. Statt wieder zum Herrenhaus zu fahren, bog er jedoch nach rechts ab und folgte der Straße in Richtung Stadt.

Ich sah ihm hinterher, bis die Rücklichter in der regennassen Dunkelheit verschwunden waren, und selbst als längst nichts mehr zu sehen war, starrte ich noch immer auf die Stelle, an der ich sie zuletzt gesehen hatte. Erst nach ein paar Minuten begriff ich, dass er fort war und nicht noch einmal zurückkommen würde. Zumindest nicht heute Nacht.

Aber was hatte dieser Kerl in meinem Blumenbeet zu suchen gehabt?

9

Ich war versucht nach draußen zu gehen, um nachzusehen, doch meine eigene Vorsicht hielt mich davon ab. Der Kerl war fort. Jeden Moment würde Nicholas zurückkommen. Ich wollte mir erst anhören, was er beobachtet hatte, ehe ich mich auf Erkundungstour in den Garten begab – falls das dann überhaupt noch nötig war. Vermutlich konnte Nicholas meine Fragen beantworten, ohne dass ich selbst in den regennassen Beeten herumkriechen musste.

Ich setzte mich im Dunkeln an den Küchentisch und wartete.

Doch Nicholas kam nicht.

Nach zwanzig Minuten hielt ich es nicht mehr aus. Ich schnappte mir eine gusseiserne Pfanne aus dem Schrank, holte die Taschenlampe aus der Vorratskammer und kehrte ins Wohnzimmer zurück. Ein Schwall frischer Nachtluft schlug mir entgegen, als ich die Schiebetür aufriss und nach draußen trat. Kurz darauf lag die Terrasse hinter mir. Nieselregen legte sich wie ein dünner Film auf meine Haut, meine Turnschuhe versanken bei jedem Schritt ein Stück im aufgeweichten Erdreich und lösten sich jedes Mal wieder mit einem schmatzenden Laut, sobald ich den Fuß hob.

Die Pfanne fest umklammert näherte ich mich dem Beet, an dem ich den Fremden beobachtet hatte. Mir fehlte nur noch ein grauer Dutt und ein Kleid und ich hätte ebenso gut als Granny durchgehen können, die Kater Sylvester jedes Mal verprügelte, wenn der mal wieder versuchte Tweety zu fressen.

»Böse Miezekatze«, flüsterte ich und erschrak, weil sich meine Stimme in der Stille viel zu laut anhörte.

Im Schatten der Kreppmyrte pirschte ich mich an das Beet heran und verharrte einen Moment still. Lauschend. Als ich nichts hörte, umrundete ich das Gebüsch, knipste die Lampe an und besah mir das Beet. Von ein paar Fußabdrücken abgesehen schien das Beet unberührt.

Dem Schein meiner Lampe folgend, hielt ich auf die Douglasien zu, die mein Grundstück vom Friedhof abgrenzten. Als die ersten verwitterten Grabsteine in Sicht kamen, zögerte ich einen Moment, mir war jedoch klar, dass ich meine Furcht vor dem nächtlichen Friedhof überwinden musste, wenn ich Nicholas finden wollte. Ich holte einmal tief Luft, dann schritt ich an den Bäumen vorbei und betrat den Friedhof.

Feuchtigkeit stieg auf und legte sich in dünnen Nebelschwaden über den Boden. Schräg stehende, verwitterte Grabsteine sandten ihre langen Schatten aus, die sich unter jedem meiner Schritte zu bewegen schienen. Es war der Lichtstrahl der Taschenlampe, der diesen Effekt hervorrief, das war meinem Verstand durchaus bewusst. Mein Horrorfilmseher-Herz erwartete jedoch, jeden Moment eine bleiche Hand zu entdecken, die sich aus dem Erdreich reckte. Eine? Ach was, Hunderte! Glücklicherweise war da nichts außer dem Nebel, dem Regen und einer Bekloppten mit Bratpfanne und Taschenlampe.

Der feine Regen hatte meinen Pulli und meine Jeans mittlerweile durchnässt, sodass schon der leiseste Windhauch genügt hätte, mich frösteln zu lassen. Unglücklicherweise wehte eine steife Brise und mir war eiskalt. Ich verfluchte mich dafür, nicht an meine Jacke gedacht zu haben, weigerte mich jedoch zurückzugehen, um sie zu holen. Wer konnte schon wissen, ob ich erneut den Mut finden würde, mich auf den Friedhof zu wagen. Außerdem lenkte mich die Kälte von meiner Angst ab. Je mehr ich mit meiner schlechten Vorbereitung haderte, desto weniger voll waren meine Hosen.

Ich ließ den Strahl der Taschenlampe wie einen Suchscheinwerfer vor mir herwandern und versuchte jeden Winkel auszuleuchten. Auf der Suche nach Nicholas' heller Gestalt arbeitete ich mich über den Friedhof voran und an der Kirche vorbei, deren karmesinrote Holzverkleidung im Dunkeln fast schwarz wirkte. Schon bei Tag glich die Kirche eher einer großen Scheune als einem Gotteshaus. Jetzt jedoch, da der Glockenturm mehr wie ein Erker aussah, war die Ähnlichkeit noch frappierender. Halb erwartete ich, mir würde jeden Moment der Geruch nach Heu und Pferden in die Nase steigen, es blieb jedoch bei dem Aroma von feuchter Erde und Gras.

Langsam und noch immer nach allen Seiten Ausschau haltend, umrundete ich die Kirche und hielt auf das Pfarrhaus zu. Da sah ich ihn. Selbst in den Schatten zwischen den beiden Gebäuden war Nicholas von dieser hellen Aura umgeben, die ihn auch ohne Taschenlampe für mich sichtbar machte.

Als er mich bemerkte, kam er mir mit schnellen Schritten entgegen, hielt jedoch nach wenigen Metern abrupt inne. Wenn dieses Verhalten Teil seiner »Ich kann nicht in deiner Nähe sein«-Anfälle der letzten Tage sein sollte, würde ich wirklich ernsthaft sauer werden. Wie konnte er sich hier hinten in den Schatten herumdrücken, während ich mir Sorgen machte!

Einigermaßen geladen erreichte ich ihn. »Was ist passiert? Warum bist du nicht zum Haus zurückgekommen, nachdem der Wagen fort war?« Es kostete mich alle Mühe, ruhig zu bleiben. Innerlich kochte ich. Trotzdem wollte ich ihm die Gelegenheit geben, sich zu erklären. Explodieren konnte ich danach immer noch. »Ich sitze seit einer Ewigkeit im Haus und zerbreche mir den Kopf, was dir passiert sein könnte!«

»Ich kann nicht zurück.«

Ich hob die Taschenlampe und richtete den Strahl auf sein Gesicht. »Du machst Witze. Nicholas, wenn das so ein dämlicher Versuch sein sollte, dich von mir fernzuhalten, dann ... dann ist das wirklich ein ziemlich ungünstiger Zeitpunkt.«

»Etwas hindert mich daran, zum Haus zurückzukehren.«

»Oh.« Ich hatte mich schon intelligentere Dinge sagen hören, im Augenblick wollte mir jedoch nichts Nobelpreiswürdiges einfallen. Ich wusste nicht, ob ich erleichtert sein sollte, dass er mich nicht absichtlich hatte schmoren lassen, oder ob eher Überraschung angemessen war angesichts der Tatsache, dass er nicht zurückkehren *konnte*.

»Ein Geisterbann?«, brachte ich schließlich heraus.

»Es fühlt sich anders an als Adrians Bann«, erklärte er. »Auch anders als der von den dreien, die uns überrascht haben. Trotzdem ist es wie eine Wand, die ich nicht durchdringen kann. Je näher ich komme, desto unangenehmer fühlt es sich an, und dann komme ich nicht mehr weiter.«

»Es bereitet dir Schmerzen?« Das wäre neu.

Tatsächlich nickte er. »Es ist, als würde etwas meine Substanz zerreißen.«

»Das Beet!«, platzte ich heraus.

»Was?«

»Der Typ hat dort etwas gemacht, das dich vom Haus fernhalten soll!«

»Welcher Typ?« Nicholas machte einen Schritt auf mich zu, seine sonst so blauen Augen funkelten schwarz im Dunkel der Nacht. »Sam, was ist passiert, als ich fort war?«

Ich erzählte ihm von dem Kerl, der hinter dem Haus herumgeschlichen war und sich an meinem Beet zu schaffen gemacht hatte. »Ich wette, er hat dort eine Art Abwehr verscharrt!«

Nicholas nickte. »Wahrscheinlich hast du recht.«

»Warte hier«, sagte ich unnötigerweise und machte kehrt.

»Sei vorsichtig!«, rief er mir nach. Als ich mich noch einmal zu ihm umdrehte, weil ich ihm sagen wollte, dass ich das sein würde, sah ich die Hilflosigkeit in seinem Blick. Er wusste, dass er nichts tun konnte, wenn mir dort draußen jemand auflauerte. Und das zerfraß ihn.

»Mach dir keine Sorgen, ich habe die Kerle wegfahren sehen«, sagte ich, dann fiel mir etwas ein. »Es sei denn, einer von ihnen ist zurückgeblieben.«

»Nicht, dass ich wüsste.«

»Dann wird mir nichts geschehen. Ich finde dieses Was-auch-Immer und zerstöre es.«

Mit Pfanne und Taschenlampe bewaffnet lief ich Richtung Haus zurück. Seltsamerweise erschien mir der Friedhof mit dem Wissen, dass tatsächlich ein Geist – *mein* Geist – hier draußen war, weit weniger unheimlich als vorhin, als ich noch keine Ahnung hatte, was Nicholas zugestoßen war. Zu wissen, dass er Schmerzen hatte, sobald er sich dem Haus näherte, trieb mich voran. Entsprechend schnell erreichte ich die Grundstücksgrenze, tauchte unter den Douglasien hindurch, nicht ohne gegen einen Ast zu stoßen, woraufhin sich ein Schwall kalten Regenwassers in meinen Nacken ergoss, und betrat meinen Garten.

Dieses Mal besah ich mir das Beet genauer. Ich leuchtete jeden Zentimeter aus, auch abseits der Fußabdrücke. Tatsächlich war die Erde in einer Ecke aufgewühlt. Ich legte die Pfanne weg und ging in die Hocke. Die Taschenlampe in der linken Hand schob ich mit der rechten die glitschige Erde zur Seite. Meine Finger bohrten sich in den kalten Matsch und gruben sich tiefer, bis meine Hand bis zum Gelenk im Dreck steckte.

Da war nichts!

»Da muss aber was sein!« Ich ließ meine Finger nach allen Seiten das Erdreich durchwühlen und wollte schon aufgeben, als ich mit dem Daumen auf Widerstand stieß. In der Hoffnung, nicht nur einen Stein zutage zu fördern, grub ich nun gezielt … und zog kurz darauf eine faustgroße Tonkugel aus dem Boden, deren einzige Öffnung mit einem Korken verschlossen war. Als ich sie schüttelte, war aus dem Inneren ein Schaben zu hören wie Pulver, das über die Wände des Gefäßes glitt.

Da bemerkte ich aus dem Augenwinkel einen Schatten, der sich mir näherte. Ich ließ die Tonkugel und meine Taschenlampe fallen, griff nach der Bratpfanne und sprang auf. Das Ding, das auf mich zukam, war kein Ding, sondern eine Kreatur! In den riesigen Augen spiegelte sich das Licht des fahlen Mondes, der zwischen den Wolken hervorblitzte, und dort, wo eigentlich der Mund sein sollte, befand sich ein kurzer, breiter Rüssel.

Als ich zurückweichen wollte, griff das Monster nach mir. Ich holte aus und zog ihm die Pfanne über den Schädel. Das dumpfe »Au!«, das daraufhin zu vernehmen war, klang ausgesprochen unkreatürlich. Eher menschlich. Vorsichtshalber holte ich noch einmal aus.

»Nicht, Sam!«

Dieses Mal war ich mir sicher, die Stimme zu kennen. Die Pfanne zum Schlag erhoben hielt ich inne, bereit, jederzeit doch noch zuzuschlagen. »Mike?« Wer zum Kuckuck hatte ihn in ein Rüsselungeheuer verwandelt?

Er zog sich den Rüssel vom Gesicht – jetzt erkannte ich, dass es sich nicht um eine Mutation, sondern um eine Atemschutzmaske handelte – und schob die Kapuze zurück. Das dunkle Haar klebte ihm schweißnass an der Kopfhaut. »Ich wollte dir keine Angst einjagen.«

»Bist du allein?«

Er nickte.

Vorhin hatte ich beobachtet, wie der Wagen weggefahren war, doch allmählich wurde mir bewusst, dass es Mike gewesen sein musste, der in meinen Beeten herumgebuddelt hatte, und dass er, sosehr er mich auch erschreckt haben mochte, nichts mit den Kerlen zu tun hatte, derentwegen Nicholas nach draußen gegangen war.

»Du hättest mich gar nicht bemerken sollen.«

»Es ist ziemlich schwierig, ein eins achtzig großes Rüsseltier zu übersehen, das auf einen zuschleicht.«

»Ich bin nicht geschlichen«, verteidigte er sich. »Ich wollte mit dir reden.«

»Ebenfalls schwer für ein Rüsseltier.« Ich runzelte die Stirn. »Ich dachte, du wolltest nicht gesehen werden. Wie passt der »Mit-mir-sprechen-wollen«-Teil da rein?«

»Die Aktion Unauffälligkeit wurde gestrichen, nachdem ich dich im Beet graben sah.« Er deutete auf die Tonkugel, die zu meinen Füßen auf der steinernen Umrandung des Beetes lag. »Schutz vor Toten.«

»Du meinst vor Geistern?«

Er nickte.

Ich hob den Fuß.

»Nicht!«, rief er, doch ich zertrat das Gefäß.

Es zersplitterte unter meiner Schuhsohle, doch falls ich irgendeinen Effekt erwartet hatte, wie einen Lichtblitz oder zumindest Nicholas, der an meine Seite geeilt kam, wurde ich enttäuscht. Alles, was ich sah, war ein kleines Häufchen aus Dreck und Scherben. Da ich Nicholas nirgends entdecken konnte, kam mir ein Verdacht. »Hast du noch mehr von den Dingern hier vergraben?«

»Das ist zu deinem Schutz!«, protestierte er.

»Wo?«, verlangte ich zu wissen und hob die Pfanne, um meine Entschlossenheit zu demonstrieren. »Raus mit der Sprache!«

Nur widerwillig lenkte er ein, und das auch erst, nachdem ich mit der erhobenen Pfanne einen Schritt auf ihn zumachte. Schließlich führte er mich an sieben weitere Stellen, die zusammen mit der achten einen Kreis um mein Haus bildeten. Überall förderte er ähnliche, mit Pulver gefüllte Tonkugeln hervor, wie ich sie schon im Blumenbeet gefunden hatte. Eine nach der anderen drückte er sie mir in die Hand, damit ich sie zerstören konnte.

Nachdem die letzte Kugel meinem Fuß zum Opfer gefallen war, dauerte es nicht lange, bis Nicholas neben mir stand. Auch wenn ich mich nicht vor Mike fürchtete, war ich doch erleichtert, ihn zu sehen.

»Gib mir deinen Atem!«, rief er, den Blick auf den jungen Mann geheftet, der noch vor ein paar Minuten ein Rüsselmonster gewesen war. »Schnell!«

Ich wusste, dass Mike ihn nicht sehen konnte, und ich hatte nicht vor, ihm Nicholas' Anwesenheit zu offenbaren. Ganz besonders nicht in Anbetracht der Tatsache, dass Mike aus irgendeinem Grund versucht hatte, mein Haus vor Geistern zu schützen. Da ich mich schlecht direkt an Nicholas wenden konnte, sagte ich: »Mike, du bist harmlos.«

Er sah mich ein wenig verwirrt an, dann nickte er. »Natürlich.«

»Sam«, drängte Nicholas. »Jemand, der über so eine Abwehr verfügt, ist ganz sicher nicht harmlos!«

»Du wolltest mich beschützen«, sprach ich meine Vermutung aus, um Nicholas zu zeigen, dass seine Sorge unnötig war. Ich war fest davon überzeugt, dass ein netter Kerl wie Mike mir nichts tun würde.

Sicher hätte Nicholas mich darauf hingewiesen, dass Adrian ebenfalls ein netter Kerl gewesen war. Zumindest am Anfang. Damit hätte er auch recht gehabt, aber Adrian war nicht Mike. Im Gegensatz zu Adrian hatte Tess Mike ihr ganzes Leben lang gekannt. Sie hätte sich nicht in jemanden verliebt, der nicht absolut zuverlässig gewesen wäre.

»Mike, was soll das alles?« Noble Absichten hin oder her,

sein gesamter Aufzug zusammen mit der Geisterabwehr erschienen mir doch ein wenig seltsam.

Er seufzte. »Das ist eine lange Geschichte.«

Ich warf Nicholas einen entschiedenen Blick zu, da ich wusste, dass ihm meine nächsten Worte nicht gefallen würden, dann sagte ich: »Lass uns reingehen, dann kannst du mir alles erzählen. Und ich komme endlich aus den nassen Klamotten.«

Nicholas war von meinem Vorschlag tatsächlich nicht begeistert, er schien jedoch meine Entschlossenheit bemerkt zu haben und sagte nichts.

Ich führte Mike über die Terrasse ins Haus, nicht ohne ihn vor Betreten des Wohnzimmers aufzufordern, meinem Beispiel folgend die schlammigen Schuhe auszuziehen und mir zu geben. »Setz dich, ich zieh mir nur schnell etwas Trockenes an.«

Ich rechnete damit, dass Nicholas mir folgen und versuchen würde, mich zur Vernunft zu bringen. Als ich mich jedoch an der Wohnzimmertür noch einmal umdrehte, stand er mit verschränkten Armen vor dem Kamin. »Geh nur«, sagte er. »Ich behalte den hier im Auge.«

Ich stellte Mikes und meine Schuhe auf der Veranda vor dem Haus ab und lief nach oben. Im Schlafzimmer angekommen streifte ich meine nassen Klamotten ab und schlüpfte in trockene Unterwäsche und einen warmen Trainingsanzug. Auf dem Weg nach unten warf ich die nassen Sachen in die Badewanne und zog mir ein paar Wollsocken über. Am liebsten hätte ich heiß geduscht, doch ich wollte Mike nicht länger warten lassen als nötig.

»Ich mache uns Kaffee«, rief ich noch von der Treppe aus ins Wohnzimmer und verschwand in der Küche.

Gerade hatte ich Wasser in die Maschine gefüllt und das Pulver in den Filter gegeben, da erschien Mike in der Tür. Er war genauso nass wie ich und fror sicher ebenso erbärmlich. Nachdem ich die Kaffeemaschine angeworfen hatte, holte ich ein frisches Handtuch aus dem Schrank, damit er sich wenigstens die Haare trocken rubbeln konnte. »Zieh die Jacke aus, ich schalte die Heizung an.«

Er legte seine Atemmaske auf den Couchtisch, schälte sich aus der dunklen Kapuzenjacke und wehrte sich nicht, als ich sie ihm abnahm und in den Trockner warf. Das Shirt darunter sah im Gegensatz zu seiner schwarzen Cargohose einigermaßen trocken aus. Natürlich hätte ich auch seine Hose in den Trockner werfen können. Da ich aber keine Klamotten im Haus hatte, die ihm gepasst hätten, bot ich ihm lediglich einen Stuhl vor der Heizung an und drückte ihm eine Tasse mit dampfendem Kaffee in die Hand.

Es war das erste Mal, dass ich die Heizung in Betrieb nahm, entsprechend lange dauerte es, bis sich die Wärme – begleitet vom Geruch erhitzen Staubs – im Raum ausbreitete. Höchste Zeit, dass ich mich um Holz für den Kamin kümmerte.

Ich setzte mich auf die Armlehne der Couch, die Hände um den Kaffeebecher geschlossen. Nicholas stand neben dem Kamin, den Blick unverwandt auf Mike gerichtet.

»Also gut«, sagte ich, nachdem ich an meinem Kaffee genippt hatte. »Schieß los.«

»Vor zwei Wochen war ich in Tess' Wohnung«, erklärte er nach anfänglichem Zögern. »Ich wollte ... Sie hat ein Foto von uns, das ich zur Erinnerung haben wollte.«

Ich kannte das Foto. Tess und Mike in Abendgarderobe, eng umschlungen und beide mit einem glücklichen Strahlen im Gesicht. »Hast du es gefunden?«

Er nickte. »Und nicht nur das.«

»Was noch?«

»Ihre Aufzeichnungen.« Er drehte die Tasse zwischen seinen Händen hin und her, unschlüssig, wie er fortfahren sollte. »Die Tongefäße«, sagte er schließlich. »Ich habe sie hierhergebracht, um dich zu schützen. Damit dir nicht dasselbe zustößt wie ihr.«

Ich sah Nicholas an, der mir zunickte.

»Was ist ihr denn passiert?« Natürlich kannte ich die Wahrheit, ich wollte jedoch herausfinden, wie viel Mike wusste.

Er hielt den Blick auf seine Hände gerichtet und schwieg.

»Mike?«

Ich dachte schon, er würde nichts mehr sagen, dann hob er den Kopf. »Das mag sich jetzt verrückt anhören«, sagte er, »aber ich glaube, Tess wurde von einem Geist umgebracht. Sie hat in ihren Tagebüchern über ihn geschrieben, und überall lagen Bücher und Ausdrucke herum, in denen es um Geister ging und darum, sie ins Jenseits zu verbannen.« Nachdem er einmal angefangen hatte, sprudelte alles ohne Punkt und Komma aus ihm heraus, sodass ich fast Mühe hatte, ihm zu folgen. »Ich habe ihre Aufzeichnungen an mich genommen und studiert. Außerdem habe ich selbst über Geister recherchiert. Sie nehmen einem den Atem, um ins Leben zurückzukehren.« Jetzt lag ein zorniges Funkeln in seinen Augen. »So ist Tess gestorben.«

»Erstickt«, sagte ich. Mike war zu demselben – falschen – Schluss gekommen wie ich damals. Ich deutete auf die Atemmaske. »Wozu der Aufzug?«

»Ich wollte vorbereitet sein für den Fall, dass ich hier auf den Geist treffen würde.«

Endlich begriff ich: Die Maske sollte verhindern, dass ihm der Atem genommen wurde. Darauf hätte ich auch gleich kommen können.

Seine sonst so freundlichen Züge waren in grimmiger Entschlossenheit erstarrt. »Ich werde dieses Monster finden und ein für alle Mal ins Jenseits befördern.« Dieses Mal wandte er den Blick nicht ab. In Erwartung meiner Reaktion sah er mir direkt in die Augen. Ich wusste nicht, wie viel ich ihm erzählen sollte. Auf der Suche nach einer Antwort schielte ich zu Nicholas.

Der verstand meine unausgesprochene Frage. »Ich denke, er hat die Wahrheit verdient«, sagte er. »Wenn du ihm vertraust, dann erzähl ihm die Geschichte.«

Das war die Frage: Vertraute ich Mike? Ich kannte ihn kaum und wusste nicht mehr über ihn, als dass Tess mit ihm aufgewachsen war und ihn gemocht hatte. Andererseits war er heute Nacht in meinem Garten gewesen, um dafür zu sorgen, dass mir nichts zustieß. Ganz zu schweigen davon, dass er es gewesen war, der als Erstes das Thema Geister angeschnitten hatte. Er glaubte, dass sie existierten – einzig dass es kein Geist war, der Tess umgebracht hatte, wusste er nicht.

»Es gibt diesen Geist.« Ich sah keinen Sinn darin, ihm Nicholas' Existenz schonend beizubringen, immerhin hatte er bereits in Tess' Tagebüchern über ihn gelesen. »Aber er hat Tess nicht umgebracht.« Mit einem Blick in Nicholas' Richtung fügte ich entschieden hinzu: »Er würde niemals jemandem etwas antun. Tess hat versucht ihm zu helfen und ihn zu erlösen, deshalb hat sie all diese Nachforschungen über Geister angestellt.«

»Sie fühlte sich nicht bedroht?«

Ich schüttelte den Kopf. »Nicht von Nicholas.« Ich wusste nicht, ob sie sich von Adrian bedroht gefühlt oder sich lediglich Sorgen um mich gemacht hatte. Noch weniger wusste ich, wie ich Mike beibringen sollte, was wirklich passiert war.

»Du weißt es«, sagte er, während ich noch nach meinen nächsten Worten suchte. »Du weißt, wer sie umgebracht hat.«

»Ja.«

Mike sagte kein Wort. Er sah mich nur an und in seinem Blick lag etwas, was mich schließlich zum Sprechen brachte. Ich erzählte ihm von meiner Ankunft in Cedars Creek und der Kälte, die mich vom ersten Moment an in diesem Haus begleitet und sich schließlich - nach Tess' Ritual, das den Geist eigentlich hätte bannen sollen - in Form von Nicholas manifestiert hatte. »Während Tess nachgeforscht hat, habe ich ihn besser kennengelernt.«

Mike runzelte die Stirn. »Du bist in ihn verliebt.«

Das ließ sich kaum leugnen.

»Ich will ihn sehen«, verlangte Mike.

Ich warf Nicholas einen Blick zu.

»Ich glaube nicht, dass er Ruhe geben wird, bevor er mich zu Gesicht bekommen hat.« Er löste sich von seinem Platz vor dem Kamin und kam zu mir. »Nur ganz wenig«, sagte er, als er sich zu mir herabbeugte, um meinen Atem mit einem sanften Kuss zu nehmen.

In dem Augenblick, in dem ich Nicholas' Lippen auf meinen zu spüren begann, fiel Mikes Kaffeetasse mit einem dumpfen Schlag auf den Teppich. Mike war schneller bei mir, als ich »Warte!« rufen konnte. Er riss die Atemschutzmaske vom Tisch, packte mich am Arm und zerrte mich von Nicholas fort.

»Er hat zwar in Tess' Tagebüchern über mich gelesen und von dir gehört, dass es mich gibt«, kommentierte Nicholas trocken, »aber wirklich geglaubt hat er es wohl nicht.«

Mike schob mich hinter sich, und ich hatte alle Mühe, mich aus seinem Griff zu befreien. Hätte er beide Hände zur Verfügung gehabt, wäre ich womöglich nicht gegen ihn angekommen. Da er jedoch versuchte, mich mit einer Hand hinter sich zu halten, während er mit der anderen darum kämpfte, sich die Maske übers Gesicht zu ziehen, gelang es mir, mich von ihm zu lösen.

»Es ist okay, Mike. Er wird dir nichts tun.«

Nicholas hatte sich nicht von der Stelle gerührt, obwohl ihm anzusehen war, dass er am liebsten nach mir gegriffen und mich an sich gezogen hätte. »Sam hat recht – in allem. Ich werde dir nichts tun und ich habe Tess nichts angetan. Sie hat mir geholfen. Warum hätte ich sie umbringen sollen?«

»Um wieder lebendig zu werden?« Mikes Stimme klang hohl und fremd unter der Atemschutzmaske. Am liebsten hätte ich ihm das Ding heruntergerissen. Ich fürchtete jedoch, dass das sein Vertrauen in Nicholas und mich nicht sonderlich stärken würde.

Seine dröhnenden Atemzüge machten mich verrückt. »Du wolltest ihn sehen, Darth Vader.« Ich ignorierte Nicholas' irritierten Blick. »Denk nach, Mike! Wenn Nicholas Tess umgebracht hätte, müsste er jetzt lebendig sein! Hör dir den Rest der Geschichte an, und dann entscheide selbst, ob du das Ding aufbehalten willst oder ob du uns ein wenig Vertrauen entgegenbringen möchtest.«

Mike nickte, rückte die Maske zurecht und zog sich ein paar Schritte von uns zurück.

Abwechselnd erklärten wir ihm, was damals wirklich geschehen war, wer Nicholas war und welche Rolle Adrian bei alldem gespielt hatte. Erstaunlicherweise verkraftete er den Bericht über die Hexenbücher, die die Brüder im Fundament des Hauses gefunden hatten, deutlich besser als Nicholas' Anblick. Während Nicholas von der Nacht erzählte, in der Adrian Tess umbrachte, ballte Mike die Fäuste.

»Ich war da«, sagte Nicholas. »Ich habe alles gesehen, doch ich konnte nichts tun.« Er erzählte von der Tüte, mit der Adrian sie erstickt hatte, und davon, wie dieser die Anwesenheit seines toten Bruders gespürt und wie er sich damit gebrüstet hatte, wie clever sein Plan sei und dass ich unweigerlich Nicholas verdächtigen würde.

Was ich auch getan hatte.

Die bloße Erinnerung daran, welche Angst ich vor ihm

gehabt hatte, jagte mir einen Schauder über den Rücken. Gleichzeitig schämte ich mich immer noch dafür, ihm so wenig vertraut zu haben.

»Es ist okay«, flüsterte Nicholas und strich mir über den Arm.

Wir gaben Mike ein wenig Zeit, die Wahrheit über Tess' Tod zu verkraften. Nach ein paar Minuten zog er sich die Maske vom Kopf und warf sie auf den Tisch. In seinen Augen schimmerten Tränen. »Wo ist dieser Mistkerl? Er soll dafür bezahlen, was er Tess angetan hat!«

»Das hat er bereits.«

Mike musterte mich aus zusammengekniffenen Augen.

»Er ist tot«, ergänzte ich.

»Ich habe Sam im Archiv abgepasst«, fuhr Nicholas fort, »und ihr erklärt, was wirklich geschehen ist – und warum ich so aggressiv auf Adrians Erscheinen reagiert hatte.«

Jetzt erzählten wir ihm auch den Rest – von Adrians Jugendelixier über seinen Versuch, mich dafür ausbluten zu lassen, bis zu seinem Tod ließen wir nichts aus. Zwischendurch musste ich Nicholas zweimal etwas von meinem Atem geben, um zu verhindern, dass er für Mike unsichtbar wurde.

»Adrian wird niemals vor ein Gericht gestellt werden«, sagte Nicholas. »Trotzdem wurde er für seine Taten zur Verantwortung gezogen.«

Das Schweigen, das daraufhin den Raum füllte, war so beklemmend, dass ich krampfhaft nach Worten suchte, um es zu brechen. Nicholas' sanftes Kopfschütteln und ein Blick auf Mike genügten jedoch, um zu erkennen, dass ich besser den Mund hielt. Irgendwann im Laufe unseres Berichts hatte Mike sich wieder gesetzt. Er klebte förmlich auf der Stuhlkante, die Hände auf den Oberschenkeln zu Fäusten geballt, und starrte auf die Kaffeetasse, die vor ihm auf dem Boden lag. Vielleicht starrte er auch auf den hässlichen braunen Kaffeefleck, der mir den Teppich wohl endgültig versaut hatte. Die Stille wurde immer bedrückender, schließlich hielt ich es nicht mehr aus. »Mike?«, fragte ich vorsichtig.

Sehr langsam hob er den Kopf. Ich weiß nicht, was ich zu sehen erwartet hatte, vielleicht Trauer oder Wut. Die Erleichterung, die stattdessen in seinen Augen stand, überraschte mich.

»Es ist gut, dass er tot ist«, sagte er entschlossen.

Ich nickte. Was hätte ich auch sonst tun sollen? Immerhin hatte mir Adrians Tod das Leben gerettet.

Mike stand auf. »Ich schätze, ich fahre jetzt besser nach Hause.«

Nur mühsam verkniff ich mir die Frage, ob er sich für fahrtauglich hielt, und wandelte sie um in ein neutrales »Bist du sicher?«.

»Es gibt einiges, worüber ich nachdenken muss. Aber es ist gut, Gewissheit zu haben.« Er sah Nicholas an. »Du scheinst ein netter Typ zu sein. Ich bin froh, dass du es nicht getan hast.«

Das war ich auch.

»Tut mir leid wegen des Flecks«, sagte er auf dem Weg zur Tür. »Ich zahl dir natürlich die Teppichreinigung.«

»Der fliegt ohnehin raus«, wehrte ich ab. »Mach dir keine Gedanken.«

Nicholas war uns durch den Gang zur Haustür gefolgt. Jetzt stand er neben mir, so dicht, dass ich seine kühle Berührung an meinem Arm spürte, und beobachtete, wie Mike in seine Schuhe schlüpfte, die Veranda hinter sich ließ und meinen Vorgarten durchquerte.

»Warte eine Sekunde!«, rief Nicholas ihm plötzlich hinterher, und als Mike stehen blieb und sich noch einmal zu uns herumdrehte, fragte er: »Kannst du uns Tess' Unterlagen überlassen?«

»Ihre Nachforschungen?«

Nicholas nickte.

»Was willst du damit?«, wollte ich wissen.

»Einen Weg finden, diesen Zustand zu beenden.« Dabei deutete er auf sich.

Seine Worte trafen mich wie ein Faustschlag, sie nahmen mir den Atem und hinterließen nichts als nackte Angst. Er war das Einzige, was mich in Cedars Creek hielt – und das wusste er. Nachdem ich mich geweigert hatte, nach Boston zu gehen und das Leben zu führen, das ich mir noch vor ein paar Wochen herbeigesehnt hatte, suchte er nach einem Weg, sich ins Jenseits davonzumachen!

Ich erstickte beinahe an dem dicken Kloß aus Tränen und Wut, der sich in meinem Hals ausbreitete. Da ich meiner Stimme nicht traute, bedachte ich ihn mit meinem besten »Darüber sprechen wir noch«-Blick und schob mich an ihm vorbei, um nach drinnen zu flüchten, bevor ich vor Mike zusammenklappte.

»Sam kann die Unterlagen im *Diner* abholen«, hörte ich ihn noch sagen.

Dann herrschte Stille.

Ich stand im Wohnzimmer, die Hände auf den Kaminsims gestützt, und konzentrierte mich darauf, zu atmen.

»Sam?« Nicholas war auf der Schwelle stehen geblieben. »Tess' Unterlagen sind vielleicht der beste Weg. Womöglich der einzige.«

»Woher nimmst du das Recht, zu wissen – zu *entscheiden* –, was für uns das Beste ist?« Meine Stimme klang dünn, aber sie hielt und wurde mit jedem Wort kräftiger. Ich musste mich nur auf meine Wut konzentrieren und die Angst verdrängen, die seine Worte in mir ausgelöst hatten. Was gar nicht so leicht war. »Du bist nicht mehr an den Friedhof gebunden«, platzte ich mit dem heraus, was mir schon seit Tagen durch den Kopf ging. »Was hält dich davon ab, von hier fortzugehen? Komm mit mir nach Boston!«

Er trat auf mich zu, blieb aber weit genug von mir entfernt stehen, sodass ich ihn nicht berühren konnte. »Ich würde überall mit dir hingehen …«

Ich überhörte das lautlose *aber*, das seinen Worten folgte, absichtlich und sagte: »Dann tu es.«

»Wenn ich lebendig wäre, würde ich es tun.« Da war es also, das Aber.

»Es ist mir ganz egal, ob du flüssig, gasförmig oder unsichtbar bist, solange du nur bei mir bist.« Natürlich hätte ich ihn lieber lebendig an meiner Seite gehabt, doch das Wichtigste war tatsächlich, dass er da war.

Nicholas schüttelte den Kopf. In seinen Augen lag so viel Bedauern, dass es mir schon wieder die Kehle zuschnürte. »Verstehst du denn nicht?« Er klang vollkommen ruhig – ganz anders, als ich mich fühlte. »Mit mir an deiner Seite wirst du nie ein normales Leben führen können.«

»Normal?«, schnaubte ich. »Wer will das schon.«

»Du kannst mich nicht deinen Freunden vorstellen oder auch nur von mir erzählen.« Er war noch einen Schritt näher gekommen, seine Hand lag auf meinem Arm, eine sanfte Berührung, deren Kälte mir – zusammen mit der Bedeutung seiner Worte – durch und durch ging. »Du müsstest dich jedes Mal entscheiden, ob du deine Zeit lieber mit mir oder mit deinen Freunden verbringen willst.«

»Ich kenne dort noch nicht einmal jemanden und soll mich schon zwischen dir und ihnen entscheiden?« Mühsam drängte ich den Kloß zurück, der sich wie ein Geschwür in meinem Hals ausbreitete, und beharrte darauf, dass alles gut werden würde. Gut werden *musste*. »Wir werden einen Weg finden.«

Das Bedauern in seinem Blick genügte mir, um zu wissen, was er als Nächstes sagen würde.

»Das werden wir nicht«, sprach er aus, was ich nicht hören wollte. Als er die Arme nach mir ausstreckte und sanft über meine Schultern strich, hätte ich am liebsten geschrien – vor Wut, Angst und Trauer.

»Ich liebe dich, Sam. Aber was wir haben, kann so auf Dauer nicht funktionieren. Nicht, ohne dass du dein Leben für mich aufgibst.« Er zog mich in seine Arme und ich ließ es geschehen. »Das kann und will ich nicht verlangen.«

Ich befreite mich aus seinen Armen und wich zurück. Jetzt war ich wirklich wütend. Wie konnte er so feige sein und den einfachsten Ausweg wählen wollen, statt zu kämpfen! »Und deshalb willst du dich lieber ins Jenseits verkrümeln, statt mit mir nach einer vernünftigen Lösung zu suchen?«, fuhr ich ihn an.

Er sah mich irritiert an. »Wovon redest du überhaupt?«

»Davon, dass ich dich nicht verlieren will!«

»Aber wer spricht denn von ›verlieren‹?«

»Na, du!«

»Sam, du denkst doch nicht etwa …« Er hob beschwichtigend die Hände. »Ich werde dir nicht dein Leben ruinieren, so viel steht fest. Aber ich habe auch nicht vor, mich einfach *ins Jenseits zu verkrümeln*. Bist du noch nicht auf den Gedanken gekommen, dass wir in Tess' Aufzeichnungen Hinweise finden könnten, wie ich vielleicht etwas an diesem Zustand ändern kann?«

Alles, was mir durch den Kopf geschossen war, war die Tatsache, dass Tess wochenlang nach einem Weg gesucht hatte, die Ketten zu lösen, die Nicholas an diese Welt banden, um ihm seinen Frieden zu schenken. Dieses Wissen hatte ausgereicht, um mich in Panik verfallen zu lassen. Darauf, dass wir auch noch andere Dinge in ihren Unterlagen entdecken könnten, war ich nicht gekommen.

»Du meinst, wir könnten einen Weg finden, dich wieder lebendig zu machen?« *Ohne dass du jemanden aussaugen musst?*

»Lebendig oder wenigstens irgendwie körperlich.«

»O Mann, mir ist schlecht.« Ich ließ mich in den Sessel sinken. »Ich dachte wirklich …«

»Du dachtest, dass ich mich davonstehlen würde.«

Ich nickte und spürte, wie das schlechte Gewissen sich in mir rührte. Hatte ich so wenig Vertrauen zu ihm, dass ich ernsthaft geglaubt hatte, er würde sich einfach so aus dem Staub machen? Offensichtlich hatte seine Angst, mir zu viel Atem zu nehmen, auch in mir gewisse, wenn auch andersgeartete Ängste ausgelöst.

Nicholas kniete sich vor mir auf den Teppich und nahm meine Hände in seine. Sein Griff war leicht, mehr ein Hauch als eine Berührung. Ein deutliches Zeichen dafür, dass sich die Wirkung meines Atems verflüchtigte. »Ich weiß nicht, wie das mit uns weitergeht oder was die Zukunft uns bringen mag, aber du hast mein Wort, dass ich nichts unversucht lassen werde, bei dir zu sein.« Während er sprach, verschwand der leichte Druck seiner Hände auf meinen, verwandelte sich in einen kühlen Luftzug auf meiner Haut, als er seine Stofflichkeit verlor. »Ich lasse dich nicht im Stich, Sam. Schon gar nicht, solange sich diese Typen hier herumtreiben.«

Mikes Auftauchen und der Gedanke, Nicholas könne seines Daseins müde sein, hatten mich so sehr in Beschlag genommen, dass ich mich erst jetzt wieder an den eigentlichen Grund erinnerte, warum Nicholas das Haus verlassen hatte. Ein Teil von mir hatte geglaubt, es sei Mike gewesen, dessen Wagen ich gesehen hatte – bis mir wieder bewusst wurde, dass ich erst mit Mike zusammengestoßen war, nachdem ich gesehen hatte, wie der Wagen davongefahren war.

»Was hast du gesehen?«

»Zwei Männer.« Er stand auf. »Sie haben sich an der Familiengruft herumgetrieben. Ich glaube, dass sie sie öffnen wollten, aber sie hatten kein passendes Werkzeug dabei.«

»Familiengruft? Von *deiner* Familie?«

Nicholas nickte.

»Waren es die Kerle von vorletzter Nacht? Die, die uns vom Anwesen vertrieben haben?«

»Möglich.«

»Du hast ihre Gesichter nicht gesehen?«

»Heute schon, aber nicht oben am Anwesen. Der Geisterbann hat dafür gesorgt, dass ich nicht in ihre Nähe konnte. Erinnerst du dich?«

»Natürlich erinnere ich mich.« Ich wollte nur nicht wahrhaben, dass tatsächlich keiner von uns die Gesichter dieser Kerle gesehen hatte. Wie sollten wir sie erkennen, wenn sie unseren Weg kreuzten? »Was ist mit dem Geisterbann? Hatten sie ihn heute Nacht nicht dabei?«

»Der Einzige mit Geisterbann war unser Freund Mike.«

Im Haus waren sie zu dritt gewesen, heute Nacht hatte Nicholas nur zwei von ihnen gesehen. Womöglich war es der Dritte – die Frau, die den Bann trug. Und wo hatte sie gesteckt? Mit Grippe im Bett? »Was wollten sie in der Gruft?«

»Sie waren leider nicht so nett, es mir zu verraten – oder sich miteinander darüber zu unterhalten.« Ihm war anzusehen, wie wenig es ihm gefiel, dass sich jemand an der Gruft seiner Familie zu schaffen machte. Dass diese Leute um die Existenz von Geistern wussten, machte es weder weniger rätselhaft noch weniger beunruhigend. »Ich war in der Gruft, aber ich konnte nichts Besonderes entdecken.«

Es dauerte einen Moment, ehe mir aufging, dass Nicholas im Gegensatz zu diesen Kerlen natürlich einfach durch die Mauer marschieren konnte. Wenn er vor mir stand, vergaß ich manchmal, dass er kein normaler Mensch war. Unglücklicherweise schaffte er es immer wieder, mich daran zu erinnern.

»Hast du eine Ahnung, wer sie sind?«

Er schüttelte den Kopf. »Einer trug eine Kette.«

»Wie sah sie aus?«

»Schwer zu erklären.« Er runzelte die Stirn. »Hol mir was zum Schreiben!«

Ich lief in die Küche, holte meinen Einkaufsblock und einen Stift und legte beides vor ihm auf den Tisch, auf dem noch immer Mikes Schutzmaske lag. Dann wandte ich mich Nicholas zu, um ihm meinen Atem zu geben.

»Das muss aufhören«, flüsterte er, als sich unsere Lippen berührten. »Es wird mit jedem Mal schwieriger für mich, dir zu widerstehen.«

»Du weißt eben, was du an mir hast«, sagte ich leichthin, zog mich aber trotzdem zurück. Ich würde mich nicht von seiner »Ich werde dich aussaugen«-Panik anstecken lassen! Auf keinen Fall!

Statt etwas zu erwidern, griff er nach dem Stift und begann eine Form auf das Papier zu kritzeln, die sich bestenfalls als rundes Spiraldreieck beschreiben ließ. Zumindest fiel mir nicht ein, wie ich es besser in Worte fassen könnte – ich war schon immer lausig darin gewesen, Dinge zu beschreiben.

Er war gerade mit seiner Zeichnung fertig, als der Stift durch seine Finger glitt und auf den Tisch fiel. »Ich habe so etwas schon einmal gesehen, aber ich erinnere mich nicht mehr daran, wo das war.«

Ich riss den Zettel vom Block und steckte ihn in meinen Rucksack. »Ich fahre morgen damit in die Bibliothek, da finde ich bestimmt etwas.«

10

Noch bevor Ed die Tür erreichte, klopfte es wieder. »Geduld!«, raunzte er quer durch den Flur in Richtung der Tür. Für gewöhnlich war Ed ein höflicher und umgänglicher Zeitgenosse, Eigenschaften, die in seinem Beruf unerlässlich waren. Das Telefonat mit Sam Mitchell hatte ihm jedoch die Laune gründlich verhagelt. Ganz zu schweigen davon, dass der unangekündigte Besucher ihn davon abhielt, seine Nachforschungen fortzusetzen.

Vielleicht hielt er ihn ja auch davon ab, etwas Dummes zu tun. Oder zumindest etwas, bei dem er sich verdammt lächerlich vorkommen würde. Trotzdem war er bereit, den Versuch zu unternehmen.

Das musste jetzt jedoch warten. Erst musste er denjenigen abwimmeln, der da vor seiner Tür stand.

Ungehalten angesichts der Unterbrechung durchquerte er den Flur und riss die Tür auf, bereit, seinem Gegenüber ein paar unfreundliche Worte ins regennasse Gesicht zu schleudern. Er hatte den Mund schon geöffnet – und hielt überrascht inne, als er die hübsche Brünette erkannte, die da vor der noch geschlossenen Fliegentür stand.

»Laura?«

Abgesehen von ihren dunkelgrauen Pumps, an deren Rändern aufgeweichtes Erdreich haftete, und den nassen Hosenaufschlägen hatte der Regen ihr nichts anhaben können. Der große Schirm, der jetzt zusammengefaltet in ihrer Hand lag, hatte sie trotz des Windes für die paar Meter trocken gehalten, die sie von ihrem Wagen bis in den Schutz des Verandadaches zurücklegen musste. Sie hielt das tropfende Ungetüm ein Stück zur Seite, um nicht doch noch nass zu werden, und schenkte Ed dasselbe entschuldigende Lächeln, das auch auf ihren Lippen gelegen hatte, nachdem sie mit ihm zusammengestoßen war. »Entschuldigen Sie die späte Störung, Ed.«

»Sie sind doch wohl nicht etwa bei diesem Mistwetter hier herausgekommen, um einen Termin zu vereinbaren?«

»Eigentlich wollte ich bei Ihnen einziehen.«

»Wie bitte?«

Laura lachte. Vermutlich hatte er gerade ein ziemlich dummes Gesicht gemacht. »Sie vermieten doch Zimmer, oder?«

»Ach so, das.« Plötzlich kam er sich wirklich reichlich dämlich vor, weil er geglaubt hatte, Laura versuche mit ihm zu flirten. »Ja natürlich. Kommen Sie herein. Den geben Sie am besten mir.« Er öffnete die Fliegentür, nahm ihr den Schirm ab und stellte ihn auf der Veranda in den Schirmständer, ehe er ihr in den Flur folgte und beobachtete, wie sie unaufgefordert aus ihren schmutzigen Schuhen schlüpfte. Der Geruch ihres Parfüms lag dort in der Luft, wo sie eben noch gestanden hatte, eine angenehm fruchtige Note, die erfreulich unaufdringlich war.

»Warum ausgerechnet bei mir?«, fragte er. »Gefällt Ihnen das Inn nicht?«

»Dort ist alles belegt«, sagte sie. »Das andere Hotel im Ort hatte wohl einen Wasserrohrbruch und musste seine Gäste ins *Cedars Inn* umbuchen. Die Motels an der Interstate sind mir ehrlich gesagt zu weit entfernt, und als ich mich im Ort nach einer anderen Möglichkeit erkundigte, hat man mich an Sie verwiesen.«

Wilbur Perkins war wirklich erstaunlich schnell, wenn es darum ging, Neuigkeiten zu verbreiten.

Früher, als das Haus noch Eds Mutter gehörte, hatte sie das Gästezimmer regelmäßig an Arbeiter aus der Distillery vermietet. Nachdem sie krank und pflegebedürftig geworden war, wohnte dort ihre Pflegerin, da Ed – der zu dieser Zeit in einem Apartment im Ort lebte – sich wegen der Arbeit nicht selbst um sie kümmern konnte. Nach ihrem Tod vor zwei Jahren war er hier eingezogen und seitdem hatte das Zimmer leer gestanden. Da er es jedoch nicht brauchte – seinen Fitnessraum wollte er sich ja im Keller einrichten –, hatte er mit Wilbur darüber gesprochen, dass er daran dachte, es wieder zu vermieten. Damit, dass der ihm gleich jemanden schicken würde, hatte er nicht gerechnet. Erst recht nicht damit, dass es ausgerechnet Laura sein würde.

»Ich habe tatsächlich ein kleines Zimmer.« Die Möbel waren zwar mit Tüchern abgedeckt, dafür waren der Raum und das dazugehörige Badezimmer sauber. Alles, was es brauchte, waren ein paar Bettbezüge und frische Handtücher. »Es hat sogar ein eigenes Bad. Und solange Sie hier sind, können Sie die Küche mitbenutzen.«

»Das hört sich gut an. Wie viel soll es kosten?«

Sie einigten sich auf dreißig Dollar die Nacht. Ed hätte es ihr auch für zwanzig überlassen; da er jedoch sicher war, dass sie die Spesen ohnehin abrechnen würde, konnte er auch ebenso gut ein wenig daran verdienen.

Er brachte sie nach oben, um ihr das Zimmer zu zeigen. Viel gab es nicht zu sehen, ein Bett, ein Schrank und ein kleiner Tisch mit einem Stuhl waren das einzige Mobiliar. Trotzdem entschied Laura sich dafür, es zu nehmen. Nachdem er ihr Handtücher gebracht und sie gemeinsam das Bett bezogen hatten, zeigte er ihr die Küche für den Fall, dass sie etwas brauchte, holte ihre Reisetasche aus dem Wagen und trug sie ihr nach oben.

»Danke, Ed«, sagte sie, als er die Tasche abstellte. »Für alles. Ich bin wirklich froh, heute Nacht nicht obdachlos zu sein.«

»Sie tun ja gerade so, als hätte ich Sie von der Straße aufgelesen. Immerhin bezahlen Sie für das Zimmer.«

»Das stimmt«, räumte sie ein. »Trotzdem finde ich es erstaunlich, dass es auch bei unserer zweiten Begegnung der Zufall ist, der uns zueinanderführt.«

»Zu irgendetwas muss der Zufall ja gut sein. Gute Nacht, Laura.«

»Gute Nacht.«

Er zog die Tür zu und kehrte ins Wohnzimmer zurück, nicht ohne sich darüber zu wundern, dass ausgerechnet sie hier aufgetaucht war. Konnte es tatsächlich so viele Zufälle geben?

Manchmal vielleicht.

Auf jeden Fall schien Laura Martin nicht nur eine hübsche, sondern auch eine interessante Frau zu sein. Er wollte verdammt sein, wenn es ihm nicht gelänge, sie zumindest zu einem gemeinsamen Abendessen zu überreden.

Ed saß noch nicht lange auf der Couch, als oben die Dusche angestellt wurde und sich das Wasser lautstark seinen Weg durch die altersschwach ächzenden Rohre bahnte. Eine Weile saß er einfach nur da, lauschte dem Rauschen und starrte auf den schwarzen Bildschirm des Fernsehers. Er dachte daran, schlafen zu gehen, hatte jedoch die Vermutung, dass er im Augenblick viel zu wach war, um Ruhe zu finden.

Oben wurde das Wasser abgestellt. Der Holzboden knarrte leise, als Laura sich durchs Zimmer bewegte, ehe nach ein paar Minuten Stille einkehrte.

Er ließ noch ein wenig mehr Zeit verstreichen, dann erhob er sich, schlich zur Tür und lauschte auf den Gang hinaus. Oben war alles ruhig. Was sollte ihn also davon abhalten, zu tun, was er vor Lauras Erscheinen hatte tun wollen?

Er ging in die Küche, holte die große braune Papiertüte aus der Kammer, in der die Sachen waren, die er letzte Woche in einem Anflug von Abenteuerlust besorgt hatte, und kehrte damit ins Wohnzimmer zurück. Dieses Mal schloss er die Tür hinter sich ab.

Mit wenigen Handgriffen räumte er den Couchtisch ab und verstaute die Akten und das codierte Buch in einem abschließbaren Schrank, in dem sich auch sein Waffensafe befand. Lediglich das handgeschriebene Buch würde er erst später wegsperren. Vorsichtig, um die Seiten nicht zu beschädigen, schlug er die Stelle auf, die er sich schon vor Tagen mit einem Einlegeblatt markiert hatte.

Gespräch mit einem Toten, verkündete die geschwungene Handschrift in der Kopfzeile. Darunter stand ein Absatz auf Latein, den er nicht entziffern konnte. Die Informationen jedoch, die für sein Vorhaben von Bedeutung waren, standen dort in einem, wenn auch alten Englisch. Es war dämlich und vermutlich vollkommen sinnlos, doch es konnte kaum weniger erfolgreich sein, als Samantha Mitchell zum Reden bringen zu wollen. Alles in allem hatte er entschieden, dass es einen Versuch wert war. Wenn es funktionierte, würde Adrian Crowley senior ihm persönlich erzählen, was passiert war. Wenn nichts geschah, wäre er zumindest um eine Erfahrung reicher.

Stück für Stück holte er seine Einkäufe aus der Papiertüte und reihte sie neben sich auf dem Teppichboden auf. Noch einmal studierte er die Anweisungen im Buch, dann machte er sich daran, alles der Beschreibung nach vorzubereiten.

Als Erstes nahm er die Kreide zur Hand und zeichnete ein Pentagramm auf den Tisch. Er musste dreimal ins Buch schauen, um sicherzugehen, dass er es auch richtig machte. Bisher beschränkten sich seine Erfahrungen mit Pentagrammen auf die Horrorfilme, die er gesehen hatte, und da er Horrorfilme nicht mochte, waren das nicht gerade viele gewesen. Gezeichnet hatte er noch nie eines.

Sobald er mit dem fünfzackigen Stern zufrieden war, stellte er ein Dreibein in seinem Zentrum auf und platzierte die nötige Kräuterschale – er hatte einfach ein zu einem Mörser gehörendes Kupfergefäß genommen – in der Vertiefung. Darunter kam eine dicke weiße Stumpenkerze. Er hätte lieber einen Bunsenbrenner benutzt, um die nötige Hitze schneller zu erreichen. Da davon jedoch nichts in der Anweisung stand, blieb er bei der Kerze. Womöglich hätte der Verfasser des Journals ebenfalls einen Bunsenbrenner verwendet, wenn dieser zu seinen Lebzeiten bereits erfunden gewesen wäre. Vielleicht wäre die Hitze des Brenners aber auch zu viel und würde dem Ganzen nur schaden.

Ed grinste. So wie er sich den Kopf darüber zerbrach, könnte man meinen, er glaubte tatsächlich daran. Vielleicht tat er das ja wirklich. Oder er *wollte* es zumindest. Alles war besser, als länger im Dunkeln zu tappen.

Jetzt kamen die Kräuter. Er hatte keine Küchenwaage, weshalb er die Mengen lediglich schätzte, als er nach und nach Rosmarin, Bohnenkraut und einiges Zeug, von dem er noch nie zuvor gehört hatte, in die Kräuterschale rieseln ließ. Da er keine Alraune auftreiben konnte, hatte er sich nach kurzer Recherche im Internet für Bilsenkraut entschieden, dem dieselbe Wirkung nachgesagt wurde. Als Letztes kamen die Eisenspäne dazu, die er extra von Wilbur geholt hatte.

Er überprüfte noch einmal, ob er alles hatte. Nachdem er zu dem Schluss gekommen war, dass nichts fehlte, stellte er die letzten Kerzen – schlanke weiße dieses Mal – an den Eckpunkten des Pentagramms auf und entzündete einen Docht nach dem anderen, beginnend mit der Stumpenkerze in der Mitte.

Sobald die Flammen emporzüngelten, griff er nach dem Buch. Für einen Moment fragte er sich, ob er das Licht löschen sollte, entschied sich jedoch, es brennen zu lassen. Das war kein Horrorfilm, sondern lediglich ein wissenschaftliches Experiment. Nun ja, vielleicht nicht wirklich wissenschaftlich. Ganz sicher jedoch würde es keinen Unterschied machen, ob die Lampe an war oder er hier im Dunkeln hockte.

Die Formeln waren der schwierigste Teil. Sie waren in einem sehr alten Englisch verfasst, das an sich schon schwer zu entziffern war. Die geschwungene Schrift, in der sie niedergeschrieben waren, machte es nicht leichter. Glücklicherweise hatte er sich vorbereitet.

Als er beim Blättern zum ersten Mal auf das Ritual gestoßen war, hatte er sich nichts weiter dabei gedacht. Trotzdem hatte es ihn ein ums andere Mal angezogen. Wieder und wieder hatte er seitdem die Seite aufgeschlagen und sich gefragt, ob es funktionieren könnte. Schließlich hatte er sich hingesetzt und die Formeln abgeschrieben. Seine Handschrift mochte nicht die sauberste sein, doch sie war allemal leserlicher als das verschnörkelte Geschreibsel in dem Buch.

»Ich kann nicht glauben, dass ich das wirklich mache.«

Aber er hatte sich nun einmal dazu entschlossen, nach diesem Strohhalm zu greifen. Außerdem würde ja niemand davon erfahren. Es bestand also kein Risiko, sich zum Gespött der Leute zu machen.

Er setzte sich im Schneidersitz vor dem Tisch auf den Boden, zog seine Abschrift der Formeln heraus und legte sie sich auf die Knie. In der Kupferschale erhitzten sich die Kräuter immer mehr. Erste helle Rauchfäden stiegen darüber in die Luft und breiteten sich zusammen mit dem scharfen Geruch der Kräutermischung im Raum aus.

Ed hob die Hände, wie es in den Anweisungen stand, sodass die Handflächen nach außen zeigten, und begann die Zeilen vom Blatt abzulesen. Während er sie rezitierte, konnte er noch immer nicht fassen, dass er tatsächlich einen Geist oder eine Hexe, vielleicht auch eine Göttin – was auch immer diese Hekate sein mochte – anflehte, ihm ein Tor zu öffnen, das es ihm ermöglichte, mit den Toten zu sprechen. Genauer gesagt, mit einem Toten: Adrian Crowley senior.

Er las die Formeln ab, ohne sich sonderliche Mühe bei der Betonung zu geben, wiederholte die Stellen, die wiederholt werden mussten, und erhob die Stimme dort, wo es die Aufzeichnungen explizit verlangten.

»Öffne das Tor, große Hekate, das mir Zugang zu Adrian Crowleys Geist gewährt«, rezitierte er die letzten Worte. »Öffne das Tor und gestatte mir den Kontakt zu der in dein Reich eingegangenen Seele.«

Beim letzten Wort blies er die Kerzen aus, wie es das Ritual forderte.

In dem Augenblick, in dem die Flammen erloschen, explodierte die Glühbirne in der Deckenlampe und das Zimmer versank in Dunkelheit.

»Scheiße!« Fluchend sprang Ed auf und wich zwei Schritte vom Tisch zurück, ehe er sich wieder fing. Sein Blick glitt durch den Raum und schweifte über die dunklen Silhouetten der Möbel, auf der Suche nach einem Eindringling. Allmählich gewöhnten sich seine Augen an die Finsternis. Die Schwärze weichte auf und offenbarte Umrisse in den verschiedensten Grauabstufungen.

Er war allein.

Wo war der verfluchte Geist, der ihm Antworten geben sollte?

»Crowley?«, fragte er in die Dunkelheit. »Sind Sie hier?«

Nur das gleichmäßige Prasseln des Regens antwortete ihm.

11

Als ich mich am Morgen aus dem Bett schälte, war es empfindlich kalt im Haus. Im ersten Moment dachte ich, es läge daran, dass Nicholas bei mir war, doch die Kälte war weitaus durchdringender, als seine Anwesenheit es je hätte sein können. Ein deutliches Zeichen, dass ich die Heizung gestern wohl besser nicht wieder abgedreht hätte.

Vielleicht sollte ich von Zeit zu Zeit mal den Wetterbericht ansehen, dann wüsste ich auch, wann eine Kaltfront bevorstand, und könnte mich entsprechend danach richten.

Ich schlug die Decke zurück, tapste ins Bad und gönnte mir eine ausgiebige heiße Dusche. Danach schlüpfte ich in Jeans, einen warmen Rollkragenpullover und dicke Socken und ging nach unten, um die Heizung anzuschalten und Kaffee zu kochen. Obwohl die Heizung, im Rahmen ihrer bescheidenen Möglichkeiten, alles gab, wurde mir nicht recht warm. Unglücklicherweise gehörte ich zu den Menschen, die – wenn sie einmal froren – nicht mehr so leicht auftauten. Wenn ich den Winter hier überstehen wollte, musste ich mir etwas einfallen lassen. Feuerholz war die eine Möglichkeit, die andere ein Techniker, der sich die Heizung einmal ansehen und mir die genaue Funktion erklären konnte. Womöglich hätte es ein Blick in die Gebrauchsanweisung auch getan, nur dass ich die bisher nicht gefunden hatte.

Glücklicherweise gab es etwas, wobei mir garantiert warm werden würde. Ich marschierte nach oben und sah mich um. Während der letzten Tage hatte ich einiges geschafft. Nachdem ich mich jedes Mal, wenn ich über etwas nachdenken wollte, auf die Tapeten gestürzt hatte, waren jetzt keine mehr übrig. Die Wände waren für frische Farbe bereit. Bis auf die Möbel und die wenigen Dinge, die ich zur Erinnerung an Tante Fiona behalten wollte, waren die oberen Zimmer leer geräumt. Lediglich das Gästezimmer, in dem ich momentan schlief, würde ich mir später noch vornehmen müssen.

Im Schlafzimmer hatte ich die Möbel und die Kartons bereits in der Mitte des Raumes gestapelt, dasselbe machte ich nun auch im Arbeitszimmer. Bis ich damit fertig war, war mir tatsächlich so warm, dass ich die mickrige Leistung der Heizung für eine Weile ignorieren konnte.

Dann schnappte ich mir meinen Rucksack und meine Jacke und verließ das Haus, um in den Ort zu fahren. Vor der Tür hielt ich überrascht inne. Beinahe kam es mir so vor, als sei es hier weit weniger kalt als im Haus. Das war es natürlich nicht, denn draußen hatte es höchstens 15 Grad, und der Nieselregen, der die ganze Nacht nicht nachgelassen hatte, machte es alles andere als gemütlich.

Meine erste Station war Wilbur Perkins' Heimwerkermarkt. Eigentlich wollte ich nur Farbe und den anderen Kram kaufen, den ich zum Streichen brauchen würde. Mr Perkins überzeugte mich jedoch davon, dass die Reste der abgekratzten Tapeten unter der Farbe womöglich zu sehen sein würden. Am Ende marschierte ich mit weißen Raufasertapeten aus dem Laden, von denen er mir versichert hatte, dass ich sie x-mal in den verschiedensten Farben übermalen könnte, ohne dass das Ergebnis fleckig wurde. Außerdem schleppte ich Pinsel, Abdeckfolien, Tapetenkleister und einen Tapeziertisch zum Wagen. Da ich vor dem Tapezieren die Böden und das Treppengeländer abschleifen wollte, landete zum Schluss noch eine Schleifmaschine samt Staubschutzmaske im Kofferraum, die ich mir für einige Tage für einen fairen Preis ausgeliehen hatte.

Nachdem ich alles im Käfer untergebracht hatte, ging ich hinüber ins *Diner*. Mike war mit einer Auslieferung unterwegs, doch er hatte Rose gesagt, dass ich etwas abholen würde. Sobald sie mich sah, verschwand sie nach hinten und kam kurz darauf mit einem verschnürten Karton zurück. Darauf klebte ein Post-it mit Mikes Handynummer. Ich zog es ab und ließ es in meiner Hosentasche verschwinden.

»Was auch immer Sie mit Mike angestellt haben«, meinte sie, als sie mir die Kiste in die Hand drückte, »es hat ihm gutgetan. Er war schon lange nicht mehr so gut gelaunt wie heute Morgen.«

»Wir haben uns nur unterhalten«, sagte ich vage. »Über Tess.«

Sie nickte. »Ich sage ihm schon seit Wochen, dass er sich einmal aussprechen soll. Schön, dass er doch noch auf mich gehört hat.«

Ob sie immer noch so begeistert gewesen wäre, wenn sie wüsste, dass sich ihr trauernder Sohn in Wahrheit nicht auf der Suche nach Aussprache, sondern auf einem Rachefeldzug befunden hatte, ehe er auf mich gestoßen war?

Um weiteren Fragen zu entgehen, schnappte ich mir den Karton und machte mich mit einem »Danke!« aus dem Staub. Auf dem Weg zum Käfer fiel mein Blick auf die Bibliothek. Ich hätte doch tatsächlich beinahe Nicholas' Zeichnung vergessen, die ich gestern in meinen Rucksack gestopft hatte.

Rasch ließ ich den Karton im Auto verschwinden und fand mich zwei Minuten später zwischen den mit künstlichen Spinnweben geschmückten Regalen der Bibliothek wieder. Da ich keine Ahnung hatte, wo ich anfangen sollte, steuerte ich zunächst einmal die Internet-Terminals an. Mir wurde jedoch schnell klar, dass es schwierig sein würde, nach etwas zu suchen, dessen Namen man nicht kannte. Der Suchbegriff »rundes Spiraldreieck« brachte mich jedenfalls nicht weiter.

Ich drehte mich mit dem Stuhl herum und starrte auf die langen Regalreihen vor mir. Wo beginnen? Nach kurzer

Überlegung entschied ich mich für Tess' Lieblingsabteilung und fand mich kurz darauf vor den esoterischen Büchern wieder. Auf der Suche nach einem Buch über mystische Symbole durchstreifte ich die Regale. Ich war so sehr darin vertieft, die Buchrücken zu studieren, dass ich wie ein kleines Kind zusammenfuhr, als sich plötzlich ein Schatten über mich legte.

»Entschuldigen Sie«, vernahm ich die freundliche – und leicht amüsierte – Stimme einer Frau. »Ich wollte Sie nicht erschrecken.«

Ich zwang ein Lächeln auf meine Lippen, was gar nicht so leicht war angesichts der Tatsache, dass mir der Schrecken wirklich in den Gliedern saß, und drehte mich zu der Frau herum, die eine Armlänge von mir entfernt stehen geblieben war. Etwas an ihr kam mir bekannt vor, ohne dass ich hätte sagen können, was es war. In ihren braunen Augen lag ein goldener Schimmer, der durch das dezente Make-up unterstrichen wurde. Das dunkle Haar hatte sie hochgesteckt, eine lose Strähne umspielte ihr Gesicht. Sie trug ein dunkelblaues Kostüm mit einem schmal geschnittenen, knielangen Rock, einer weißen Bluse unter dem Blazer und tadellos geputzten, farblich zum Kostüm passenden Pumps. Über der Schulter hing eine Handtasche. Einzig ein Lederhalsband, dessen Anhänger unter der Bluse nicht zu sehen war, passte nicht so recht zum Look der perfekten Geschäftsfrau. Trotzdem schrie alles an ihr: Großstadt. Ich wollte einen Besen fressen, wenn sie hier nicht ebenso fremd war wie ich.

»Schon in Ordnung«, gab ich zurück und wandte mich wieder dem Regal zu, um meine Suche fortzusetzen.

»Sie sind nicht zufällig Samantha Mitchell?«

Hatte der Sheriff Steckbriefe von mir verteilt?

Ich drehte mich wieder zu ihr um. »Warum?«

»Ich würde mal sagen, ich bin an der richtigen Adresse.«

»Und was bringt Sie auf diese Idee?«

Die Frau lachte. »Bisher sind mir die Bewohner dieser Stadt kein bisschen misstrauisch begegnet – im Gegensatz zu Ihnen. Was mich auf den Gedanken bringt, dass Sie die junge Großstädterin sein müssen, die erst vor Kurzem hierhergezogen ist.« Sie kam einen Schritt näher. »Außerdem sagte mir Rose aus dem *Diner*, dass ich Sie hier finden würde.«

Ihre Logik war bestechend. Trotzdem war ich mir nicht sicher, ob ich Lust hatte, mich auf ein Gespräch mit dieser Frau einzulassen. Am Ende arbeitete sie für den Sheriff. Ich ließ meinen Blick weiter über die Buchrücken wandern.

»Ich bin Laura Martin«, sagte sie, als ich nach einer Weile immer noch nichts erwidert hatte. »Ich arbeite für den *Seattle Independent* an einem Artikel über die Crowley Distillery und bin auf der Suche nach Leuten, die den alten Crowley kannten.«

»Da kann ich Ihnen nicht weiterhelfen«, sagte ich, ohne den Blick von den Büchern zu nehmen.

»Dann hat Rose sich wohl geirrt.«

Zu hören, dass Rose über mich getratscht hatte, hob meine Laune nicht gerade. Andererseits war das für eine Kleinstadt wie diese vermutlich normal, und vorgestern war ich selbst heilfroh gewesen, sie ausfragen zu können.

»Sie sagte, Sie hätten zumindest den jungen Crowley gekannt.«

Das zu leugnen, würde mich nicht weiterbringen, nicht, wenn so ziemlich jeder, den sie fragte, bestätigen würde, dass ich mit Adrian zusammen gesehen worden war. »Das stimmt«, gab ich daher zu. »Allerdings kannte ich ihn nicht sonderlich gut. Ich bin erst seit ein paar Wochen in der Stadt und habe Adrian nur drei- oder viermal gesehen.« Und mindestens zweimal davon hatte er versucht mich umzubringen.

»Also kannten Sie ihn.«

»Hören Sie«, sagte ich und wandte mich ihr nun wieder ganz zu. »Ich weiß nicht mehr über die Crowleys und die Distillery als jeder andere hier. Vermutlich sogar deutlich weniger. Alles, was ich weiß, können Sie auch von jedem x-beliebigen Stadtbewohner im *Diner* erfahren – oder im Internet. Tut mir leid, Miss Martin.«

Ich wollte nicht unfreundlich sein, denn die Frau war mir durchaus sympathisch. Trotzdem stand mir nicht der Sinn danach, mich noch eingehender mit Adrian zu beschäftigen, als ich es ohnehin schon tat.

»Nennen Sie mich Laura.«

Sie musterte mich eingehend, als versuche sie herauszufinden, ob es etwas bringen würde, mich mit weiteren Fragen zu löchern. Dann blieb ihr Blick auf dem Papier in meiner Hand hängen.

»Sie beschäftigen sich mit Hexerei?«

Viel fehlte nicht und ich hätte das Blatt fallen lassen. Hexerei? Beim heiligen Zombie! *Bitte mach, dass ich mich verhört habe.* Ich war drauf und dran, das Ganze als Hokuspokus abzutun, als mir bewusst wurde, dass sich auch Adrian der Hexerei bedient hatte. Und das war alles andere als Hokuspokus gewesen.

Ein Symbol der Hexerei und zwei Typen, die sich an der Gruft der Crowleys herumtrieben. Keine gute Kombination.

»Hexerei?«, fragte ich so arglos wie möglich.

Die Journalistin nickte. »Dieses Symbol wird häufig in der Hexerei verwendet.« Bevor ich nachhaken konnte, fügte sie hinzu: »Ich habe erst vor Kurzem für einen Artikel über Hexenglauben in der heutigen Zeit recherchiert, daher kenne ich es. Wo sind Sie darauf gestoßen?«

Ausrede! Schnell! »Meine beste Freundin und ich wollten uns ein Tattoo stechen lassen.« Während ich die ersten Worte bereits sprach, bastelte ich noch an meiner, zugegeben etwas dürftigen und leicht dämlichen Geschichte. Etwas Besseres fiel mir auf die Schnelle jedoch einfach nicht ein. »Sie hat dieses Symbol entdeckt und ist davon begeistert. Wo es herkommt oder ob es eine Bedeutung hat, interessiert sie dabei nicht, solange es nur hübsch ist. Ich dachte mir aber, dass ich schon gern wissen würde, worum es sich handelt, bevor ich mir irgendwelchen Schweinkram für den Rest meines Lebens in die Haut stechen lasse.«

»Keine Sorge«, lachte Laura. »Es ist kein Schweinkram.«

»Was bedeutet es?«

»Das ist eine Triskele, manchmal auch Triskellion genannt«, erklärte sie.

»Ein Nazisymbol?«, entfuhr es mir.

Doch Laura winkte ab. »Die Triskele ist in vielen Kulturen zu finden. Die Nazis haben das Symbol zwar ebenso verwendet wie der Ku-Klux-Klan, doch der eigentliche Ursprung liegt vermutlich bereits in der Jungsteinzeit. Am häufigsten verbreitet waren die Knotenmuster und Spiralen wohl im keltischen Kulturraum, wobei unklar ist, welche Bedeutung sie tatsächlich haben. Vermutlich stehen sie für den Weg des Lebens oder symbolisieren die Sonne. Im Hexenglauben dient die Triskele als Talisman. Sie soll gegen Unglück schützen und Böses abhalten.«

Die Wahrscheinlichkeit, dass sich auf dem Friedhof Mitglieder des Ku-Klux-Klans oder Rechtsradikale herumtrieben, war wohl eher gering. Blieb noch diese Hexensache. Und die gefiel mir ebenso wenig wie die anderen Möglichkeiten.

»Ich denke, mit einem Schutzsymbol gegen Böses auf meiner Haut kann ich gut leben.«

»Da gibt es schlimmere Tattoos«, stimmte Laura zu. Dann warf sie einen Blick auf ihre Armbanduhr. »Ich muss leider weiter. Es hat mich gefreut, Sie kennenzulernen, Samantha.«

»Sam.«

»Sam«, wiederholte sie nickend. »Falls Ihnen doch noch etwas einfällt, was Sie über die Crowleys erzählen möchten, melden Sie sich einfach bei mir.« Sie zog eine Visitenkarte aus ihrer Handtasche und reichte sie mir. »Meine Handynummer steht drauf. Solange ich in der Stadt bin, wohne ich im Haus des Sheriffs.«

Bei ihren letzten Worten wäre mir fast die Visitenkarte aus der Hand gefallen.

Als sie meine Reaktion bemerkte, lachte Laura. Überhaupt lachte diese Frau anscheinend gern und viel. Eine Eigenschaft, die ich mochte. »Ich bin in keine Zelle eingezogen, falls sie das denken. Er hat ein Zimmer zur Untervermietung.«

Da hatten sich ja die Richtigen gefunden. Zwei Menschen, die mehr über die Crowleys wissen wollten, im selben Haus. Das Glück verfolgte mich ja wirklich auf Schritt und Tritt.

Laura nickte mir noch einmal kurz zu, dann ging sie davon und war schon nach wenigen Metern hinter den bis zur Decke reichenden Regalreihen verschwunden.

Ich beendete meine Suche – zumindest in dieser Hinsicht war das Auftauchen der Journalistin ein Geschenk gewesen – und fuhr in den Superstore, um Brot und Milch zu kaufen. Mehr brachte ich neben dem ganzen anderen Krempel im Käfer beim besten Willen nicht unter. Aber das war okay, ich würde mir eine Einkaufsliste schreiben und in den nächsten Tagen noch einmal zum Großeinkauf herkommen.

An der Kasse traf ich den alten Mr Henderson. Er wirkte müde und war blasser, als ich ihn in Erinnerung hatte. Obwohl ich wusste, dass er längst das Rentenalter erreicht hatte, sah er heute zum ersten Mal wirklich alt aus. Trotzdem war er so freundlich wie immer.

»Wie geht es Ihnen, Miss Mitchell?«, erkundigte er sich,

während er meine Einkäufe in einer Tüte verstaute. »Ich habe Sie hier eine Weile nicht gesehen.«

»Die Speisekammer war voll.« Ihm zu erzählen, dass ich im Krankenhaus gelegen hatte, hätte nur weitere Fragen und Erklärungen nach sich gezogen, nach denen mir nicht der Sinn stand. Bis ich damit fertig gewesen wäre, hätte mein frisch gekauftes Sandwichbrot Schimmel angesetzt. Abgesehen davon hatte ich die Wahrheit gesagt – ich hatte nur nicht erwähnt, dass die meisten Vorräte in der Speisekammer vergammelt waren, bis ich aus dem Krankenhaus entlassen worden war.

Er hievte die Tüte in den Einkaufswagen, dann richtete er sich auf und streckte das Kreuz durch. So sehr, dass ich seine Knochen knacken hörte. »Na«, meinte er dann mit einem Blick auf die einsame Tüte in meinem Wagen, »dann werden wir uns wohl recht bald wiedersehen.«

»Spätestens übermorgen. Machen Sie es gut, Mr Henderson. Bis bald.«

Ich winkte ihm kurz zu und schob meinen Wagen an ihm vorbei zum Parkplatz.

Zu Hause angekommen verstaute ich Brot und Milch im Kühlschrank, schleppte Farben, Tapeten und den übrigen Renovierungskrempel nach oben und machte mich dann auf den Weg zum Friedhof, um einen Blick auf die Gruft der Crowleys zu werfen. Vielleicht fand ich ja heraus, was die Kerle dort gewollt hatten. Große Hoffnungen machte ich mir jedoch nicht, denn im Gegensatz zu Nicholas, der durch Wände laufen konnte, würde mir nichts anderes übrig bleiben, als mich mit dem zufriedenzugeben, was ich von außen erkennen konnte.

Ich verließ das Haus über die Terrasse und betrat den Friedhof von meinem Garten aus. Der Himmel war bedeckt und tauchte alles in ein trübes graues Licht. Immerhin hatte es endlich aufgehört zu regnen, auch wenn der Boden unter meinen Sneakers noch immer nass und aufgeweicht war. Selbst bei so miesen Lichtverhältnissen war es weit weniger gruselig als letzte Nacht.

Ich bahnte mir meinen Weg zwischen den Gräbern hindurch, auf der Suche nach der Familiengruft der Crowleys. Nichts, was ich fand, sah auch nur annähernd nach Gruft aus. Die meisten Gräber hatten mehr oder weniger aufrecht stehende Grabsteine, manche waren mit liegenden Grabplatten verschlossen. Das einzige Bauwerk, das ich entdeckte, war ein Holzschuppen, in dem der Friedhofsgärtner vermutlich seine Geräte aufbewahrte. Eine Gruft war nirgendwo zu sehen.

Es dauerte eine Weile, ehe ich auf eine dichte, akkurat gestutzte Hecke stieß, die von einem Kiesweg durchbrochen wurde. Steine knirschten unter meinen Sohlen, als ich dem Weg folgte. Nach wenigen Metern wurde ich fündig. Im Schutz der Hecke lag ein etwa dreißig mal dreißig Meter umfassender Bereich, in dessen Zentrum, umgeben von einer gepflegten Grünfläche, sich ein Steingemäuer erhob.

Die Gruft sah aus wie die Miniaturversion eines griechischen Tempels. Zwei Säulen flankierten den Eingang, der über zwei ausgetretene Steinstufen zu erreichen war. Die massiv aussehende bronzefarbene Tür verfügte über ein Schlüsselloch und war mit einem rostigen Ring versehen, den ich im ersten Moment für einen Türklopfer hielt. Ziemlich absurd angesichts der Tatsache, dass wohl niemand öffnen würde. Hoffentlich! Natürlich diente der Ring dazu, das Portal aufzuziehen.

Hinter den Säulen verborgen, sodass ich sie erst entdeckte, als ich die Stufen hochstieg, gab es auf jeder Seite der Tür eine etwa handbreite Öffnung, durch die man ins Innere blicken konnte. Als ich es versuchte, war da nichts als Dunkelheit, und ein modriger, abgestandener Geruch schwebte mir auf einem sanften Luftzug entgegen.

Ich drückte mich so dicht an den Stein wie möglich, schirmte die Augen mit den Händen ab und starrte weiter in die Dunkelheit, in der Hoffnung, meine Augen würden sich daran gewöhnen und zumindest ein paar Schemen im spärlich hereinfallenden Licht erkennen.

Nichts.

Auf der Suche nach einer weiteren Öffnung umrundete ich langsam den Bau, um den sich ein schmaler gepflasterter Pfad wand. Die Steine waren von Wind und Wetter verformt, Unkraut wuchs zwischen den Fugen und die Feuchtigkeit hatte die Platten teilweise hochgedrückt. Vorsichtig, um nicht über eine Unebenheit zu stolpern, bahnte ich mir meinen Weg.

An der Längsseite waren zwei verwitterte Steintafeln in die Wand eingelassen worden. Unter einer Schicht aus Moos und Flechten glaubte ich auf der einen Tafel die Namen von Nicholas' Eltern im verwitterten Stein ausmachen zu können. Die andere Tafel war sauberer. Zumindest der untere Teil war erst vor Kurzem gereinigt worden, ehe ein Steinmetz Adrians Namen mit Geburts- und Todesdatum eingemeißelt hatte. Darüber las ich:

Nicholas Jackson Crowley
geliebter Sohn
geboren 27. August 1928
gestorben 14. August 1955
viel zu früh von uns gegangen

Natürlich hatte ich gewusst, dass dies auch Nicholas' letzte Ruhestätte war. Doch es zu wissen und es zu sehen, waren zwei verschiedene Dinge.

Ich fuhr mit der Hand über seinen Namenszug, ließ meine Fingerspitzen den erhabenen Buchstaben folgen, so zärtlich, als würde ich ihm über die Wange streichen. Meine Augen brannten und es dauerte einen Moment, bis mir bewusst wurde, dass ich weinte.

Der Mann, den ich liebte, war tot. Mit ihm an meiner Seite würde ich niemals ein normales Leben und schon gar keine normale Beziehung führen können.

Und trotzdem wollte ich keinen anderen.

Ich wischte mir die Tränen aus dem Gesicht und setzte meine Erkundungstour fort, ohne etwas anderes als blanken Stein zu finden, aus dessen Ritzen das Moos quoll. Offensichtlich hatte sich Adrian nicht für die Instandhaltung des Familiengrabs interessiert. Jetzt lag er selbst drin.

»Vermodern sollst du, du verfluchter Penner!«

Nachdem ich die Gruft einmal komplett umrundet hatte, kam mir eine Idee. Ich zog mein Handy aus der Hosentasche und kehrte zu den Öffnungen zurück. Mit zwei Tasten war die Kamerafunktion aktiviert und ich hielt das Teil so weit hinein wie möglich – was nur ein paar Zentimeter waren, da ich meinen Arm nur wenig weiter als bis zum Handgelenk in die Öffnung brachte. Ich knipste aus mehreren Winkeln, drehte das Handy mal hierhin, mal dahin und schoss einfach wild drauflos.

Als ich meinen Arm zurückzog, musste ich das Handgelenk drehen, um es durch die Öffnung zu zwängen. Dabei wäre mir um ein Haar das Handy aus der Hand gefallen. Ich konnte es gerade noch festhalten und rettete es hinüber in die Welt der Lebenden.

Neugierig rief ich die Bilder auf und sah ... fleckige Dunkelheit. Der verdammte Blitz hatte nicht funktioniert! Ich drückte wie wild auf den Tasten herum und versuchte den Blitz zu aktivieren, doch so, wie es aussah, war er kaputt.

Tante Fionas Fotoapparat!

Ich lief zum Haus zurück, um ihn zu holen. Dass ich Nicholas hatte fotografieren wollen, hatte ich im Durcheinander der letzten Tage vollkommen vergessen. Das würde ich heute Abend nachholen. Zusammen mit den Bildern aus der Gruft wäre der Film sicher schnell voll und ich könnte ihn gleich morgen zum Entwickeln bringen.

Zurück im Haus rief mir die Kälte ins Gedächtnis, dass ich mich dringend um die Heizung kümmern musste, wenn ich die feuchten Herbst- und die eisigen Wintertage überstehen wollte, ohne mir eine Lungenentzündung einzufangen. Im Vorbeigehen drehte ich den Temperaturregler für die Heizung auf Anschlag, holte die Kamera und kehrte im Dauerlauf zur Gruft zurück. Bald schon würde es dunkel werden und dann wollte ich nicht mehr auf dem Friedhof sein.

Ich spürte Nicholas' vertraute Kälte, die mich nach draußen begleitete, und konnte nur hoffen, dass er sich nicht an meinen Versuchen störte, das Innere seiner Grabstätte auf Film zu bannen.

Ich machte ein paar Bilder, erst von außen, danach auch von innen. Unglücklicherweise war die Kamera zu groß, um sie, wie zuvor das Handy, in die Öffnung halten zu können. Ich drückte den Fotoapparat gegen die Außenkante, schoss meine Bilder und machte mich auf den Rückweg zum Haus. Als ich an der Kirche vorüberkam, trat ein grauhaariger Mann aus der Seitenpforte und geradewegs vor mir auf den Kiesweg. Ich machte einen Satz zur Seite, um einem Zusammenstoß auszuweichen.

»Entschuldigen Sie, Miss.«

Der weiße Kragen unter dem Hemd sagte mir, dass ich es mit Reverend Jones zu tun hatte. Seine Haut war ledrig und um die Nase herum gerötet. Tiefe Falten durchzogen sein Gesicht und die hellen Augen wirkten verschleiert und abwesend. Sein Atem verströmte den schalen Geruch von Alkohol.

»Keine Sorge«, beruhigte ich ihn, »nichts passiert.«

Für einen Moment klärte sich sein Blick und er musterte mich so eindringlich, dass ich halb erwartete, jeden Moment den erhobenen Finger Gottes zu sehen, der mich zurechtwies, auf dem Friedhof nicht zu rennen und auch keine Grüfte zu fotografieren, um die Ruhe der Toten nicht zu stören. Stattdessen runzelte er die Stirn, was noch mehr Falten in sein Gesicht kerbte, und sagte: »Sie sind Miss Mitchell, nicht wahr?«

Ich nickte und wartete darauf, dass er mir sein Beileid zu Tante Fionas Tod aussprach, so wie es bisher jeder getan hatte, dem ich zum ersten Mal begegnet war.

»Ich hatte schon häufig die Kälte in meinem Haus«, sagte er. »Aber Sie sind regelrecht davon umgeben.«

Nicht ganz die Worte, die ich erwartet hatte.

Die Kälte?

Natürlich spürte ich sie. Nicholas stand neben mir, keinen Meter von Reverend Jones entfernt. Aber warum konnte der Reverend seine Anwesenheit spüren? Hatte Nicholas nicht gesagt, dass er es aufgegeben hatte, zu versuchen, den Reverend auf sich aufmerksam zu machen, weil dieser seine Gegenwart nicht bemerkte?

»Es ist Herbst«, entgegnete ich unheimlich schlagfertig. »Noch ein paar Wochen und die Kälte wird überall sein, wenn wir die Heizungen nicht rechtzeitig aufdrehen.«

Ich suchte nach ein paar belanglosen Worten, mit denen ich mich entschuldigen und mich davonmachen konnte, denn wenn ich eines nicht wollte, dann mit dem Reverend über *die* Kälte sprechen.

Er kam mir zuvor. »Ach, ich habe meine Brille vergessen.« Zwei Schritte rückwärts, schon war er wieder an der Kirchentür. Dort blieb er noch einmal kurz stehen. »Kommen Sie doch zum Gottesdienst.«

Ohne meine Antwort abzuwarten, war er im Innern der Kirche verschwunden und die Tür fiel mit einem Schlag hinter ihm ins Schloss.

»Er kann dich spüren«, sagte ich zu Nicholas, als ich mich wieder in Bewegung setzte. »Wusstest du das?«

Kälte strich über meine rechte Hand. Nicholas' Zeichen für Nein.

»Denkst du, das ist der Grund, warum er trinkt? Dass er etwas spürt, etwas, was er sich nicht erklären kann und was er unheimlich findet, weshalb er es zu verdrängen versucht?«

Kälte an beiden Armen. Ein eindeutiges Vielleicht.

Zurück im Haus legte ich den Fotoapparat zur Seite, tauschte meine Sneakers gegen ein dickes Paar Socken und ging nach oben. Mittlerweile hatte die Heizung ihren Dienst aufgenommen und es war zumindest ein bisschen wärmer geworden.

Die verbleibende Zeit bis zum Einbruch der Dunkelheit nutzte ich, um zu duschen und etwas zu essen. Ich war gerade mit dem Abwasch fertig und hatte es mir mit einer Kanne Kräutertee auf der Couch gemütlich gemacht, als Nicholas vor mir sichtbar wurde.

»Er hat mich gespürt«, sagte er, sichtlich verblüfft. »Der Reverend hat meine Anwesenheit tatsächlich gespürt! All die Jahre, die ich versucht habe, ihn auf mich aufmerksam zu machen, hat er gesoffen, um meine Anwesenheit zu verleugnen!«

Ich konnte verstehen, dass er aufgebracht war. Fünfzig Jahre waren vergangen, in denen er vergeblich versucht hatte, sich bemerkbar zu machen. Erfolglos, bis zu dem Tag, an dem ich gekommen war. Trotzdem machte es in meinen Augen keinen Unterschied, ob der Reverend nun nüchtern war oder nicht. »Selbst wenn er nicht versucht hätte, deine Anwesenheit im Alkohol zu ertränken, hätte das vermutlich nichts geändert. Oder glaubst du, er hätte versucht, dich zu beschwören, um dich sichtbar zu machen?«

»Ein Mann Gottes?« Nicholas verzog das Gesicht. »Wohl eher nicht.« Er zuckte die Schultern, als versuche er, nicht weiter über den Reverend nachzudenken, und fragte: »Was war das für eine Aktion mit dem Fotoapparat?«

»Ich wollte einfach wissen, wie es da drinnen aussieht.« *An dem Ort, an dem deine sterblichen Überreste ihre letzte Ruhe gefunden haben.* Wobei man angesichts der Tatsache, dass sein Geist noch immer hier weilte, wohl kaum von Ruhe sprechen konnte. Meine Wangen wurden heiß und vermutlich lief mein Gesicht gerade rot an. Was für ein Glück, dass er nicht bei mir gewesen war, als ich beim Anblick seines Namens auf der Grabtafel in Tränen ausgebrochen war.

»Es ist nichts Besonderes«, sagte er. »Dunkel, feucht, dreckig.«

»Nichts Besonderes ist ja wohl dezent untertrieben. Das Ding sieht aus wie ein Tempel!«

Nicholas zuckte die Schultern. »Mein Vater war schon immer ein Freund von Statussymbolen. Ein teures Auto, das große Herrenhaus auf dem Hügel und als letzten Wohnsitz diese Gruft.«

Ob er bei der Planung dieses Monuments geahnt hatte, dass nicht er und seine Frau die Ersten sein würden, die dort bestattet wurden?

Ich schob die trüben Gedanken beiseite, schnappte mir die Kamera vom Tisch und sprang auf. »Jetzt bist du dran«, erklärte ich. »Lass mal sehen, ob du als Model taugst.«

»Du bist also wirklich wild entschlossen herauszufinden, ob man mich auf Fotos sehen kann.«

»Interessiert dich das nicht?«

»Ich wüsste nicht, was es nutzen sollte.«

Das wusste ich auch nicht. Andererseits könnte es die Bestätigung für die Existenz von Geistern liefern, sollte sie eines Tages nötig sein. Oder – falls die Bilder nichts zeigten – mir die Gewissheit geben, dass Nicholas auch von Sicherheitskameras nicht erfasst werden konnte. Womöglich lag ja noch eine Karriere als Safeknacker vor uns.

»So, und jetzt lächeln!« Ich hob die Kamera, bis ich Nicholas im Sucher erkennen konnte, dann drückte ich den Auslöser. »Schau nicht so ernst!« *Klick.* »Noch mal – dieses Mal schau in meine Richtung.«

Klick.

Während ich ihm weiter Anweisungen zurief, begann er Grimassen zu schneiden, bis ich vor Lachen die Kamera kaum noch ruhig halten konnte. Wir tobten ausgelassen durchs Wohnzimmer, während ich versuchte, ihn auf Film zu bannen und er sich darauf verlegte, mir vor der Linse zu verschwinden, ehe ich den Auslöser drücken konnte. Schließlich vergaß ich sogar, überhaupt zu knipsen. Lachend jagten wir uns gegenseitig, bis ich Seitenstechen bekam.

Keuchend blieb ich stehen, eine Hand in die Seite gepresst, und versuchte wieder zu Atem zu kommen.

Nicholas wurde schlagartig ernst. »Alles in Ordnung, Sam? Hast du Schmerzen?«

Ich schüttelte den Kopf. »Mir geht es gut«, röchelte ich. »Bin nur außer Puste ... Seitenstechen.«

Seine Hand fuhr wie ein kühler Hauch über meine Schulter. »Stell dich gerade hin. Und jetzt tief durchatmen. Ein. Aus. Ein. Aus.«

Es war schon mehr als nur merkwürdig, mir von einem Geist – einem Toten! – meinen Atemrhythmus vorgeben zu lassen. Das war ein wenig, als würde man mit einem Zombie vegetarische Rezepte tauschen. Trotzdem folgte ich seinen

Anweisungen und merkte, wie das Seitenstechen sich langsam verzog.

Da hatte ich eine Idee. »Ich habe keine Ahnung, ob das mit den Fotos klappt, aber mich würde auf jeden Fall interessieren, ob man dich auf den Bildern sehen kann, wenn du stofflich bist.«

»Nur zu.«

Seiner Aufforderung folgend drehte ich mich zu ihm herum und stellte fest, dass er näher war, als ich angenommen hatte. Ich streckte die Hand nach seinem Gesicht aus und strich über die kühle Illusion seiner Wange, während sich meine Lippen den seinen näherten. Es war ein sanfter, zärtlicher Kuss. In dem Augenblick, in dem er mich an sich zog, vergaß ich all die Sorgen und Ängste der letzten Tage und verlor mich vollkommen in seiner Nähe.

Ich hatte mich bewusst für ihn entschieden und ich würde nicht zulassen, dass seine Befürchtungen, die Kontrolle zu verlieren, Zweifel in ihm schürten. Heute Nacht konnte ich ihm beweisen, dass er sich im Griff hatte. Ich musste lediglich dafür sorgen, dass ich ihm meinen Atem in bewussten Dosen gab und ihn immer dann – wenn er ihn nicht benötigte – zurückhielt. Kein leichtes Unterfangen angesichts der Tatsache, dass seine bloße Berührung meinen Atem ebenso beschleunigte wie meinen Herzschlag. Doch mit ein wenig Übung würde ich es schaffen.

Ich vertiefte den Kuss. Meine Zunge glitt über seine Lippen in seinen Mund, was ihm ein Stöhnen entlockte. Sofort nahm ich den Atem, den er dabei ausstieß, in mich auf. Womöglich war das der Weg – ein stetes Geben und Nehmen, das es uns ermöglichte, ein Gleichgewicht zu schaffen.

Seine Hände wanderten über meinen Körper und suchten sich einen Weg unter meinen Pullover. »Ist dir schwindlig?«, fragte er atemlos zwischen zwei Küssen.

Ich schüttelte den Kopf. Zum ersten Mal seit Tagen spürte ich wieder die alte Unbeschwertheit zwischen uns und ich war nicht bereit, sie so schnell wieder aufzugeben. Doch Nicholas betrachtete mich forschend.

»Mach weiter«, sagte ich. »Es geht mir gut. Wir haben das im Griff.«

Unter heftiger werdenden Küssen streifte er mir den Pullover ab und schob mich zur Couch. Mit jedem Kuss und jeder Berührung wurde mir wärmer, daran konnte auch die Kälte nichts ändern, die sein Körper ausstrahlte. Ich ließ mich von ihm auf die Couch drängen. Etwas drückte in meinen Hintern. Ich tastete hinter mich, fischte mein Handy aus der Hosentasche und warf es auf den Tisch. Dann zog ich Nicholas an mich. Seine Hände wanderten über meinen Körper, doch seine Lippen verharrten auf meinen. Ich dosierte meinen Atem, stieß ihn immer dann aus, wenn sein Mund gerade geschlossen oder seine Lippen nicht unmittelbar auf meinen waren. Plötzlich packte er mich an den Hüften und legte sich auf mich, sodass ich mich nicht mehr bewegen konnte. Dann presste er seinen Mund in einem langen, wilden Kuss auf meinen. Ein Kuss, der mir keine Möglichkeit ließ, seinen Lippen zu entkommen und meinen Atem anderswohin auszustoßen als in seinen Mund.

Für einen Moment ließ ich mich von seiner Leidenschaft mitreißen, begriff jedoch schnell, dass es der falsche Weg war.

»Nicholas …«, keuchte ich und versuchte mich unter ihm zu bewegen. Ohne Erfolg. Er hatte mich buchstäblich unter sich festgenagelt. Seine Lippen pressten sich auf meine, gleichzeitig atmete er ein, saugte meinen Atem auf wie ein Vampir das Blut seines Opfers.

Ich löste meine Arme, die ich um ihn geschlungen hatte, und versuchte ihn von mir herunterzuschieben. Doch er war zu stark. Ich hielt die Luft an, aber lange würde ich das nicht durchhalten. Mit einem Ruck drehte ich meinen Kopf zur Seite, holte keuchend Luft und versuchte gleichzeitig, mich aus seinen Armen zu befreien, die sich unnachgiebig wie Eisenbänder um meinen Körper gelegt hatten.

»Nicholas, hör auf!« Ich drehte den Kopf, nicht weit, gerade genug, um ihn ansehen zu können. In seinen Augen lag ein eigenartiger Glanz. Kein Gefühl. Nur Hunger. Kalt und voller Gier. Jetzt machte er mir wirklich Angst.

»Nicholas!« Ich presste meine Handflächen gegen seine Brust und versuchte ihn wegzuschieben. »Kontrolle!«, stöhnte ich atemlos und kämpfte darum, meinen Mund von seinem fernzuhalten. »Du verlierst die Kontrolle!«

Schlagartig veränderte sich sein Blick. Entsetzen stand in seinen Augen. Dann sprang er auf und taumelte rückwärts von der Couch fort.

»Es tut mir leid«, stieß er so leise hervor, dass ich die Worte mehr von seinen Lippen ablas, als dass ich sie tatsächlich hörte.

Dann fuhr er herum und stürmte aus dem Wohnzimmer. Nachdem ich ein paarmal tief Luft geholt und mich vergewissert hatte, dass mich meine Beine tragen würden, folgte ich ihm. Ich fand ihn auf der Veranda vor dem Haus, wo er wie ein Wilder auf und ab tigerte, die Hände zu Fäusten geballt, die Arme an die Seiten gepresst.

Als er mich bemerkte, blieb er abrupt stehen. »Komm nicht näher!«

»Das war ein Unfall, Nicholas.«

»Nein, das war es nicht!« Als ich einen Schritt auf ihn zumachte, wich er weiter in die Schatten zurück. »Du weißt nicht, wie es sich anfühlt, dich zu halten, deinen Atem zu spüren. Dein Leben. Wenn wir zusammen sind, ist da zuerst der Wunsch, dich zu berühren, zu küssen und dir nahe zu sein. Aber je näher ich dir komme, je mehr Atem du mir gibst, desto mehr verwandelt sich meine Lust in Gier. Ich kann dann nicht mehr klar denken und folge nur noch meinen Instinkten, die mich dazu drängen ... Selbst jetzt schreit alles in mir danach, dich zu packen und deinen Atem zu nehmen. Dein Leben! Ich komme nicht dagegen an, Sam.«

In seinen Augen blitzte derselbe Hunger auf wie schon vorhin. Da erkannte ich, dass er recht hatte. Als er sich an mir vorbeidrängte und mit schnellen Schritten über den Rasen davonging und kurz darauf in der Nacht verschwand, hielt ich ihn nicht auf.

Ich musste mit ihm reden, aber nicht jetzt – nicht, solange er sich in diesem Zustand befand, in den mein Atem ihn versetzt hatte. Mein Gott, er hatte tatsächlich die Kontrolle verloren! Ich wollte nicht einmal ansatzweise darüber nachdenken, was das für uns bedeutete. Trotzdem konnte ich die Bilder nicht vertreiben, die vor meinen Augen standen. Zu meinem Erstaunen war der Anblick jenes Nicholas', der alles Leben aus mir heraussaugte, um selbst wieder lebendig zu werden, weniger schlimm als der des Mannes, der sich von mir abwandte, um mich zu schützen.

Himmel, war ich verrückt? Ich konnte doch unmöglich meinen eigenen Tod erstrebenswerter finden, als Nicholas zu verlieren! Mir wurde jedoch schnell klar, dass es natürlich nicht so war. Ich wollte weder sterben noch ihn verlieren. Es musste einen Weg geben, damit fertigzuwerden. Vielleicht konnten uns Tess' Aufzeichnungen tatsächlich weiterhelfen. Ich würde mit ihm darüber sprechen. Im Augenblick jedoch war es besser, wenn er sich erst einmal beruhigte. Und seine Stofflichkeit verlor. Dann würden wir uns unterhalten.

Obwohl es mir schwerfiel, blieb ich im Haus und wartete auf Nicholas, doch er kam nicht.

12

In dieser Nacht schlief ich schlecht.

Obwohl die Heizung lief und Nicholas nicht bei mir war, fror ich erbärmlich. Als ob ich nicht schon genug Sorgen hätte, musste ich mich wohl auch noch mit dem Gedanken anfreunden, mich demnächst mit einer Erkältung herumzuschlagen. Anscheinend hatte ich bei meinem nächtlichen Ausflug auf den Friedhof ein wenig mehr als nur das Rüsselmonster Mike eingefangen.

Fest in meine Decke gewickelt wälzte ich mich von einer Seite auf die andere. Bilder von Nicholas und Adrian mischten sich in meinen Gedanken zu einem Gewitter von Eindrücken und Erinnerungen. Doch es war ein Bild, das mich besonders verfolgte: Die kalte Gier in Nicholas' Augen, als er meinen Atem genommen hatte.

Immer wieder wachte ich zwischendurch auf, zog die Decke fester um mich und versank wieder in einen unruhigen Schlaf. Bis mich ein Geräusch aufschreckte.

War Nicholas zurückgekommen? Verschlafen setzte ich mich auf und rieb mir die Augen. Beinahe wünschte ich mir, dass er nicht nach oben käme. In meinem momentanen Zustand – müde und frierend – fühlte ich mich einer weiteren Auseinandersetzung nicht gewachsen.

Wieder war etwas zu hören. Ein leises Klappern, als sei etwas heruntergefallen. Ich warf einen Blick auf den Radiowecker auf meinem Nachttisch: 4:37 Uhr zeigten die roten Leuchtziffern an. Wie viel Atem hatte ich Nicholas gegeben? Wie viel hatte er sich *genommen*, ehe mir bewusst geworden war, was er tat? Konnte es ausgereicht haben, dass er jetzt noch materiell war?

Entweder das oder es war jemand anderes in meinem Haus.

Ich schlug die Decke zurück und schlüpfte aus dem Bett. Alle Kälte war schlagartig vergessen, als ich in Socken zur Tür schlich und sie vorsichtig einen Spaltbreit öffnete. Von hier aus war nichts zu sehen, ich glaubte jedoch, wieder etwas zu hören. Ein gedämpftes Schleifen, als würde etwas über den Boden gezogen. *Das ist nur der Wind, der sich im Kamin fängt,* versuchte ich mich zu beruhigen. Es klang logisch. Trotzdem wollte mich der Gedanke nicht loslassen, dass dort unten mehr vor sich ging als das Flüstern des Windes.

Nachdem ich auf dem Gang nichts entdecken konnte, schlich ich hinaus. Meine Augen hatten sich mittlerweile an die Dunkelheit gewöhnt. Doch selbst in völliger Finsternis wäre es nicht sonderlich schwer gewesen, dem Gang zu folgen. Die Möbel hatte ich gestern ins Arbeitszimmer geschleppt, sodass es außer nackten Wänden und dem kahlen Boden nichts gab, gegen das ich hätte stoßen können. Durch das Fenster am Ende des Gangs fiel ein fahler Streifen Mondlicht und zeigte mir den Weg zur Treppe. Ein paar Schritte vor dem obersten Absatz blieb ich stehen, neigte den Kopf zur Seite und lauschte.

Nichts.

Trotzdem rührte ich mich nicht vom Fleck. Die Augen zusammengekniffen konzentrierte ich mich auf die Stille, die von unten die Treppen heraufkroch.

Da! Da war etwas!

Ein Knacken.

Die Dielen.

Ich atmete langsam aus. Das war ein altes Haus und Holz arbeitete nun mal.

Als ich es das nächste Mal hörte, war ich mir sicher, dass es nichts mit dem Alter des Hauses oder der Beschaffenheit des Holzes zu tun hatte. Kein Zweifel: Es waren Schritte! Leise und bedacht, aber ganz sicher Schritte.

Ich pirschte mich näher an die Treppe heran. Vor dem Geländer ging ich in die Hocke und spähte zwischen den Holzstreben hindurch nach unten. Da war definitiv jemand, denn jetzt konnte ich nicht nur Schritte, sondern auch gedämpfte Stimmen hören.

Der Landstreicher saß im Knast, und von anderen Einbrechern, die die Gegend unsicher machten, hatte ich nichts gehört. Bei der Frage nach dem Wer kam mir nur eine Antwort in den Sinn: dieselben Kerle, die sich letzte Nacht schon auf dem Friedhof herumgetrieben hatten.

Was hatten sie hier zu suchen?

Binnen eines Atemzuges kam ich zu dem Ergebnis, dass es mir vollkommen egal war, was sie suchten. Wenn sie nach oben kamen, wollte ich nicht mehr hier sein.

Ich musste die Polizei rufen! O Mann, wenn der Sheriff Wind davon bekam, dass bei mir schon wieder etwas los war, würde mich das auf seiner Misstrauensskala gleich noch einmal ein ganzes Stück nach oben katapultieren. Trotzdem blieb mir keine andere Wahl.

Ich schlich in mein Zimmer zurück und tastete nach meinem Handy. Bis auf den Radiowecker, die Leselampe und ein Buch war der Nachttisch leer. Ich musste das Licht nicht einschalten – das hätte ich ohnehin nicht gewagt –, um herauszufinden, dass das Mobiltelefon nicht da war. Es lag noch auf dem Wohnzimmertisch, wo ich es hingeworfen hatte, als Nicholas und ich …

Verflucht!

Ich konnte unmöglich im Haus bleiben.

Tante Fionas Schlafzimmer! Das Fenster dort lag direkt über dem Verandadach. Wenn ich mich daran hinunterließ, konnte ich mich aus dem Staub machen, ohne dass die Kerle im Haus es bemerkten. Und ohne dass ich mir bei einem Sturz alle Knochen brach.

Wieder schlich ich auf den Gang hinaus. Ich war noch nicht weit gekommen, als ich Schritte hörte. Auf der Treppe. Um ins Schlafzimmer zu gelangen, musste ich an der Treppe vorbei. Doch die Schritte waren bereits zu nah. Mir blieb nichts anderes übrig, als mich wieder in mein Zimmer zurückzuziehen.

Halb lief ich, halb schlitterte ich. Dankbar für die lautlosen Socken huschte ich ins Gästezimmer zurück und schloss die Tür nur so weit, dass ich noch durch einen Spalt hinausspähen konnte. Ich spielte mit dem Gedanken, hier aus dem Fenster zu klettern, aber abgesehen davon, dass es zu hoch war und ich Angst hatte, mir etwas zu brechen, würde ich es nicht unbemerkt öffnen können. Das verdammte Ding knarzte und quietschte und ich hatte mir bisher nicht die Mühe gemacht, etwas dagegen zu unternehmen. Der bloße Versuch, es zu öffnen, würde die Einbrecher sofort auf mich aufmerksam machen.

Ich kauerte neben der Tür, starrte auf den Gang und suchte fieberhaft nach einem Ausweg. Ein Mann erschien am obersten Treppenabsatz. Komplett in Schwarz gekleidet, das Gesicht unter einer Sturmhaube verborgen, hinter der lediglich das Weiße in seinen Augen im Mondschein aufblitzte, wirkte er wie ein Gestalt gewordener Schatten. Auf der letzten Stufe hielt er inne und sah sich um.

Nicht nach rechts. Auf keinen Fall nach rechts!

Mein Flehen wurde erhört. Er ließ die Treppe hinter sich und folgte dem Gang nach links, in Richtung des Arbeits- und Schlafzimmers. Ich verharrte an Ort und Stelle, meinen Blick auf den Rücken des Mannes geheftet. Er hatte das Arbeitszimmer erreicht, stieß die Tür auf und spähte in den Raum.

Geh hinein!

Er tat mir den Gefallen.

Sobald er von der Schwelle verschwunden war, zählte ich bis drei. Dann zog ich die Tür auf, schlüpfte auf den Gang und huschte zur Treppe. Alles, was ich tun musste, war, nach unten zu laufen, dann ein paar Schritte geradeaus bis zur Tür, und ich wäre draußen.

So viel zur Theorie.

In der Praxis kam der Kerl auf den Gang zurück, als ich meinen Fuß gerade auf die zweite Stufe setzte.

»Hey!«, dröhnte es dumpf unter seiner Maske hervor.

Ich sprintete los. Er war dicht hinter mir, so dicht, dass ich schon glaubte seine Hand zu spüren, die nach mir griff. Zwei Stufen auf einmal nehmend in der Hoffnung, nicht das Gleichgewicht zu verlieren oder zu stolpern, vergrößerte ich meinen Abstand. Unten kam der Flur in Sicht. Zwei Stufen später sah ich die Haustür. Noch zwei weitere Stufen und ein paar Meter durch den Gang und ich hatte es geschafft.

Entgegen meinem ursprünglichen Plan würden mir die Kerle nach draußen folgen. Mit ein wenig Glück konnte ich sie abhängen und mich verstecken. Oder im Haus des Reverends Zuflucht suchen. Mir würde schon etwas einfallen, wenn ich erst draußen war.

Mit einem Satz überwand ich die letzten drei Stufen. Ich hatte zu viel Schwung und schlitterte ein Stück durch den Gang, fing mich jedoch rasch wieder und rannte auf die Tür zu. Der Maskierte war noch immer hinter mir, doch mein Abstand war weitergewachsen.

Ich würde es schaffen!

Ich *hätte* es geschafft, wäre in diesem Augenblick nicht ein zweiter Maskierter direkt vor mir aus der Küche auf den Gang getreten. Jeder Versuch, ihm auszuweichen und an ihm vorbei zur Tür zu gelangen, wurde von meinen rutschigen Socken zunichtegemacht. Ich schlitterte und prallte mit solcher Wucht gegen ihn, dass ich zurückgeworfen wurde. Stolpernd suchte ich nach Halt – und fand ihn am Arm des zweiten Maskierten. Er hatte die Treppe hinter sich gelassen und mich eingeholt. Schnell schlang er den Arm um meine Taille und zog mich so fest an sich, dass mir die Luft wegblieb.

Ich versuchte um Hilfe zu schreien. Wenn es mir gelänge, Nicholas auf mich aufmerksam zu machen ... Aber der eiserne Griff erstickte jeden Laut.

»Was machen wir mit der?«, zischte er über meinen Kopf hinweg seinem Kameraden zu.

Ich drehte den Kopf in seine Richtung, auf eine Antwort wartend. Doch statt Worten raste mir eine Taschenlampe entgegen. Der Griff traf mich an der Schläfe. Ich sackte zusammen und spürte noch, wie der andere mich freigab. Der Aufprall auf dem Boden war hart und presste mir das letzte bisschen Luft aus den Lungen. Dunkler Nebel legte sich über mein Bewusstsein und verschleierte meinen Blick. Das Letzte, was ich sah, war eine Kette mit einer silbernen Triskele, als sich der Kerl mit der Taschenlampe über mich beugte. Dann war da nichts mehr.

13

Ich träumte davon, wie sich einer der Maskierten über mich beugte. Ein Messer blitzte in seiner Hand auf. Er setzte die Klinge an meine Kehle, die Kälte des Stahls fraß sich durch meine Haut. Ehe er den tödlichen Schnitt führen konnte, verblasste er vor meinen Augen. Doch die Gestalt über mir verschwand nicht. Sie veränderte sich nur. Wurde vom maskierten Fremden zu einem mir bekannten Gesicht, dessen Erscheinen mir mehr Angst machte, als der Einbrecher es je vermocht hätte. Adrian stand über mir und blickte mit einem spöttischen Grinsen auf mich herab. Schlohweißes Haar umgab sein Gesicht wie ein Strahlenkranz. Das Mondlicht zeichnete dort, wo tiefe Falten sich in sein Fleisch gegraben hatten, dunkle Schatten auf seine altersfleckige Haut. Ein Übelkeit erregender Geruch stieg aus seinen Poren auf, eine Mischung aus modriger Erde und Tod. Er mochte alt und gebrechlich sein, trotzdem brachte sein Anblick mein Herz beinahe zum Stillstand.

Glücklicherweise verblasste seine Gestalt ebenso schnell, wie sie gekommen war. Doch die wirren Bilder wollten mich nicht loslassen. Ich sah Nicholas vor mir, wie er in jener ersten Nacht im Haus meinen Atem genommen und gleichzeitig versucht hatte mich zu beruhigen. Als ich erschrocken die Augen aufriss, ragte erneut Adrian über mir auf. Die gebeugte Gestalt eines alten Mannes, der mich mit einer Mischung von Faszination und Abscheu betrachtete. Er rührte sich nicht und sagte auch kein Wort. Er stand einfach nur da und sah mich an, bis er sich langsam vor meinen Augen auflöste und nur noch der Gestank des Todes an ihn erinnerte.

»Sam.« Die Stimme zerrte an mir, doch mein Geist hatte sich so weit zurückgezogen, dass ich sie nur undeutlich, am Rande der Bilderflut wahrnahm. Wie ein weißes Rauschen im Hintergrund.

Wieder und wieder hörte ich meinen Namen und versuchte ihn ebenso abzuschütteln wie die Bilder, die mich verfolgten.

Nicht wissend, wo die Visionen endeten und die Wirklichkeit begann, war ich in der Dunkelheit meiner Albträume gefangen. Erst eine kühle Berührung an meiner Schulter vermochte es, die Finsternis zu durchdringen und mich zu erreichen.

Wieder rief jemand meinen Namen. Eine Stimme, deren vertrauter Klang mich langsam in die Wirklichkeit zurückholte. In meinem Kopf hämmerte es wie verrückt und es fiel mir schwer, die Augen zu öffnen. Verschwommen erkannte ich Nicholas, der neben mir kniete, seine geisterhafte Hand noch immer auf meinem Arm.

Es war seine Stimme gewesen.

Erleichtert, ihn zu sehen, setzte ich mich auf, wobei die Erschütterung meinen Schädel beinahe zum Platzen brachte, und wollte mich ihm in die Arme werfen – nicht ohne ihm vorher meinen Atem einzuhauchen. Nicholas wich zurück. Erst da erinnerte ich mich daran, dass es womöglich keine gute Idee war, ihm meinen Atem zu geben.

Froh darüber, dass er sich wieder so weit unter Kontrolle zu haben schien, um der Versuchung zu widerstehen, schloss ich für einen Moment die Augen. Wie sehr ich mich danach sehnte, von ihm gehalten zu werden und seine Nähe zu spüren! Ich wusste nicht, wann ich mich das letzte Mal so einsam und verletzlich gefühlt hatte wie in diesem Augenblick.

Als ich wieder aufblickte, sah ich die Sorge in Nicholas' Augen, gepaart mit derselben Sehnsucht nach Berührung, die auch ich verspürte. Seine Hand zuckte, als wolle er sie nach mir ausstrecken, doch er rührte sich nicht vom Fleck. Schließlich verschränkte er die Arme vor der Brust und zog sich einen Schritt zurück. Als vertraue er sich selbst nicht.

»Was ist passiert, Sam? Brauchst du einen Arzt? Hast du Schmerzen?« Frage um Frage sprudelte aus ihm hervor, ohne dass er mir Gelegenheit ließ, auch nur eine einzige zu beantworten.

Ich hob die Hände in einer Geste, die ihn zum einen beruhigen und zum anderen zum Schweigen bringen sollte, und rutschte so weit zurück, bis ich mich gegen die Wand lehnen konnte. Das war besser. Mit der Wand im Rücken kostete es mich weniger Kraft, aufrecht zu sitzen.

»Einbrecher«, krächzte ich. Mein Hals war trocken und

meine Zunge klebte wie ein Fremdkörper an meinem Gaumen. Ich musste ein paarmal schlucken, ehe ich die nächsten Worte überhaupt herausbrachte. »Es waren die Kerle von letzter Nacht.« Verflucht, ich hatte ihm noch nicht einmal erzählt, was ich über diese Triskele in Erfahrung gebracht hatte! Während ich überlegte, wo ich anfangen sollte, starrte ich auf ein eigenartiges graues Licht, das sich vom Wohnzimmer aus im Gang ausbreitete und Wände und Boden immer mehr einhüllte.

»Sam! Sprich weiter!«

Sein drängender Tonfall riss mich aus meinen Gedanken. Als ich ihn wieder ansah, verschwammen seine Züge vor meinen Augen. Seine Gestalt verlor mehr und mehr an Substanz, wurde durchscheinend und begann sich aufzulösen. Erst da begriff ich, dass ich das erste Licht des neuen Morgens dabei beobachtet hatte, wie es sich seinen Weg ins Haus suchte.

Es dauerte nur wenige Herzschläge, bis Nicholas nicht mehr zu sehen war.

Umständlich kämpfte ich mich auf die Beine. Ich geriet ins Wanken und musste mich an der Wand abstützen, um nicht gleich wieder in die Knie zu gehen. Sofort spürte ich einen kühlen Hauch um mich herum, als versuche Nicholas mich zu stützen.

»Es ist okay«, beruhigte ich ihn. Abgesehen von einem dröhnenden Schädel und ein wenig Schwindel schien mir tatsächlich nichts zu fehlen. »Ich will mich nur setzen.«

Kälte zerrte an mir, als wolle er fragen, was mit dem Platz hier nicht in Ordnung war. Vielleicht versuchte er auch, mich dazu zu drängen, einen Arzt anzurufen.

»Der Boden ist mir zu hart.«

Benommen und blind für meine Umgebung tappte ich ins Wohnzimmer und ließ mich, in eine Wolldecke gewickelt, in den Sessel fallen. Ich nahm mir einen Moment Zeit, um in mich hineinzuhorchen und herauszufinden, ob mir etwas Ernsthaftes fehlte. Der Schwindel war jedoch bereits verklungen und gegen die Kopfschmerzen würden ein paar Aspirin sicher Wunder wirken. Ich tastete nach meiner Schläfe und zuckte zusammen, als meine Finger die empfindliche Schwellung berührten. Immerhin fand ich kein Blut. Sollten die Schmerzen bis zum Nachmittag nicht besser werden, würde ich mich vorsichtshalber untersuchen lassen. Bis dahin jedoch wollte ich am liebsten verdrängen, was passiert war. Nur dass das nicht möglich war mit einem Geist, der mir auf den Leib rückte und verständlicherweise hören wollte, warum er mich in diesem Zustand gefunden hatte.

Zum Glück stand noch eine Flasche Cola auf dem Tisch. Ich trank ein paar Schlucke und spürte, wie sich meine Zunge langsam vom Gaumen löste. Einzig die Erinnerung an den modrigen Geruch, den Adrians Haut in meinen Träumen verströmt hatte, ließ sich damit nicht vertreiben.

Nachdenklich schraubte ich die Kappe wieder drauf und stellte die Flasche zurück. Dann erzählte ich Nicholas, wie ich die Maskierten im Haus entdeckt und zu fliehen versucht hatte. »Es waren dieselben Männer, die gestern auf dem Friedhof gewesen sind«, schloss ich meinen Bericht. »Ich habe die Kette gesehen.« Ich setzte ihn darüber ins Bild, was ich über die Triskele in Erfahrung gebracht hatte, und beendete meine Erklärungen mit einem düsteren »Mir gefällt das alles überhaupt nicht!«.

Ich lehnte mich seufzend zurück und schloss die Augen. Nur um sie einen Herzschlag später wieder aufzureißen.

»Sie haben etwas gesucht!« Hatte ich nicht ein leises Klappern und Schleifen gehört?

Erst da bemerkte ich, dass die Couch nicht mehr an Ort und Stelle stand. Jemand hatte sie bewegt. Ich sah die Abdrücke im Teppich, dort, wo sie zuvor gestanden hatte. Erst jetzt wurde mir bewusst, wie es hier aussah. Die Schubladen der Kommode, auf der auch der Fernseher stand, waren herausgerissen und ihr Inhalt auf den Boden gekippt. Die beiden Klapptüren darunter standen offen. Der Inhalt lag größtenteils davor. Langsam stand ich auf und ging in die Küche. Hier bot sich mir ein ähnliches Bild. Immerhin hatten nur die Schubladen dran glauben müssen, während die Schränke mit dem Geschirr verschont geblieben waren.

Schritt für Schritt erkundete ich das Haus, Nicholas an meiner Seite. Der Anblick war überall derselbe. Schränke, sofern sie noch standen, waren aufgerissen und durchwühlt worden, Kartons umgekippt, der Inhalt einfach auf den Boden geleert. Mein Geldbeutel samt Inhalt, das Handy und Tante Fionas Sparbuch waren noch da. Ich wusste weder, wonach diese Kerle gesucht hatten, noch, ob sie fündig geworden waren. Eines stand jedoch fest: Das waren ganz sicher keine normalen Einbrecher gewesen.

Ich dachte darüber nach, ob ich den Einbruch melden sollte, entschied mich jedoch dagegen. Der Sheriff würde nur wieder Fragen stellen, die ich nicht beantworten konnte oder wollte.

Nachdem ich mir jedes Zimmer angesehen hatte, ging ich noch mal in die Küche. Ich warf mir zwei Aspirin ein, nahm ein paar Eiswürfel aus dem Gefrierschrank, füllte sie in einen Frischhaltebeutel und wickelte ein Handtuch darum. Mit diesem improvisierten Eisbeutel kehrte ich ins Wohnzimmer zurück, ließ mich auf die Couch fallen und legte mir das Ding auf die Schläfe. Erst tat es höllisch weh, nach und nach setzte jedoch die betäubende Wirkung der Kälte ein und der Schmerz klang zu einem leisen Pochen ab. Eingehüllt in die Wärme der Decke schlief ich schließlich ein.

Am späten Vormittag wachte ich wieder auf und fühlte mich deutlich besser. Das Eis war geschmolzen und ein Teil des Wassers war in meinen Kragen gelaufen. Trotzdem hatte es geholfen. Oder die Aspirin. Zumindest fühlte sich mein Kopf nicht länger wie ein Gong an, auf den ununterbrochen eingeschlagen wurde.

Ich entsorgte die kümmerlichen Reste des Eisbeutels, nahm eine Dusche und zog mir frische Sachen an. Dann machte ich mich daran, das Durcheinander zu beseitigen, das die Maskierten hinterlassen hatten.

Die ganze Zeit über spürte ich Nicholas' Nähe. Ich spürte die Kälte, die von ihm ausging, während er um mich herumstrich, und wusste nicht, ob ich sie als tröstlich empfinden sollte.

Als er mir das nächste Mal besonders nahe kam, warf ich die Bücher, die ich gerade aufgesammelt hatte, auf den Boden zurück. »Hör auf!«, fuhr ich ihn an. »Ich kann dich im Augenblick nicht so nah ertragen. Nicht, solange so vieles unausgesprochen zwischen uns steht.«

Die Kälte zog sich zurück, nur um sich sofort wieder zu nähern. Zögernd, beinahe fragend. Ich schüttelte den Kopf, woraufhin sie sich wieder entfernte. Nicht weit genug, als dass ich sie nicht immer noch hätte spüren können.

»Ich weiß, dass du letzte Nacht Abstand gebraucht hast.« Vielleicht hatte mir das sogar das Leben gerettet. »Aber wir müssen darüber reden. Davonzulaufen oder auf Distanz zu bleiben, wird das Problem nicht lösen.« Ich hob die Bücher auf und legte sie in die Kiste zurück, aus der die Einbrecher sie gekippt hatten. Ein kühler Lufthauch fuhr über meinen Arm, als wolle er mich ermutigen fortzufahren. »Im Moment hat es keinen Sinn, darüber zu sprechen. Nicht, wenn ich dich nicht sehen und hören kann. Lass uns das auf heute Abend verschieben, ja?«

Die Kälte entfernte sich ein Stück, aber nicht mehr so weit wie vorhin.

Feuer des Verlangens
Fantasy Roman

Roman
Urheberrechtlich geschütztes Material
Aylen Hyuga
Fluch der
Magie
Die Werwolf-Saga
Urheberrechtlich geschütztes Material

Seufzend nahm ich meine Arbeit wieder auf. Obwohl ich seine Augen gesehen und seine Gier gespürt hatte, fiel es mir noch immer schwer, zu glauben, dass er sich nicht mehr unter Kontrolle haben sollte. Andernfalls wäre er wohl kaum imstande gewesen, von mir abzulassen und sich zurückzuziehen. Auch wenn er das erst getan hatte, nachdem ich ihn angeschrien und von mir weggestoßen hatte.

In diesem Moment vermisste ich Tess. Es fehlte mir, jemanden zu haben, bei dem ich mich ausheulen und mit dem ich über meine Probleme reden konnte. Jemand, der mir zuhörte und kluge Ratschläge erteilte, die ich dann in den Wind schlagen konnte. Tess hätte ich nicht viel erklären müssen. Sie hätte mich verstanden. Doch Tess war tot. Und Sue, meiner besten Freundin seit Kindertagen, war ich in den letzten Wochen aus dem Weg gegangen. Früher einmal hatten wir über alles geredet, doch ich hatte es bisher nicht über mich gebracht, ihr von Nicholas, Adrian und dem Hexentrank zu erzählen. Obwohl sie meine beste und älteste Freundin war, wusste ich nicht, ob sie mir glauben würde. Nicht in diesem Fall.

Sue fehlte mir.

Während der letzten Wochen hatten die Ereignisse in Cedars Creek wie eine Mauer zwischen uns gestanden. Vielleicht war es an der Zeit, diese Mauer niederzureißen und mit der Wahrheit herauszurücken.

Ich ging in die Küche, schenkte mir eine Tasse Kaffee ein und griff zum Wandtelefon. Sobald ich Sues Handynummer eingetippt hatte, setzte ich mich auf die Küchenbank und lauschte dem Freizeichen.

Es dauerte nicht lange, bis sie sich am anderen Ende meldete.

»Hi Sue«, sagte ich. »Ich bin es. Sam.«

»Sam!« Sie schien sich aufrichtig zu freuen, meine Stimme

zu hören. »Wie geht es dir? Bist du aus dem Krankenhaus raus?«

»Seit ein paar Tagen.«

»Wie fühlst du dich? Was treibst du so?«

Ich versicherte ihr, dass es mir jeden Tag besser ging, meinen dröhnenden Schädel ließ ich dabei unter den Tisch fallen, und berichtete von den fortschreitenden Renovierungsarbeiten. Nachdem ich mich überzeugt hatte, dass ich Sue nicht bei der Arbeit störte, wobei sie mich darauf hingewiesen hatte, dass Sonntag war, erzählte sie mir im Gegenzug von ihrem Alltag in der Kanzlei und davon, dass sie sich immer noch mit demselben Kerl traf, den sie schon seit ein paar Wochen datete. Ein Kollege aus dem Büro, dessen Namen ich mir schon damals nicht hatte merken können.

Unser Gespräch lief schon eine ganze Weile, als mir bewusst wurde, wie sehr sich meine Erzählungen einmal mehr um Nebensächlichkeiten drehten und nicht um die Dinge, die ich wirklich zu sagen hatte.

Ich gab mir einen Ruck.

»Sag mal, Sue, wie würdest du reagieren, wenn dir jemand, der dir nahesteht, etwas wirklich Verrücktes erzählt?«

»Ist dieser Nahestehende sonst glaubwürdig?«

»Absolut.«

Sue dachte einen Moment nach, schließlich sagte sie: »Dann würde ich es mir anhören und es vermutlich auch glauben.«

Das stimmte mich zuversichtlich. Tatsächlich war ich so erleichtert, dass ich ein Grinsen nicht unterdrücken konnte. Fast hätte ich auch noch aufgeseufzt. »Was ich dir jetzt sage, wird sich ziemlich irre anhören, aber ich schwöre dir, dass es die Wahrheit ist.« Meine ersten Worte kamen ein wenig zögernd. Nachdem Sue mich jedoch ermunterte, weiterzusprechen, berichtete ich ihr, wie ich bei meiner Ankunft einen Geist im Haus vorgefunden, ihn durch ein missglücktes Ritual heraufbeschworen statt gebannt und mich zuletzt in ihn verliebt hatte. Schließlich berichtete ich auch von Adrian und offenbarte ihr den wahren Grund für meinen Krankenhausaufenthalt. Während ich redete, musste ich immer wieder von meinem Kaffee trinken, um meine trockenen Lippen zu befeuchten. Gleichzeitig beruhigte mich der starke Geruch und nahm mir die Aufregung, die ich verspürte.

Nachdem ich geendet hatte, leerte ich den Rest der Tasse und wartete auf Sues Reaktion. Sie ließ sich mit ihrer Antwort Zeit. Viel Zeit. Ich drängte sie nicht, da ich wusste, wie schwer das alles zu verdauen war. Ganz besonders, wenn man nicht gesehen hatte, was ich gesehen hatte. Je länger ihr Schweigen jedoch andauerte, desto unruhiger wurde ich. Während ich erzählt hatte, war von ihr nicht eine einzige Frage gekommen. Kein Kommentar. Nichts, was mir auch nur den leisesten Hinweis darauf gegeben hätte, wie sie es aufnahm.

Schließlich hielt ich die Stille in der Leitung nicht länger aus. »Sue?«

»Du warst ziemlich schwer verletzt«, sagte sie in die erneute Stille hinein. »Womöglich ist das alles nur das Ergebnis des Schmerzmittelrausches.«

Ich hatte ihr gerade eine halbe Stunde lang erzählt, was mir alles widerfahren war, und sie glaubte ernsthaft, dass ich mir eine derart komplizierte Geschichte hätte zusammenfantasieren können?! Darauf, ihr zu sagen, dass ich weder jetzt noch vor meinem Krankenhausaufenthalt unter Drogen gestanden hatte, verzichtete ich. »Aber du wolltest mir doch glauben!« Der flehende Tonfall meiner Worte klang selbst in meinen eigenen Ohren erbärmlich.

»Sam«, setzte sie an, und ich wusste bereits nach diesem einen Wort, dass mir ihre Antwort nicht gefallen würde, »wenn es um etwas Reales gegangen wäre, hätte ich dir auch geglaubt. Natürlich hätte ich das! Aber das? Du musst doch selbst merken, wie sich das anhört.«

Es *fühlte* sich auf jeden Fall noch schlimmer an, als es in ihren Ohren klingen mochte. Ich versuchte noch einmal, ihr klarzumachen, dass ich mir das alles nicht einbildete, mir wurde jedoch schon nach den ersten Sätzen bewusst, dass es sinnlos war, es weiter zu versuchen. Ohne Beweise würde ich bei Sue gar nichts erreichen.

»Vielleicht hast du recht«, sagte ich lahm. »Vielleicht bin ich wirklich noch nicht wieder so ganz auf der Höhe.«

Am liebsten hätte ich sie angeschrien und ihr an den Kopf geworfen, dass sie mich im Stich ließ. Wie konnte sie an der Wahrheit meiner Erzählung zweifeln? Wie konnte sie an *mir* zweifeln? Doch so miserabel ich mich auch fühlen mochte, ich schrie sie weder an noch flehte ich sie an, sie möge mir doch bitte glauben. Ich wusste, dass sie es nicht konnte. Vermutlich hätte ich es ebenso wenig gekonnt, wäre ich an ihrer Stelle gewesen. Du meine Güte, ich musste mich anhören wie eine Irre, der man einmal zu oft auf den Kopf geschlagen hatte.

Wir wechselten noch ein paar leere Phrasen, ehe ich schließlich bei der ersten Gelegenheit das Gespräch beendete. Sues Abschied klang auch nicht gerade, als wäre sie böse, auflegen zu können.

Ernüchtert legte ich auf, schluckte die Tränen herunter und schwor mir, nicht noch einmal zu versuchen, jemandem von Geistern und Hexerei zu erzählen, dem ich keine Beweise vorlegen konnte. Ich war wütend, dass ich so naiv gewesen war zu glauben, ich würde mit meiner Erzählung auf offene Ohren stoßen. Das Schlimmste jedoch war, dass ich mich noch immer nach Trost sehnte.

14

Sie wollten Polizist werden, weil sie verrückt nach Action waren?« Laura ließ die Essstäbchen sinken und sah Ed mit einer Mischung aus Unglauben und Belustigung an. »Und dann werden Sie in einem verschlafenen Nest wie diesem hier Sheriff?«

»Das war nach der Erleuchtung«, gab Ed grinsend zurück.

Er stocherte mit den Stäbchen in der Pappschachtel herum, schob die gebratenen Nudeln auf der Suche nach Fleischstücken mal hierhin, mal dorthin, doch in Wahrheit gehörte seine Aufmerksamkeit Laura. Es war sein freier Tag, und als sie ihn am Morgen gefragt hatte, wann er Zeit habe, ihre Fragen zu beantworten, hatte er ihr angeboten, es nach einem gemeinsamen Mittagessen zu tun. Er hatte vorgehabt, sie ins *Green Dragon* oder zu *Luigi* einzuladen, doch sie hatte vorgeschlagen, das Essen liefern zu lassen. Jetzt saß er ihr am Küchentisch gegenüber und amüsierte sich über ihren wohl angeborenen journalistischen Wissensdurst, der der Neugierde eines Polizisten nicht ganz unähnlich zu sein schien.

»Nach der Erleuchtung?«, hakte Laura nach.

Ed nickte. »Die Ausbildung auf der Polizeiakademie hat mir ziemlich schnell die Augen geöffnet, dass die Suche nach Action meistens gleichbedeutend ist mit der Suche nach einem frühen Tod.« Nachdem sein Wunsch, den Menschen zu helfen, jedoch größer war als der Wunsch, im Kugelhagel draufzugehen, war er nach seiner Ausbildung nach Cedars Creek zurückgekehrt, um für den Sheriff zu arbeiten. Und seit zwei Jahren war er selbst dieser Sheriff.

Während der letzten Stunde hatten sie einander gegenseitig mit Fragen bombardiert. Fragen, die nichts mit Lauras Arbeit an diesem Artikel zu tun hatten, sondern vielmehr darauf abzielten, mehr über den jeweils anderen zu erfahren.

So wusste Ed mittlerweile, dass Laura in Seattle geboren und aufgewachsen war, einen älteren Bruder hatte, den sie für einen gutmütigen und leicht beeinflussbaren Chaoten hielt, und dass sie nach dem Wirtschaftsstudium beschlossen hatte, lieber Artikel für die Wirtschaftspresse zu schreiben, als Bilanzen zu bewerten. In ihrer Freizeit trug sie am liebsten Jeans und Pullover, und so hatte er jetzt zum ersten Mal die Gelegenheit, sie in etwas anderem als ihren korrekten Businesskostümen zu sehen. Und was er sah, gefiel ihm. Laura war alles andere als eine steife Geschäftsfrau. Vielmehr hatte er das Gefühl, dass ihr Kostüm für sie in etwa das war, was seine Uniform für ihn war: notwendige Arbeitskleidung. Auf das fruchtige Parfüm, dessen Duft sich mit dem Aroma des chinesischen Essens mischte, hatte sie jedoch ebenso wenig verzichtet wie auf ein dezentes Make-up. Beides schien zu ihr zu gehören wie ihre Neugierde und das fröhliche Lachen. Abgesehen davon hatte sie sichtlich ein Faible für Süßes, denn obwohl sie noch mit ihrem Chopsuey beschäftigt war, warf sie der Schachtel, in der die gebackenen Bananen mit Honig warteten, bereits sehnsüchtige Blicke zu.

»Ihre Frau war bestimmt froh, dass Sie sich gegen die Großstadt und für ein sichereres Leben entschieden haben.«

Einen Moment lang war er irritiert angesichts der Tatsache, dass sie ihn für verheiratet hielt. Dann jedoch bemerkte er ihren Blick, der auf seiner linken Hand ruhte, wo er noch immer seinen Ehering trug. »Mrs Travis hat meine Auffassung über einen ruhigen Job nicht geteilt.« Anna hatte nie gewollt, dass er Polizist wurde, daran hatte sich auch nichts geändert, nachdem er sich für das vergleichsweise harmlose Cedars Creek entschieden hatte. Der Mord an Tess Adams war der erste gewaltsame Todesfall seit fünfzehn Jahren. Der erste in seiner Amtszeit als Sheriff. Er war noch nie in eine Schießerei verwickelt gewesen, hier gab es keine Verfolgungsjagden und keine Festnahmen unter Waffengewalt. Hin und wieder kam es zu brenzligen Situationen, wenn sie einen Betrunkenen festnehmen oder einen gewalttätigen Ehemann dingfest machen mussten, trotzdem war er noch nie während der Ausübung seines Dienstes ernsthaft verletzt worden. Und er war ziemlich sicher, dass das auch so bleiben würde. Seiner Frau hatte das nicht genügt. Immer wieder hatte sie ihn gedrängt, seine Marke abzugeben und sich einen *vernünftigen* Job zu suchen. »Sie ist nicht damit zurechtgekommen, dass ich im Schichtdienst arbeite.« Ebenso wenig hatte sie verstanden, dass er seine Arbeit liebte und niemals gegen einen tristen Bürojob mit festen Arbeitszeiten eintauschen würde. Vor zwei Jahren hatte sie schließlich ihre Koffer gepackt und war gegangen.

»Das tut mir leid.«

Ed schüttelte den Kopf. »Muss es nicht.« Die Phase, in der er sich deswegen selbst bemitleidet hatte, war lange vorbei. Das Leben ging weiter, und wie er – zugegeben, erst nach einer Weile – festgestellt hatte, war es sogar besser geworden, seit er sich nicht mehr den täglichen Streitereien gegenübersah.

Laura musterte ihn über ihr Chopsuey hinweg. Tatsächlich betrachtete sie ihn nun schon eine ganze Weile, ohne etwas zu sagen und ohne dass es ihr aufzufallen schien.

»Sie starren mich an, Miss Martin«, neckte er sie.

Laura quittierte seinen Kommentar mit einem Lächeln. »Ich habe mich nur gerade gefragt, ob Menschen wie wir tatsächlich so wenig mit dem Rest der Welt kompatibel sind.«

»Menschen wie wir?«

»Leute, deren Arbeit eben auch mal mit Reisen oder ungewöhnlichen Arbeitszeiten verbunden ist.«

»Ähnliche Erfahrungen?«

»Sieht ganz danach aus.« Sie zuckte die Schultern und

schob die leere Pappschachtel von sich. »Was soll's. Ich sage mir immer: Wer mich nicht versteht, hat mich nicht verdient. Und manchmal«, fügte sie mit einem Blick in seine Richtung hinzu, »trifft man auf eine verwandte Seele, wo man es am wenigsten erwartet.«

Ihre Aufmerksamkeit gefiel ihm ebenso wie ihre Nähe. Er unterhielt sich gern mit ihr und wusste nicht, wann er das letzte Mal mit einer Frau so viel gelacht hatte. Seit Anna ihn verlassen hatte, war er nur selten ausgegangen. Nicht dass er es nicht gewollt hätte, doch in seiner Position musste er auf seinen Ruf achten und konnte sich nicht wahllos jede Woche mit einer anderen an seiner Seite zeigen. Einer, mit der er sich gern öfter getroffen hätte, war er bisher nicht begegnet.

Aber vielleicht hatte sich das ja jetzt geändert.

Etwas an Laura Martin hatte ihn von Anfang an fasziniert. Hübsch war sie, so viel stand fest. Aber die großen dunklen Augen und ihr herzliches Lachen waren nicht das Einzige, was sein Interesse weckte. Diese Frau war intelligent und schien in vielen Fällen ähnlich zu ticken wie er. Doch auch wenn sie ihm in den letzten Stunden einiges über sich erzählt hatte, wirkte sie weiterhin geheimnisvoll auf ihn. Das mochte daran liegen, dass er trotz ihrer Unterhaltung noch immer nicht viel über sie wusste. Vielleicht hatte es auch mit seinen Instinkten zu tun, die ihn drängten, so viel wie möglich über die Menschen herauszufinden, mit denen er zu tun hatte. In seinem Beruf eine nicht zu unterschätzende Fähigkeit. Im Privatleben hingegen oftmals hinderlich. Wer ließ sich schon gern über sein ganzes Leben verhören – und das womöglich gleich bei der ersten Begegnung.

Er hatte seine Nudeln gegessen, warf die Stäbchen in den Mülleimer und sammelte die leeren Pappschachteln ein, um sie den Stäbchen folgen zu lassen. »Wollen Sie Kaffee zu ihren

Honigbananen?« Er selbst hatte keinen Nachtisch geordert, war einer Tasse Kaffee wie üblich aber nicht abgeneigt. Als Laura nickte, ging er zur Küchenzeile und machte sich daran, frischen Kaffee aufzusetzen. Den Rest, der vom Morgen noch in der Maschine war, kippte er in den Ausguss.

Sobald die Maschine lief, holte er Tassen aus dem Schrank. »Zucker und Milch?« Er drehte sich zu ihr um und musste feststellen, dass sie ihn anstarrte. Vermutlich die ganze Zeit über angestarrt hatte. »Schauen Sie mir etwa auf den Hintern?«

»Kommt darauf an, ob das in dieser Stadt gegen das Gesetz verstößt.«

Dass sie trotz ihrer forschen Worte rot wurde, entlockte ihm ein Grinsen. »Zufällig kenne ich mich mit den Gesetzen hier ganz gut aus und ich bin mir ziemlich sicher, dass es legal ist.«

»Dann brauche ich es wohl nicht zu leugnen.«

»Sie sind also bereit, die Konsequenzen zu tragen?«

»Welche Konsequenzen?«, gab sie zurück. »Ich dachte, es sei keine Straftat.«

»Das ist es auch nicht, wenn ich Sie um ein Essen bitten darf.«

Laura deutete mit den Stäbchen, die sie für ihren Nachtisch gerettet hatte, auf den Mülleimer, aus dem die Pappschachteln hervorquollen. »Dann habe ich wohl was gut, denn gegessen haben wir schon.«

»Ein richtiges Essen«, sagte er. »In einem Restaurant, an einem hübsch gedeckten Tisch.« Nach einer kurzen Pause, in der er darüber nachgedacht hatte, ob er zu dick auftrug, fügte er hinzu: »Bei Kerzenschein.«

»Bitten Sie mich etwa gerade um ein Date, Sheriff?«

»Das verstößt ebenfalls nicht gegen das Gesetz.«

Ihr Lächeln wurde einen Tick strahlender. »Dann haben wir uns wohl beide nichts vorzuwerfen.«

»Ich werte das mal als ein Ja.« Er schenkte Kaffee in die Tassen und stellte sie zusammen mit Milch und Zucker auf den Tisch. »Wie kommen Sie mit Ihrem Artikel voran?«

»Streng genommen bin ich immer noch dabei, eine Liste mit Personen zu erstellen, die Mr Crowley kannten und die ich löchern kann.«

»Gekannt hat ihn hier jeder.«

»Sicher. Ich meine Leute, die ihn richtig gekannt haben. Nicht nur vom Sehen oder Hörensagen. Gestern bin ich einer Frau begegnet – eigentlich bin ich ihr gefolgt.« Sie zuckte die Schultern. »Ich hatte gerade mit Rose Fletcher gesprochen, als sie mir durch das Fenster diese Frau zeigte, die gerade in dem Moment in die Bibliothek ging. Sie habe zumindest den Junior gekannt, meinte Mrs Fletcher. Unglücklicherweise war sie nicht sonderlich gesprächig und wich meinen Fragen aus.« Sie nahm einen Schluck von ihrem Kaffee. »Sind alle Kleinstädter so verschlossen wie diese Miss Mitchell?«

Ihm war bereits klar gewesen, von wem Laura sprach, bevor sie den Namen erwähnte. Zumindest war er nicht der Einzige, dessen Fragen Samantha Mitchell auswich. »Miss Mitchell ist nicht von hier«, sagte er vage.

»Kannte sie Crowley wirklich?«

Ed sah keinen Grund, die Frage nicht zu beantworten. »Den jungen Crowley kannte sie auf jeden Fall. Ich glaube nicht, dass sie liiert waren, aber sie haben sich wohl des Öfteren getroffen.« Wenn er Glück hatte, würde Laura Samantha Mitchell so lange zu einem Interview drängen, bis sie zustimmte. Wenn sie dann einen Fehler machte und sich in irgendeiner Form verplapperte, konnte er nur hoffen, dass er davon erfuhr. Allein deshalb war es wichtig, über den Stand von Lauras Arbeit auf dem Laufenden zu bleiben.

»Anbahnende Liebe?«

Er zuckte die Schultern. »Möglich.« *Oder Erpressung.* Auch

wenn er noch immer keine Vorstellung hatte, womit Crowley die junge Frau in der Hand haben könnte.

»Wie lebt es sich in einem Ort, in dem jeder jeden kennt?«, fragte sie plötzlich. »Fehlt Ihnen hier nicht etwas?«

»Was sollte das sein? Mord? Totschlag? Drogenabhängige, die sich für den nächsten Schuss gegenseitig abknallen?« Ed schüttelte den Kopf. Nein, ihm fehlte hier ganz und gar nichts.

Laura öffnete die Schachtel mit ihrem Nachtisch und inspizierte die Bananenstücke, indem sie sie mit den Stäbchen hin und her schob. »Ich weiß nicht, ob ich das Kleinstadtleben nun idyllisch oder sterbenslangweilig finden soll.«

Aus ihr sprach eindeutig die Großstädterin. Jemand, der es gewohnt war, bestimmte Gegenden der Stadt zu meiden, der sich bei Dunkelheit nur noch draußen aufhielt, wenn es unbedingt nötig war, und seine Wohnungstür mit unzähligen Sicherheitsschlössern verriegelte. Ed fand diese Art, zu leben, bemitleidenswert. »Wenn die Abwesenheit von Gefahr für Leib und Leben Sie langweilt, ist es wohl eher Letzteres.«

Das Klingeln seines Diensthandys erstickte ihre Antwort im Keim. Ed angelte sich das Handy von der Anrichte, ohne aufzustehen, und nahm das Gespräch mit einem etwas unwirschen »Ja?« an.

»Ed, hier ist Josh«, erklang die Stimme seines Deputys aus dem Lautsprecher. »Tut mir leid, dass ich dich an deinem freien Tag störe, aber wir haben hier einen Toten.«

So viel zum sterbenslangweiligen Kleinstadtleben. »Nachdem du anrufst, vermute ich, er ist nicht in seinem Bett gestorben?«

»Nein, auf dem Friedhof.«

»Ich bin gleich da.« Er beendete das Gespräch.

Laura betrachtete ihn aufmerksam. »Ein Toter? Nicht gerade üblich hier, oder?«

In der Nähe von Samantha Mitchell anscheinend schon. »Nein«, gab er zurück. »Zum Glück nicht. Tut mir leid, Laura. Die Pflicht ruft.«

»Kann ich mitkommen?«

Ed, der schon halb zur Küchentür hinaus war, blieb noch einmal stehen und drehte sich zu ihr um. »Nein, lieber nicht.« Falls sie dennoch darauf bestand, konnte er sie nicht davon abhalten. In diesem Land galt noch immer die Pressefreiheit, so lästig herumschnüffelnde Reporter manchmal auch sein mochten. Er würde jedoch den Teufel tun und sie – so gern er sie mochte – freiwillig mit an einen möglichen Tatort nehmen. Wenn sie ihre Fühler nach einer Story ausstrecken wollte, würde sie schon sehen müssen, wie sie allein zurechtkam. Sympathie hin oder her, er würde nicht zulassen, dass ihm die Presse bei seiner Arbeit dazwischenfunkte.

Zu seinem Erstaunen machte Laura keine Anstalten, aufzustehen und ihre Sachen zusammenzupacken, um zum Friedhof zu fahren. »Sie können mir ja beim nächsten gemeinsamen Essen erzählen, was passiert ist«, sagte sie und wandte sich wieder ihrem Nachtisch zu.

Ed nahm sich nicht die Zeit, seine Überraschung zu verarbeiten. Stattdessen lief er nach oben, zog seine Uniform an und schnallte seinen Waffengürtel um. Er holte die Dienstwaffe aus dem Safe, schob sie ins Holster und schnappte sich auf dem Weg nach draußen seinen Hut von der Garderobe.

Als er fünfzehn Minuten später am Friedhof ankam, fuhr der Krankenwagen gerade ab. Ed parkte seinen Streifenwagen neben dem Wagen des Leichenbeschauers, stellte den Motor ab und machte sich auf den Weg zum Friedhof. Er musste nicht lange nach dem Tatort Ausschau halten. Gelbes Absperrband markierte weiträumig eine Stelle mit etwa zehn Gräbern. Innerhalb der Absperrung waren drei Männer zugange. Zwei suchten den Boden rund um den Leichnam ab, machten Fotos oder ließen mögliche Beweismittel in durchsichtigen Plastikbeuteln und Röhrchen verschwinden, während der dritte den Leichnam untersuchte. In ihren weißen Schutzanzügen wirkten sie inmitten des ruhigen Friedhofs wie Aliens, die einen fremden Planeten erkundeten.

»Alles im Griff«, empfing Josh ihn.

Ed zweifelte nicht daran, dass sein Stellvertreter die Dinge unter Kontrolle hatte. Josh Wallace war ein fähiger Polizist. Dass Ed dennoch hergekommen war, hatte nichts mit der Kompetenz seines Deputys zu tun, sondern mit dem Umstand, dass es in seinem Bezirk in letzter Zeit ein paar Leichen zu viel gegeben hatte. Sein Blick wanderte über die Absperrung, die Gräber, Büsche und Bäume hinweg in Richtung von Samantha Mitchells Haus. Er konnte es von hier aus nicht sehen, doch er wusste, dass es auf der anderen Seite des Friedhofs hinter der Wand aus Douglasien und Farnen verborgen lag.

Ed deutete auf den Mann, der neben der Leiche kniete und seine Beobachtungen in ein Diktiergerät sprach. »Wie hast du den Gerichtsmediziner so schnell hierhergekriegt?«

Stuart Hamill war für mehrere Countys zuständig und kam für gewöhnlich nicht an den Tatort, sondern untersuchte die Leichen im nächstgelegenen Leichenschauhaus.

»Ich habe ihn angerufen, bevor ich dich verständigt habe«, erklärte Josh mit einem zufriedenen Grinsen, das ihn deutlich jünger aussehen ließ als die fünfundzwanzig Jahre, die er war. »Wie sich herausstellte, war er keine zehn Meilen von Cedars Creek entfernt und machte sich sofort auf den Weg. Nachdem es schon wieder nach Regen aussieht, habe ich darauf verzichtet, die Spurensicherung aus Seattle zu rufen. Bis die hier sind, hat es uns alle potenziellen Spuren weggespült.«

Ed warf einen Blick zum Himmel, wo der Wind die Wolken zu einer großen bleigrauen Decke zusammenschob und

Stück für Stück die letzten Fetzen blauen Himmels tilgte. »Stattdessen hast du Tommy und Milton in die Anzüge gesteckt und ihnen eine Kamera und einen Satz Tütchen in die Hand gedrückt.«

Joshs Grinsen ließ seine blauen Augen leuchten. »Die zwei beschweren sich zwar immer, wenn sie ihr Schießeisen ablegen und ausnahmsweise mal in die Anzüge steigen müssen, aber sie sind extrem aufmerksam, wenn es darum geht, mögliche Spuren zu sichern.«

Ed versuchte einen Blick an Hamill vorbei auf den Toten zu erhaschen, doch der Gerichtsmediziner versperrte ihm die Sicht. »Okay, wer ist es und was weißt du bis jetzt?«

»Das Opfer ist Jim Henderson«, erklärte Josh. »Reverend Jones hat ihn am Grab seiner Frau gefunden, wo er zusammengebrochen war, und sofort den Notarzt gerufen. Der konnte nur noch Mr Hendersons Tod feststellen und uns verständigen.«

Ed kannte Jim Henderson. Bevor seine Frau gestorben war, hatten sie von Zeit zu Zeit im *Diner* eine Partie Schach gespielt. Nach dem Tod seiner Frau hatte sich der alte Mann jedoch mehr und mehr zurückgezogen, und bald schon waren die einzigen Gelegenheiten, an denen Ed ihn noch zu Gesicht bekommen hatte, im Superstore oder während der sonntäglichen Kirchenbesuche.

Er hatte Jim gemocht und er bedauerte seinen Tod. Jetzt jedoch ging es erst einmal darum, zu klären, was geschehen war. »Weiß man schon etwas über die Todesursache?«

»Laut Notarzt muss der Tod im Laufe der Nacht eingetreten sein«, erklärte Josh. »Das hat Hamill vorhin bestätigt. Wenn du mich fragst, war es ein Herzanfall. Jim war schon seit Längerem schwer herzkrank und musste regelmäßig Tabletten nehmen. Allerdings …«

»Allerdings was?«, hakte Ed nach.

»Allerdings ist eine andere Todesursache im Augenblick nicht auszuschließen«, beendete Dr. Hamill, der den letzten Teil der Unterhaltung gehörte hatte, den Satz. Der Gerichtsmediziner duckte sich unter der Absperrung hindurch und kam zu ihnen herüber. Er öffnete den Reißverschluss seines Anzuges ein Stück, schob die Kapuze zurück und zog den Mundschutz nach unten, sodass er lose vor seinem Hals baumelte. Dicke Schweißtropfen standen auf seiner Stirn, und der finstere Gesichtsausdruck des kräftigen Mannes ließ Ed nicht daran zweifeln, dass er es hasste, sich in diese Plastikanzüge zu zwängen. »Es gibt Anzeichen für einen gewaltsamen Tod«, sagte er. »Dafür muss ich ihn aber noch genauer untersuchen.«

»Welche Anzeichen?« Allein die Worte »gewaltsamer Tod« verursachten Ed ein Sodbrennen, das ihn wünschen ließ, die Finger von glutamathaltigem Essen gelassen zu haben.

»Zyanose der Lippen, Mundschleimhäute und Zunge.«

»A-ha.«

Joshs Kommentar vertrieb die schlechte Laune des Gerichtsmediziners schlagartig. Er verzog die Lippen zu einem Grinsen. »Blaufärbung«, erklärte er. »Vermutlich als Ursache von Sauerstoffmangel.«

»Warten Sie! Wollen Sie damit etwa sagen, er ist erstickt worden?« Wie Tess Adams. Das konnte doch unmöglich wahr sein! Jahrelang hatte es keine gewaltsamen Todesfälle gegeben und jetzt sollten innerhalb kürzester Zeit zwei Personen auf dieselbe Weise umgebracht worden sein?

»Das wäre durchaus denkbar. Moment …« Er schlüpfte unter der Absperrung hindurch, kehrte zu Hendersons Leichnam zurück und ging nochmals neben ihm in die Knie. Zum ersten Mal hatte Ed Gelegenheit, einen Blick auf den alten Mann zu werfen. Jim Hendersons Augen waren aufgerissen, der Mund wie in einem stummen Schrei erstarrt. *Oder in dem*

Versuch, nach Atem zu ringen. Dann versperrte Hamill ihm einmal mehr die Sicht. Ohne dass ihn die Latexhandschuhe behindert hätten, öffnete der Gerichtsmediziner den Reißverschluss von Hendersons Jacke und streifte sie ihm ab. Er knöpfte das Hemd des Toten auf und schob es zur Seite. »Ha! Da haben wir es!«

Ed war ziemlich sicher, dass er die Antwort nicht hören wollte. Trotzdem fragte er: »Haben wir was?«

»Druckspuren an den Oberarmen.«

»Jemand hat ihn festgehalten, während er ihn erstickte?«, mutmaßte Ed.

»Exakt!«

»Scheiße«, brummte Josh neben ihm, dann stieß er Ed mit dem Ellbogen in die Seite. »Schau mal, da.«

Ed sah auf und entdeckte Samantha Mitchell, die über den Friedhof auf sie zukam. Ihr Blick wanderte von einer Seite zur anderen, auf der Suche nach der Ursache für das Polizeiaufgebot. Tommy und Milton, die noch immer Spuren sicherten, verstellten ihr den Blick auf Henderson. Sie ging am Rand der Absperrung entlang und nach einigen Schritten war sie an seinen Männern vorbei und hatte freie Sicht.

Ruckartig blieb sie stehen. »O Gott, ist das Mr Henderson?«

Ed trat zu ihr. »Sie kannten ihn?« Er glaubte Angst in ihren Augen zu erkennen. Angst und Unsicherheit.

»Er war oft hier am Grab seiner Frau.« Es gelang ihr kaum, den Blick von Hendersons Leichnam abzuwenden. »Was ist passiert?«

Er würde ihr nicht sagen, was er bereits wusste. Nicht, solange kein vollständiger Obduktionsbericht vorlag, in dem die Todesursache eindeutig geklärt war. Sollte sich jedoch herausstellen, dass Henderson auf dieselbe Art wie Tess Adams gestorben war, hätte er einige Fragen an sie. Schließlich war es auffällig, dass sie auch an diesem Tatort kurz nach dem Fund des Leichnams auftauchte. »Vermutlich ein Schwächeanfall.«

Schlagartig schien sich die Luft um zehn Grad abzukühlen. Samantha machte einen Schritt zur Seite, als hätte sie etwas erschreckt.

»Das ist traurig«, sagte sie. »Er war so ein netter Mensch.«

»Ja, das war er.« Er betrachtete sie eine Weile eingehend, beobachtete, wie ihr Blick immer wieder zwischen ihm und dem Leichnam hin und her wanderte und sie sich die Arme rieb, als würde sie trotz der Windjacke frieren. »Haben Sie sich mein Angebot überlegt? Sind Sie zu einem Gespräch bereit?«

»Hören Sie, ich muss jetzt wirklich weiter. Ich habe nur gesehen, dass hier etwas passiert ist, und wollte wissen, was.« Mit einem gemurmelten Abschied wandte sie sich ab und ging zwischen den Grabsteinen davon.

Vorgestern am Telefon war er kurz davor gewesen, zu ihr durchzudringen. Früher oder später würde er sie zum Reden bringen, davon war er überzeugt. Er musste nur den richtigen Knopf finden und ihn drücken.

Er gab seinen Männern Anweisung, zusammenzupacken und den Leichnam abzutransportieren. »Rufen Sie mich an, sobald der Obduktionsbericht vorliegt!«, rief er Dr. Hamill zu. Dann wandte er sich an Josh: »Ich sehe mal nach dem Reverend. Vielleicht ist ihm ja noch etwas aufgefallen.« Ein heftiger Platzregen setzte ein, als er zum Pfarrhaus hinüberging, und hämmerte ihm die Kälte binnen kürzester Zeit durch die Kleidung unter die Haut.

15

Wie betäubt schob ich den Einkaufswagen durch die Gänge des Superstores und versuchte mich auf meine Einkaufsliste zu konzentrieren. Doch alles, woran ich denken konnte, war, dass Mr Henderson nicht hinter der Kasse stehen und meine Einkäufe einpacken würde. Er würde niemands Einkäufe mehr einpacken.

Ich hatte den Film zum Entwickeln abgegeben und musste nun eine Stunde totschlagen, bis ich die Bilder abholen konnte. Stück für Stück arbeitete ich meine Liste ab und ließ die Dinge darauf in den Einkaufswagen wandern, ohne ihnen große Beachtung zu schenken. Mr Hendersons Tod stimmte mich traurig. Auch wenn ich ihm nur ein paarmal begegnet war, so war er doch einer der wenigen Menschen in Cedars Creek gewesen, die ich gekannt hatte. Wenn ich die Augen schloss, konnte ich ihn noch immer vor mir sehen, wie er dagelegen hatte. Den starren Blick in den Himmel gerichtet, die bläulich schimmernden Lippen geöffnet, als würde er um Hilfe rufen, und das Gesicht zu einer Fratze des Schreckens verzerrt. Er hatte so furchtbar entsetzt ausgesehen, als sei der Tod nicht friedlich über ihn gekommen, sondern mit Gewalt. Noch schlimmer als sein Anblick war die Todesursache, die der Sheriff genannt hatte.

Schwächeanfall.

Ich stand vor dem Getränkeregal und griff nach einer 2-Liter-Colaflasche, als mir bewusst wurde, dass Nicholas die ganze Nacht nicht im Haus gewesen war. Womöglich nicht einmal in der Nähe, andernfalls hätte er die Eindringlinge sicher bemerkt, die meinen Schädel in einen Tempelgong verwandelt hatten. Erst als ich am Morgen zu mir kam, war er wieder bei mir gewesen. Was, wenn Mr Henderson gar keinen Schwächeanfall gehabt hatte? Was, wenn der Gerichtsmediziner feststellen würde, dass er in Wahrheit erstickt war?

Nein! Ich hatte Nicholas schon einmal verdächtigt, jemanden umgebracht zu haben. Er war unschuldig gewesen und ich hätte es wissen müssen. Ich würde diesen Fehler nicht noch einmal machen. Nicholas war kein Mörder!

Ich legte die Cola in den Einkaufswagen, machte kehrt und schob den Wagen zur Kühltheke. Auf der Suche nach Milch und Käse stieß ich immer wieder mit anderen Einkäufern zusammen. Jedes Mal entschuldigte ich mich reflexartig, ohne dass ich mich eine Sekunde später noch an den Wortlaut erinnert oder auch nur die Antwort der Leute wahrgenommen hätte. Ich hätte ebenso gut ein seelenloser Zombie sein können. Nur dass das wandelnde Gammelfleisch nicht ständig die Erinnerung an die Gier in Nicholas' Blick vor Augen gehabt hätte.

Hatte er ...?

Nein!

Ich würde nicht noch einmal denselben Fehler begehen und ihn verdächtigen.

Die Stimme der Vernunft sagte mir, dass die Umstände, die zu Tess' Tod geführt hatten, andere gewesen waren. Damals hatte diese Gier nach Atem und Leben Nicholas noch nicht im Griff gehabt. Trotzdem schwor ich mir, dieses Mal kein vorschnelles Urteil zu fällen.

Als ich in der Abteilung mit Halloween-Deko vorbeikam, betrachtete ich die Gummiskelette, Gruselmasken und Kostüme nur noch mit Abscheu. Ich war heilfroh, dass ich noch nicht dazu gekommen war, das Haus zu dekorieren. Es gab mittlerweile genug Gespenster, die mich verfolgten. Nicht zuletzt hatte ich meinen persönlichen Geist. Er mochte mir noch immer keine Angst einjagen, aber unsere derzeitige Situation stimmte mich traurig. Zum ersten Mal wurde mir bewusst, wie eigenartig passiv unsere Beziehung tatsächlich war und dass Nicholas nichts tun konnte, solange ich ihn nicht körperlich werden ließ.

»Das ist doch Mist«, brummte ich und verpasste einem Ständer mit Kostümen einen Stoß.

Ich packte die letzten Sachen in den Einkaufswagen und machte mich auf den Weg zur Kasse. Nachdem ich bezahlt hatte und alles in Tüten verpackt war, holte ich die entwickelten Fotos ab. Ich warf den Umschlag in den Wagen, lud die Einkäufe ins Auto und fuhr nach Hause. Da das Garagentor immer noch kaputt war, stellte ich den Käfer davor ab und trug die Sachen über den Rasen zur Vordertür.

Es war eiskalt. Selbst unter dem windgeschützten Vordach der Veranda herrschten Temperaturen, denen meine Windjacke nicht mehr standhielt. Wenn das so weiterging, würde es in ein paar Tagen den ersten Schnee geben. Und ich musste mir dringend eine wärmere Jacke besorgen. Fröstelnd schaffte ich meine Einkäufe ins Haus. Die Holzwände ließen die Kälte durch, weshalb es drinnen nur unwesentlich wärmer war als draußen. Ich drehte die Heizung auf – um Energie zu sparen, hatte ich sie vorhin heruntergedreht, was ich künftig wohl besser lassen würde –, verstaute meine Einkäufe, schluckte noch einmal zwei Aspirin und legte die Fotos auf den Couchtisch. Die würde ich mir mit Nicholas zusammen ansehen. Sofern er sich blicken ließ. Nachdem er jedoch auch auf dem Friedhof erschienen war, als ich mit dem Sheriff gesprochen hatte, baute ich darauf, dass er mich heute Abend nicht im Stich lassen würde. Meine Güte, hatte er mich erschreckt, als ich ihn plötzlich neben mir gespürt hatte. Vermutlich war es sinnlos, mir Hoffnungen zu machen, Sheriff Travis könne mein Schrecken entgangen sein. Nicht bei dem Satz, den ich gemacht hatte.

Aber wenn Nicholas auf dem Friedhof bei mir gewesen

war, unsichtbar und nicht stofflich, dann bedeutete das … Ein Lächeln breitete sich über mein Gesicht aus. Das erste seit einer ganzen Weile. Nicholas war nicht lebendig. Er hatte Mr Henderson nicht umgebracht.

Ich ließ mich auf die Couch fallen, schloss die Augen und gab mich meiner Erleichterung hin. Ein Moment, der genau so lange dauerte, bis mir bewusst wurde: Das bedeutete auch, dass sich an unserer Situation nicht das Geringste geändert hatte und wie unzufrieden ich mit alldem war. Dabei war es noch nicht einmal so, wie Nicholas gesagt hatte – noch war ich nicht in der Situation, dass ich mich zwischen ihm und anderen hätte entscheiden müssen –, und trotzdem liefen die Dinge nicht, wie ich es mir wünschte. Ich wollte ein Leben, in dem Nicholas dazugehörte, ohne dass ich ihn erst – im wahrsten Sinne des Wortes – zu einem festen Bestandteil machen musste. Ein Leben mit gemeinsamen Freunden und gemeinsamen Unternehmungen. Ich wollte, dass er in der Lage war, meine Hand zu nehmen, wann immer er es wollte, oder auch nur einen Nagel in die Wand zu schlagen, um ein Bild aufzuhängen, ohne dass ich ihm vorher meinen Atem einhauchen musste.

Noch stärker war der Wunsch, am Morgen neben ihm aufzuwachen und die ganz gewöhnlichen Dinge des Alltags mit ihm zu teilen. Und wenn es nur der Streit über eine nicht zugeschraubte Zahnpastatube wäre. Doch Nicholas würde sich nie die Zähne putzen, mir nie eine Tasse Kaffee kochen oder mir den Telefonhörer in die Hand drücken, wenn das Gespräch, das er angenommen hatte, für mich war. All die Dinge, die mir vorher nie besonders wichtig gewesen waren und die plötzlich alles zu bedeuten schienen, würden wir niemals haben.

Es sei denn, ich fand einen Weg, etwas an der Situation zu ändern.

Ich holte den Karton mit Tess' Unterlagen und kehrte damit zur Couch zurück. Ich liebte Nicholas und wünschte mir, dass er immer ein Teil meines Lebens sein würde. Aber wie die Dinge sich in den letzten Tagen entwickelten, begann ich mich zu fragen, wie lange das so noch gut gehen würde. Hoffentlich hatte er recht und wir würden in Tess' Nachforschungen eine Lösung finden. Etwas, was nicht nur seinen Drang nach Atem unter Kontrolle halten, sondern ihn womöglich auch wieder ins Leben zurückholen konnte.

Die Unterlagen, die Mike zusammengesammelt hatte, waren eine wilde Mischung aus Tagebüchern, losen Blättern mit handschriftlichen Notizen, Computerausdrucken und Zetteln mit daraufgekritzelten Internetadressen. Soweit ich es auf die Schnelle überblickte, beschäftigte sich vieles damit, wie man sich Geister vom Leib halten konnte. An einigen Stellen standen am Rand Verweise zu anderen Notizen oder auch nur Kommentare wie: »Kann unmöglich funktionieren!«

Ich sammelte alles, was mit dem Rufen von Geistern zu tun hatte, auf einem Stapel. Auf einen anderen legte ich sämtliche allgemein gehaltenen Informationen über Geister, und auf den dritten Haufen kamen die Dinge, die sich keiner Kategorie so genau zuordnen ließen und die ich mir erst genauer ansehen musste. Haufen Nummer drei erschien mir der vielversprechendste zu sein. In der Hoffnung, etwas Hilfreiches zu entdecken, begann ich trotzdem mit den allgemeinen Informationen.

Das meiste davon war sehr esoterisch angehaucht. Da ich nur die Hälfte von dem verstand, was da über Auren, Karma und ich-weiß-nicht-was-noch-alles geschrieben stand, überflog ich es nur. Interessant fand ich den Teil, der darüber berichtete, dass neue Geister anfangs verwirrt waren und nicht wussten, wie ihnen geschah. So wie es aussah, mussten die Geister sich erst orientieren und die Spielregeln ihres Daseins lernen. In dieser Phase waren sie in etwa so gefährlich wie ein Butterbrot. Sie wussten nicht, was geschah, wenn sie den Atem eines Menschen nahmen, und hatten folglich zunächst einmal keine Ahnung davon, dass es einen Weg gab, ins Leben zurückzukehren. Das Wissen darum manifestierte sich erst, wenn sie einem Menschen nahe kamen und dessen Atem spürten.

Ich hatte Nicholas nie danach gefragt, wie es bei ihm gewesen war. Wie er sich als Frischling gefühlt und wie er die Sache mit dem Atem herausgefunden hatte. Das war etwas, was ich unbedingt nachholen wollte.

16

Ed lehnte sich auf dem dunklen Ledersofa zurück, die Kaffeetasse in der Hand, und ließ seinen Blick durch das Wohnzimmer des Pfarrhauses schweifen. Der altmodisch eingerichtete Raum, mit seinen dunklen Holzmöbeln, den dicken, alten Teppichen und den schweren Vorhängen, die nur wenig Licht einließen, erinnerte ihn mehr an einen englischen Gentlemen's Club als an das Wohnzimmer eines Reverends. Im Zimmer war es kalt, daran konnte selbst das Feuer im Kamin nichts ändern, das Reverend Jones in regelmäßigen Abständen mit Brennholz versorgte.

Als Ed am Nachmittag zum Pfarrhaus gegangen war, hatte er den Reverend nicht angetroffen. Deshalb war er nach Hause gefahren, um Laura das versprochene Interview zu geben, und wollte sein Glück später noch einmal versuchen. Doch auch Laura war nicht da gewesen. Ed hatte die freie Zeit für sein Hanteltraining und eine ausgiebige Dusche genutzt. Als er später im Pfarrhaus anrief, hatte er den Reverend sofort erreicht und ihm seinen Besuch angekündigt.

Sie saßen bereits eine ganze Weile zusammen, Ed auf der Couch, Reverend Jones ihm gegenüber in einem monströsen Ohrensessel aus dunklem Leder. Der Reverend hatte eine Kanne Kaffee gekocht, die Ed mittlerweile im Alleingang zur Hälfte geleert hatte, und dann ausführlich berichtet, wie er Jim Henderson gefunden hatte. Zwischendurch war er einmal aufgestanden, um sich eine Strickjacke überzuziehen, und hatte mehrmals am Thermostat der Heizung herumgedreht, ohne dass sich an der Temperatur viel verändert hätte. Ed hatte sich Notizen gemacht und ein paar Fragen gestellt.

Letztlich jedoch war nichts weiter dabei herausgekommen, als dass der Reverend hinausgegangen war und den alten Mann über dem Grab seiner Frau liegend gefunden hatte. »Ich habe sofort den Notarzt alarmiert und dann geschaut, was ich tun kann«, hatte er erklärt und sich das dichte graue Haar aus der Stirn gestrichen. »Aber für Jim kam jede Hilfe zu spät. Er war bereits kalt.«

Laut Dr. Hamill war der Mann im Laufe der Nacht gestorben. Der Reverend jedoch hatte Jim weder gestern noch im Laufe des heutigen Vormittags auf dem Friedhof gesehen. »Ich war seit gestern Mittag mit der Vorbereitung meiner Predigt beschäftigt, Ed. Sobald ich mich in meine Unterlagen vertiefe, könnte die Welt um mich herum untergehen und ich würde es erst bemerken, wenn ich fertig bin.«

Ed bezweifelte, dass das allein an den Unterlagen lag. Er wusste, dass der Reverend gerne dem Alkohol zusprach. Jeder wusste das, dazu genügte ein Blick in sein Gesicht. Die wässrigen Augen, die großen Poren um die gerötete Nase herum und das schale Aroma von Hochprozentigem, das ihn stets wie ein Aftershave umgab, das alles waren Anzeichen, die Ed in seinem Leben schon unzählige Male wahrgenommen hatte. Doch auch wenn der Alkoholkonsum des Reverends ungesund und möglicherweise in manchen Situationen auch gefährlich sein mochte, so war es doch kein Verbrechen.

Nachdem seine Fragen geklärt waren, griff der Reverend nach einer Flasche Whiskey, die neben ihm auf einem Beistelltisch stand. »Möchten Sie ein Glas?«

»Nein danke, Ian. Ich bin im Dienst.« Sein freier Tag hatte in dem Moment geendet, als Josh ihn zum Friedhof bestellt hatte. Der offizielle Teil seiner Arbeit mochte getan sein, trotzdem war er als Sheriff hier – ganz zu schweigen davon, dass er noch fahren musste.

Er beobachtete, wie der Reverend sich etwas von der bernsteinfarbenen Flüssigkeit in einen Tumbler goss und das Glas langsam in seiner Hand schwenkte. »Das vertreibt die Kälte.«

Ed war sich nicht sicher, ob der Geistliche von der Kälte im Raum sprach, über die weder das Kaminfeuer noch der heiße Kaffee hinwegtäuschen konnte, oder ob er die innere Kälte meinte, die der Tod eines Menschen häufig mit sich brachte.

»Seit Maes Tod war Jim nicht mehr derselbe«, sagte der Reverend, ohne den Blick von seinem Glas zu nehmen. »Vielleicht ist es für ihn eine Erlösung, dass alles nun ein Ende hat. Wenn ich den Richtlinien meines eigenen Glaubens vertrauen darf, ist er jetzt wieder mit seiner Frau vereint. Das finde ich tröstlich.«

Eine Weile tauschten sie Erinnerungen an Jim Henderson und seine Frau aus. Es waren schöne Erinnerungen, denn sowohl Jim wie auch Mae waren freundliche Menschen gewesen. Jene Art von Menschen, die man nicht so schnell vergaß, wenn man ihnen einmal begegnet war.

»Sagen Sie, Ian, haben Sie Miss Mitchell gestern oder heute in der Nähe des Friedhofs gesehen?«

Der Reverend sah auf. »Fionas Nichte? Ich bin ihr gestern

Nachmittag begegnet, als sie mit einem Fotoapparat auf dem Friedhof unterwegs war.«

»Ist Ihnen etwas aufgefallen?« Ed glaubte nicht, dass sie etwas mit Jim Hendersons Tod zu tun hatte, trotzdem war sie einmal mehr in der Nähe eines Leichenfundortes gewesen. Vielleicht konnte er den Reverend dazu bringen, sie im Auge zu behalten und ihn zu informieren, wenn ihm etwas Ungewöhnliches auffiel.

»Die Kälte, die ich schon so lange zu vertreiben versuche«, sagte der Reverend mit einem Blick auf sein Glas, »begleitet die junge Frau. Sie ist überall um sie herum.«

»Wovon sprechen Sie, Ian?«

Der Reverend streckte die Hand in einer alles umfassenden Geste aus. »Spüren Sie nicht, wie kalt es hier ist? Glauben Sie ernsthaft, diese Kälte hat einen natürlichen Ursprung? Es sind die Toten, die rastlos umherstreifen. Ich spüre ihre Anwesenheit, seit ich hierherkam. Diese Kälte, die sich durch nichts vertreiben lässt.«

War das der Grund, warum er trank? Weil er sich einbildete, von ruhelosen Geistern umgeben zu sein?

»Mit dieser Miss Mitchell«, fuhr der Reverend fort und zupfte gedankenverloren an seinem weißen Kragen, der ihn als Geistlichen auswies, »stimmt etwas nicht. Der Tod hat sie hierhergeführt und nun ist er ihr ständiger Begleiter.«

»Sie meinen den Tod ihrer Tante?«

Der Reverend nickte. »Ihre Tante starb, ebenso ihre Freundin, Miss Adams. Wurde sie nicht auch von diesem Landstreicher überfallen und beinahe umgebracht? Und gab es nicht danach noch einmal einen Überfall? Denken Sie, das alles ist Zufall, Ed?«

Nein, das glaubte er schon lange nicht mehr. Allerdings glaubte er auch nicht daran, dass Samantha Mitchell vom Tod umgeben war, wie Reverend Jones es ausdrückte. Viel eher war sie wohl von einem Geheimnis umgeben. Eines, das er noch immer entschlossen war zu lüften.

Während sie sich unterhielten, kroch draußen die Dämmerung heran. Eds Gegenüber war immer schwerer zu erkennen, schien bald nur noch aus detaillosen Konturen zu bestehen, und auch der Raum um ihn herum versank mehr und mehr in Schatten. Reverend Jones knipste die kleine Lampe auf dem Beistelltisch und eine Stehlampe in der Ecke des Raumes an. Behagliches Licht breitete sich im Wohnzimmer aus und entriss die verloren geglaubten Details der Dunkelheit. Einmal glaubte Ed, eine Bewegung aus dem Augenwinkel zu bemerken. Als er den Kopf wandte, war da jedoch nichts weiter als der Vorhang, der sich im Luftzug bauschte.

Mit der heraufziehenden Nacht wurde es noch kälter im Zimmer und schon bald schenkte sich Reverend Jones ein weiteres Glas Whiskey ein. Ed ertappte sich bei dem Gedanken, seine Vorsätze über Bord zu werfen und doch um ein Glas zu bitten. Etwas, das das Frösteln vertrieb, das sich mehr und mehr in ihm breitmachte. Er war niemand, der sich von Geistergeschichten beeindrucken ließ. Verdammt, er glaubte nicht einmal an Geister! Dass der Reverend es zu tun schien, gepaart mit der eigenartigen Kälte im Raum und dem stärker werdenden Gefühl, nicht allein zu sein, hätte ihn um ein Haar dazu gebracht, seine Meinung noch einmal zu überdenken.

17

Sobald die Nacht heranzog, unterbrach ich meine Lektüre und schloss die Vorhänge, um die Dunkelheit auszusperren, die von draußen gegen die Scheiben drückte. Als ich mich umdrehte, um zur Couch zurückzukehren, stand Nicholas in der Mitte des Wohnzimmers. Er musterte mich von oben bis unten, den Körper nach vorn geneigt, als wolle er auf mich zugehen, die Arme jedoch eng an die Seiten gepresst. Was mich darauf aufmerksam machte, dass seine eigenen Hände sichtlich nicht durch seinen Körper hindurchgleiten konnten.

Es sei denn, er war nicht länger körperlos.

Aber das hatte ich doch bereits abgehakt, oder?

Ganz zu schweigen davon, dass er auf dem Friedhof in unsichtbarer Geisterform bei mir gewesen war, war ich mir doch noch vor ein paar Stunden sicher gewesen, dass er es nicht getan haben konnte!

»Bist du in Ordnung, Sam?«

Mal überlegen: Binnen der letzten vierundzwanzig Stunden war ich in meinem eigenen Haus überfallen und niedergeschlagen worden, musste feststellen, dass meine beste Freundin mir kein Wort glaubte, hatte eine Leiche gesehen und last, but ganz sicher not least hatte der Geist, den ich liebte, versucht mich auszusaugen. Ich schätze, dass die Antwort in diesem Fall wohl eher »Nein« lauten musste.

Statt jedoch etwas zu sagen, nahm ich ein Kissen aus dem Sessel neben mir und schleuderte es ihm mit aller Kraft entgegen.

Nicholas hob zwar die Arme – angeborene Reflexe ließen sich sichtlich auch in fünfzig Jahren Totsein nicht abtrainieren –, doch das Kissen schoss geradewegs durch ihn hindurch, prallte an die Wand dahinter und fiel mit einem dumpfen Plumps zu Boden.

Er wirkte irritiert. »Was soll das?«

Ich hätte beinahe an dir gezweifelt. Schon wieder. Ich behielt meine Gedanken jedoch für mich. Es war schon schlimm genug, zu sehen, wie sehr er an sich zweifelte. Das Letzte, was er jetzt brauchen konnte, war jemand, der ihn in dieser Narretei auch noch unterstützte.

»Entschuldige«, sagte ich und zwang mich zu einem schiefen Lächeln. »Ich habe letzte Nacht einen Schlag auf den Kopf bekommen und leide noch an den Nachwirkungen.«

»Und Dinge werfen ist eine davon?«

»Gepaart mit einem unheimlichen Appetit auf Aspirin.«

»Sam?«

O mein Gott, er klang wie ein Lehrer, der versuchte, seinen Schüler lediglich durch die Nennung seines Namens zu einem Geständnis zu bewegen. Aber an mir würde er sich die Zähne ausbeißen!

»Ich musste nur etwas herausfinden«, wich ich aus.

»Wolltest du wissen, ob ich unter einer Kontaktallergie auf Kissenbezüge leide?«

Wonach ich gesucht hatte, war wohl eher eine Allergie gegen feste Gegenstände. Aber der Patient war ohne Befund. Und das erleichterte mich so sehr, dass ich ernsthafte Schwierigkeiten hatte, ein Grinsen zu unterdrücken.

Nun kam er doch auf mich zu. Eine Armlänge entfernt blieb er stehen, hob die Hand und strich mit seinen kühlen Geisterfingern über die Schwellung an meiner Schläfe. Die sanfte Berührung fühlte sich um so vieles besser an, als jeder Eisbeutel es vermocht hätte.

»Hast du Schmerzen?«

»Nichts, womit ein paar Aspirin nicht fertigwerden würden.«

»Es tut mir leid«, sagte er, die Stimme dunkel vor Bedauern. »Ich hätte bei dir sein müssen.«

Wenn er bei mir gewesen wäre, hätte er dann meinen Atem angenommen, um die Kerle aus dem Haus zu vertreiben? Hätte er seine Angst überwunden, der Gier zu erliegen, um mich zu beschützen?

»Sam, was hat das zu bedeuten?«

»Ich weiß es nicht.« Um ehrlich zu sein, war mir im Laufe des Tages nicht viel Zeit geblieben, mir über die Eindringlinge Gedanken zu machen. »Was auch immer sie gesucht haben, sie scheinen es nicht gefunden zu haben.« Zumindest hatte ich nicht bemerkt, dass etwas fehlte. »Alle Wertsachen sind noch da.«

Er schüttelte den Kopf. »Ich meine nicht diese Kerle. Ich spreche von deinem Verhalten. Du hast gerade überprüft, ob ich stofflich bin. Warum?«

O verflucht! Konnte er sich das nicht denken? Immerhin war er mit mir auf dem Friedhof gewesen. Er hatte Mr Hendersons Leichnam gesehen!

»Ich musste sichergehen. Es tut mir leid, dass ich an dir gezweifelt habe, aber du bist gestern einfach davongestürmt und dann ... dann ...«

»Dann?« Er trat einen Schritt zurück und sah mir fest in die Augen.

»... wurde Mr Henderson auf dem Friedhof gefunden.«

»Hat er sich verletzt?«

Ich riss die Augen auf. »Das ist nicht lustig, Nicholas. Er ist tot!«

»Was?«

»Das weißt du doch! Du warst doch vorhin dabei!«

Er schüttelte den Kopf. »Nachdem du mir deutlich gemacht hast, wie wütend du bist, bin ich im Haus geblieben.«

Aber ich hatte ihn gespürt! Er hatte neben mir gestanden. »Die Kälte ... Wenn du es nicht warst ...« Die Erkenntnis durchfuhr mich wie ein Blitz und die darauf folgende Schockwelle ließ mir den Atem stocken. »Es gibt noch einen Geist!«

Mein Gott, warum war ich nicht längst darauf gekommen? Ich hatte doch die Anzeichen gespürt! Die Kälte im Haus hatte nichts mit einer mäßig funktionierenden Heizung zu tun.

Es war dieselbe Kälte, die ich damals bei Nicholas verspürt hatte, nur stärker – was vermutlich daran lag, dass ich nun zwei Geister um mich hatte. Hatte dieser zweite Geist …? Ich ließ mich in den Sessel sinken, bevor meine Beine unter mir einknicken konnten.

»Könntest du einen anderen Geist sehen?«

»In all den Jahren habe ich weder etwas gesehen noch gespürt. Vielleicht könnte ich ihn nur sehen, wenn er zusammen mit mir beschworen wurde oder wenn er es zulässt, gesehen zu werden – vielleicht würde ich ihn aber auch sehen, und der einzige Grund, warum das bisher nicht passiert ist, ist, dass es keinen anderen Geist außer mir gibt. Ich weiß es nicht, Sam.« Er schüttelte müde den Kopf. »Ich weiß es einfach nicht.«

»Wenn dieser andere Geist existiert und er es war, der Jim Henderson ausgesaugt hat«, spann ich meine Gedanken laut weiter, »müsste er dann nicht lebendig sein? Sollte hier nicht jemand herumlaufen, der nicht hierhergehört, statt sich weiterhin unsichtbar – und neben mir! – auf dem Friedhof herumzudrücken?«

»Nicht unbedingt.«

Ich sah Nicholas erstaunt an.

»Henderson war schwer herzkrank«, fuhr er fort. »Ich glaube nicht, dass seine Lebenskraft noch ausgereicht hätte, jemanden zurückzubringen.«

Nicholas hatte mir einmal erzählt, dass er spüren konnte, wenn jemand krank war und nicht mehr lange zu leben hatte. Bei Tante Fiona hatte er selbst kurz vor ihrem Tod nichts gespürt – sie war auch nicht krank gewesen, sondern ermordet worden: von Adrian.

»Bist du wirklich sicher, dass es ein Geist war, der neben dir stand?« Nicholas war vor dem Sessel stehen geblieben, die Arme vor der Brust verschränkt, und sah mich nachdenklich an. »Könnte das nicht einfach alles ein bisschen zu viel gewesen sein? Der Überfall, der Anblick eines Toten – immerhin eines Menschen, den du gekannt hast –, das ist schon viel, wenn nicht alles am selben Tag passiert. Vielleicht war es nur ein Windstoß.«

Womöglich hatte er recht und ich steigerte mich da in etwas hinein. Es war Ende Oktober und der Tag heute war alles andere als lau und windstill gewesen. Ich würde einen Weg finden, mir Gewissheit zu verschaffen, auch wenn ich noch nicht wusste wie. »Warum bist du gestern Abend nicht zurückgekommen?«

»Weil ich mir selbst nicht getraut habe.«

»Hast du Mr Henderson gesehen?«

»Verdächtigst du mich etwa immer noch?«

»Nein«, sagte ich ehrlich. »Ich möchte nur wissen, ob dir da draußen etwas aufgefallen ist.« Mr Henderson musste gestern Abend noch am Grab seiner Frau gewesen sein, als es ihn ... erwischt hatte.

»Ich war nicht draußen«, erklärte er, »sondern bei Reverend Jones. Der Reverend hat sich volllaufen lassen und ist ins Bett gegangen, ohne den Fernseher abzustellen. Ich habe mir die ganze Nacht Horrorfilme angesehen.«

Es war nicht das erste Mal, dass Nicholas dort Filme angeschaut hatte. Sein gesamtes Wissen über Horrorfilme hatte er von Reverend Jones. Dieser Mann schien eine ähnliche Vorliebe für das Grauen zu haben wie ich.

Ich streckte die Hand nach ihm aus, doch er wich zurück. »Soll das jetzt immer so weitergehen?«

»Ich weiß nicht, wie es weitergehen soll.« Seine Miene veränderte sich, wurde hart. »Ich weiß nur, dass ich Adrian für das verfluche, was er mir angetan hat.«

Lange Zeit hatte er nicht wahrhaben wollen, dass sein Bruder ihn kaltblütig umgebracht hatte. Er hatte seinen Tod unglücklichen Umständen und Adrians Verblendung zugeschrieben, und selbst als er die Wahrheit erkannte, war er nur wegen der Dinge, die Adrian mir angetan hatte, wütend gewesen. Zum ersten Mal galt der Zorn, der jetzt in seinen Augen flackerte, auch seinem eigenen Schicksal. Ihn so zu sehen, voller Wut und viel zu lange unterdrücktem Hass, raubte mir nicht nur den Atem, sondern auch die Worte.

»Wir wären nicht in dieser Lage, wenn er mich nicht umgebracht hätte!«

Ich schluckte. Hätte Adrian ihn nicht getötet und wäre Nicholas dadurch nicht zum Geist geworden, wäre ich ihm nie begegnet. Mir war klar, wie egoistisch dieser Gedanke war und dass er natürlich recht hatte – er hatte diesen gewaltsamen Tod nicht verdient –, trotzdem taten seine Worte weh. Bedeuteten sie doch nichts anderes, als dass er lieber sein Leben bis ins hohe Alter zu Ende gelebt hätte. Ohne dass wir uns je begegnet wären. Konnte ich ihn für diesen Wunsch verurteilen?

Nicholas war zweimal gestorben – einmal durch die Hand seines Bruders und einmal, um mein Leben zu retten. Auch wenn er mir immer wieder versichert hatte, dass er es nicht bereute, hatte ich noch immer ein schlechtes Gewissen. Zu Recht, wie sich nun herausstellte. Ich hatte ihm genommen, wonach er sich am meisten sehnte.

»Es tut mir so leid«, flüsterte ich. »Ich kann verstehen, wenn du mich verabscheust.«

»Warum sollte ich das tun?« Der Hass in seinen Augen wich Verwirrung. Er runzelte die Stirn, dann begriff er. »O nein, Sam! Nicht dich und nicht deswegen. Der Einzige, den ich hasse, ist *er*.« Das letzte Wort spie er aus wie Gift.

»Ohne ihn wären wir uns nie begegnet«, versuchte ich das Positive zu sehen. »Wir hätten uns nie verliebt.«

»Etwas, was man nie gekannt hat, schmerzt nicht so sehr

wie der Verlust von etwas, was man erlebt hat, das aber nicht länger sein kann.«

»O Nicholas.« Als ich dieses Mal die Hand hob, wich er nicht zurück. Ich strich an seinem Arm entlang, ließ meine Finger in die Kälte eintauchen, die er ausstrahlte, und war erstaunt, dass ich mich kein bisschen vor ihm fürchtete. Nachdem er mir vergangene Nacht wirklich Angst eingejagt hatte, hätte ich zumindest Zweifel spüren sollen. Doch da war nichts außer meiner Liebe zu diesem Mann und der Entschlossenheit, einen Weg aus diesem ganzen Schlamassel zu finden. Ich stand auf, atmete aus und küsste ihn, bis er sich zu verstofflichen begann. Die Muskeln an Nicholas' Armen spannten sich unter meiner Hand an. »Wir schaffen das«, flüsterte ich.

Er beendete den Kuss und nahm meine Hände. »Ich könnte mir nie verzeihen, wenn dir etwas zustieße.«

»Mir wird nichts passieren.«

»Woher nimmst du dieses Vertrauen?«

Das war nun wirklich nicht schwer zu beantworten. Gegen seinen anfänglichen Widerstand schmiegte ich mich an ihn und musste lächeln, als er seine Arme um mich schloss. »Du hast meinetwegen auf dein Leben verzichtet. Wenn es dir nur darum ginge, zurückzukehren, hättest du das längst tun können.« Himmel, er hätte den Reverend oder jeden beliebigen Friedhofsbesucher aussaugen können. Der Punkt war: Er hatte es nicht getan! Ohne mich aus seinen Armen zu lösen, hob ich den Kopf und sah ihm in die Augen. »Ich weiß, dass wir ein Problem haben und vermutlich kein kleines. Das ist mir spätestens gestern klar geworden. Ebenso weiß ich, dass wir uns ohne Adrians schreckliche Tat nie begegnet wären. Aber ich weiß auch, dass ich nicht bereit bin, dich so einfach wieder aufzugeben.«

Er zog mich enger an sich und seufzte: »Manchmal frage

ich mich wirklich, wie ich die letzten fünfzig Jahre ohne dich überstehen konnte.«

Ich machte eine wegwerfende Handbewegung. »Du kanntest mich nicht, deshalb wusstest du nicht, was dir fehlt. Aber dir muss sehr langweilig gewesen sein.«

Nicholas' Mundwinkel zuckten, dann begann er zu lachen. Ein Anblick, der so ansteckend war, dass ich nicht anders konnte, als einzustimmen. Für die Dauer unseres Gelächters waren alle Probleme vergessen. Solange ich lachte, fühlte ich mich unbeschwert und voller Zuversicht. Eine Zuversicht, an die ich mich klammerte und die ich mir auch über unser gemeinsames Lachen hinaus erhalten wollte. Ganz gleich, wie schwierig die nächste Zeit für uns werden würde.

Tatsächlich fühlte ich mich, auch nachdem wir uns wieder beruhigt hatten, leichter. Als hätte das Lachen eine Last von meinen Schultern genommen. Oder mir zumindest gezeigt, dass nicht alles nur finster war und es durchaus Momente des Glücks geben konnte.

Auch wenn es mir schwerfiel, löste ich mich aus seiner Umarmung. Ich ließ meine Finger an seinen Armen hinabgleiten, griff nach seinen Händen und drückte sie. »Lass uns ein paar Regeln aufstellen.«

Nicholas erwiderte den Druck meiner Finger. In seinem Gesicht glaubte ich Widerspruch zu erkennen. Doch er sagte nichts, nickte nur stumm. Ich gab seine Hände frei und ließ mich wieder im Sessel nieder. Nicholas ging zur Couch und setzte sich. Da er vom Rest meines Atems noch immer materiell war, saß er dieses Mal wirklich, während er in seiner Geisterform nur vorgab zu sitzen. Das war auch so eine Sache, über die ich mir im Krankenhaus Gedanken gemacht hatte. Ich wusste, wie anstrengend es war, so zu tun, als säße man auf einem unsichtbaren Stuhl. Schon nach wenigen Sekunden meldeten sich die ersten Muskeln zu Wort und beschwerten sich über die Belastung, ganz zu schweigen von der Herausforderung für das eigene Gleichgewicht. Dass Nicholas dennoch so tun konnte, als säße er, und dabei auch noch entspannt wirkte, lag vermutlich daran, dass er als Geist keine Muskeln und Sehnen hatte. Nichts, was ihm Schmerzen bereiten oder ihn verletzen konnte. Irritierend war es trotzdem.

»Regel Nummer eins«, sagte ich und vertrieb meine Gedanken über Geisteranatomie. »Offenheit. Du hast mir gesagt, dass du befürchtest, die Kontrolle zu verlieren. Aber wenn ich versuche mit dir darüber zu sprechen, weichst du aus oder machst dich aus dem Staub.«

»Ich habe mich *aus dem Staub* gemacht, weil ich Angst hatte, dich umzubringen, Sam. Nicht, um dir auszuweichen.«

»Für mich fühlt es sich aber so an«, bekannte ich. »Wir müssen über diese Dinge reden, auch wenn es dir schwerfällt. Das sind nicht die Fünfzigerjahre, in denen du gelebt hast und in denen ein Mann alles mit sich allein ausmachen und sein Frauchen aus allem, was unangenehm sein könnte, heraushalten musste. Ich will mich nicht länger alleingelassen fühlen.«

Die letzten Worte hatte ich gar nicht sagen wollen, sie waren mir einfach herausgerutscht. Letztlich war es jedoch nur fair. Ich konnte wohl kaum verlangen, dass er offen zu mir war, während ich selbst meine Gedanken für mich behielt.

»Fühlst du dich so?«, fragte er. »Alleingelassen?«

»In letzter Zeit schon.«

»Dann ist es wohl höchste Zeit für diese Regeln.«

Am liebsten hätte ich ihn umarmt. Da ich jedoch wusste, dass die nächste Regel die schwerste werden würde, blieb ich, wo ich war. »Keine Küsse, Atem nur noch, wenn es unbedingt nötig ist.« Dabei dachte ich an Notsituationen wie damals, als mich der Landstreicher überfallen und Nicholas mich gerettet hatte. Danach hatten wir uns das erste Mal geküsst. Ich wusste jedoch, wie groß mein Drang war, ihn zu berühren. Gerade deshalb war diese Regel so wichtig. Es war egoistisch von mir, ihm meinen Atem zu geben, um meine eigenen Bedürfnisse zu stillen und ihn dabei der Gier auszusetzen. Ich würde meinen Wunsch nach Nähe ebenso unter Kontrolle halten müssen wie er seinen Wunsch nach Atem. Und auch wenn es mir schwerfallen würde, war mir bewusst, dass es eine Kleinigkeit war verglichen mit dem, wogegen Nicholas anzukämpfen hatte.

Nicholas schien diese Regel zu erleichtern. Zumindest nickte er zustimmend. »Was noch?«

»Ich schätze, das genügt erst einmal.« Ich deutete auf die Stapel, die neben ihm auf der Couch und auf dem Tisch davor lagen. »Ich habe angefangen, mir Tess' Aufzeichnungen durchzusehen. Es wird wohl eine Weile dauern, bis ich damit durch bin.« Davon, dass ich bisher nichts gefunden hatte, sagte ich nichts. Ich weigerte mich, den Gedanken an ein Scheitern auch nur zuzulassen. Stattdessen kam ich auf eine andere Frage zurück, die mich beschäftigte, seit ich angefangen hatte, mich mit Tess' Notizen auseinanderzusetzen: »Neue Geister scheinen ziemlich ahnungslos und deshalb auch harmlos zu sein. Ich habe gelesen, sie begreifen erst, dass es für sie einen Weg zurück ins Leben gibt, wenn sie den Atem eines Menschen spüren. Wie war das bei dir? Wie hast du es herausgefunden?«

»Ziemlich genau so, wie du es gerade geschildert hast.« Er veränderte seine Position, was daher rührte, dass die Wirkung meines Atems verflogen und er nicht länger stofflich war. »Ich irrte über den Friedhof und versuchte die Menschen dort auf mich aufmerksam zu machen, ohne mehr zu erreichen, als hin und wieder ein Frösteln bei den Leuten auszulösen. Dann kam die Nacht, in der Adrian die Gruft aufsuchte und das Hexenbuch verbrannte.«

Das Buch, das der Grund für Nicholas' Tod gewesen war. Nicholas hatte versucht, es Adrian abzunehmen, um seinen Bruder an weiteren Experimenten mit Hexenwerk zu hindern. Adrian hatte Nicholas aus dem Fenster gestoßen, um das Buch behalten zu können. Als er in jener Nacht auf den Friedhof gekommen war, um das Buch zu verbrennen, hatte Nicholas geglaubt, Adrian habe seinen Fehler eingesehen. Stattdessen machte er sich selbst im Tod noch über seinen Bruder lustig. Er verbrannte das Buch, weil sich längst ein anderes, umfangreicheres Werk in seinem Besitz befand.

»Als Adrian vor der Blumenschale stand, in der das Buch langsam zu Asche verbrannte, trat ich zu ihm. Ich wollte ihm zeigen, wie viel es mir bedeutete, dass er der Hexerei abschwor, und dass ich ihm verzieh.« Nicholas' Blick war irgendwo ins Nichts gerichtet, in die Ferne oder in eine Nacht vor fünfzig Jahren. »Adrian zuckte zusammen, als könne er meine Anwesenheit spüren, und als ich ihn erstaunt ansah, fühlte ich seinen Atem auf meinem Gesicht.«

»In diesem Moment hast du begriffen, dass du wieder lebendig werden kannst?«

Er schüttelte den Kopf, den Blick noch immer in die Vergangenheit gerichtet. »Ich begann zu ahnen, dass es eine Möglichkeit sein könnte, mit jemandem in Kontakt zu treten. Der Rest kam erst später.«

»Also hast du Adrians Atem genommen, um mit ihm zu sprechen?«

»Dazu kam es nicht. Die plötzliche Kälte, die meine Nähe mit sich brachte, muss ihn erschreckt haben. Vielleicht hatte er auch eine Vorahnung, wer weiß?« Er lächelte freudlos. »Was auch immer es gewesen sein mag, es hat ihn vertrieben. Er wandte sich ruckartig ab, lief davon und kehrte nie wieder auf den Friedhof zurück.«

Zumindest nicht lebend.

»Ich war immer noch auf der Suche nach Kontakt«, fuhr er fort. »Nach irgendwem, den ich auf mich aufmerksam machen konnte. Der Friedhof war damals nur wenig besucht und die meisten Menschen spürten meine Anwesenheit nicht. Ich ging nicht davon aus, dass ich mit jemandem in Kontakt treten könnte, der meine Nähe nicht wahrnahm. Deshalb versuchte ich es gar nicht. Vermutlich war das auch gut so. Andernfalls hätten sich die Dinge womöglich vollkommen anders entwickelt.«

Er musste seine Gedanken nicht aussprechen, ich ahnte sie auch so. Hätte er jedem den Atem genommen in der Hoffnung, mit ihm Kontakt aufnehmen zu können, wäre die Gier wohl schon viel früher über ihn gekommen. Und womöglich hätte er ihr bei einem Menschen, den er nicht liebte, auch nicht widerstehen können.

»Damals war das Pfarrhaus das einzige Gebäude am Friedhof. Der einzige Ort, an dem ich mit anderen Menschen als den Friedhofsbesuchern in Verbindung treten konnte. Ich merkte schnell, dass die kleine Tochter des damaligen Reverends meine Gegenwart spürte. Entweder das oder sie war schrecklich verfroren. Bei den anderen auf dem Friedhof hatte ich nur versucht, sie durch meine Nähe auf mich aufmerksam zu machen, ohne dass ich je ihren Atem gespürt hätte. Bei diesem Mädchen war es anders. Sie war vielleicht acht oder neun Jahre alt und sie schien mich zu bemerken. Zumindest fror sie ständig – und ich vermute, dass sie das nur tat, solange ich in der Nähe war. Ich versuchte mich bemerkbar zu machen. Dabei kam ich ihr sehr nahe und plötzlich war da ihr Atem auf meiner Haut. Es prickelte und fühlte sich wie ein Stück Leben an. Ab diesem Augenblick wusste ich es. Niemand hatte es mir je erklärt, ich hatte es weder irgendwo gelesen noch gehört. Ich *wusste* es einfach.« Sein Blick kehrte aus der Vergangenheit zurück und richtete sich wieder auf mich. »Es war wie ein Urinstinkt.«

»Und du hast all die Jahre nichts mit diesem Wissen angefangen?« Ich versuchte mir vorzustellen, wie es wäre, irgendwo gefangen zu sein und nach langer Einsamkeit und Ausweglosigkeit einen Weg zu finden, jemanden auf meine Lage aufmerksam zu machen – und es dann nicht zu tun.

»Ich habe es versucht«, sagte er. »Als das Mädchen einmal allein in seinem Zimmer war, nahm ich seinen Atem und wurde materiell. Die Kleine schrie wie am Spieß, die Mutter kam dazu und riss sie in ihre Arme. Mich konnte sie nicht sehen, denn ich hatte zu wenig Atem genommen, um länger als für ein paar Sekunden sichtbar zu sein. Doch selbst diese kurzen Momente waren bereits verlockend. Als ich jedoch sah, wie verängstigt die Kleine war und wie erschrocken die Mutter angesichts des schreienden Kindes reagierte, wusste ich, dass ich ihnen das Gefühl des Verlustes nicht auferlegen konnte, das der Tod des Mädchens über die Familie bringen würde. Das kann ich niemandem antun.«

Doch das alles hatte sich geändert, nachdem er durch den Atem seines Bruders für kurze Zeit lebendig gewesen war. Für ihn musste das so sein wie für einen Drogensüchtigen die Suche nach dem nächsten Kick. Nur dass Nicholas nach Leben suchte. Es drängte ihn danach, und auch wenn er niemandem schaden wollte, würde er seine Instinkte womöglich nicht mehr lange unterdrücken können. Instinkte. Dieses eine Wort war es, das mir die Augen öffnete. Ich vertraute Nicholas und hatte stets darauf gebaut, dass er mir nichts tun würde. Sein Herz und sein Verstand sagten dasselbe; in den Situationen jedoch, in denen er meinen Atem spürte, übernahm sein Instinkt die Kontrolle und verdrängte jegliche Vernunft, jedes Gefühl und jedes bisschen Verstand. Dann war Nicholas gefährlich. Auch für mich.

»Dann bist du seitdem den Menschen aus dem Weg gegangen?« Das passte nicht ganz mit dem zusammen, was er mir nach unserem Kennenlernen erzählt hatte.

Tatsächlich schüttelte er den Kopf. »Nur für ein paar Jahre. So lange, bis ich mich nicht mehr an das Gefühl erinnern konnte, den Atem zu spüren und mich stofflich zu fühlen«, sagte er. »Danach suchte ich wieder menschliche Nähe, ohne mich jedoch zu nah heranzuwagen. Ich sah die Menschen kommen und gehen, versunken in ihre Trauer und unempfänglich für die Dinge, die um sie herum geschahen. Als deine Tante hierherzog, schöpfte ich neue Hoffnung, doch auch sie bemerkte mich nicht. Seit jenem kleinen Mädchen warst du die Erste, die meine Gegenwart spüren konnte.«

Ich hätte ihn von seinem Geisterdasein erlösen sollen, doch ganz abgesehen davon, dass es nicht funktioniert hatte, waren uns unsere Gefühle in die Quere gekommen. Die Vorstellung, ihn ins Jenseits zu schicken, war für mich mittlerweile ebenso unerträglich wie der Gedanke, mich womöglich eines Tages nicht länger in seine Nähe wagen zu können.

»Glaubst du wirklich, dass wir eine Lösung für diesen ganzen Schlamassel finden?«, fragte er plötzlich.

»Ich weigere mich jedenfalls, zu glauben, dass es uns *nicht* gelingt.«

»Ich wünschte, ich könnte mehr tun. Aktiver werden, die Dinge in die Hand nehmen.« Frustriert ließ er seine Finger durch die Unterlagenstapel sausen. »Aber ich kann nicht mal *irgendetwas* in die Hand nehmen.«

»Wir schaffen das.« Ich wusste nicht wie, trotzdem wollte ich der Hoffnungslosigkeit keinen Raum geben. Himmel! Ich hatte gerade erst angefangen, mir Tess' Aufzeichnungen anzusehen. Vielleicht fand ich dort etwas, vielleicht auch nicht. Wahrscheinlicher war es, dass noch ein langer Weg vor uns lag, trotzdem war ich bereit, ihn zu gehen – bis zum Ende.

Mein Blick fiel auf den Umschlag auf dem Couchtisch. Dankbar für die Ablenkung sagte ich: »Ich habe vorhin die Fotos abgeholt. Lass uns sehen, wie fotogen du bist.« Ich stand auf, schnappte mir den Umschlag vom Tisch und ließ mich damit neben Nicholas auf der Couch nieder. Es raschelte, als ich den Umschlag öffnete und den Stapel Bilder in meine Hand gleiten ließ. Die ersten Aufnahmen waren die, die ich im Arbeitszimmer geschossen hatte, als Nicholas nicht sichtbar gewesen war. Langsam blätterte ich Bild für Bild durch, darauf bedacht, sie so zu halten, dass Nicholas sie auch sehen konnte. Alles, was auf den ersten Fotos zu erkennen war, war ... nun ja, das Arbeitszimmer. Und auf einem Bild ein roter Fleck am Rand.

»Denkst du, das bist du?«, fragte ich Nicholas und deutete darauf.

»Sieht mir nicht sonderlich ähnlich.« Dann kniff er die Augen zusammen und betrachtete den winzigen roten Fleck genauer. »Falls ich es bin, sollte ich dringend an meiner Selbstwahrnehmung arbeiten. Ich dachte immer, ich sei größer.«

Lachend stieß ich ihn in die Seite, ohne mehr als kühle Luft zu treffen. Neugierig geworden zog ich die anderen Bilder von hinten vor, auf denen ich den sichtbaren Nicholas fotografiert hatte. Hier waren überall zwei rote Punkte zu erkennen.

»Mit ein bisschen Fantasie«, überlegte Nicholas, »und wenn man die Höhe der Punkte in Betracht zieht, könnte man meinen, es seien meine Augen.«

»Gut möglich.« Ich kniff die Augen zusammen in der Hoffnung, mehr in diesen roten Flecken erkennen zu können. Ein schwieriges Unterfangen, da sie genau vor dem Hintergrund der unruhig gemusterten Tapete lagen. Die Lichtverhältnisse waren auch nicht die besten gewesen – und die Fotografin schon gar nicht. Neugierig blätterte ich den Rest der Bilder durch, doch bald endeten die Aufnahmen von Nicholas, und das erste Foto seiner Familiengruft erschien vor uns auf dem Stapel. Zuerst kamen die Außenaufnahmen, vollkommen unspektakulär und gnadenlos verwackelt. Die Innenaufnahmen würden hoffentlich besser sein, immerhin hatte ich dafür die Kamera an der Wand abgestützt.

Als die erste Innenaufnahme kam, hatte ich zunächst Mühe, mich zu orientieren. Der Blitz hatte die Gruft nur auf den vorderen zwei Metern ausgeleuchtet, der hintere Bereich blieb in den Schatten verborgen. Ich hatte die Kamera ein wenig schief angesetzt, sodass die Perspektive erst klar wurde, nachdem ich den Kopf ein Stück zur Seite geneigt hatte. Am hintersten Rand, den ich gerade noch im Schein des Blitzes ausmachen konnte, sah ich etwas, was wie ein gewaltiger Steinsarkophag aussah, dessen Oberfläche über und über von eingemeißelten Verzierungen überzogen war. Ansonsten war die Gruft verlassen. Bis auf ... Meine Finger klammerten sich so fest um das Bild, dass es in meiner Hand zu zittern begann. Unfähig, den Blick abzuwenden, starrte ich darauf.

»Sam? Stimmt etwas nicht?«

Erst jetzt wurde mir bewusst, dass ich das Bild so hielt, dass er es nicht sehen konnte. Ich wollte es ihm zeigen, wollte etwas dazu sagen, doch ich konnte immer noch nichts anderes tun, als zu starren.

Dafür gibt es eine Erklärung, sagte ich mir. Es musste sie geben. Und natürlich gab es sie! Nicholas war mit mir dort gewesen, als ich die Bilder gemacht hatte. Doch so schnell meine Erleichterung gekommen war, so schnell war sie wieder verflogen. Er hatte die ganze Zeit über neben mir gestanden. Neben mir. Ich hatte ihn gespürt. Er war nicht in der Gruft gewesen!

»Es gibt tatsächlich noch einen Geist«, presste ich hervor und zeigte ihm das Foto, auf dem nicht nur die Umrisse des

Sarkophags zu erkennen waren, sondern auch ein Paar rot glühender Augen, das dahinter in der Dunkelheit glomm.

Nicholas betrachtete das Foto in meiner zitternden Hand eingehend. »Vielleicht ist es nur eine optische Täuschung. Ein Lichtstrahl, der durch den Spalt hineinfällt und sich an irgendetwas bricht.«

»Derselbe Lichtstrahl, der auch auf den Fotos zu sehen ist, die ich von dir gemacht habe?« Ich legte das Gruftfoto auf den Couchtisch, zog eines der Wohnzimmerbilder aus dem Stapel und legte es daneben. Rote Augen, das war es, was darauf zu sehen war. Aber vielleicht hatte ich etwas falsch in Erinnerung. »Sag mir bitte, dass du in der Gruft gewesen bist, als ich fotografiert habe.«

Sein Schweigen war Antwort genug.

Schlagartig erinnerte ich mich an etwas, was ich gesehen und für einen Traum gehalten hatte. »Adrian«, flüsterte ich.

Nicholas schüttelte den Kopf. »Er ist tot.«

»Er war letzte Nacht im Haus.« Er hatte über mir gestanden, als ich halb besinnungslos auf dem Boden gelegen hatte. Keine Einbildung, sondern ein sehr wirklicher Albtraum! Und wahrscheinlich war er auch jedes Mal hier gewesen, wenn ich die Kälte gespürt hatte!

»Sam, das ist unmöglich«, versuchte Nicholas mich zu beruhigen. »Selbst wenn er als Geist existieren würde, hättest du ihn unmöglich sehen können.« Ich hob eine Augenbraue und Nicholas fügte hinzu: »Es sei denn, er hätte jemandes Atem genommen.«

»Jim Henderson.« Es war kein Traum gewesen, dessen war ich mir jetzt sicher. Adrian war da gewesen. Er war nicht lebendig geworden, dazu hatte Hendersons Lebenskraft sichtlich nicht gereicht, doch sein Geist war hier gewesen. Er war in meinem Haus gewesen! Eine Eiseskälte, die nichts mit Nicholas' Nähe zu tun hatte, ergriff von mir Besitz.

»Er war hier«, beharrte ich.

In knappen Worten erzählte ich Nicholas, was ich gesehen und für einen wirren Traum gehalten hatte. Im Gegensatz zu anderen Menschen hatte Adrian bereits zu Lebzeiten gewusst, welche Wirkung Atem auf Geister hatte. Warum sollte er dieses Wissen als Geist nicht mehr haben?

»Mein Gott, er hätte mich umbringen können und ich hätte noch immer gedacht, es wäre nichts weiter als ein schlechter Traum!«

»Er wird deinen Atem nicht nehmen«, sagte Nicholas entschieden.

»Und wieso glaubst du das?«

»Adrian braucht dich«, erklärte er. »Wenn er deinen Atem nimmt, würde ihn das zwar wieder lebendig machen, doch er käme in diese Welt als alter Mann zurück, dessen Leben sich ohnehin mit großen Schritten dem Ende nähert. Mit deinem Atem hätte er so gut wie nichts gewonnen.«

»Aber er hat sein Elixier«, widersprach ich. »Er kann wieder jung werden.« Dann fiel es mir wie Schuppen von den Augen. Die Wirkung seines Trankes hatte über die letzten Jahre immer schneller nachgelassen und würde ihm nicht mehr lange helfen, wenn es ihm nicht gelang, sie dauerhaft zu machen. Dafür jedoch brauchte er das Blut der Hexen, von denen dieser Zauber stammte. Da diese Hexen längst nicht mehr am Leben waren, ihr Blut aber in ihren Nachfahren weiterexistierte, war er auf mich angewiesen. Ich trug das Blut jener Hexen in mir, die damals in Cedars Creek in ihrem Haus verbrannt worden waren. Ich mochte nur weitläufig mit ihnen verwandt sein, nämlich über eine dritte Schwester, die mit ihren beiden Schwestern nichts zu tun haben wollte, doch für Adrians Zwecke schien das auszureichen. Ich wusste nicht, ob mich die Erkenntnis beruhigen oder in Panik versetzen sollte. Er würde mich nicht aussaugen, um wieder lebendig zu werden. Dafür musste er ein anderes Opfer finden. Erst dann würde er mich holen, um mich ausbluten zu lassen. Unwillkürlich fasste ich mir an die Narbe, die unter meinem Pullover quer über meinen Bauch verlief.

»Ist er an den Friedhof gebunden?«

Nicholas nickte.

Tausend Gedanken und Fragen rauschten durch die Synapsen meines Gehirns und überließen es mir, Ordnung in das Durcheinander zu bringen. Eine Tasse Tee würde mir helfen wieder runterzukommen. Ich ging in die Küche, nahm den Wasserkocher und hielt ihn unter den Wasserhahn. Mir war eiskalt. Kein Wunder nach allem, was wir gerade herausgefunden hatten. Nicholas schien noch immer daran zu zweifeln, dass Adrian zurück war – ich hingegen war mir mittlerweile mehr als sicher. Ich hatte nicht einfach nur von ihm geträumt. Er war hier gewesen, in meinem Haus, und hatte mich beobachtet, während ich wehrlos auf dem Boden gelegen hatte. Die bloße Erinnerung und der Gedanke daran, was hätte passieren können, ließen meine Hand zittern. Ich nahm die andere zu Hilfe, um den Wasserkocher unter dem laufenden Wasserhahn ruhig zu halten.

Ich stellte den vollen Wasserkocher auf die Arbeitsplatte, schaltete ihn ein und drehte mich herum, um mir eine Tasse von dem kleinen Regal über der Sitzecke zu holen, als sich die Kälte plötzlich über mich legte und mir den Atem raubte. So fühlte es sich an, wenn Nicholas mich küsste, aber hier fehlte jede Zärtlichkeit. Abgesehen davon stand Nicholas in der Tür und beobachtete mich. Als er mein Gesicht sah, richtete er sich alarmiert auf.

Es war ein Übergriff!

Ich wollte zurückweichen, doch die Küchenzeile hinter mir bremste meinen Rückzug. Mit einem Ruck riss ich den Kopf zurück. »Aufhören!«, rief ich und erkannte sofort, dass es ein Fehler war. Um das Wort auszusprechen, hatte ich den Mund öffnen und den Atem ausstoßen müssen. Augenblicklich fühlte es sich an, als sauge sich etwas an meinen Lippen fest. Einen Herzschlag später wurde eine Gestalt vor mir sichtbar, ein beinahe zwei Meter großer Hüne in der Jacke eines College-Football-Teams mit bleichen, groben Zügen. Ich wurde noch fester gegen die Küchenzeile gedrängt. Kräftige Finger gruben sich wie Schraubstöcke in meine Oberarme und zwangen mich zur Reglosigkeit. Kalte Gier schimmerte in seinem Blick, als er seine Lippen erneut in einem erzwungenen Kuss, der mich umbringen würde, auf meine presste.

Nicholas rief etwas und versuchte den Geist vor mir zu fassen zu bekommen, doch seine Hände glitten durch ihn hindurch. Ich versuchte mich auf seine Worte zu konzentrieren in der Hoffnung, ihnen etwas zu entnehmen, das mich aus dieser Lage befreien könnte, doch das Blut rauschte derart panisch in meinen Ohren, dass daneben alle anderen Geräusche untergingen.

Ich fühlte mich rasch schwächer. Meine Beine gaben unter mir nach und ich rutschte ein Stück nach unten. Für einen Moment lockerte sich der Griff um meine Arme. Ich warf mich nach vorn, ließ mich mit voller Wucht gegen den materiell gewordenen Geist fallen und brachte ihn damit ins Taumeln. Er fing sich sofort wieder, doch es genügte, um mich ihm zu entziehen.

»Raus hier!«, rief Nicholas mir zu.

Ich spurtete an ihm vorbei aus der Küche und sah, wie er sich dem anderen Geist in den Weg stellte – und dieser geradewegs durch ihn hindurchglitt, ohne ihn überhaupt zu bemerken. Da ich nicht wusste, wo ich hin sollte, rannte ich aus dem Haus, sprang die Verandastufen hinunter und sprintete über den Rasen des Vorgartens zur Straße. Mein Autoschlüssel lag im Wohnzimmer und ich wusste nicht, ob ich auf Dauer einem Geist davonlaufen konnte. Abgesehen davon, dass er zu Lebzeiten ein Sportler gewesen zu sein schien, hatte ein Toter, im Gegensatz zu mir, garantiert keine Konditionsprobleme.

Ich hatte die Straße erreicht und wollte weiter, in Richtung Stadt, als ich Nicholas neben mir bemerkte. »Du kannst stehen bleiben. Er kommt nicht bis hierher, das spüre ich.«

An den Friedhof gebunden.

Außer Atem und zitternd vor Schreck hielt ich inne und drehte mich zum Haus um. Hier draußen sah der Geist nicht mehr ganz so riesig aus wie in meiner kleinen Küche. Das nahm ihm jedoch nichts von seiner Bedrohlichkeit. Mit großen Schritten stürmte er über den Rasen auf mich zu. Wo war die Barriere, die ihn an den Umkreis des Friedhofs fesselte?! Warum konnte er sich noch immer vorwärtsbewegen?

Ich begann zurückzuweichen. Meine Beine zuckten und ich war im Begriff, kehrtzumachen und davonzulaufen, als die Luft vor dem Geist zu flirren begann.

Er wurde zurückgeworfen, probierte es aber sofort wieder. Ohne Erfolg. Er war auf die Barriere gestoßen, die seinen Handlungsradius begrenzte. Wie ein eingesperrtes Tier lief er daran entlang, suchte nach einer Schwachstelle, die ihn zu mir lassen würde, während das Leben, das er mir geraubt hatte, ihn mehr und mehr verließ, bis er vor meinen Augen verblasste.

Schwer atmend stand ich da und starrte auf die Stelle, an der ich ihn zuletzt gesehen hatte. Er mochte für meine Augen unsichtbar sein, trotzdem wusste ich, dass er noch immer da war und auf mich wartete.

»Was zur Hölle war das?«, keuchte ich. »Wo kam der her?«

Nicholas hatte dafür ebenso wenig eine Erklärung wie ich.

Seine Augen schimmerten dunkel und ich glaubte darin eine Mischung aus Wut und Hilflosigkeit zu erkennen.

»Ich sollte in der Lage sein, auf dich aufzupassen und dich zu beschützen«, sagte er in einem Tonfall, wie ich ihn noch nie von ihm gehört hatte. »Stattdessen stehe ich hilflos daneben und kann nichts tun. Nichts! Absolut GAR NICHTS!« Die letzten Worte schrie er.

Ich strich ihm über den Arm, ohne ihn zu berühren. »Es ist ja nichts passiert«, versuchte ich ihn zu beschwichtigen, doch statt sich zu beruhigen, verfinsterte sich seine Miene nur noch mehr. Halb, um ihn zu trösten, halb, weil ich selbst Halt brauchte, hauchte ich ihm einen Kuss auf die Lippen und flößte ihm meinen Atem ein. Dies gehörte eindeutig in die Kategorie Notfälle, die wir zuvor festgelegt hatten! Als er unter meinen Fingern materiell wurde, ließ ich von seinen Lippen ab und schmiegte mich an ihn. »Es ist okay«, sagte ich leise und seufzte auf, als ich spürte, wie er die Arme um mich schloss. Er zitterte vor Wut.

Sein Kinn ruhte auf meinem Scheitel. »Du weißt nicht, wie sich das anfühlt, zu sehen, wie du in Gefahr schwebst, und dazu verdammt zu sein, daneben zu stehen, ohne eingreifen zu können.«

Ich erwiderte nichts, doch ich hatte eine ziemlich genaue Vorstellung davon, wie es sich anfühlen musste. Es war dasselbe Gefühl, das ich hatte, wenn ich mich danach sehnte, abends in seinen Armen einzuschlafen, morgens neben ihm aufzuwachen und ihn berühren zu können, wann immer ich wollte.

Als die Wirkung meines Atems nachließ, löste ich mich widerwillig von ihm. »Wenn sich auch noch ein fremder Geist hier herumtreibt, ist das wohl Beweis genug, dass ich Adrian tatsächlich gesehen habe, oder?«

Nicholas nickte grimmig.

Mehrere Geister. Bei der bloßen Vorstellung wurde mir

übel. Schlimmer jedoch als der Angriff eben war der Gedanke an Adrian. »Kann er jemanden während des Tages aussaugen oder muss er bis Einbruch der Dunkelheit warten?«

»Ich glaube, es funktioniert nur nachts – dann sind wir irgendwie stärker. Zumindest habe ich es immer nur nachts gemacht. Trotzdem würde ich nicht ausschließen, dass es auch tagsüber gehen könnte.«

Im schlimmsten Fall konnte Adrian sich also jederzeit jeden x-beliebigen Friedhofsbesucher holen und sich dann auf die Jagd nach mir machen.

»Selbst wenn er es bei Tag tun könnte«, überlegte Nicholas weiter, »glaube ich nicht, dass er es tun *würde*. Die Gefahr, gesehen zu werden, ist zu groß. Er wird es nicht riskieren, dass seine Pläne durch einen zufälligen Zeugen durchkreuzt werden könnten. Deshalb denke ich, dass er bis Einbruch der Dunkelheit warten wird.«

Dann waren nur noch zwei Menschen in Reichweite. Da Adrian für *mich* bereits andere Pläne hatte, blieb nur …

»Der Reverend!« Ich rannte los.

18

Mittlerweile war die Dunkelheit draußen so bedrückend geworden, dass Ed Mühe hatte, ruhig sitzen zu bleiben. Das war vollkommen lächerlich. Er hatte sich noch nie im Dunkeln gefürchtet – nicht einmal als Kind. Trotzdem konnte weder das knisternde Feuer im Kamin noch der behagliche Schein der Stehlampe etwas an seinem Empfinden ändern. Warum fühlte er sich ausgerechnet heute so unbehaglich? Wegen des Geschwätzes über Geister, die sich angeblich hier herumtrieben?

»Sagen Sie, Ian, würde es Ihnen etwas ausmachen, Miss Mitchell ein wenig im Auge zu behalten?«

Reverend Jones zog eine buschige Augenbraue in die Höhe. »Steht sie unter Verdacht?«

»Nein, aber ich denke, sie weiß etwas, das mit einem meiner Fälle in Zusammenhang steht. Insofern wäre es ganz gut, ein wenig mehr über sie, ihre Gewohnheiten und ihre Besucher zu wissen.« Der Reverend könnte von Zeit zu Zeit nach ihr sehen. Vielleicht würde ihn das schon weiterbringen. Womöglich gehörte Adrian Crowley junior ja zu ihren Besuchern.

»Ich verstehe.« Der Geistliche leerte seinen Whiskey in einem Zug und schenkte sich noch einmal nach. »Ich hatte gleich das Gefühl, dass die junge Dame nicht sonderlich gesprächig ist.«

Ed wollte etwas erwidern, doch eine Bewegung am Fenster lenkte ihn ab. *Schon wieder die Vorhänge,* schoss es ihm durch den Kopf. Als er jedoch genauer hinsah, formte sich vor seinen Augen eine Gestalt und glitt langsam zwischen den Falten des Stoffes hervor in den Raum. Dahinter bewegte sich noch etwas, undeutliche Schemen, die halb hinter den Vorhängen versteckt, größtenteils vor seinen Augen verborgen blieben. Ed schenkte ihnen keine weitere Beachtung. Sein Blick war auf die Frau vor ihm gerichtet. Das war doch nicht möglich!

»Miss Adams!«, entfuhr es ihm.

»Ed?« Nur am Rande vernahm er die Worte des Reverends, der Tonfall des Geistlichen eine Mischung aus Sorge und unterdrückter Angst. »Stimmt etwas nicht?«

Aber Ed hatte nur Augen für die tote Frau am Fenster. »Was …? Wie …?« Es wollte ihm nicht gelingen, eine Frage zu formulieren. Tess Adams war tot! Sie konnte unmöglich vor ihm stehen. Das alles musste ein schlechter Scherz sein.

Ein Trick. Vielleicht ein Hologramm. Aber wer zum Teufel sollte einen Grund haben, etwas derart Aufwendiges einzufädeln?

»Reverend, sehen Sie, was ich sehe?« Er deutete auf Tess und erntete nur einen verständnislosen Blick und ein Kopfschütteln vonseiten des Geistlichen.

»Geht es Ihnen nicht gut, Ed?«

Ich bin hier nicht der Trinker!, hätte er um ein Haar gerufen, konnte sich aber gerade noch beherrschen. »Wir sind nicht allein. Ian, können Sie sie denn nicht sehen?«

Die Antwort des Reverends bestand lediglich in einem Stirnrunzeln.

Ich bin doch nicht verrückt! »Sagen Sie mir, dass ich nicht verrückt bin, Tess!«

»Sie müssen hier raus«, sagte Tess Adams stattdessen. »Sie und der Reverend. Sofort!«

Die Umrisse der anderen Gestalten um sie herum wuchsen an, wurden deutlicher und sickerten mehr und mehr zwischen den Gardinen hervor. Ed glaubte Thomas Mayfield zu erkennen, einen jungen Studenten, der vor drei Jahren bei einem schrecklichen Autounfall ums Leben gekommen war. Auch die anderen trugen bekannte Gesichter, bleich und beinahe schon fremd nach all den Jahren, die seit ihrem Tod vergangen waren, und doch noch immer auf eigenartige Weise vertraut.

Ed sprang auf. »Was hat das zu bedeuten?«

»Geister lernen schnell.« Tess' Züge waren bleich, beinahe durchschimmernd, und in ihrem einstmals so fröhlichen Gesicht lag eine Ernsthaftigkeit, die ihn bis ins Mark traf. »Bald werden sie es wissen. Einer weiß es bereits. Sie sind in Gefahr! Verschwinden Sie! Und bringen Sie auch Sam von hier fort. Schnell!«

Sein ganzes Leben lang war Ed ein Skeptiker gewesen, der

weder an Geister noch an Zauberei geglaubt hatte. Crowleys Bücher hatten diese Haltung nur geringfügig erschüttern können. Jetzt jedoch sah es so aus, als käme er mit dieser Einstellung nicht weiter, deshalb beschloss er, die Dinge für den Moment hinzunehmen und sie nicht weiter zu hinterfragen. Nach einer rationalen Erklärung konnte er später immer noch suchen.

Er hatte nicht die geringste Ahnung, wovon Tess sprach, und ihre bloße Anwesenheit jagte ihm eine Heidenangst ein. Gleichzeitig jedoch hatte er in seinem ganzen Leben noch keine Warnung in den Wind geschlagen. Jetzt schien ihm nicht der geeignete Zeitpunkt, damit anzufangen.

»Ian!« Er sah hinüber zum Reverend, der mit dem Glas in der Hand vor dem Sessel stand. Der Blick des Geistlichen schoss zwischen Ed und dem Fenster hin und her. »Nehmen Sie Ihr Handy und verlassen Sie das Haus! Fahren Sie zu irgendjemandem außerhalb des Friedhofs und bleiben Sie dort, bis Sie von mir hören.«

»Ed, was sehen Sie?«

»Geister.«

Der Reverend wurde bleich. Er wollte sein Glas auf den Beistelltisch stellen, erwischte jedoch nur die Kante. Mit einem dumpfen Schlag fiel es zu Boden und ergoss seinen Inhalt über den Teppich. Reverend Jones riss sein Handy vom Tisch und flüchtete nach draußen. Kurz darauf heulte ein Motor auf. Reifen quietschten, dann wurde das Motorengeräusch leiser, als sich der Wagen immer weiter vom Haus entfernte. Ed blieb auf der Schwelle zum Wohnzimmer noch einmal stehen und drehte sich zu Tess um.

»Warum kann ich Sie sehen?«

»Weil Sie mich gerufen haben. Schnell!«, forderte sie noch einmal, den Blick auf die Gestalten gerichtet, die um sie herum vorwärtsdrängten und auf ihrem Weg in den Raum durch Tische und Sessel glitten. »Holen Sie Sam und bringen Sie sie von hier fort!«

Ed machte auf dem Absatz kehrt und stürmte aus dem Haus in die Nacht hinaus.

Weil Sie mich gerufen haben.

Bullshit!

Er lief um das Pfarrhaus herum und nahm die Abkürzung über den Friedhof. Auf diesem Weg wäre er in weniger als zwei Minuten beim Mitchell-Haus. Dieses Mal würde er Samantha nicht ziehen lassen, bevor sie nicht seine Fragen beantwortet hatte. Und dann würde er hierher zurückkehren und sich mit Tess Adams' Geist – oder was auch immer es sein mochte – auseinandersetzen.

Es hatte aufgehört zu regnen, doch die Feuchtigkeit hing beinahe greifbar in der Luft. Nebelschwaden waberten kniehoch zwischen den Grabsteinen, breiteten sich wie ein fahles Tuch über den Boden und verdeckten, was sich darunter verbarg.

Alles war voller Geister gewesen.

Das ganze Wohnzimmer.

Sie waren durch Wände und Möbel geglitten, als seien sie nicht vorhanden.

Geister.

»Wie zum Teufel ist das möglich?« Eds Atem dampfte in der kalten Oktoberluft. Trotzdem erschien es ihm hier draußen wärmer als im Pfarrhaus. Waren das die Geister? Strahlten sie diese Kälte aus? Aber warum hatte er sie dann nicht bereits am Nachmittag gesehen?

Er hielt zwischen einer Flucht von Gräbern inne und drehte sich noch einmal zum Pfarrhaus um. War das der Nebel, der dort vor den Wänden aufwallte, oder waren es die Geister, die nun wieder hinausschwebten, nachdem es im Innern des Hauses kein Leben mehr gab?

Zu seiner Linken, ein Stück in Richtung Zentrum des Friedhofs, nahm er eine Bewegung wahr. Er fuhr herum und erstarrte mitten im Schritt. Bleiche Erscheinungen glitten zwischen den Gräbern dahin, die Arme ausgestreckt wie Zombies. Einige hielten auf ihn zu, andere schienen gänzlich ohne Ziel umherzustreifen.

»Sheriff«, flüsterte jemand.

Ed wandte den Kopf, suchte nach dem Ursprung des Flüsterns, ohne etwas zu sehen. War noch jemand hier? Er machte ein paar Schritte in die Richtung, aus der er die Stimme gehört zu haben glaubte. »Hallo?«

»Kommen Sie schnell!« Wieder waren die Worte nur geflüstert, nicht mehr als ein Hauch, der über dem sanften Raunen des Windes kaum zu vernehmen war. Ed hätte nicht einmal sagen können, ob es die Stimme eines Mannes oder einer Frau war.

»Tess, sind Sie das?«

»Sie ist in großer Gefahr!«

Ed folgte der Stimme. Bedächtig setzte er einen Schritt nach dem anderen, immer weiter führte sie ihn auf eine Gruppe von Bäumen zu, die den alten Teil des Friedhofs vom neuen abgrenzte. Wolken verdunkelten den Mond, das fahle Licht schwand und der Friedhof versank in Grau und Schwarz. Ed kniff die Augen zusammen, darum bemüht, mehr als nur ein paar schemenhafte Umrisse von seiner Umgebung zu erkennen. »Wo sind Sie? Zeigen Sie sich!«

Eine Bewegung, dann trat ein Schemen hinter einem der Bäume hervor. Nein, er glitt durch den Baum *hindurch*. Ein Mann. Ed reckte den Hals in der Hoffnung, die Gestalt, die dort halb in den Schatten verborgen stand, besser ausmachen zu können. Als es ihm noch immer nicht gelang, mehr zu erkennen, wagte er sich näher heran. Laub raschelte unter seinen Schuhsohlen, als er sich vorsichtig vorwärtsschob.

Tatsächlich erschien ihm die Gestalt vage vertraut, bevor er jedoch mehr erkennen konnte, zog sie sich in die Schatten zurück. Wollte dieses Wesen, dass er ihm folgte? Oder lockte es ihn geradewegs in eine Falle?

Ed trennten jetzt noch knapp drei Meter von der Baumreihe, in deren Schatten dieses Ding verschwunden war. Er blieb stehen. Sein Blick wanderte über die schwarze Front, als die sich ihm die Douglasien präsentierten. Eine schemenhafte Gestalt trat durch den Baum, schien geradewegs aus dem Stamm zu sickern, ehe sie vor Eds Augen an Kontur gewann. Ed fuhr sich über die Augen. Nur zu gern hätte er sich gesagt, dass es nicht sein konnte, was er da sah – zu sehen *glaubte* –, dass es an den schlechten Lichtverhältnissen lag. Die Dunkelheit vermochte es, die Augen zu täuschen! Menschen glitten nicht durch Bäume, sie gingen darum herum. Doch wem versuchte er etwas vorzumachen? Er hatte Tess Adams und die anderen gesehen.

Die Gestalt kam auf ihn zu. Sie war bleich, beinahe nebelhaft, sodass Ed sich einbildete, die Baumreihe durch sie hindurchschimmern zu sehen. Hinter dem Geist glaubte er weitere Schemen erkennen zu können. Diese kamen jedoch nicht näher und blieben größtenteils hinter den Bäumen verborgen.

»Stehen bleiben!« Er griff nach seinem Waffenholster und öffnete den Druckknopf, der die Pistole an ihrem Platz hielt.

Sie sind in Gefahr.

Als das Wesen immer noch keine Anstalten machte, innezuhalten, zog Ed seine Waffe und richtete sie auf die Kreatur. »Ich meine es ernst!«

Da schob sich der Mond zwischen den Wolken hervor und tauchte die Gestalt vor ihm in eine Aura fahlen Lichts.

»Mein Gott«, entfuhr es Ed. »Sind Sie das, Crowley?«

Adrian Crowley senior verzog die bleichen Lippen zu einem Lächeln, das ebenso gut ein Zähnefletschen hätte sein können, und kam noch näher.

»Keinen Schritt weiter!« Seine Stimme klang nicht so fest, wie sie sollte. »Ich warne Sie! Ich mache von der Schusswaffe Gebrauch!« Gleichzeitig fragte er sich, wie er einen Geist erschießen sollte. Ein verdammtes Ding, das durch Bäume glitt, als wären sie überhaupt nicht vorhanden! »Verflucht, bleiben Sie stehen! Ich will mit Ihnen reden!« Das war seine Gelegenheit, dem alten Mann all die Fragen zu stellen, die ihn seit Wochen beschäftigten. Im Augenblick jedoch interessierte ihn mehr, wie er ihn auf Distanz halten konnte. Auch wenn es sich bei ihm um ein nicht stoffliches Wesen zu handeln schien, wollte er nicht, dass die Kreatur ihm nahe genug kam, um ihn zu berühren.

Crowley glitt weiter auf ihn zu, schob sich durch Büsche, Sträucher und Grabsteine voran, ohne dass sie ihn auch nur im Mindesten auf seinem Weg behindert hätten. Ed rief dem Toten eine letzte Warnung zu. Vergebens. Er entsicherte die Pistole, zielte auf Crowleys Beine und schoss. Die Kugel ging durch ihn hindurch wie durch Nebel, traf einen dahinterliegenden Grabstein und blieb darin stecken.

Das war genau das Ergebnis, das er befürchtet hatte. Trotzdem hatte er es versuchen müssen. Die Frage war nur: Was jetzt? Konnte Crowley ihm überhaupt etwas anhaben? Wenn *ihn* nichts berühren konnte, warum sollte er es dann können? Andererseits war da Tess' Warnung. *Einer weiß es bereits. Sie sind in Gefahr.* Ed wusste nicht, wer was wusste, die Gefahr jedoch erschien ihm ausgesprochen real.

So verlockend die Vorstellung, mit Crowleys Geist zu sprechen, vorgestern noch gewesen war, so wenig drängte es ihn jetzt danach, sein Vorhaben in die Tat umzusetzen. Nicht, solange er nicht wusste, ob es sicher war.

Die Frage war nur, wie er das herausfinden sollte. Crowley

herankommen zu lassen und abzuwarten, was geschah, war keine Option. Zumindest nicht für jemanden, der nicht vollkommen lebensmüde war.

Ed unterdrückte einen Fluch und wich zurück. Er blieb mit der Ferse an einer Unebenheit im Boden hängen und strauchelte. Mit den Armen rudernd versuchte er noch, sein Gleichgewicht zurückzuerlangen, doch es war zu spät. Er schlug mit dem Rücken auf, ein Stein bohrte sich zwischen seine Rippen und ließ ihn aufkeuchen. Die Pistole landete neben ihm im Gras.

Dann war Crowley über ihm.

Klamme Kälte hüllte Ed ein. Etwas raubte ihm den Atem. Plötzlich spürte er den bohrenden Griff eisiger Finger an seinen Oberarmen, dort, wo Crowley ihn gepackt hielt. Das Gewicht eines Körpers senkte sich auf seine Brust herab und presste ihm die Luft aus den Lungen. Das Blut rauschte in seinen Ohren, während der Atem mehr und mehr seinem Körper entwich. Ed versuchte sich zu wehren, doch es wollte ihm nicht gelingen, sich aus der Umklammerung zu lösen, die ihn eisern gefangen hielt. Punkte tanzten vor seinen Augen, er fühlte sich leicht, als würde er fliegen.

Doch das hier hatte nicht das Geringste mit Leichtigkeit oder Fliegen zu tun. Er war auf dem besten Weg, die Besinnung zu verlieren. Auch wenn ihm das bewusst sein mochte, konnte er doch nichts dagegen tun. Seine Gedanken zogen sich mehr und mehr zurück und es wollte ihm nicht länger gelingen, ihnen Sinn abzutrotzen. Schwärze breitete sich vor seinen Augen aus und dahinter zerfiel die Welt in ihre Einzelteile.

»Schließen Sie den Mund!«

Die Stimme drang durch den Nebel, der sich über ihn gelegt hatte, und riss ihn in die Wirklichkeit zurück. Er kannte diese Stimme. Sie gehörte ... Verflucht, er konnte sich nicht erinnern, wem sie gehörte. Er öffnete die Augen in der Hoffnung, jemanden erkennen zu können, doch alles, was er sah, war die bleiche Fratze des Geistes, der sich in einem tödlichen Kuss über ihn beugte.

»Mund zu!« Eine Frau. Dieses Mal schrie sie. »Sie dürfen auf keinen Fall ausatmen!«

Der Druck an seinen Armen und auf seiner Brust schwand, als Crowley von ihm runtergerissen wurde. Ein hochgewachsener Mann packte den Geist des Alten und stieß ihn weg, drängte ihn immer weiter fort von Ed und der Frau, deren Gesicht nun über seinem erschien.

»Miss Mitchell«, keuchte er und griff nach seiner Pistole.

»Die wird ihnen nichts helfen«, sagte sie. »Wir müssen von hier fort!«

Sie packte ihn am Arm und half ihm auf die Beine. Vor seinen Augen drehte sich alles, er konnte kaum atmen und hatte Mühe, sich aufrecht zu halten. Trotzdem streifte er ihre Finger ab. Er konnte den Mann, der Crowley fortgezogen hatte, nicht seinem Schicksal überlassen.

Samantha schien seine Gedanken zu erraten. »Er braucht Ihre Hilfe nicht. Kommen Sie!«

Crowley hatte sich plötzlich so fest angefühlt, so lebendig. Wie war das möglich? Ein Stoß gegen die Schulter riss ihn aus seinen Gedanken. Er wirbelte herum, bereit, sich zur Wehr zu setzen, doch es war nur Samantha, die ihn anzutreiben versuchte.

»Machen Sie schon!«

Die Pistole noch immer in der Hand lief er los. Sie durchquerten den Friedhof, vorbei an unzähligen bleichen Gestalten, die wie flüchtige Gedanken zwischen den Gräbern dahinzogen. Einige kamen ihnen bedrohlich nahe. Immer wieder drehte er sich um, hielt Ausschau nach Crowley und dem Mann, der ihn von ihm fortgerissen hatte, ohne einen der beiden in der Dunkelheit ausmachen zu können. Am Pfarrhaus angekommen lief er um das Gebäude herum zu seinem Wagen, der auf der Vorderseite parkte.

»Sehen Sie zu, dass Sie wegkommen!«, rief Samantha ihm zu. »Ich hole den Reverend.«

»Er ist nicht mehr da.« Seine Stimme klang eigenartig flach in seinen Ohren. Atemlos. Er erreichte die Fahrertür, entriegelte sie mit der Funkfernbedienung und riss sie auf. »Steigen Sie ein!«

Sie zögerte. Ihr Blick glitt zum Friedhof zurück und fast schien es ihm, als wolle sie kehrtmachen. Ed steckte die Pistole ins Holster und war im Begriff, sie noch einmal zum Einsteigen aufzufordern, als er einen Schemen neben ihr wahrnahm.

»Miss Adams!«

Tess Adams stand neben ihrer Freundin und schien zu versuchen, sie zum Einsteigen zu bewegen, doch ihre Hände glitten durch sie hindurch.

»Mitchell«, korrigierte Samantha ihn, die nichts von Tess' Anwesenheit zu bemerken schien. Noch einmal glitt ihr Blick zum Friedhof zurück, dann riss sie die Beifahrertür auf und stieg ein.

Ed glitt hinter das Steuer und ließ den Motor an. »Wohin jetzt?«

»Einfach nur weg.«

19

Mit quietschenden Reifen setzte Sheriff Travis den Wagen zurück, wendete und schoss auf die Straße hinaus. Erst als wir nach ein paar Minuten die Tankstelle erreichten, wurde er langsamer. Wenn auch nicht viel. Immer wieder zuckte sein Blick zum Rückspiegel.

Seit wir losgefahren waren, hatte er kein Wort mehr gesagt und auch an seiner Miene ließ sich keine Regung ablesen. Seine Hände zitterten nicht und selbst seine Lungen hatten sich von Adrians Angriff erholt, sodass sein Atem ruhig und gleichmäßig ging. Einzig die pulsierende Ader an seiner Schläfe strafte die Ruhe Lügen, die er auszustrahlen schien.

Es war vermutlich nicht sonderlich klug gewesen, zu ihm in den Wagen zu steigen. In der momentanen Situation wäre es jedoch unmöglich gewesen, einfach in mein Haus zurückzukehren, den Fernseher einzuschalten und zu vergessen, was da draußen vor sich ging. Nicht, nachdem mich ein Geist in meinem eigenen Haus angegriffen hatte. Noch mehr Angst als der Angriff vorhin jagte mir Adrian ein. Er mochte der alte Mann gewesen sein, als der er gestorben war, doch seine Haltung hatte Stärke und Entschlossenheit ausgedrückt. Ganz zu schweigen davon, was ich in seinen Augen gelesen hatte, als der Atem des Sheriffs seine toten Lungen füllte: Gier gepaart mit Wahnsinn. Er mochte für mich eine andere Verwendung vorgesehen haben, doch womöglich war das nicht länger von Bedeutung, wenn die Gier ihn erst beherrschte. Wenn er mich im Affekt aussaugte und ich damit als sein Jungbrunnen gestorben war – und das im wahrsten Sinne des Wortes –, würde das zwar seine Pläne vereiteln, für mich machte es im Ergebnis jedoch keinen Unterschied. Ich wäre so oder so tot.

Ich zog es vor, mich nicht erwischen zu lassen. Ganz egal für welchen Zweck.

Als ich gesehen hatte, wie Adrian über den Sheriff gebeugt dessen Atem nahm, war ich für einen Moment wie betäubt gewesen. Ich hatte nichts weiter tun können, als dazustehen und ihn anzustarren. Es war Nicholas gewesen, der mich aus diesem Zustand der Lähmung gerissen hatte.

»Deinen Atem!«, hatte er mir zugerufen.

Ich hauchte ihm meinen Atem ein und spürte für einen Moment seine Hände, die zärtlich über mein Gesicht strichen und eine Sehnsucht in mir weckten, für die weder die rechte Zeit noch der rechte Ort war.

Er löste sich schnell wieder von mir – zu schnell, wie ich fürchtete. Er konnte unmöglich genügend Atem haben, um viel ausrichten zu können. Trotzdem reichte es, um Adrian vom Sheriff fortzureißen und ihn in die Schatten zwischen den Bäumen zu zerren. Ich hoffte inständig, dass ihm nichts zugestoßen war, und sagte mir immer wieder, dass das gar nicht möglich sei. Was sollte ihm schon passieren? Nicholas und Adrian konnten sich wohl kaum gegenseitig umbringen. Allerdings hatte ich nicht die geringste Ahnung, welche Auswirkung eine Verletzung auf Nicholas haben würde, während er körperlich war. Ich hatte noch nie gesehen, dass er sich an einem Tisch gestoßen oder sich an etwas geschnitten hätte. Das hieß jedoch nicht, dass er unverwundbar war. Was, wenn er im stofflichen Zustand vernichtet und damit ein für alle Mal ins Jenseits geschickt werden konnte?

Sein Eingreifen hatte dem Sheriff und mir die nötige Zeit verschafft, um zu entkommen. Ich konnte nur hoffen, dass der Preis dafür nicht zu hoch war. Sobald die Wirkung des Atems nachließ und beide ihre Stofflichkeit verloren, würden sie einander so viel Schaden zufügen wie ein Lufthauch. Aber bis dahin ...

Ich schob diese beängstigenden Gedanken beiseite und richtete meine Aufmerksamkeit auf das Problem, mit dem ich mich gleich konfrontiert sehen würde: Spätestens in ein paar Minuten, wenn er seine Gedanken geordnet hatte, würde Sheriff Travis beginnen Fragen zu stellen. Fragen, auf die ich keine Antworten hatte, die ihn nicht an meinem Geisteszustand zweifeln lassen würden.

Andererseits hatte er Adrian gesehen. Das hatte ihn immerhin so durcheinandergebracht, dass er mich Miss Adams genannt hatte.

Ich gab mir alle Mühe, ihn nicht anzusehen, um seine Aufmerksamkeit nicht früher als unbedingt nötig auf mich zu ziehen, und blickte aus dem Fenster. Wir hatten die Main Street erreicht, doch statt den Parkplatz vor der Polizeistation anzusteuern, fuhr er daran vorbei und nahm am Ortsende die Auffahrt zur Umgehungsstraße. Dieser folgten wir ein ganzes Stück, und ich war mehrmals versucht ihn zu fragen, wo er hinwollte; entschied mich aber jedes Mal dagegen, ihn auf mich aufmerksam zu machen. Schließlich bog er in eine Auffahrt, die nach einer halben Meile vor einem Haus endete, das rundherum von Feldern umgeben war, die sich erstreckten, so weit das Auge reichte. Der Wind strich über die kniehohen Halme hinweg und ließ sie hin und her wogen wie Wellen auf einem gewaltigen See. Infolge meines ohnehin nicht vorhandenen grünen Daumens hatte ich nicht die leiseste Ahnung, was auf diesen Feldern wuchs. Für mich sah es nach irgendeiner Form von Getreide aus, was nur logisch wäre, denn Getreideanbau aller Art war – neben Kartoffeln und Obst – in dieser Gegend weitverbreitet.

Als der Sheriff hinter einem anderen Wagen hielt und den Motor abstellte, wusste ich, dass die Zeit, in der ich unbeachtet auf dem Beifahrersitz sitzen konnte, jetzt vorüber war. Es war sinnlos, weiterhin zu versuchen unsichtbar zu sein. »Wo sind wir?«

»Bei mir zu Hause.«

Das überraschte mich nun doch. Ich hatte gedacht, dass er in einem schicken Haus oder Apartment in der Ortsmitte wohnte, zentral genug, um jederzeit erreichbar zu sein. Dieses leicht heruntergekommene Farmhaus mit dem schiefen Dach über der Veranda und der abblätternden Außenfarbe war so ganz und gar nicht das, was ich erwartet hatte.

»Es gehörte meiner Mutter«, sagte er, als hätte er meine Gedanken erraten. »Ich muss noch einiges an Arbeit reinstecken, aber hier draußen ist es deutlich gemütlicher als in der Stadt, wo alle drei Minuten jemand an die Tür klopft, um eine Frage zu stellen, die er mir auch zu Dienstzeiten stellen könnte.«

»Der Fluch der ständigen Erreichbarkeit.« Ich konnte mir gut vorstellen, dass er hier deutlich mehr Ruhe hatte als in Cedars Creek.

Er seufzte. »Wir müssen uns unterhalten, Samantha.«

»Sam«, verbesserte ich ihn automatisch. Ich hatte nicht vor, Freundschaft mit ihm zu schließen, aber aus seinem Mund klang mein voller Name jedes Mal wie eine Anklage. Dem wollte ich entgehen. Wie anklagend konnten drei Buchstaben schon klingen.

»Also gut, *Sam*«, stimmte er zu. »Reden wir.«

Ich musste mich korrigieren. Manchmal genügten offensichtlich auch wenige Buchstaben für eine ganze Anklageschrift. Wenn er jedoch glaubte, dass ich drauflosplaudern würde, nur weil er reden wollte, hatte er sich geschnitten. Schweigend wartete ich darauf, dass er fortfuhr.

»Die Nacht, in der Sie verletzt wurden ...«

Darüber wollte er sprechen?! Er war gerade einem leibhaftigen Geist begegnet und hatte nichts Besseres zu tun, als diese alten Geschichten aufzuwärmen!

Ich sagte nichts.

Statt seinen Satz – oder vielmehr die Frage, die noch in der Luft hing – zu vollenden, zog er den Zündschlüssel ab und stieg aus. Ein paar Sekunden verstrichen, in denen mir klar wurde, dass ich hier festsaß, bis er entschied, mich ziehen zu lassen. Entweder das oder ich rang mich zu einem ziemlich langen Spaziergang durch. Die Entscheidung darüber musste ich jedoch vertagen, denn Sheriff Travis öffnete die Beifahrertür und beugte sich zu mir in den Wagen.

»Na los, kommen Sie schon. Ich mache uns einen Kaffee.«

Seufzend und hochgradig frustriert folgte ich ihm zum Haus. Die Holzdielen knarrten unter unseren Schritten, als wir über die Veranda gingen, und die Scharniere der Fliegengittertür kreischten beim Öffnen vor Ölentzug. Nach dem leicht heruntergekommenen Eindruck, den das Haus von außen machte, war ich vom Inneren mehr als überrascht. Holzböden und Treppengeländer waren frisch abgeschliffen, die Wände mit neuen Tapeten in dezentem Muster versehen und die Teppiche, die teilweise den Boden bedeckten, waren ebenso hell und freundlich wie die restlichen Farben. Der Sheriff führte mich durch ein Wohnzimmer, das deutlich behaglicher wirkte, als ich es von einem Haus wie diesem erwartet hatte, in eine große Wohnküche. Die Einrichtung bestand aus alten Eichenholzmöbeln, die jedoch restauriert worden waren und daher keineswegs abgewohnt aussahen, sondern eine heimelige Atmosphäre verströmten.

Er deutete auf den wuchtigen Esstisch an der hinteren Wand, auf dem neben einer Tasse kalten Kaffees eine Pappschachtel mit chinesischem Essen stand. Unter den daneben liegenden Holzstäbchen lag ein Zettel.

»Setzen Sie sich«, sagte er, griff nach dem Zettel und überflog ihn. Grinsend ließ er ihn kurz darauf wieder auf den Tisch fallen.

Ich zog einen Stuhl zurück und setzte mich so, dass ich den größten Teil der Küche im Auge hatte – und einen Blick auf den Zettel werfen konnte. Darauf stand in geschwungener Handschrift: *Ihr Anteil – auch wenn sie kalt nicht so gut schmecken. Ich bin schlafen gegangen. Wir sehen uns morgen. Laura.*

Diese paar Worte machten mir bewusst, dass ich über Sheriff Travis nichts weiter wusste, als welches Amt er bekleidete und dass er für meinen Geschmack zu viele Fragen stellte. Es dauerte einen Moment, bis ich begriff, dass es sich bei dieser Laura um die Journalistin handeln musste. Sie hatte ja gesagt, dass sie bei ihm wohnen würde.

Nachdenklich sah ich ihm zu, wie er Wasser in die Maschine füllte und nach einer Dose Kaffeepulver griff.

»Was ist da gerade passiert?«, wollte er wissen. »Hat das etwas damit zu tun, wovon Sie mir nichts erzählen wollen?«

»Sie haben meine Aussage.« Ich betete den Satz herunter wie ein Mantra, doch ich wusste längst, dass ich damit bestenfalls noch ein paar Minuten lang durchkommen würde. Sheriff Travis hatte Adrian gesehen – einen Mann, von dem er wusste, dass er vor ein paar Wochen gestorben war. Er würde die Sache nicht länger auf sich beruhen lassen. Falls er das je getan hatte. »Hören Sie, Sheriff«, setzte ich an, ohne zu wissen, was ich eigentlich sagen wollte oder sollte.

»Ed«, sagte er. »Nennen Sie mich Ed, solange ich nicht im Dienst bin.«

Ich nickte, noch immer nicht wissend, was ich sagen sollte. Dass seine Worte implizierten, dass er sich trotz der Uniform im Augenblick nicht im Dienst befand, beruhigte mich ein wenig. Auch wenn mir bewusst war, dass das nichts an seinem Job und seiner Autorität änderte. Wenn er wollte, konnte er mich jederzeit in eine Zelle stecken.

Ed schaufelte Kaffeepulver in den Filter und schaltete die Maschine an, die mit leisem Rumpeln ihren Dienst aufnahm, dann drehte er sich zu mir herum. »Sam.« Dieses Mal klang mein Name nicht wie eine Drohung, vielmehr wie eine Bitte. »Sie sind ein nettes Mädchen, aber eine verdammt schlechte Lügnerin. Lassen Sie uns das Versteckspiel beenden.«

»Ich habe mir nichts zuschulden kommen lassen.«

»Nein, das haben Sie nicht. Aber Sie wissen mehr, als Sie zugeben, und nach dem, was gerade passiert ist, sollten Sie sich wirklich entschließen, mir endlich die Wahrheit zu sagen.« Das unausgesprochene *Sonst* hing schwer zwischen uns in der Luft. Als er es jedoch auch nach einer Weile nicht aussprach, tat ich es für ihn.

»Sonst?«

Er seufzte. »Ich habe keine Ahnung, wie Sie es die Straße runtergeschafft haben, aber Ihr Blut war überall im Crowley-Haus. Ihnen ist dort etwas Schreckliches passiert, ich weiß nicht, was es war, und ich weiß nicht, warum Sie so hartnäckig schweigen. Ich kann lediglich Vermutungen anstellen. Eines jedoch weiß ich mit Sicherheit: Sie machen nachweislich falsche Aussagen und behindern die Ermittlungsarbeiten mit Ihrem Schweigen.« Er bedachte mich mit einem eindringlichen Blick, der ihn weit älter wirken ließ, als er tatsächlich war. »Irreführung der Justiz nennt man das. Allerdings könnte ich das vergessen, wenn ...«

»Versuchen Sie etwa, mich zu erpressen?«

»Ich würde es eher *überzeugen* nennen.«

Meine Hände begannen zu zittern, ob aus Angst vor seiner Reaktion auf die Wahrheit oder als Nachwirkung des Schocks, Adrians Geist gesehen zu haben, wusste ich nicht. Ich drückte meine Handflächen auf die Tischplatte in der Hoffnung, der Sheriff würde nicht bemerken, was in mir vorging.

Abgesehen von meinem Blut – dem Blut des *Opfers* – hatte er nichts gegen mich in der Hand. Ein Überfall, der mehr Fragen aufwarf, als er beantwortete, und eine Zeugin, die nicht willens war, über das Geschehene zu sprechen. Er mochte mich für eine gewisse Zeit festhalten können, doch er konnte mir nichts anhaben. Trotzdem wollte das Zittern nicht nachlassen. Was, wenn er mir Adrian juniors vermeintliches Verschwinden in irgendeiner Form anhängte? Wie sollte ich mich gegen derartige Anschuldigungen verteidigen?

Am liebsten wäre ich aufgesprungen und hätte ihm gesagt, er solle aufhören, Spielchen mit mir zu spielen, und vorbringen, was er gegen mich vorbringen wollte. Sofern er überhaupt etwas hatte. Aber ich wusste, dass ich damit das Unvermeidliche nur weiter hinauszögern würde. Die Zeit des Schweigens war vorbei. Trotzdem widerstrebte es mir noch immer, über die Nacht zu sprechen, in der Adrian gestorben war.

Ed lehnte sich gegen die Arbeitsplatte und verschränkte die Arme vor der Brust. »Was da gerade passiert ist ... auf dem Friedhof ...« Die drängende Härte war aus seinem Ton gewichen und hatte einer leichten Verunsicherung Platz gemacht. »Das hängt alles irgendwie zusammen, oder?«

Einen Mann wie ihn, jemanden, der an Beweise und Fakten glaubte, musste es schier verrückt machen, dass sich die Dinge, die er gesehen hatte, nicht rational erklären ließen. Ed Travis hatte einen Geist gesehen. Womöglich konnte mir das helfen, ihm die Wahrheit begreiflich zu machen. Andererseits war ein Geist noch einmal etwas vollkommen anderes als die Tatsache, dass Crowley junior und senior ein und dieselbe Person waren.

Trotzdem nickte ich.

Statt mich weiter zu bedrängen, drehte er sich um und holte eine Zuckerdose aus einem der Hängeschränke. Ein kühler Lufthauch streifte meine Schulter und ließ mich zusammenfahren. Als ich mich hektisch nach dem Ursprung umsah, entdeckte ich Nicholas, der neben mir stehen geblieben war.

»Ist alles in Ordnung?«, formten meine Lippen lautlos.

»Alles bestens«, sagte er, kein bisschen darum bemüht, leise zu sein.

Ich wollte ihm schon signalisieren, still zu sein, als mir

bewusst wurde, dass nur ich ihn hören konnte. An diese Form der einseitigen Kommunikation in Gegenwart Dritter, bei der ich alles daransetzen musste, mich nicht zu verraten, während er einfach normal drauflosreden konnte, würde ich mich vermutlich nie gewöhnen. Verflucht, er hätte singend auf dem Tisch tanzen können, ohne dass der Sheriff seine Anwesenheit bemerken würde!

Ich brannte darauf, zu erfahren, was geschehen war. Solange Ed jedoch im Raum war, musste ich meine Fragen zurückhalten und mich darauf beschränken, ihn eingehend zu mustern. Außer dass sein Haar ein wenig zerzaust aussah, bemerkte ich nichts Außergewöhnliches. Keine Verletzungen, keine Müdigkeitserscheinungen. Nichts. Mich jedoch überkam bei seinem Anblick das Gefühl, etwas übersehen zu haben.

Zwei Sekunden später wusste ich auch, was es war. »Sie haben ihn gesehen!«, rief ich und wusste, dass ich auf der richtigen Spur war, als ich das Erstaunen in Nicholas' Zügen sah.

Ed holte zwei Tassen aus dem Schrank, ehe er sich wieder zu mir herumdrehte. »Wovon sprechen Sie?«

»Crowleys Geist!«

Er hob abwehrend die Hände. »Zugegeben, ich habe auf dem Friedhof *etwas* gesehen. Aber doch keinen Geist.«

Abgesehen davon, dass das selbst in meinen Ohren wenig überzeugend klang, war ich mir mittlerweile sicher, dass ich recht hatte. Er hatte Adrian gesehen, *bevor* dieser materiell geworden war. Ich hatte ihn seinen Namen sagen hören – zu einem Zeitpunkt, zu dem ich selbst niemand anderen als den auf dem Boden liegenden Sheriff gesehen hatte. Erst kurz darauf war Adrian über ihm sichtbar geworden.

In mir kam ein Verdacht auf. »Was haben Sie gemacht?«

»Ich wurde angegriffen.«

Ich schüttelte den Kopf. »Davor. Haben Sie ein Ritual durchgeführt?« Nur allzu deutlich erinnerte ich mich an jene

Nacht, in der Tess und ich in meinem Wohnzimmer versucht hatten, Nicholas ins Jenseits zu bannen – die Nacht, in der alles angefangen hatte. Die verbrannten Kräuter, die Räucherstäbchen, das Pentagramm. »Etwas mit Kerzen und Kräutern und komischen Formeln?«

Ein Schatten huschte über seine Augen. Schnell, aber nicht schnell genug, um mir zu entgehen. Er hatte definitiv etwas gemacht, und dieses Mal war er derjenige, der nicht darüber sprechen wollte. Es sei denn, ich konnte ihn davon überzeugen, dass ich genau der richtige Ansprechpartner dafür war.

»Nicholas?«, sagte ich leise. »Nimm meinen Atem.«

»Mit wem sprechen Sie?«

»Kommt nicht infrage!«, widersprach Nicholas. »Das ist kein Notfall.«

»Nein, aber es ist wichtig. Du musst nicht viel nehmen«, fügte ich hinzu. »Gerade so viel, damit er dich sehen kann.«

Nicholas' Blick zeigte deutlich, wie wenig ihm gefiel, was ich von ihm verlangte. Trotzdem schien er einzusehen, dass es notwendig war.

»Sam! Was soll das?«

»Das werden Sie gleich sehen«, sagte ich zu Ed, ohne meinen Blick von Nicholas abzuwenden. Ich öffnete die Lippen, und als er sich zu mir herabbeugte, atmete ich langsam aus. Ganz allmählich, beinahe zögerlich gewann seine Gestalt an Substanz. Sobald ich seine Hand auf meinem Arm spürte, hörte ich auf, ihm meinen Atem zu geben.

Auf der anderen Seite der Küche stieß der Sheriff einen Fluch aus. »Was zum Teufel ...?«

Ich griff nach Nicholas' Hand, froh, ihn zumindest für einige Augenblicke berühren zu können, und wandte mich Ed zu. »Das ist Nicholas, Adrian Crowleys Bruder.«

Er musterte Nicholas von oben bis unten. Seine Züge waren eingefroren und verrieten nicht, was in ihm vorging.

Es war jedoch offensichtlich, dass er Nicholas' Anwesenheit deutlich gelassener aufnahm, als ich es bei unserer ersten Begegnung getan hatte. Im Gegensatz zu mir stürmte er nicht aus dem Haus.

»Sie sind tot«, sagte er schließlich.

»Seit über fünfzig Jahren«, bestätigte Nicholas.

Schweigend öffnete Ed eine weitere Schranktür, holte eine Flasche Whiskey heraus und sah mich an. »Sie auch?«

Ich schüttelte den Kopf. »Ich bin an seine Anwesenheit gewöhnt.«

Er schenkte zwei Fingerbreit in ein Glas und stellte die Flasche in den Schrank zurück. Mit dem Glas in der Hand drehte er sich wieder zu uns herum. Sein Blick war noch immer auf Nicholas gerichtet. »Sie werden durchsichtig.«

»Es war nicht genug Atem«, sagte Nicholas ruhig. Dann spürte ich seine Hand nicht mehr in meiner und wusste, dass der Sheriff ihn nicht länger sehen konnte.

»Er ist immer noch hier.« Aus irgendeinem Grund war es mir wichtig, dass der Sheriff wusste: Wir waren nicht allein. Ein wenig so, als würde ich bei einer Telefonkonferenz dem Teilnehmer am anderen Ende der Leitung sagen, wer sonst noch Zeuge des Gesprächs wurde.

»Ich vermute, ich bekomme jetzt eine Erklärung.«

»Sie zuerst.«

»Also gut. Werten Sie es als Beweis meines Vertrauens. Vertrauen darauf, dass Sie Ihre Geschichte danach ebenfalls erzählen.« Er leerte sein Glas in einem Zug, stellte es mit einem Knall auf die Arbeitsplatte zurück und sagte: »Nachdem Sie nicht bereit waren, meine Fragen zu beantworten, wandte ich mich an den Einzigen, der es konnte.« Er schnitt eine Grimasse und fügte hinzu: »Zumindest versuchte ich es.«

»Adrian.«

Es war Tess und mir nie gelungen, Nicholas' Geist zu bannen und ihm seinen Frieden zu schenken. Auch wenn die Dinge zwischen uns im Augenblick nicht einfach waren, war ich froh darüber. Was jedoch Adrian anging ... Die Vorstellung, den Geist eines Mannes um mich zu haben, der mich töten wollte, und nicht zu wissen, wie wir ihn wieder loswerden konnten, war alles andere als beruhigend.

»Wir haben diese Bücher am Tatort sichergestellt, in denen auch etwas über Totenbeschwörung stand.«

»Sie haben es ausprobiert und jetzt haben wir Adrian an der Backe.«

»Und die anderen.«

Seine Worte durchfuhren mich wie ein Stromschlag. »Die anderen?« Ich erinnerte mich daran, wie er mich auf dem Parkplatz genannt hatte, und plötzlich war ich sicher, dass er nicht einfach meinen Namen verwechselt hatte. Ich hatte die Kälte gespürt, doch ich dachte, es wäre der Wind gepaart mit meiner Angst gewesen. »War sie neben mir? Hat Tess auf dem Parkplatz neben mir gestanden?«

Ed nickte. »Sie wollte, dass Sie in den Wagen steigen und dass ich Sie vom Friedhof fortbringe.«

Zu hören, dass Tess mich vor Adrian schützen wollte, erleichterte mich, denn es bedeutete, dass sie nicht zu jenen bösen Geistern gehörte, die es nur danach dürstete, ins Leben zurückzukehren. Dass sie bei mir gewesen war, ohne dass ich etwas von ihrer Anwesenheit bemerkt hatte, tat weh. Wie gern hätte ich sie noch einmal gesehen. Noch einmal mit ihr gesprochen. Ich hätte ihr sagen wollen, wie dumm ich doch gewesen war und wie leid mir unser Streit tat. Sie hatte mich damals unter einem Vorwand aus Adrians Haus gelockt, um mich zu schützen, aber ich hatte ihr nicht geglaubt. Stattdessen hatte ich ihr Vorwürfe gemacht und war wütend davongestapft. Als ich meinen Fehler eingesehen hatte und mich mit ihr aussprechen wollte, war sie bereits tot gewesen.

»Adrian und Tess und einer, den ich gesehen habe«, sagte ich und starrte auf meine Hände. »Sie haben es tatsächlich geschafft, drei Geister zu beschwören!«

»Ich wünschte, es wäre bei dreien geblieben.«

Ich sah auf. »Wie viele?«

Er verzog das Gesicht zu einer ratlosen Grimasse, die unter anderen Umständen durchaus komisch gewirkt hätte. Als ich jedoch seine Antwort hörte, verging mir schlagartig der Drang, zu lachen.

»Ziemlich viele? Alle? Ich habe keine Ahnung. Im Haus des Reverends waren mindestens zehn und auf dem Friedhof noch mehr.«

Hätte ich nicht längst gesessen, wäre ich spätestens jetzt aus den Schuhen gekippt. »Sie meinen, Sie wollten *einen einzigen* Geist beschwören und haben stattdessen eine ganze Völkerwanderung ausgelöst?!«

»Ich wollte nur mit Crowley sprechen – danach sollte er wieder verschwinden.«

»Was ist schiefgelaufen?«

»Nichts! Ich habe alles so gemacht, wie es in dem verdammten Buch stand.«

Nicholas' Blick hatte sich während der letzten zwei Minuten mehr und mehr verfinstert. »Etwas muss er anders gemacht haben«, sagte er und ballte die Hände zu Fäusten. »Wenn ich nur daran denke, welcher Gefahr dich dieser ... dieser Vollidiot ausgesetzt hat! Ich könnte ihn ...«

»Er wusste es nicht besser«, versuchte ich ihn zu beschwichtigen. Bei der Vorstellung, dass sich nicht nur Adrian und Tess, sondern anscheinend auch eine Menge anderer Geister in meiner Nähe herumgetrieben hatten, wurde mir ganz schlecht. Trotzdem konnte ich nicht umhin, mir einzugestehen, dass ich nicht ganz unschuldig an der Situation war. Mein beharrliches Schweigen war es schließlich gewesen, das ihn überhaupt erst dazu getrieben hatte, zu derartigen Mitteln zu greifen. Allerdings hätte er sich vorher schon ein wenig mit den Gefahren seines Vorhabens befassen können, statt einfach loszulegen.

»Was hat Mr Crowley gesagt?«, wollte Ed wissen.

Einen Moment lang war ich irritiert, bis ich begriff, dass er mit Mr Crowley Nicholas meinte. »Er ist der Ansicht, dass Sie etwas anders gemacht haben müssen. Irgendwas. Eine Kleinigkeit. Aber es muss eine Abweichung gegeben haben.«

»Das Kraut«, sagte Ed, nachdem er eine Weile nachgedacht hatte. »Ich konnte keine Alraune bekommen, deshalb habe ich Bilsenkraut genommen. Das Zeug gab es im Drugstore.«

Nicholas und ich stöhnten gleichzeitig auf. »Sie haben *was?!*«

»Das sind doch nur ein paar Kräuter. Noch dazu haben sie fast dieselbe Wirkung!«

»Mit dem winzigen Unterschied, dass das eine Ihnen ein kurzes Gespräch mit einem Geist gestattet, während das andere einen ganzen verdammten Friedhof aufweckt!« Nicholas war mittlerweile außer sich vor Wut. Er lief so aufgeregt in der Küche auf und ab, dass er mehr als nur einmal durch den Tisch und die Küchenanrichte glitt. Immer wieder warf er die Arme in die Luft, als wisse er nicht, ob er Ed damit erwürgen sollte oder lediglich versuchte seine Wut abzubauen.

Ed runzelte die Stirn. »Es ist kälter geworden.«

»Das ist Nicholas«, erklärte ich. »Er ist jetzt näher bei Ihnen.« Davon, dass er wild gestikulierte und dass Ed Glück hatte, weil er im Augenblick nicht stofflich war, sagte ich nichts.

Unbehaglich rückte Ed ein Stück zur Seite, den Blick in die Richtung gerichtet, aus der er die Kälte spürte – dorthin, wo Nicholas versuchte sich wieder zu fangen.

»Also gut«, sagte Ed schließlich. »Wie werden wir diese Geister wieder los?«

»Wo haben Sie das Buch?«

»Im Waffensafe. Warten Sie hier«, sagte er und verschwand im Wohnzimmer.

20

Kaum war er aus der Tür, wandte ich mich Nicholas zu. »Was ist passiert? Konntest du Adrian ...?«

Er schüttelte den Kopf. »Ich habe ihn vom Sheriff weggerissen und zwischen die Bäume gedrängt. Dann haben wir gekämpft, bis die Wirkung des Atems nachließ. Bei mir geschah es zuerst. Adrian hatte mich an der Schulter gepackt und wollte mir einen Fausthieb verpassen, als seine Finger durch mich hindurchglitten. Ich machte einen Schritt zur Seite, seine Faust fuhr an mir vorbei. Doch obwohl er mich längst nicht mehr berühren konnte, gab er nicht auf. Schlag auf Schlag ließ er folgen, hektisch und irgendwie unkoordiniert. Es dauerte eine Weile, bis ich herausfand, warum er mit einem Mal nicht mehr vernünftig zielte.«

»Und warum?«, platzte ich ungeduldig heraus, als er nicht sofort weitersprach.

Der Anflug eines Lächelns zeigte sich auf seinen Zügen. »Adrian hat mich nie beschworen. Wenn ich nicht stofflich bin, ist er nicht imstande, mich zu sehen.«

»Er hat also in die Luft geprügelt in der Hoffnung, dir doch noch eine verpassen zu können?«

»Sieht ganz so aus.«

»Und dann?«

»Dann ließ auch bei ihm die Wirkung des Atems nach und

er wurde für mich ebenfalls unsichtbar.« Grimmig fügte er hinzu: »Man könnte sagen, das war der Augenblick, in dem wir wieder getrennte Wege gingen.«

Dank Adrians Bindung an den Friedhof brauchten wir zumindest nicht zu fürchten, dass er Nicholas gefolgt sein könnte.

Endlich stellte ich die Frage, die mir schon die ganze Zeit unter den Nägeln brannte: »Wenn ihr stofflich seid, könnt ihr euch dann gegenseitig verletzen?«

Nicholas schüttelte den Kopf. »Nicht in dem Maße wie lebendige Menschen.«

»Wie dann?«

»Ich spüre die Schläge, es tut weh, aber sie verursachen keinen körperlichen Schaden.«

Keine Verletzungen, aber Schmerzen. Das genügte mir, um zu dem Schluss zu gelangen, dass eine Schlägerei nach dem Tod ebenso wenig erstrebenswert war wie davor. »Was machen wir jetzt?«

»Sie sprechen mit dem Geist, oder?«

Ohne dass ich es bemerkt hatte, war Ed zurückgekehrt. Er stand mit zwei Büchern in der Hand auf der Schwelle zwischen Wohnzimmer und Küche und sah zwischen mir und der Stelle im Raum, an der er Nicholas vermutete, hin und her.

»Nicholas«, korrigierte ich, da ich es nicht mochte, über ihn zu sprechen, als wäre er kein Mensch. Manchmal kam ich mir deswegen dumm vor, doch ich hatte von Anfang an Schwierigkeiten damit gehabt, Nicholas wie ein *Etwas* zu behandeln. In meinen Augen war er ein Mensch, auch wenn er gewissen *Einschränkungen* unterlag.

»Du musst dich schützen«, beantwortete Nicholas meine Frage. »Du brauchst einen Geisterbann.«

»Adrian wird mir nichts tun.«

»Solange er sich unter Kontrolle hat«, schränkte Nicholas ein. »Abgesehen davon ist er nicht der einzige Geist auf dem Friedhof. Und die anderen haben keinen Grund, dich zu verschonen, wenn sie erst einmal herausgefunden haben …« Er vollendete den Satz nicht. Das musste er auch gar nicht. Ich wusste auch so, was er sagen wollte. Und dass er recht hatte.

»Das ist ziemlich irritierend«, sagte der Sheriff.

»Was?«, fragten Nicholas und ich gleichzeitig.

»Dabei zu sein, wenn Sie mit jemandem sprechen, den ich weder sehen noch hören kann.«

Abgesehen davon, dass er es irritierend fand, war es auch noch reichlich unhöflich. So als unterhielte man sich im Beisein eines Dritten in einer Fremdsprache, die dieser nicht verstand. »Entschuldigen Sie, ich vergesse immer, dass nur ich ihn sehen kann.«

Ed legte die zwei Bücher auf den Tisch und setzte sich neben mich. »Wonach suchen wir?«

»Etwas, womit wir die Geister ins Jenseits zurückschicken können.« Unbehaglich sah ich zu Nicholas hinüber. Ihm war anzusehen, dass er die Bedeutung meines Blickes ebenso verstand, wie er die Reichweite unseres Vorhabens erfasste: Wenn wir die Geister bannten, schloss das auch ihn mit ein. Trotzdem nickte er.

»Sie kennen sich damit besser aus.« Ed schob eines der Bücher zu mir herüber. »Vielleicht sollten Sie danach suchen. Aber seien Sie vorsichtig, es ist ein Beweismittel.«

Ich ersparte es mir, ihm zu erklären, dass ich von Geistern und Hexerei ungefähr so viel Ahnung hatte wie von Kernphysik, und richtete meine Aufmerksamkeit auf das Buch vor meiner Nase. Schon der abgegriffene Ledereinband wirkte alt, deutlich älter als jedes Buch, das ich je zu Gesicht bekommen hatte. Als ich es aufschlug, stieg der Geruch von Staub aus den vergilbten Seiten empor und kitzelte mich in der Nase. Vorsichtig und nur mit den Fingerspitzen blätterte ich durch die welligen Seiten, überflog die in geschwungener Handschrift verfassten Überschriften und suchte die verblassten Zeilen nach etwas ab, das meine Aufmerksamkeit erregte.

Immer wieder stieß ich auf Abschnitte, die in Latein verfasst waren, eine Sprache, die ich zwar nur rudimentär verstand, aber immerhin gut genug, um zu erfassen, dass sich darin keine Schlagworte wie »Bannen von Toten« oder »Jenseits« finden ließen. Die Seiten bargen Rituale in unzähligen Formen und Facetten. Anleitungen zur Beeinflussung des Pflanzenwachstums und zur Steigerung der Empfängnisbereitschaft von Mensch und Tier gehörten ebenso dazu wie die Beschreibung von Ritualen, die es ermöglichten, mit Tieren zu sprechen, diese an sich zu binden und die Welt durch ihre Augen zu sehen. Einige Abschnitte schienen sich mit der Anrufung von Schutzgeistern zu beschäftigen. Diese waren jedoch gänzlich in Latein verfasst, sodass ich rasch weiterblätterte, sobald ich mich davon überzeugt hatte, dass sie nicht das beinhalteten, wonach wir suchten. Das Buch war weniger umfangreich, als es auf den ersten Blick ausgesehen hatte – ein Eindruck, der in erster Linie der Dicke des verwendeten Papiers geschuldet war.

Etwa in der Hälfte stieß ich auf eine Seite, deren Überschrift mich innehalten ließ. *Gespräch mit einem Toten*, stand da in geschwungenen Lettern. Zwischen den Seiten lag ein handgeschriebener Zettel, der den Briefkopf des Sheriffbüros trug und der mit Notizen zum Ritual bekritzelt zu sein schien.

»Ist es das?«, fragte ich den Sheriff, obwohl ich die Antwort längst kannte und in seinem Nicken lediglich die Bestätigung dafür fand.

Neugierig überflog ich die Zeilen. Ein Teil davon, eine Art Einleitung, war einmal mehr auf Latein niedergeschrieben.

Ich kratzte all meine Vokabeln zusammen und schaffte es tatsächlich, dem Text einen Sinn abzutrotzen. Allerdings einen, der nicht allzu viel mit dem zu tun hatte, was Ed bisher über das Ritual erzählt hatte.

»Wer war Ihr Medium?«, fragte ich ihn, nachdem ich mit dem Absatz durch war.

»Was für ein Medium?«

»Für die Beschwörung.«

»Ich hatte keines.« Als er mein Stirnrunzeln bemerkte, fügte er hinzu: »Die Zutaten, die Kerzen, die Formeln und dann die Fragen an den Geist. Alles, wie es hier beschrieben steht.«

Allmählich begann ich zu begreifen, dass hier mehr schiefgegangen war als die Beigabe einer falschen Zutat. »Haben Sie diesen Abschnitt hier gelesen?« Ich deutete auf die Zeilen unter der Überschrift.

»Ich kann kein Latein.«

Nicholas kam näher. Kälte hüllte mich ein, als er sich über meine Schulter nach vorn beugte, um den Abschnitt zu lesen. Je weiter er war, desto mehr veränderte sich sein Gesichtsausdruck. Neugierde wurde zu Unglauben und Unglauben zu Entsetzen.

»Er hat es nicht begriffen!«, zischte er schließlich und richtete sich kerzengerade auf. »Dieser verdammte Narr hat ein Ritual durchgeführt, worüber er nur die Hälfte wusste!«

»Du sprichst Latein?«

»Fließend.«

»Ich vermute, Ihr Freund«, mischte Ed sich ein, »hat gerade den Text gelesen.«

Ich nickte, wandte meine Aufmerksamkeit jedoch sofort wieder Nicholas zu. »Es war das Medium, oder?«

»Es geht nicht einfach darum, einen Geist zu rufen und mit ihm zu sprechen«, bestätigte Nicholas meine Vermutung.

»Er hätte ein Medium gebraucht, um Kontakt zu dem Geist aufzunehmen, ihn sozusagen zu kanalisieren.«

»Der Geist hätte also mit dem Medium Kontakt aufgenommen?«

»Nein. Er wäre in das Medium gefahren und hätte für kurze Zeit die Kontrolle über den fremden Körper übernommen.«

Ich sagte dem Sheriff, was Nicholas mir erklärt hatte. »Die Beschwörung hat funktioniert. Wären Sie der Anleitung gefolgt, hätte der Geist in das Medium fahren und durch dieses sprechen können. Der Geist wurde gerufen, durch das Fehlen des Mediums war er jedoch an den Friedhof gebunden und konnte keinen Kontakt zu Ihnen aufnehmen, weshalb Sie vermutlich davon ausgegangen sind, dass das Ritual fehlgeschlagen ist.« Ed nickte und ich fuhr fort: »Und statt nach der Unterhaltung wieder zu verschwinden, wie es durch die Gegenwart eines Mediums der Fall gewesen wäre, hängt Adrians Geist jetzt auf dem Friedhof fest.« *Und wartet auf seine Gelegenheit, mich in die Finger zu bekommen.*

»Aber was ist mit den anderen Geistern?«, fragte Ed.

»Die sind wahrscheinlich der falschen Zutat geschuldet.« Es war nur eine Vermutung, aber ich war mir ziemlich sicher, dass ich richtiglag. Nicht auszudenken, was geschehen wäre, wenn der Sheriff ein Medium gehabt und statt eines einzigen Geistes eine ganze Horde in dessen Körper und Bewusstsein gejagt hätte!

Ed war bleich geworden. »Diese Geister hätten in mich fahren können!«

Glücklicherweise schien er nicht über einen Funken medialen Talents zu verfügen. Andernfalls würde jetzt womöglich ein besessener Sheriff durch die Stadt laufen und wer weiß welchen Schaden anrichten.

In der Hoffnung, auf den nächsten Seiten etwas zu finden,

wie sich das Ritual aufheben ließ, blätterte ich weiter. Sichtlich war eine fehlerhafte Ausführung nicht vorgesehen, denn weder auf der nächsten noch auf den restlichen Seiten des Buches fand sich eine Anleitung, mit deren Hilfe man die Toten bannen konnte.

Schließlich klappte ich es zu und griff nach dem anderen. Schon auf der ersten Seite verstand ich nur Bahnhof, auch die nächsten Seiten brachten mich nicht weiter. Selbst Nicholas, der mir noch immer über die Schulter schaute, blickte ratlos auf die Seiten. »Was ist das?«, fragte ich Ed.

»Ich hatte gehofft, Sie könnten mir das sagen.«

Ich schüttelte den Kopf. »Sieht so aus, als müssten wir an anderer Stelle nach einer Lösung suchen.«

»Wo?« Die Ratlosigkeit in Eds Stimme passte zu seinem konsternierten Gesichtsausdruck.

»Adrian hatte noch andere Bücher«, sagte Nicholas. »Frag ihn, wo sie sind. Vielleicht finden wir da noch etwas.«

»Waren das die einzigen, die Sie im Crowley-Haus gefunden haben, Ed?«

Er schüttelte den Kopf. »Die anderen sind in der Asservatenkammer. Ich habe sie allerdings bereits durchgesehen. In keinem fand sich etwas, das mit Geistern oder Beschwörungen zu tun hatte. Meistens ging es um Tränke und Pasten, die bestimmte Dinge bewirken sollten.«

Das klang nicht, als könne es uns weiterhelfen. Trotzdem war noch längst nicht alles verloren. »Ich habe Tess' Aufzeichnungen bei mir zu Hause. Vielleicht finden wir darin etwas. Und wenn nicht ...« Ich biss mir auf die Unterlippe und schluckte jeden Hinweis auf das geheime Archiv im Keller der Bibliothek herunter. »Wenn nicht, finden wir einen anderen Weg.«

Ed seufzte, dann schlug er mit der Hand auf den Tisch, als wolle er – zumindest für den Moment – das Thema beenden.

»Höchste Zeit für den Kaffee.« Er stand auf, ging zur Kaffeemaschine und kam kurz darauf mit zwei dampfenden Tassen, Milch und Zucker wieder an den Tisch.

Ich goss gerade Milch in meinen Kaffee, als er sagte: »Sie sind mir immer noch Ihre Geschichte schuldig.«

Es war sinnlos, das Unvermeidliche noch länger hinauszuzögern. Ich trank einen großen Schluck, allein der starke Geruch wirkte schon belebend, ebenso wie die Wärme, die sich kurz darauf in meinem Magen ausbreitete.

»Als ich nach Cedars Creek kam, war es sehr kalt im Haus.« Stück für Stück erzählte ich ihm von meiner ersten Begegnung mit Nicholas und Adrian und wie ich schließlich herausgefunden hatte, wer der smarte Adrian Crowley junior wirklich war und was er vorgehabt hatte. Ich ließ weder aus, dass ich eine Nachfahrin der Baker-Schwestern war, noch behielt ich die Wahrheit über Tess' Tod länger für mich. Als ich schließlich von Adrians Verjüngungstrank, dem Mord an Nicholas und jener letzten Nacht berichtete, in der ich in Adrians Keller zu mir gekommen war, rückte Nicholas näher zu mir heran. Seine Hand lag wie ein kühler Hauch auf meiner, nicht spürbar, aber dennoch tröstlich. »Es gibt nur einen Adrian«, schloss ich meinen Bericht endlich. »Und der spukt jetzt auf dem Friedhof herum und schmiedet vermutlich Pläne, wie er sein ursprüngliches Vorhaben doch noch verwirklichen kann.«

Ein langes Schweigen folgte meinem Bericht. Ich glaubte die Fragen förmlich in Eds Zügen sehen zu können, teils seinem Beruf als Sheriff und teils schlichtem Unglauben geschuldet. Trotzdem war es keine Frage, mit der er schließlich die Stille durchbrach.

»Ich schätze, das muss ich erst einmal sacken lassen«, sagte er, leerte seinen Kaffee und schenkte sich sofort nach. »Es ist wohl am besten, wenn Sie erst einmal nicht in Ihr Haus zurückkehren. Sie können im Wohnzimmer auf der Couch schlafen.«

Einen Moment lang war ich versucht, sein Angebot anzunehmen. Der Gedanke, zum Friedhof mit seinen wandelnden Leichen – okay, Geistern – zurückzukehren, war alles andere als erhebend. Früher oder später würde ich es dennoch tun müssen, allein schon, um Tess' Aufzeichnungen zu holen.

»Ich weiß genau, was du denkst.« Nicholas klang derart ernst, dass ich aufsah. »Du wirst nicht schutzlos in dieses Haus gehen! Verstehst du mich?«

Er hatte recht und ich wusste auch schon, wie dieser Schutz aussehen würde.

»Hast du verstanden, Sam?«, hakte Nicholas nach, als ich nicht sofort antwortete.

»Ja, verstanden.« Ich sah den Sheriff an. »Ich muss zurück. Tess' Unterlagen sind dort, abgesehen davon –«

»Dann werde ich Sie morgen früh dorthin begleiten.«

Das war genau das, worauf ich gehofft hatte. Bis auf eine winzige Kleinigkeit. »Nicht morgen früh. Jetzt.«

»Was hast du vor, Sam?« Nicholas' Augen waren eine Spur dunkler geworden. Seine Hände schwebten seitlich von meinen Schultern, als wolle er mich packen und schütteln, bis ich vernünftig wurde. Ich konnte verstehen, dass er sich Sorgen machte, doch ich war nicht im Begriff, etwas Dummes zu tun. Tatsächlich hielt ich meinen Plan für ziemlich gut.

»Wenn wir einen Bann finden, wäre es gut, eine Art Basislager am Friedhof zu haben«, erklärte ich ebenso an Nicholas wie an den Sheriff gerichtet. »Vermutlich könnten wir das Ritual auch hier durchführen, aber wenn wir es direkt vor Ort machen, würden wir sofort sehen, ob es geklappt hat. Wenn wir mein Haus mit einer Geisterabwehr umgeben, wären wir geschützt. Kein Geist könnte sie durchbrechen und ins Haus eindringen.« Ebenso wenig Nicholas, doch das mussten wir in der derzeitigen Situation wohl in Kauf nehmen.

Ed runzelte die Stirn. »Aber warum noch heute Nacht?«

»Das ist brillant, Sam.« In Nicholas' Augen fand ich etwas, was über bloße Zustimmung hinausging. Er war stolz auf mich, zugleich schien er erleichtert zu sein, dass ich damit auch ihn aus meinem Haus aussperren und von mir fernhalten würde.

O *Nicholas*, seufzte ich stumm. *Ich wünschte wirklich, ich könnte dir deine Zweifel nehmen.* Unglücklicherweise konnte ich das nicht, denn mittlerweile fürchtete ich, dass er von Anfang an recht gehabt hatte.

»Wenn wir es nachts machen, sind Sie imstande, die Geister zu sehen, die sich dort herumtreiben«, erklärte ich Ed. »Sie können mich vor ihnen warnen. Abgesehen davon merken wir auch gleich, ob die Geisterabwehr funktioniert.«

»Klingt plausibel.« Er leerte seine Kaffeetasse mit einem Zug, stand auf, nahm die Bücher und verschwand damit im Wohnzimmer. Kurz darauf kehrte er mit leeren Händen zurück. »Also gut, was jetzt?«

»Wir fahren zum *Diner*.«

21

Wie vor den Kopf geschlagen stand Laura im Flur, ein Ohr an die Küchentür gepresst, und lauschte der Unterhaltung, die von drinnen gedämpft an ihr Ohr drang. Je mehr sie hörte, desto mehr wuchs ihr Unbehagen. Dass Ed die Bücher – oder zumindest einen Teil davon – hier im Haus hatte, spielte für sie im Augenblick nur eine untergeordnete Rolle. Dieser Mann hatte versucht, Kontakt zu einem Geist aufzunehmen, und es dabei geschafft, nicht nur diesen einen, sondern gleich den ganzen Friedhof aus dem Grab zu rufen! Hatte ihm denn nie jemand gesagt, dass man von Hexerei die Finger lassen sollte, wenn man keine Ahnung davon hatte?

Sie war nach unten gekommen, als sie seinen Wagen gehört hatte, und war schon auf halbem Weg in die Küche gewesen, als die Stimme einer Frau an ihr Ohr gedrungen war. Neugierig, wer diese Frau sein mochte, hatte sie auf dem Gang innegehalten. Es hatte nicht lange gedauert, bis ihr klar geworden war, wer da in der Küche saß: Samantha Mitchell, die junge Frau, die ihren Fragen so beharrlich ausgewichen war.

Da es eine interessante und, wie sie hoffte, informative Unterhaltung zu werden versprach, war sie gegen den Türstock gelehnt stehen geblieben und hatte gelauscht.

Sosehr es sie entsetzt hatte, von der Beschwörung zu hören, so sehr war sie erschrocken, als sie erfuhr, dass Ed von einem Geist angegriffen worden war. Ganz zu schweigen davon, dass ein anderer Geist bei ihm in der Küche zu sein schien!

Unwillkürlich tastete sie nach ihrem Schutzamulett und griff ins Leere.

Verflucht!

Als sie gestern Abend aus dem Wagen gestiegen war, war sie mit der Hand im Lederband hängen geblieben und hatte es zerrissen. Entschlossen, baldmöglichst ein neues Band zu besorgen, hatte sie das Amulett auf dem Beifahrersitz liegen lassen. Offensichtlich weit genug vom Haus entfernt, um den anwesenden Geist seine Wirkung nicht spüren zu lassen.

Den Wunsch unterdrückend, sich zu schützen, zwang sie sich stehen zu bleiben, um herauszufinden, ob es noch weitere schlimme Neuigkeiten gab.

Und die gab es.

Je mehr Laura zu hören bekam, desto unruhiger wurde sie.

Plötzlich wirkte die Dunkelheit im Flur bedrohlich. Schatten krochen von allen Seiten auf sie zu, nur von einem schmalen Streifen Licht durchbrochen, der unter der Küchentür hindurchschien. Auf der Suche nach Halt und darum bemüht, das Entsetzen zu unterdrücken, das sich mehr und mehr in ihr ausbreitete, streckte sie die Hand nach der Wand aus. Rastlos wanderten ihre Finger über die Raufasertapete, während sich Adrian Crowleys Geheimnis mehr und mehr vor ihr entfaltete.

Zu hören, welche Pläne Adrian zu Lebzeiten verfolgt und dass er sich nicht nur der dunklen Kunst bedient hatte, sondern auch noch ein Mörder war, hatte sie nach Luft schnappen lassen. Sie hatte gewusst, dass er über Macht verfügte. Das wahre Ausmaß dieser Macht zu erkennen und zu hören, wie weit er zu gehen bereit gewesen war, um seine Pläne in die Tat umzusetzen, hatte ihr einmal mehr vor Augen geführt, wie wichtig es war, diese Bücher zu bekommen. Sie mussten in Sicherheit gebracht werden, damit niemand mehr etwas derart Schreckliches damit anstellen konnte!

Zumindest zwei Bücher waren im Haus – darunter das gefährlichste. Darüber, wie sie an die anderen gelangen sollten, die sich in der Asservatenkammer befanden, würde sie sich später Gedanken machen. Zuerst wollte sie diese hier an sich bringen.

Als Laura hörte, wie Ed die Küche verließ und ins Wohnzimmer ging, schlich sie zur Treppe. Darum bemüht, kein Geräusch zu verursachen, zog sie sich Stufe um Stufe nach oben zurück. Sobald Ed und Samantha das Haus verließen, würde sie sich die Bücher holen.

Sie kehrte in ihr Zimmer zurück, die Tür ließ sie angelehnt, setzte sich aufs Bett und wartete. Es dauerte nicht lange, bis sie den Motor von Eds Wagen aufheulen hörte. Trotzdem blieb sie noch ein paar Minuten sitzen, ehe sie sich wieder nach unten wagte. In der Küche knipste sie das Licht an und sah sich um. Bis auf zwei leere Kaffeetassen auf dem Tisch und einem Filter mit Kaffeesatz im Spülbecken war nichts zu entdecken, was nicht vorher auch schon da gewesen wäre. Trotzdem zog sie jede einzelne Schublade auf, öffnete jede Schranktür und sah sogar in den Kühlschrank und in die Speisekammer in der Hoffnung, dass Ed es bei ihrem Aufbruch eilig gehabt hatte und die Bücher nur schnell von der sichtbaren Oberfläche hatte verschwinden lassen. Vergebens. Nachdem sie in der Küche nicht fündig wurde, ging sie ins Wohnzimmer, um dort ihr Glück zu versuchen. Als sie die offene Schranktür sah, die den Blick auf den Waffensafe freigab, wusste sie, dass er sie wieder weggesperrt hatte. Noch einmal durchsuchte sie alles – dieses Mal nach dem Schlüssel für den Waffensafe. Nachdem sie an allen möglichen und unmöglichen Orten nachgesehen hatte, kam sie zu dem Schluss, dass Ed ihn bei sich trug.

Da sie weder die Bücher noch den Schlüssel gefunden hatte, kehrte sie in ihr Zimmer zurück, griff nach ihrem Handy und wählte Georges Nummer.

Es klingelte und klingelte. »Komm schon, George. Geh ran!«

Nach weiteren drei Klingeltönen meldete sich ihr Bruder am anderen Ende der Leitung. »Hast du mal auf die Uhr geschaut, Schwesterchen? Du hast Glück, dass ich noch nicht geschlafen habe.« Seine Stimme klang schwer, so als hätte er ein paar Bier zu viel getrunken.

»Ich habe zwei der Bücher gefunden.«

Schlagartig war jede Undeutlichkeit aus seiner Stimme verschwunden, als er sagte: »Bring sie her.«

»Im Augenblick weiß ich nur, wo sie sind, aber ich habe sie nicht. Noch nicht.« Sobald sich ihr eine Gelegenheit bot, würde sie den Safeschlüssel an sich bringen. »Die anderen

Bücher sind in der Asservatenkammer. Da komme ich nicht ran.«

»Sie soll zusehen, dass sie die Dinger in die Finger bekommt«, hörte sie Scott im Hintergrund sagen. »Über die Asservatenkammer machen wir uns später Gedanken.«

»Hast du gehört?«

»Ja.« Ohne Abschiedswort und unzufrieden mit der Situation beendete sie das Gespräch. Daran, dass ihr etwas einfallen würde, wie sie Ed die Bücher abnehmen konnte, zweifelte sie nicht. Die Vorstellung jedoch, schon morgen nicht mehr hier zu sein, stimmte sie traurig. Es gefiel ihr hier – nicht zuletzt wegen Ed.

22

Ed hatte gerade den Motor angelassen, als ich nach meinem Handy griff. Glücklicherweise steckte das Post-it mit Mikes Nummer immer noch in meiner Hosentasche. Mike war nicht begeistert, dass ich ihn mitten in der Nacht aus dem Bett klingelte. Ich glaube, er verfluchte mich, war mir jedoch nicht hundertprozentig sicher, da es mir schwerfiel, zwischen all dem Gähnen überhaupt erkennbare Worte auszumachen.

»Mike, hör zu«, unterbrach ich sein vermeintliches Gezeter. »Wir haben ein Geisterproblem auf dem Friedhof. Ich brauche deine Hilfe.«

»Was für ein Problem?« Schlagartig klang er hellwach. Tatsächlich waren es die ersten verständlichen Worte, seit er ans Telefon gegangen war. »Worum geht's?«

»Adrian ist zurück.«

Mike stieß einen derart heftigen Schwall an Schimpfworten aus, dass ich das Handy ein Stück vom Ohr weghalten musste, um mein Trommelfell nicht zu riskieren. Es kostete mich ein wenig Mühe, ihn zu beruhigen und zum Zuhören zu bewegen. Schließlich endete das Gebrüll und ich konnte das Handy wieder vernünftig halten.

»Sheriff Travis ist bei mir«, erklärte ich. »Wir sind auf dem Weg zu mir und wir brauchen deine Hilfe!«

»Der Sheriff?«, schnappte er. »Wollt ihr Crowley jetzt verhaften oder was?«

»Wäre schön, wenn es so einfach ginge.« Ich erklärte ihm in Kurzfassung, was passiert war und was wir vorhatten. »Dieses Mal brauche ich deine Geisterabwehr, Mike. Hast du noch genug von dem Zeug?«

»Worauf du wetten kannst.«

Als wir das *Diner* erreichten, stand Mike bereits vor der Tür. Eine dunkle Sporttasche in der Hand lehnte er an der Ecke und blickte nervös die Straße entlang. Sobald er uns kommen sah, zog er sich die Kapuze seines Sweaters ins Gesicht, als befände er sich auf einer geheimen Mission, und kam uns ein Stück entgegen.

Ed blieb am Straßenrand stehen. »Springen Sie rein«, rief er Mike durch das heruntergelassene Beifahrerfenster zu.

Mike hielt sich nicht mit Begrüßungsfloskeln auf. »Ich habe keine Maske. Wir sollten das nicht ungeschützt tun, wenn sich dort ein Haufen Geister herumtreibt.«

Seine Maske lag noch bei mir im Haus, wo er sie bei seinem letzten *Besuch* vergessen hatte.

Der Sheriff runzelte fragend die Stirn. Schnell erklärte ich ihm, dass Mike die Idee gehabt hatte, durch eine Schutzmaske zu verhindern, dass ein Geist seinen Atem nahm.

»Klingt vernünftig«, stimmte Ed zu. »Warten Sie hier, wir haben welche in der Station.« Er stieg aus und lief zur Polizeistation.

Mike öffnete die hintere Tür auf der Fahrerseite und warf seine Tasche in den Fußraum hinter mir. Dann hielt er inne und wich einen halben Schritt von der Tür zurück. »Hier drin ist es ziemlich kalt. Ist das Nicholas?«

»Du kannst ihn spüren?«

»Es ist also Nicholas?«

»Ja«, beruhigte ich ihn und sah mich nach Nicholas um, der hinter mir saß.

»Interessant«, meinte der nachdenklich. »Es sieht ganz so aus, als würde es genügen, sich mit Geistern zu beschäftigen, um ein Gespür dafür zu entwickeln, wann welche anwesend sind.«

Mike, der nichts von Nicholas' Gedankengang mitbekommen hatte, beugte sich nun wieder in den Fonds. »Wo ist er? Ich würde mich nur ungern auf ihn setzen.«

»Er ist hinter mir.«

Ich hatte die Worte kaum ausgesprochen, da saß Mike schon neben Nicholas im Wagen, zog die Tür zu und streifte die Kapuze zurück. Selbst durch das Gitter, das den Fond des Wagens vom vorderen Teil trennte, war nicht zu übersehen, dass sein kurzes Haar noch zerzaust vom Schlaf war und ihm die Brille schief auf der Nase saß. Bei jeder Bewegung drang der intensive Geruch seines Aftershaves durch das Gitter nach vorn. Ich konnte nur schwer ein Grinsen unterdrücken. *Keine Zeit zum Kämmen, aber mal eben im Eau de Toilette gebadet.*

Mit einer fahrigen Bewegung rückte er seine Brille zurecht und richtete seine Aufmerksamkeit nach draußen. Sein Blick schoss die Straße entlang, als rechnete er damit, jeden Augenblick eine Horde bleicher Gespenster zu sehen, die auf der Suche nach Leben auf uns zuwankten. So ganz von der Hand zu weisen war seine Angst nicht, wenngleich die Geister an den Friedhof gebunden waren und zumindest außerhalb ihrer Grenzen keinen Schaden anrichten konnten. Bis vor Kurzem hätte ich gesagt, dass meine größte Angst darin bestünde, eine Horde Zombies auf der Suche nach Gehirn und Menschenfleisch die Straße herunterkommen zu sehen – jetzt war dieses Bild durch Geister und ihre Gier nach Atem ersetzt worden.

»Ich bin wirklich froh, dass du uns hilfst«, sagte ich, um mich auf andere Gedanken zu bringen.

»Glaub mir, ich würde alles tun, um diesen Dreckskerl ein für alle Mal zur Hölle zu schicken!« Er schlug mit der flachen Hand auf die Sitzbank. »Ich kann es einfach nicht glauben, dass er wieder da ist! Wie konnte Sheriff Travis das tun!«

»Er wusste es nicht besser.«

Mike und ich verfielen in Schweigen. Ich starrte aus dem Fenster und fragte mich, ob wir tatsächlich einen Weg finden würden, Adrian und die anderen ins Jenseits zurückzubefördern. Einen Weg, der nicht zwangsläufig bedeutete, dass ich auch Nicholas verlieren würde. Tränen brannten in meinen Augen und die Straße verschwamm vor meinem Blick. Ich ballte meine Hände zu Fäusten, um das Zittern zu unterdrücken, das sich in mir ausbreitete. Dass mich das Handeln des Sheriffs zwang, mein Haus vor Geistern zu schützen und damit auch Nicholas auszusperren, war schon schlimm genug. Die bloße Vorstellung, ihn zusammen mit seinem Bruder und den anderen Geistern ins Jenseits zu schicken und ihn nie wiedersehen, mit ihm sprechen oder ihn berühren zu können, war einfach ... zu viel.

Ed kehrte mit drei Atemschutzmasken in der Hand zum Wagen zurück und reichte sie Mike, damit der sie in seiner Tasche verstaute. Ich hatte keine Ahnung, was er seinen Leuten von der Nachtschicht gesagt hatte, warum er die Masken brauchte. Aber vermutlich musste er nichts erklären, immerhin war er der Sheriff. Zu irgendwas musste das ja gut sein.

Als er neben mir auf den Fahrersitz glitt, drehte ich den

Kopf zur Seite und sah aus dem Fenster, um ihn meine Tränen nicht sehen zu lassen. Tatsächlich bemerkte er nichts. Er ließ den Motor an und fuhr los.

Vor Nicholas hingegen konnte ich nicht verbergen, was in mir vorging. Ich spürte das kühle Echo seiner Hand auf meiner Schulter und legte meine Hand auf dieselbe Stelle. Auch wenn ich nichts weiter als Kälte und meinen eigenen Körper unter meinen Fingern spürte, schaffte ich es doch für einen Moment, mir vorzustellen, seine Hand zu halten.

»Ich weiß nicht, wie es enden wird«, sagte er leise neben meinem rechten Ohr. »Aber früher oder später wird es ein Ende finden. Das war uns doch eigentlich von Anfang an klar, oder?«

»Nichts war klar«, wollte ich rufen, doch ich schluckte die Worte herunter. Hatte ich mir wirklich die ganze Zeit etwas vorgemacht, als ich Pläne für uns geschmiedet und gehofft hatte, ihn dazu zu bewegen, mich nach Boston zu begleiten? War es tatsächlich möglich, dass ein Teil von mir längst wusste, dass das, was zwischen uns war, keine Zukunft haben konnte?

»Vielleicht mag es dir klar sein«, flüsterte ich, sodass nur er es hören konnte. »Ich für meinen Teil glaube daran, dass das nicht das Ende ist. Verflucht, was machen wir schon? Eine Geisterabwehr, die dich von meinem Haus fernhalten wird. Na und? Im Gegensatz zu den anderen bist du nicht an den Friedhof gebunden. Es gibt also genügend andere Möglichkeiten, uns weiterhin zu sehen. Außerdem«, schob ich hinterher, »ist das ohnehin nur vorübergehend. Sobald die Geister gebannt sind ...«

»... werde auch ich fort sein«, vollendete er meinen Satz auf eine Weise, von der ich mir gewünscht hätte, er hätte es nicht getan.

Die unterdrückten Tränen ballten sich in meiner Kehle

zu einem Knoten, der es mir unmöglich machte, weiterzusprechen. Ich konnte nur stur den Kopf schütteln und mir wünschen, dass er sich irrte.

Wir hatten die Tankstelle an der Straßenbiegung hinter uns gelassen, die Neonröhren, die den 24-Stunden-Service verkündeten, verschwanden gerade im Rückspiegel, als Ed fragte: »Wie nah können wir uns an Ihr Haus heranwagen, ohne von den Geistern behelligt zu werden?«

»Wenn Sie den Wagen auf der Straße vor meinem Grundstück abstellen, reicht das«, erklärte ich. Mit einem Blick zu Nicholas vergewisserte ich mich, dass ich richtiglag. Er nickte, deshalb fuhr ich fort: »Die Geister können nur bis zu einem gewissen Punkt in meinem Vorgarten. Weiter kommen sie nicht.«

Sobald das Haus in Sicht kam, wurde er langsamer. Sein Blick wanderte bedächtig über jeden Winkel meines Vorgartens. »Niemand hier«, sagte er schließlich.

Hinten begann Mike zu lachen. »Sieht so aus, als wäre dein Haus von allen guten Geistern verlassen, Sam.«

Ed grinste. Nur mir entlockte die Bemerkung nicht einmal ein Schmunzeln. Immerhin würde der einzig gute Geist mein Haus heute Nacht tatsächlich verlassen müssen.

Ed parkte den Wagen am Randstein und stellte den Motor ab. »Ich lasse den Zündschlüssel stecken für den Fall, dass wir schnell von hier fortmüssen.«

Der Mann hatte Filmwissen! Sichtlich hatte er gelernt, dass einem bei überstürzter Flucht grundsätzlich die Schlüssel herunterfielen, man das Schloss nicht traf oder sie gleich im Gully vor dem Wagen versenkte. All die wunderbaren Begebenheiten, die es potenziellen Verfolgern ermöglichten, aufzuholen und einen doch noch in die Finger zu bekommen.

»Ich würde sagen, wir sehen uns erst einmal an, was Sie dabeihaben, Mike, und Sie erklären uns, was wir tun müssen.«

Wir stiegen aus dem Wagen, Mike mussten wir herauslassen, da sich die hinteren Türen nur von außen öffnen ließen, und versammelten uns um die Motorhaube, auf der Mike seine Tasche abstellte. Er zog den Reißverschluss auf und holte eine Tonkugel heraus, die denen, die ich zertreten hatte, aufs Haar glich.

»Davon«, sagte er und hielt sie in die Höhe, »habe ich acht Stück. Unglücklicherweise hatte ich nicht mehr viel Pulver.«

Ich versuchte das ungute Gefühl zu unterdrücken, das diese Information in mir hervorrief. »Ist das ein Problem?«

Zu meiner Erleichterung schüttelte Mike den Kopf. »Nein, es wird trotzdem funktionieren, allerdings in einem deutlich kleineren Umkreis.«

Ich erinnerte mich daran, dass Nicholas bis zur Kirche zurückgetrieben worden war, als Mike vorgestern seinen Bann in meinem Garten verscharrt hatte. »Von wie viel geschütztem Raum sprechen wir?«

»Alles, was sich innerhalb des Kreises befindet, den wir errichten: also dein Haus und ein Stück Drumherum plus etwa zehn oder zwölf Meter außerhalb des Kreises.«

Das würde genügen. Für mich war in erster Linie wichtig, dass das Innere des Hauses sicher war, draußen konnte ich mich schützen. »Okay, was müssen wir tun?«

»Wir müssen sie in einem möglichst gleichmäßigen Kreis ums Haus herum in die Erde einbringen.«

»Vergraben.«

»Genau, Sheriff.«

»Und dann?« Ed wirkte so konzentriert, dass ich halb erwartete, er würde jeden Moment seinen Notizblock zücken und beginnen, sich Mikes Anweisungen zu notieren.

»Sie müssen auf eine bestimmte Art eingegraben und durch eine Formel aktiviert werden«, fuhr Mike fort. »Erst dann ist das Haus wirklich sicher.«

Ed zog skeptisch eine Augenbraue hoch, ich hingegen hatte keinen Grund, an Mikes Worten zu zweifeln. Ich hatte die Wirkung seiner Abwehr bereits erlebt und wusste, dass sie funktionierte.

»Das ist erprobt«, sagte ich, um die Zweifel des Sheriffs zu zerstreuen. Dabei wäre eigentlich ich es, die zweifeln sollte, denn wenn jemand sich im Haus aufhalten und in Gefahr sein würde, war ich das. Aber ich vertraute Mike.

Ed schien noch einmal darüber nachzudenken, schließlich nickte er. »Wie lautet die Formel?«

Zweifelsohne dachte er, dass wir die Kugeln unter uns aufteilen und jeder mit ein paar davon losziehen würde. Da ich die Folgen seines letzten Rituals bereits zu spüren bekommen hatte, schüttelte ich schnell den Kopf. »Mike wird sie sprechen.«

»Wir wären schneller, wenn wir uns aufteilten«, wandte Ed ein.

»Aber es ist sicherer, wenn wir zusammenbleiben«, schoss ich zurück.

»Absolut«, pflichtete Nicholas mir bei. »Haltet ihn lieber von allem, was auch nur entfernt an ein Ritual erinnert, fern!«

Das hatte ich vor. »Ich würde Folgendes vorschlagen: Ich grabe die Löcher, Mike übernimmt die Sache mit der Formel, und Sie, Ed, Sie sind der Einzige, der die Geister sehen kann. Das heißt, Sie stehen Schmiere und warnen uns, wenn sie uns zu nahe kommen.« Ich war mir zwar ziemlich sicher, dass uns mit den Atemschutzmasken nichts passieren würde, konnte aber ein gewisses Restrisiko nicht ausschließen. Es war besser, wenn jemand die Augen offen hielt, während Mike und ich uns um den Rest kümmerten.

Während wir unser Vorgehen planten, sah ich immer wieder zu Nicholas hinüber, den ich mit unserem Ritual ebenfalls ausschließen würde. Doch er nickte nur. »Es ist okay«, sagte er leise. Tatsächlich schien er unser Vorhaben sogar zu begrüßen.

»Ist es wirklich so schlimm?«, formten meine Lippen lautlos.

Er wich meinem Blick nicht aus. »Es wird jeden Tag, beinahe jede Stunde schlimmer.«

Allein heute hatte ich ihn trotz unserer Notfallvereinbarung mehrmals dazu gebracht, meinen Atem zu nehmen – nicht zuletzt aus egoistischen Gründen. Wie konnte ich es ihm da verdenken, dass er um jede Maßnahme froh war, die den drängenden Wunsch nach Leben zumindest für eine Weile von ihm nahm?

»Sam?« Eds Stimme schreckte mich auf. »Sind Sie bereit?«

Ich nickte, auch wenn es gelogen war.

Ed gab jedem von uns eine Atemschutzmaske und zeigte mir, wie ich sie richtig anlegte. Mein Atem klang dumpf und es dauerte eine Weile, bis ich den Dreh so weit raus hatte, dass der Gesichtsschutz nicht bei jedem Atemzug anlief und mir die Sicht nahm. Die Luft, die ich durch die Maske gefiltert einatmete, roch nach Kunststoff und Gummi.

So geschützt machten wir uns an die Arbeit. Mike wählte dieselben acht Punkte, an denen er die Tonkugeln auch beim letzten Mal vergraben hatte, beginnend mit dem kahlen Blumenbeet hinter der Hecke. Er zeigte mir die Stelle und ich ging davor in die Hocke und wühlte ein Loch in die Erde, das tief genug für die kleine Kugel war. Sobald ich fertig war, bedeutete Mike mir, zur Seite zu treten.

»Sehen Sie irgendwelche Geister?«, fragte ich Ed, während ich beobachtete, wie Mike die Kugel in die Erde setzte und das Loch wieder schloss, wobei er die Erde gegen den Uhrzeigersinn glatt strich.

»Sie sind hier«, bestätigte Ed und deutete mit dem Kopf in

Richtung der Douglasien, die an der Grenze zum Friedhof in die Nacht emporragten. »Sie streifen zwischen den Bäumen umher und beobachten uns, aber kaum einer traut sich näher heran.«

»Kaum einer?«

»Nur ein oder zwei Mutige.«

Ich sah ihn an. »Wie viele sind es insgesamt?«

Eine Weile sagte er nichts, ließ seinen Blick nur stumm über die Baumreihen wandern. »Zwanzig oder dreißig«, meinte er schließlich. »Sie befinden sich in ständiger Bewegung, deshalb ist es schwer, eine genaue Zahl zu nennen.«

Zwanzig oder dreißig. Das waren verdammt viele. Die Vorstellung, dass ich seit mindestens zwei Tagen von so vielen ruhelosen Geistern umgeben war, ohne mehr als Kälte zu spüren – die ich in meiner Ahnungslosigkeit auf die defekte Heizung geschoben hatte –, war erschreckend. Nicht auszudenken, was alles hätte passieren können.

Nicholas, der neben uns stand, schien zu ahnen, was ich dachte. »Wir hatten großes Glück, dass sie die Sache mit dem Atem noch nicht herausgefunden hatten. Mein Gott, ich darf gar nicht darüber nachdenken!«

Das durfte ich allerdings auch nicht.

Glücklicherweise riss mich Mike in diesem Moment aus meinen düsteren Gedanken, als er plötzlich etwas zu murmeln begann. Er las die Worte von einem zerknitterten Zettel in seiner Handfläche ab und sprach dabei so leise, dass ich Mühe hatte, etwas zu verstehen. Einzig, dass es sich um Latein zu handeln schien, glaubte ich herauszuhören.

»Du sprichst Latein?«, fragte ich, als er fertig war und sich wieder aufrichtete.

Mike grinste beinahe verlegen. »Ich lese es einfach ab.«

Er bedeutete uns, ihm zu folgen, und kurz darauf grub ich das nächste Loch, diesmal an der Hausecke. Wieder legte

Mike die Tonkugel hinein, bedeckte sie mit Erde und sagte seine Formel auf.

»Sie ziehen sich zurück«, sagte Ed, kaum dass Mikes letztes Wort verklungen war. »Ich kann sie kaum noch sehen.«

Ich sah mich um. »Nicholas ist auch fort.« Ich fühlte mich überrollt, hatte ich doch nicht vor dem Einbringen der letzten Tonkugel damit gerechnet, dass das geschehen würde. Verflucht, ich hatte noch einen Treffpunkt mit ihm vereinbaren wollen. Einen Ort, an dem wir uns unbehelligt von den anderen Geistern sehen konnten. Dazu war es jetzt zu spät. »Wirkt der Bann bereits?«

»Nur an der Linie zwischen der ersten und der zweiten Kugel«, sagte Mike. »Aber der Kreis ist noch lange nicht geschlossen. Bevor nicht alle Kugeln in der Erde liegen, gibt es keinen Rundumschutz.«

Dann musste Nicholas noch in der Nähe sein. Ich sah mich genauer um und tatsächlich entdeckte ich ihn ein Stück entfernt hinter der Hausecke. Er deutete die Straße hinunter und ich nickte erleichtert. Dort würde unser Treffpunkt sein. »Morgen Nacht«, rief er mir zu. »Heute Nacht will ich, dass du schläfst!«

Wir setzten unsere Arbeit fort, und mit jeder weiteren Kugel, die in der Erde verschwand, entfernten sich die Geister ein Stück mehr von uns. Die letzte Kugel, die letzte Formel, gefolgt von ein paar weiteren lateinischen Zeilen, die Mike von einem anderen Zettel ablas. Schließlich richtete er sich auf, ließ die beiden Papierfetzen in seiner Hosentasche verschwinden und wischte sich die erdigen Hände an seiner Jeans ab. »Das war's.«

Ed machte ein paar Schritte in jede Richtung und ließ seinen Blick von einer Seite zur anderen schweifen, ehe er zu uns zurückkehrte. »Sie sind fort.«

Trotzdem behielten wir die Atemschutzmasken auf. Mike

und Ed bestanden darauf, mich ins Haus zu begleiten und sich umzusehen. Ed ging von Zimmer zu Zimmer, ich war mir jedoch, lange bevor er seinen Rundgang beendet hatte, sicher, dass sich kein Geist im Haus aufhielt. Die durchdringende Kälte, die ich während der letzten Tage verspürt hatte, war verschwunden.

Schließlich kehrte Ed in den Flur zurück, wo Mike und ich auf ihn warteten, und bedeutete uns, die Masken abzunehmen. Erleichtert sog ich die frische Luft in meine Lungen. Es würde wohl noch eine Weile dauern, bis ich den unangenehmen Geruch der Maske aus der Nase bekam.

»Sieht so aus, als wären Sie sicher, Sam.« Eds Maske baumelte an den Riemen von seiner Hand. »Wie machen wir weiter?«

»Ich werde morgen Tess' Unterlagen durchsehen.« Alles in mir drängte danach, es gleich zu tun, ich merkte jedoch, dass ich für heute am Ende meiner Kräfte war und dringend ein paar Stunden Schlaf brauchte.

»Dabei kann ich dir helfen«, bot Mike an.

Dankbar nahm ich sein Angebot an.

»Angenommen, Sie finden nichts, was machen wir dann?«

»Dann gehe ich in die Bibliothek.« Das entsprach zwar nicht ganz der Wahrheit, war aber auch nicht wirklich gelogen. Falls Tess' Aufzeichnungen nichts ergaben, würde ich mein Glück im geheimen Archiv versuchen, das sich im Keller der Bibliothek befand. Tess hatte es mir in der Nacht gezeigt, in der wir Nicholas versehentlich beschworen hatten. In einer Klimakammer lagerten dort Bücher über Zauberei, Hexerei und Okkultes – allesamt Werke, von denen die Verantwortlichen beschlossen hatten, sie aus dem Verkehr zu ziehen, die aber zu wertvoll waren, um sie einfach zu vernichten, nachdem man sie damals im Fundament des Baker-Hauses gefunden hatte. Abgesehen von Tess und mir wussten nur der Bürgermeister, der Bibliothekar und der Reverend davon. Sheriff Travis würde ich nur dann davon erzählen, wenn es sich nicht länger vermeiden ließ. Zum Glück schien er sich mit meiner Aussage zufriedenzugeben.

Mike und Ed waren bereits auf dem Weg zur Tür, als mir etwas anderes einfiel. »Was ist mit dem Reverend?«

»Ich rufe ihn gleich morgen früh an und sage ihm, dass er sich in den nächsten Tagen auf keinen Fall hier blicken lassen darf.«

»Wie wollen Sie ihn dazu bringen?«, wollte Mike wissen.

Ed lächelte müde. »Ich denke, er ahnt bereits, was hier vor sich geht. Trotzdem werde ich ihm die offizielle Begründung nennen, mit der ich auch den gesamten Friedhof für die Öffentlichkeit sperren lassen werde: Unterspülungen, die erst genauer untersucht werden müssen, ehe wir das Gelände wieder freigeben können.«

»Werden Ihre Leute keine Fragen stellen, wenn Sie sie anweisen, den Friedhof abzusperren?«

Er zuckte die Schultern. »Für ein oder zwei Tage werde ich sie hinhalten können. Bis dahin sollten wir allerdings eine Lösung gefunden haben. Wenn es Schwierigkeiten gibt, melden Sie sich bei mir auf dem Handy.« Er drückte mir eine Visitenkarte in die Hand. »Gute Nacht, Sam.«

Mike folgte ihm zur Tür, drehte sich allerdings, kurz bevor er das Haus verließ, noch einmal um. »Ruf mich an, wenn du wach bist und loslegen willst. Aber jetzt hau dich erst mal ein paar Stunden aufs Ohr, du siehst grauenhaft aus.«

»Na, herzlichen Dank auch.«

Grinsend zog er die Tür hinter sich zu und ich war zum ersten Mal, seit ich nach Cedars Creek gekommen war, wirklich allein im Haus.

23

Es war weit nach Mitternacht, als Ed endlich nach Hause kam. In seinem Kopf ging es zu wie in einem Bienenstock. Der rationale Teil seines Verstandes kämpfte gegen die Dinge an, die er heute gesehen und gehört hatte. Bilder, Geräusche und Gerüche mischten sich zu einem wilden Durcheinander, von dem er wusste, dass es Tage dauern würde, bis er alles sortiert und verarbeitet hatte.

In der Küche brannte Licht, und als er nachsehen ging, ob er bei seinem Aufbruch vergessen hatte, es auszuschalten, fand er Laura am Küchentisch sitzend und in einer Zeitschrift blätternd vor. Sie trug eine graue Jogginghose und ein weißes T-Shirt, das Haar hatte sie locker im Nacken zusammengebunden.

Sobald sie ihn auf der Schwelle bemerkte, sah sie auf. »So spät vom Friedhof zurück?«

Einen Moment lang fragte er sich, woher sie wusste, wo er gewesen war. Dann jedoch begriff er, dass sie seinen ersten Besuch auf dem Friedhof meinte, als Josh ihn gerufen hatte. Er nickte müde, warf seinen Hut auf die Ablage im Flur und ging zu ihr in die Küche. »Es war ein langer Tag.« *Und eine noch längere Nacht.*

Sie schob die Zeitschrift zur Seite und stand auf. »Wollen Sie eine Tasse Tee oder Kaffee?«

Ed dachte an Kaffee, hatte aber das Gefühl, dass ihm das gewohnte Koffein im Augenblick nicht reichen würde. »Wie wäre es mit einem Glas Wein?«, schlug er vor. »Leisten Sie mir Gesellschaft?«

»Gern.«

Er zog seine Jacke aus und warf sie über einen freien Stuhl, dann legte er das Pistolenholster ab. »Ich sperre nur eben die Waffe weg.« Als er ins Wohnzimmer ging, war Laura bereits dabei, Weingläser aus dem Schrank zu holen. Rasch legte er die Pistole auf die Bücher im Safe, sperrte wieder ab und kehrte zu ihr zurück. Ein gemütliches Glas Wein, das er nicht allein trinken musste, war jetzt genau das Richtige. Er holte eine Flasche Rotwein aus der Speisekammer – kein besonders edler Tropfen, er war noch nie ein großer Weinkenner gewesen, aber seiner Ansicht nach ein guter Wein –, und öffnete sie.

Zwei Minuten später saßen sie gemeinsam am Tisch, jeder von ihnen ein gefülltes Glas vor sich. Ed lehnte sich zurück und genoss die Stille, die nach den ersten Schlucken in seinen Gedanken einkehrte.

»Haben Sie Hunger?«, wollte Laura wissen. »Ich könnte Ihnen ein Sandwich machen.«

Er schüttelte den Kopf. Alles, was er wollte, waren ein paar Minuten Ruhe und ihre Gesellschaft.

»Der Kerl auf dem Friedhof ist dann wohl keines natürlichen Todes gestorben«, vermutete sie und fuhr mit dem Finger über den Rand ihres Weinglases, bis es zu singen begann.

»Wie kommen Sie darauf?«

»Sie waren lange weg.«

Er dachte an den Zettel, den sie ihm hinterlassen hatte. Vielleicht hatte sie auf ihn gewartet und gehofft, sie könnten ihr Gespräch an der Stelle fortsetzen, an der sie durch Joshs Anruf unterbrochen worden waren. Vor ein paar Stunden hatte er das selbst noch gehofft, aber seitdem war viel geschehen. Ed zuckte die Schultern. »Wir müssen erst noch auf den Bericht des Gerichtsmediziners warten, aber so, wie es aussieht, war es ein Herzanfall.« Es entsprach nicht ganz der Wahrheit, doch ihm stand im Moment weder der Sinn danach, mehr zu erklären, noch, ihr klarzumachen, dass er im Augenblick nicht über seine Arbeit oder den Friedhof sprechen wollte. »Der Schreibkram hat mich aufgehalten«, behauptete er stattdessen.

»Das klingt nach einem ziemlich beschissenen freien Tag.«

Das war er wohl gewesen, trotzdem musste er grinsen, als er sich an das gemeinsame Mittagessen und ihre ziemlich offensichtlichen Flirtversuche erinnerte. »Bis zu Joshs Anruf ist es eigentlich ganz gut gelaufen.«

»Dann sollten wir vielleicht die Zeit zurückdrehen und sehen, dass wir dort anknüpfen, wo wir heute Mittag aufgehört haben.« Sie warf einen Blick auf die mittlerweile vom Fett durchweichte Pappschachtel, die vor der Wand auf dem Tisch stand. »Es ist noch etwas von der gebackenen Banane da. Allerdings …«, fügte sie hinzu und verzog beim Anblick des fleckigen Kartons das Gesicht, »… ich bezweifle, dass sie noch sonderlich gut ist.«

Ed nahm die Schachtel, zielte auf den Mülleimer und warf. Mit einem vernehmlichen Laut traf sie auf die anderen Behälter, die nach dem Mittagessen bereits dort gelandet waren. Als er sich Laura wieder zuwandte, bemerkte er, dass sie ihn einmal mehr musterte. Er trank einen Schluck von seinem Wein, stellte das Glas auf den Tisch zurück und sah ihr in die Augen. »Was, glauben Sie, ist das, was da zwischen uns abläuft?«

»Was?« Ein wenig verwirrt sah sie ihn an, als hätte er sie aus ihren Gedanken gerissen.

»Sichtlich fühlen wir uns zueinander hingezogen.« Ed war schon immer ein Mann klarer Worte gewesen, meistens brauchte er ein wenig Anlauf, um sie auszusprechen, doch nach einem Tag wie diesem stand ihm nicht mehr der Sinn nach Spielchen. »Ich frage mich einfach …«

»Ob mehr daraus werden könnte?« Ihre Stimme war ungewöhnlich leise geworden. Sie klang unsicher, beinahe schon schüchtern. Doch da war noch mehr, was er aus ihrem

Tonfall zu entnehmen glaubte. War das Traurigkeit, die ihre Stimme dämpfte?

»Um ehrlich zu sein: ja.«

Als er ihr Lächeln sah, war er sich sicher, dass es Traurigkeit gewesen war. Dieses Lächeln war so bittersüß, wie er es selten zuvor gesehen hatte. »Wie soll das gehen?«, fragte sie leise. »Ich muss bald wieder fort.«

Sie hatte also ebenfalls darüber nachgedacht. Allein die Erkenntnis bestärkte ihn darin, nicht so einfach aufzugeben. Er verzog das Gesicht, als sei gerade sein einziger Freund gestorben, und nickte. »Ich verstehe. Mir erschien die Entfernung von hier nach Seattle auch von Anfang an unüberbrückbar. Ich meine, wem wollen wir etwas vormachen? Wir sprechen von zwei Stunden Fahrtzeit! Das ist unmöglich zu schaffen.«

Dieses Mal war alle Traurigkeit aus ihrem Lachen gewichen. »Ich war wohl ein bisschen überdramatisch, was?«

Ed zuckte die Schultern und stand auf. Statt etwas zu erwidern, griff er nach Lauras Hand und zog sie auf die Beine. Sie war beinahe so groß wie er, sodass sie sich Auge in Auge gegenüberstanden. Für eine Weile nahm er nichts anderes wahr als die Verunsicherung in ihrem Blick und das Lächeln auf ihren Lippen. Dann beugte er sich vor und küsste sie. Er kannte sie kaum und wusste nur wenig über sie, trotzdem hatte er in diesem Moment entschieden, dass er irgendwie einen Anfang machen musste. Warum nicht mit einem Kuss?

Als er spürte, wie ihre Lippen nachgaben und sich ihm öffneten, schlang er die Arme um sie und zog sie an sich. Auch wenn alles in ihm danach schrie, weiter zu gehen und sie nach oben in sein Schlafzimmer zu bringen, beließ er es bei diesem einen zärtlichen Kuss. Schließlich löste er seine Lippen von ihren, ohne sie jedoch aus seiner Umarmung freizugeben. »Lass uns einfach abwarten und sehen, wohin uns das führt, ehe wir uns über Entfernungen Gedanken machen.«

»Das klingt nach einem vernünftigen Plan und es bedeutet wohl, dass du immer noch mit mir ausgehen willst.«

»Mehr denn je.« Er ließ seine Hände an ihren Armen hinabgleiten, bis er ihre Finger zu fassen bekam, die er leicht drückte. »Es ist schon spät«, sagte er, »und ich bin ziemlich erschlagen. Was hältst du davon, wenn wir uns beim Frühstück überlegen, wohin ich dich ausführen soll?«

»Klingt vernünftig.«

Ed küsste sie auf die Stirn. »Schlaf gut.« Er nahm die leeren Gläser, stellte sie in die Spülmaschine und ging nach oben. Obwohl er müde war, wusste er, dass er nicht sofort einschlafen könnte. Nicht nach allem, was passiert war. Zumindest hatte dieser unschöne Tag ein ausgesprochen erfreuliches Ende genommen. Grinsend warf er ein frisches T-Shirt und eine saubere Jogginghose aufs Bett. Er leerte seine Hosentaschen aus und legte ihren Inhalt – seinen Schlüsselbund, eine Packung Taschentücher und sein Handy – in die oberste Schublade der Wäschekommode, bevor er seine Klamotten in die Schmutzwäschetruhe warf und ins Bad ging. Er drehte die Dusche auf und stellte sich unter den heißen Wasserstrahl. Es dauerte nicht lange, bis der Dampf den kleinen Raum bis in den letzten Winkel ausfüllte und Ed sich zu entspannen begann. Mit der Hitze kam auch die Müdigkeit. Rasch spülte er das Duschgel ab, drehte den Wasserhahn zu und stieg aus der Kabine, um sich abzutrocknen. Er rubbelte sich gerade die Haare trocken, als er glaubte, nebenan ein Geräusch zu hören. Knarrende Dielen. Ob Laura sich entschlossen hatte, ihm einen Besuch abzustatten? Vielleicht wollte sie noch mehr als diesen einen Kuss. Das Lächeln kehrte in sein Gesicht zurück.

Das Handtuch um die Hüften geschlungen öffnete er die Schlafzimmertür, um herauszufinden, ob es sich überhaupt lohnte, sich anzuziehen.

Laura war tatsächlich da. Entgegen seiner männlichen Fantasie rekelte sie sich jedoch nicht halb nackt auf seinem Bett, sondern durchsuchte seine Kommode. Etwas klimperte in ihrer Hand. Schlagartig meldete sich das Misstrauen, das zu den Grundvoraussetzungen seines Berufes gehörte.

»Kann ich dir helfen?«

Sie fuhr erschrocken herum und ließ den Schlüsselbund fallen, den sie aus der Schublade gefischt hatte. »Entschuldige, ich ... ich finde meinen Hausschlüssel nicht und ... und da ...«

»Da wolltest du dir meinen leihen«, vollendete er ihren Satz und fügte in einem Tonfall, der vor Sarkasmus nur so triefte, hinzu: »Um drei Uhr morgens.«

Er wusste nicht, was ihn mehr traf: ihre Lüge oder der Umstand, dass sie seine Sachen durchwühlte. So oder so überkam ihn mit einem Mal das Gefühl, dass hier mehr im Gange war, als er auf den ersten Blick erkannte. »Was willst du wirklich? Warum bist du hier?« Und damit meinte er nicht nur hier in seinem Schlafzimmer.

Laura hob den Schlüsselbund auf und legte ihn auf die Kommode, ehe sie ihn ansah. Bedauern stand in ihrem Blick. »Es hat wohl keinen Sinn, länger Spielchen zu spielen.« Sie seufzte. »Du hast Bücher in deinem Besitz, die sehr viel Schaden anrichten können. Ich wurde geschickt, um sie an mich zu bringen, bevor jemand damit Unheil anrichten kann. Nach allem, was ich heute Abend gehört habe, ist es dazu wohl schon zu spät.«

Sie hatte gewusst, dass er hier gewesen war, und seine Unterhaltung mit Sam belauscht. »Deshalb bist du hier.« Die Erkenntnis hinterließ einen bitteren Nachgeschmack in seinem Mund. »Nicht wegen eines Artikels oder gar wegen mir, sondern wegen dieser verdammten Bücher.« *13 antike Bücher*, so waren sie im Beweismittelverzeichnis registriert.

»Ich bin wegen der Bücher hier«, räumte sie ein. »Aber ich mag dich wirklich. Das war nicht geplant, als ich hierherkam. Ich sollte lediglich herausfinden, wo die Bücher sind, doch dann …« Sie senkte den Kopf und sah zu Boden. »Dann traf ich dich und plötzlich war alles anders.«

»Das kannst du dir sparen«, sagte er kalt. »Du hast dich an mich rangemacht, um die Bücher zu finden, und jetzt hast du den Schlüssel zum Waffensafe gesucht, um sie zu holen.« Zumindest diejenigen, die hier im Haus waren. »Wenn ich dich nicht überrascht hätte, wäre ich vermutlich morgen früh aufgewacht und du wärst verschwunden gewesen. Nicht wahr?«

»Ich hätte dich angerufen, um dir alles zu erklären«, flüsterte sie und hob den Kopf. Als sie fortfuhr, klang ihre Stimme fest und entschlossen: »Ich kann verstehen, dass du verletzt und enttäuscht bist, aber … diese Bücher sind wirklich gefährlich.«

»In der Asservatenkammer sind sie sicher.«

»Auch vor Cops, die damit ihre Experimente anstellen?«

»Du weißt davon?« Er schüttelte den Kopf. »Aber natürlich, warum solltest du es auch nicht wissen? Immerhin hast du die letzten Tage damit verbracht, mich auszuspionieren.«

»Und ich durfte dich kennenlernen.« Sie verschränkte die Hände ineinander, als wolle sie ihn anflehen. »Ich brauche diese Bücher, Ed. Sie haben nichts außerhalb des Zirkels zu suchen.«

»Zirkel«, echote er und ihm wurde eiskalt. »Wie in *Hexenzirkel*?«

Laura biss sich auf die Unterlippe und schwieg. Offensichtlich hatte sie schon zu viel gesagt. Ed jedoch war nicht wirklich überrascht. Es passte zu dem, was er in den letzten Stunden über Adrian Crowley herausgefunden hatte. Ein Kerl, der verrückte Experimente anstellte, um sich seine Jugend dauerhaft zu erhalten – zur Hexerei war es da nur noch ein kleiner Schritt. Bisher hatte er angenommen, Crowley hätte sich lediglich ein paar Zauberbücher für seine Versuche zugelegt, offensichtlich hatte er sich gleich noch anderweitig mit Wissen über Magie und Hexerei versorgt.

»Geh«, sagte er. »Pack deine Sachen und verschwinde.« Als sie sich nicht von der Stelle rührte, schrie er: »Sofort!«

Sie zuckte zusammen, fuhr herum und stürzte aus dem Zimmer. Ed folgte ihr auf den Flur hinaus und wartete, bis sie mit ihrer gepackten Reisetasche aus ihrem Zimmer kam.

»Mein Hausschlüssel liegt auf dem Nachttisch«, flüsterte sie und ging an ihm vorbei die Treppe nach unten, ohne ihn anzusehen.

Ein Teil von ihm wollte sie bitten zu bleiben, während ein anderer Teil sich lediglich versichern wollte, dass sie auch wirklich ging.

Auf der Schwelle blieb sie noch einmal stehen und drehte sich zu ihm um. »Ed«, setzte sie an, dann schüttelte sie den Kopf. »Wenn etwas ist, du hast meine Karte. Ich würde mich über deinen Anruf freuen.«

»Leb wohl.« Die Worte klangen ebenso endgültig wie das Klappen der Tür, die hinter ihr ins Schloss fiel. Ed legte den Riegel vor und wartete, bis sie vom Hof fuhr. Erst als er den Motor ihres Wagens nicht länger hören und das Echo der Scheinwerfer nicht mehr sehen konnte, kehrte er nach oben zurück. Vielleicht war es dumm gewesen, sie fortzuschicken. Womöglich verfügte Laura mit ihrem Hintergrund über Wissen, das Sam auf der Suche nach einem Bann helfen konnte. Im Augenblick jedoch war er zu verletzt und enttäuscht, um auch nur im Entferntesten über eine Zusammenarbeit nachdenken zu können.

24

Laura saß in einer Fensternische in Rose' *Diner* und starrte auf die halb volle Tasse Kaffee vor ihrer Nase. Nachdem Ed sie vor die Tür gesetzt hatte, hatte sie den Rest der Nacht schlaf- und ruhelos im Wagen verbracht und war ins *Diner* gegangen, sobald Rose den Laden aufgemacht hatte. Ihre erste Anlaufstelle war der Waschraum gewesen, wo sie versucht hatte, sich den Schlaf und die Traurigkeit aus den Augen zu waschen. Ein Blick in ihre von Tränen verquollenen Augen, die ihr aus dem Spiegel entgegenstarrten, hatte jedoch genügt, um ihr die Hoffnungslosigkeit dieses Unterfangens klarzumachen. Das Wasser hatte ebenso wenig etwas gegen die Rötung anrichten können, wie es in der Lage gewesen war, die dunklen Schatten zu vertreiben, die sich unter ihren Augen ausgebreitet hatten. Dagegen käme nur eine dicke Schicht Make-up an, im Moment jedoch war ihr überhaupt nicht danach, sich das Gesicht vollzukleistern. Abgesehen davon fürchtete sie, dass sie einmal mehr in Tränen ausbrechen würde, wenn sie sich zu lange im Spiegel ansah – dann wäre das ganze Make-up ohnehin für die Katz.

Nachdem sie die erste Tasse Kaffee getrunken hatte, fühlte sie sich kein Stück besser, aber immerhin war es spät genug gewesen, um einen Anruf bei George zu wagen. Nichtsdestotrotz hatte sie ihn aus dem Bett geworfen. Seinen Flüchen zuvorkommend hatte sie ihn aufgefordert, zusammen mit Scott sofort ins *Diner* zu kommen, und das Gespräch beendet, ehe er auch nur einmal zu Wort gekommen war. Seitdem saß sie hier, trank einen Kaffee nach dem anderen und beobachtete, wie draußen die Stadt allmählich zum Leben erwachte.

Beinahe ängstlich wanderte ihr Blick immer wieder zum Büro des Sheriffs. Halb hoffte, halb fürchtete sie, Ed könne jeden Moment vorfahren. Sicher würde er dann ins *Diner* kommen, um sich einen Kaffee zu holen.

Als er sie geküsst hatte, hatte ihr Herz wie verrückt zu schlagen begonnen. Unversehens hatte sie sich wie ein Teenager gefühlt, mit all der Freude und Unsicherheit in sich, die das Verliebtsein mit sich brachte. Wie gern hätte sie herausgefunden, ob aus diesen ersten zarten Gefühlen mehr werden konnte. Dass er sie erwischt hatte, als sie den Schlüssel aus seiner Schublade stehlen wollte, hatte alles verdorben.

Laura bedauerte zutiefst, wie sich die Dinge entwickelt hatten, doch sie konnte Ed nur zu gut verstehen. Wie sollte er ihr je vertrauen, nachdem er herausfinden musste, dass sie sich unter Vorspiegelung falscher Tatsachen bei ihm eingeschlichen hatte. Sie hatte ja selbst nicht damit gerechnet, dass sie sich für diesen Mann zu interessieren beginnen würde, sobald sie ihn erst besser kennengelernt hatte. Jetzt war es in jeder Hinsicht zu spät, um noch etwas daran zu ändern.

Sie war beinahe erleichtert, als sie George und Scott auf das *Diner* zukommen sah. Solange die beiden da waren, würde ihr zumindest keine Zeit bleiben, Trübsal zu blasen. Das Glöckchen über der Tür kündigte die beiden an und ein paar Sekunden später saßen sie ihr gegenüber auf der Bank.

»Du siehst beschissen aus«, lautete Scotts Begrüßung.

»Lange Nacht«, gab sie kurz angebunden zurück, obwohl sie ihm am liebsten ihren Kaffee ins Gesicht geschüttet hätte. Wie hatte sie auch nur eine Sekunde annehmen können, sie würde sich ausgerechnet in seiner Gegenwart besser fühlen. Das war der blanke Hohn!

Der Anblick der beiden Männer in ihren sauberen Jeans, Scott mit einem makellosen Rollkragenpullover darüber und George im frisch gebügelten Hemd, machte ihr jedoch einmal mehr ihre eigene Erscheinung bewusst. Sie trug noch immer die Jogginghose und das T-Shirt von letzter Nacht. Als sie das Haus verlassen hatte, war sie lediglich in ihre Turnschuhe geschlüpft und hatte eine Jacke übergezogen. Unter anderen Umständen wäre sie niemals so vor die Tür gegangen. Aber welche Wahl war ihr schon geblieben? Dass sie sich nun wie ein wandernder Lumpensack aus der Altkleidersammlung fühlte, war ihre eigene Schuld. *Was musste ich mich auch erwischen lassen?*

Keiner der beiden hielt sich mit Nachfragen auf. George kam sofort zur Sache. »Hast du die Bücher?«

Laura schüttelte den Kopf. Scott öffnete schon den Mund, vermutlich um sie anzuschnauzen, doch sie gab ihm keine Gelegenheit dazu. »Darum können wir uns später noch kümmern. Im Augenblick gibt es ein dringlicheres Problem.«

Rose kam zu ihnen an den Tisch, die Kellnerinnenuniform adrett gebügelt, die weiße Schürze blütenrein, und würgte das Gespräch im Keim ab. »Guten Morgen«, begrüßte sie George und Scott. »Was darf es sein?«

»Kaffee«, orderten beide gleichzeitig.

»Der Kürbiskuchen ist zu empfehlen«, sagte Rose liebenswürdig und wurde mit einem unfreundlichen »Nur Kaffee!« aus Scotts Mund zum Schweigen gebracht.

Laura wartete, bis Rose die Tassen vor den Männern abgestellt hatte und sich einem anderen Tisch zuwandte, ehe sie fortfuhr: »Auf dem Friedhof gehen die Geister der Toten um. Adrian ist einer von ihnen.« In knappen Worten und nur mit den nötigsten Informationen versehen erzählte sie den beiden, wie Ed versucht hatte mit dem Geist zu sprechen, die Beschwörung jedoch mit verheerenden Folgen schiefgegangen war.

»Na und?« George zuckte die Schultern. »Das ist doch nicht unser Problem.«

»Willst du etwa sagen, dass es nicht zu unseren Aufgaben gehört, zu verhindern, dass jemand die Hexerei missbraucht?«

Mit ihren letzten Worten war sie immer lauter geworden. Beim Blick in die Gesichter der beiden begriff sie, dass es nötig war, ihnen das gesamte Ausmaß von Adrians Tun begreiflich zu machen. Ein wenig leiser fuhr sie damit fort, ihnen von seinem Vorhaben zu berichten, ewige Jugend zu erlangen.

Als sie fertig war, lehnte sich Scott so heftig zurück, dass die Luft pfeifend aus dem Bezug der Rückenlehne entwich. »Wow!« Die Anerkennung in seinem Blick stimmte Laura nachdenklich. Er hätte besorgt reagieren sollen, aber doch nicht voller Bewunderung. »Du willst also sagen, dass der tote alte Sack, der jetzt irgendwo über den Friedhof schlurft, derselbe Adrian ist wie der, der jahrelang Mitglied unseres Zirkels war?«

Laura nickte. Nicht zum ersten Mal fragte sie sich, wie viel Connor gewusst hatte, als er sie aussandte, um nach den Büchern zu suchen. »Jetzt geht er da draußen um und sucht nach einem Weg, wieder lebendig zu werden.«

Ihr Bruder wechselte einen langen Blick mit Scott. »Denkst du, was ich denke?«

Scott nickte. »Ich habe noch etwas zu erledigen. Wir treffen uns bei Einbruch der Dunkelheit am Friedhof.« Er kippte seinen Kaffee herunter, warf zwei zerknitterte Dollarnoten auf den Tisch und ging.

»Was sollte das gerade?« Wie gewöhnlich machte sein Verhalten sie wütend. Sie hasste es, wenn er sie behandelte, als sei sie nicht anwesend. In seiner Gegenwart benahm sich selbst George ihr gegenüber oft seltsam.

Jetzt jedoch, da Scott fort war, richtete George seine volle Aufmerksamkeit auf sie. »Er will Adrian einen Besuch abstatten.«

Laura atmete auf. So widerlich sich Scott oft benahm, so sicher war sie, dass er den ganzen Tag damit verbringen würde, nach einem Bannspruch zu suchen, der den Friedhof von Adrians Geist und den anderen rastlosen Seelen befreien konnte, die Ed unabsichtlich gerufen hatte.

Nachdem Scott fort war, bestellten sie sich doch noch ein Stück Kürbiskuchen und spülten ihn mit einer weiteren Tasse Kaffee herunter. Schließlich verließen sie das *Diner* und Laura folgte ihrem Bruder ins Hotel. Sie brachte ihre Reisetasche auf sein Zimmer, nahm eine ausgiebige Dusche und legte sich hin. Entgegen ihren Erwartungen schlief sie tief und traumlos.

Als George sie schließlich weckte, dämmerte es draußen bereits.

»Beeil dich. Scott wartet nicht gern.«

Laura schlüpfte in ihre Jeans, zog einen dunklen Pullover über und stieg in ihre Turnschuhe. Sie wunderte sich darüber, dass sie Scott nicht im Hotel trafen, aber vielleicht war er bereits zum Friedhof gefahren, um Vorbereitungen für einen Bannzauber zu treffen. Je schneller sie das alles hinter sich brachten, umso besser.

Keine zwanzig Minuten nachdem Laura aufgestanden war, saßen sie in ihrem Wagen und befanden sich auf dem Weg zum Friedhof. Beim Einsteigen hatte George das Schutzamulett auf dem Beifahrersitz entdeckt und ein Stück des Weges damit verbracht, die gerissenen Enden mit einem festen Knoten zu verbinden, ehe er es in seine Hosentasche steckte.

Laura, die noch nie am Friedhof gewesen war, ließ sich von George lotsen. Bis zur Tankstelle waren die Straßen halbwegs belebt, doch ab da ebbte der Verkehr mehr und mehr ab. Als sie schließlich kurz hinter dem Ortsausgang in die Maple Street bogen, die zum Friedhof führte, waren sie der einzige Wagen weit und breit.

»Da drüben links ist es.« George deutete an ihrer Nase vorbei. »Hier ist die Einfahrt zum Parkplatz. Fahr rein, aber mach die Scheinwerfer aus, damit der Reverend uns nicht sieht.«

Mit einem Grummeln in der Magengrube, das ebenso gut vom Hunger wie von einem unbewussten Unbehagen herrühren konnte, bog sie in die Straße ein, die George ihr gezeigt hatte. An der Zufahrt war eine große Warntafel aufgestellt worden, auf der darauf hingewiesen wurde, dass der Friedhof und das angrenzende Gelände wegen gefährlicher Unterspülungen bis auf Weiteres gesperrt waren. *Bei Betreten herrscht Lebensgefahr,* waren die letzten Worte, die sie lesen konnte, ehe sie die Scheinwerfer ausschaltete. Der plötzliche Wechsel von der erleuchteten Straße zur Dunkelheit, die nur von vereinzelten Straßenlaternen durchbrochen wurde, machte ihr zu schaffen. Sie kniff die Augen zusammen und starrte auf die Straße, bemüht, kein Hindernis zu übersehen.

George lotste sie zu einer Stelle im Schatten der Kirche, von der aus der Wagen weder vom Pfarrhaus noch von der Straße sofort gesehen werden konnte. Sie blieb hinter Scotts Wagen stehen, stellte den Motor ab und stieg aus. Ihr Blick blieb an den knapp zwei Meter hohen Eisengittern hängen, die rund um das Gelände aufgestellt worden waren. Selbst das Pfarrhaus war abgeriegelt. In regelmäßigen Abständen waren Schilder an den Zäunen angebracht, die beim Betreten des Geländes Lebensgefahr verhießen. Ed – sie zweifelte nicht daran, dass das sein Werk war – hatte ganze Arbeit geleistet, um die Menschen vom Friedhof und von den nach Leben gierenden Geistern fernzuhalten.

George war neben ihr stehen geblieben und starrte den Zaun an. »Was soll denn der Scheiß?«

»Sicherheitsmaßnahmen.«

Mehr brauchte sie nicht zu sagen, George wusste sofort, was sie meinte. Er nickte, wirkte dabei aber wenig überzeugt. Ob es daran lag, dass er den Zaun als störend empfand, da sie darüberklettern mussten, um ans Ziel zu kommen, oder ob es damit zu tun hatte, dass er die getroffenen Vorkehrungen für unzureichend hielt, darüber schwieg er sich aus.

»Scott wartet an der Crowley-Gruft auf uns«, sagte er und erklomm die Absperrung mit einem kraftvollen Klimmzug. Er hievte sich auf das Gitter, ein Bein auf jeder Seite eingehakt und reichte Laura die Hand. Als sie sie ergriff, zog er sie nach oben und ließ sie auf der anderen Seite wieder herunter, ehe er ihr mit einem Sprung folgte.

Auf dieser Seite des Zauns war es deutlich kälter. Voller Unbehagen dachte sie an all die Geister, die im Augenblick um sie herumstreifen mussten, auf der Suche nach etwas, von dem die meisten vermutlich noch nicht einmal wussten, was es war. Einige jedoch hatten womöglich bereits herausgefunden, welche Wirkung der Atem eines Menschen auf sie hatte.

»Du musst dich schützen«, sagte George. Laura wollte widersprechen, immerhin hatte er ihren Geisterbann in der Hosentasche. Bevor sie jedoch etwas sagen konnte, zog er die Kette aus der Tasche und legte sie gut sichtbar auf einen Grabstein gleich hinter dem Pfarrhaus.

»Was tust du da?«, rief sie und wollte die Kette an sich nehmen, doch George packte sie am Handgelenk und zog sie weiter.

»Wir holen es auf dem Rückweg wieder. Und jetzt zieh deinen Kragen nach oben, über Mund und Nase.«

Während sie seinen Ratschlag befolgte, beobachtete sie, wie er ein Halstuch aus seiner Hosentasche holte und es sich vor das Gesicht band. »Den Tipp hättest du mir auch schon im Hotel geben können.« Dann hätte sie ebenfalls ein Tuch oder einen Schal einstecken können, statt sich jetzt mit dem immer wieder nach unten rutschenden Pullover herumzuschlagen.

George zog eine Taschenlampe aus dem Hosenbund und

knipste sie an. »Da lang«, sagte er und wies mit dem Lichtkegel die Richtung.

Sich nach allen Seiten umsehend, auf der Suche nach den Geistern, deren Anwesenheit sie deutlich spürte, folgte sie ihrem Bruder über den Friedhof. Kies knirschte unter ihren Sohlen, während sie sich immer weiter auf das Gelände vorwagten, und wurde bald von weichem Erdreich abgelöst, als George sie zwischen den Gräbern hindurchlotste, um schneller ans Ziel zu gelangen. Der Boden war noch feucht vom Regen der letzten Tage. Von Zeit zu Zeit ertönte ein schmatzender Laut, wenn sie einsank und ihren Schuh mit dem nächsten Schritt wieder befreite.

Der bleiche Lichtkegel der Taschenlampe durchschnitt zuckend die Dunkelheit. Unruhig glitt Lauras Blick über Grabsteine und Büsche auf der Suche nach einer Gefahr, von der sie zwar wusste, dass sie da war, die sie aber nicht sehen konnte. Vereinzelte Nebelfetzen hingen zwischen den Grabsteinen, wie Spinnweben waberten sie in der sanften Brise, wurden mal dichter, dann – sobald der Schein der Lampe auf sie traf – nahezu durchsichtig, ehe sie sich erneut zu einem undurchdringlichen Schleier zusammendrängten.

»Da hinten ist es.« George deutete auf eine hohe Hecke, die einen Teil des Geländes wie eine grüne Mauer abgrenzte. Sie hatte Mühe, ihm zu folgen, als er mit rascher werdenden Schritten auf den Kiesweg zurückkehrte und ihm durch eine Öffnung in der Hecke ins Innere der grünen Begrenzung folgte.

Beim Anblick der Gruft, die wie ein quadratisches Monument aus Stein im Zentrum des kleinen Parks in die Nacht emporragte, blieb sie stehen und schnappte nach Luft. Das Ding musste ein Vermögen gekostet haben!

George führte sie den Kiesweg entlang auf den von Säulen flankierten Eingang zu. Auf den Stufen davor saß Scott, der sich ebenfalls ein Tuch vor Mund und Nase gebunden hatte. Sichtlich war jeder besser vorbereitet als sie. Von einem Anflug schlechter Laune erfasst zog sie ihren Pullover zurecht und versuchte die Hitze ihres Atems zu ignorieren, die sich in Form von Feuchtigkeit auf dem Gewebe niederschlug.

Als Scott sie kommen sah, stand er auf. »Das wird aber auch Zeit.« Er hatte eine Campinglaterne neben sich stehen, die den Bereich hinter den Säulen erleuchtete und deren Schein von einer bronzefarbenen Tür aufgefangen und rötlich schimmernd zurückgeworfen wurde.

Lauras Blick wanderte über die Stufen und den Absatz vor der Tür. Abgesehen von Scott und seiner Laterne konnte sie nichts erkennen. Keine Taschen oder Tüten und erst recht keine aufgebauten Zutaten für ein Ritual.

»Wo sind die Sachen?«, fragte sie und konnte sich des Gefühls nicht erwehren, dass etwas nicht stimmte.

Scott deutete auf eine Stelle in den Schatten, die sie von ihrem Standort aus nicht einsehen konnte. »Ich habe mit dem Aufbau auf euch gewartet.«

Das war nicht weiter ungewöhnlich. Wie üblich suchte er nach dem einfachsten Weg. *Auf euch gewartet* bedeutete aus Scotts Mund nichts anderes, als dass er die Anweisungen geben würde, während George und sie die Arbeit machen durften. Seufzend ging sie auf die Stufen zu. Je schneller sie es hinter sich brachten, desto eher konnten sie wieder von hier fort. Als sie den Fuß auf die erste Stufe setzte, fiel ihr auf, dass George seine Taschenlampe ausgeschaltet hatte. Einen Herzschlag später packte er sie von hinten, umschlang ihren Oberkörper und presste ihr die Arme an die Seiten.

»George!«, rief sie erschrocken. »Was soll das?!«

Es war nicht ihr Bruder, der antwortete, sondern Scott. »Keine Bange, dir passiert nichts.« Er kam die Stufen herunter und blieb vor ihr stehen. Der Schein der Laterne spiegelte sich in seinen Augen und ließ sie beinahe schwarz leuchten. Mit einem Ruck zog er ihr den Pullover nach unten und entblößte Mund und Nase. »Adrian«, sagte er ruhig. »Ich weiß, dass du da bist. Nimm ihren Atem, damit wir uns unterhalten können.«

»Das ist nicht dein Ernst!« Laura begann in Georges eisernem Griff zu zappeln. Sie trat um sich und versuchte sich zu befreien, doch all ihre Versuche prallten an ihrem Bruder ab oder liefen schlicht ins Leere.

Das war der Grund, warum er so versessen darauf gewesen war, ihr Amulett loszuwerden. Sie hatten nicht vor, die Geister zu bannen, sondern einen zu rufen. Mit ihrer Kette hätte er ihnen nicht einmal ansatzweise nahe kommen können.

»Du bist mein Bruder!«, rief sie. »Wie kannst du das tun? Ich habe dir vertraut!«

George versteifte sich für einen Moment. Sie glaubte zu spüren, dass er etwas sagen wollte. Stattdessen verstärkte er dann aber nur stumm seinen Griff.

Kälte berührte sie, streifte über ihre Arme und ihre Wange wie eine Liebkosung. Laura schrie vor Entsetzen und schloss sogleich den Mund wieder, um ihren Atem und damit ihr Leben zu schützen.

»Halt still«, zischte George, der die Kälte ebenfalls spüren musste. »Es ist gleich vorbei.«

Mein Leben ist gleich vorbei, du verdammter Idiot! Noch immer versuchte sie sich zu lösen, doch ihr ging die Kraft aus. Seine Arme umfingen ihren Brustkorb wie eiserne Bänder und pressten ihr die Luft aus den Lungen. Wie lange noch, bis sie Atem holen musste?

»Ich habe gehört, du willst wieder lebendig werden«, sagte Scott in das kalte Nichts gerichtet, das Laura umgab. »Hier ist der Deal: Du darfst sie nicht aussaugen. Nimm gerade genug, um mit uns sprechen zu können. Wenn du meine Anweisungen befolgst und bereit bist, dein Wissen mit uns zu teilen, werden wir dir helfen, deine Pläne in die Tat umzusetzen. *Alle* Pläne.«

Wissen? War Scott übergeschnappt? Er wollte sich allen Ernstes das Wissen dieses größenwahnsinnigen toten Hexers aneignen, das kaum aus etwas anderem als schwarzer Magie bestehen konnte?

Die Kälte kam noch näher, kroch ihr unter die Haut bis tief in die Knochen. Zitternd kämpfte sie noch immer darum, freizukommen.

»Hör endlich auf«, fuhr George sie an und schüttelte sie so heftig, dass ihre Zähne aufeinanderschlugen. »Du hast selbst mitbekommen, was dieser Mann alles weiß. Willst du allen Ernstes, dass dieses Wissen mit ihm im Grab verschwindet? Denk nur an die Macht, die uns das geben wird! Wir könnten den Zirkel übernehmen. Scott wäre ein weitaus besserer Anführer, als Connor es je sein könnte.«

Darum ging es? Wegen Macht und Wissen war George bereit, ihr Leben – das Leben seiner eigenen Schwester – aufs Spiel zu setzen? *Du bist verrückt,* hätte sie ihm am liebsten entgegengeschmettert. *Ihr beide seid vollkommen übergeschnappt!* Doch sie hielt den Mund geschlossen und presste die Lippen fest aufeinander. Ein nahezu unmögliches Unterfangen angesichts des Schreis, der in ihrer Kehle aufstieg und mit Wucht nach draußen drängte.

George verstärkte den Druck seiner Arme, bis Laura sich ihm ergeben musste. Keuchend stieß sie den Atem aus. Sie versuchte es zu verhindern, ebenso wie sie den nächsten Atemzug verhindern wollte, gefolgt von einem weiteren erzwungenen Ausatmen. Die Kälte schien sie jetzt vollends zu erfüllen. Als sie ein Paar kühler Lippen auf ihrem Mund spürte, begann sie zu schreien.

25

Ed saß an seinem Schreibtisch und trank den bitteren Filterkaffee aus der Maschine. Für gewöhnlich machte ihm der Geschmack nichts aus. Allerdings war er es gewohnt, seinen Arbeitstag mit einem Moccaccino aus dem *Diner* zu beginnen. Heute Morgen jedoch hatte er es vorgezogen, das *Diner* zu meiden. Vermutlich würde er erst wieder hingehen, wenn er wusste, dass Laura die Stadt verlassen hatte und keine Gefahr mehr bestand, ihr dort über den Weg zu laufen. Bis dahin setzte er sich selbst auf Moccaccinoentzug.

Bereits vor Sonnenaufgang hatte er dafür gesorgt, dass der Friedhof abgesperrt wurde. Den Reverend hatte er noch von zu Hause angerufen und ihm erklärt, dass er im Augenblick nicht in sein Haus zurückkehren könne und für ein paar Tage zu Freunden oder Verwandten fahren solle. Sobald es etwas Neues gebe, hatte Ed ihm versichert, würde er sich melden.

Es war nicht schwer gewesen, mit der Geschichte über die angeblichen Unterspülungen durchzukommen. Niemand zweifelte an seinem Wort – auch nicht, als er behauptete, er würde sich darum kümmern und sich mit den zuständigen Behörden in Verbindung setzen, damit die eine Untersuchung der Bodenbeschaffenheit veranlassten. Bis zum Mittag war das Gelände abgeriegelt und mit Warnschildern versehen.

Es kamen viele Nachfragen besorgter Bürger, die alle dieselbe Auskunft von der Telefonzentrale bekamen: Der Friedhof sei bis auf Weiteres gesperrt, und sobald es Neuigkeiten bezüglich der Entwicklungen gebe, würde das Büro des Sheriffs diese öffentlich machen.

Den größten Teil des restlichen Tages hatte er damit verbracht, Berichte durchzusehen und die aktuellen Einsatz- und

Urlaubspläne abzusegnen. Häufig hatte er ganze Abschnitte mehrfach lesen müssen, weil es ihm einfach nicht gelingen wollte, sich darauf zu konzentrieren. Er verfluchte sich dafür, dass er sich so ablenken ließ. So etwas war ihm nicht mehr passiert, seit Anna ihm erklärt hatte, dass sie sich scheiden lassen wollte. Dass eine Frau, die er gerade einmal seit ein paar Tagen kannte, es schaffte, ihn derart aus der Fassung zu bringen, machte ihn nicht nur wütend, sondern stimmte ihn auch nachdenklich. Wie viel Hoffnung hatte er tatsächlich in seine Begegnung mit Laura Martin gesetzt? Nicht viel, lautete die Antwort des rationalen Teils seines Verstandes. Doch sein Unterbewusstsein schien anderer Ansicht zu sein. Er mochte nicht bewusst darüber nachgedacht haben, wie sich die Dinge zwischen Laura und ihm entwickeln würden und dass mehr daraus werden konnte, ein Teil von ihm – jener Teil, der sie geküsst und um ein Date gebeten hatte – hatte es jedoch gehofft.

In gewisser Weise hatte Laura ihm die Augen geöffnet und ihm klargemacht, dass er sich einsamer fühlte, als er zuzugeben bereit war. Womöglich war es an der Zeit, wieder mehr unter Leute zu gehen. Er lebte nicht gerade wie ein Einsiedler, im Gegensatz zu früher hatte er Einladungen seiner Freunde jedoch häufiger ausgeschlagen als angenommen und hatte sich selten zu mehr als einem Feierabendbier im *Diner* oder bei *Luigi* überreden lassen. Sein Blick fiel auf die Einladung, die seit sechs Wochen an seiner Pinnwand hing. Josh hatte sie dorthin gepinnt, nachdem Ed ihm mehrfach gesagt hatte, dass ihm nicht der Sinn nach einer Halloweenparty stand. Es war zwar eine Kostümparty, aber irgendwo musste er noch das Freddy-Krüger-Kostüm haben, das er damals zu einer »*Nightmare on Elm Street*«-Mottoparty getragen hatte.

»Warum nicht«, murmelte er und ging zur Kaffeemaschine, um sich das x-te Mal nachzuschenken. Mit der vollen Tasse kehrte er zu seinem Drehstuhl zurück und richtete seine Konzentration wieder auf die Akten, die sich im Laufe der letzten Tage angesammelt hatten.

Am Nachmittag griff er zum Telefon und wählte – zum zweiten Mal an diesem Tag – Sams Nummer. Bei seinem ersten Anruf am späten Vormittag hatte sie noch ein wenig verschlafen, aber verhältnismäßig entspannt geklungen, als sie ihm versicherte, dass alles in Ordnung sei und weder ein Geist noch ein Zombie sich hatte blicken lassen. Die Bemerkung über den Zombie hatte ihn irritiert.

»Ist es das, was aus einem Geist werden kann?«, hatte er nachgehakt. »Ein Zombie?«

Sam hatte gelacht. »Nein, machen Sie sich keine Sorgen. Sagen wir einfach, Zombies sind meine persönliche Achillesferse.«

Er hatte es dabei belassen und nicht weiter nachgefragt.

Nach dem dritten Klingeln wurde der Hörer abgehoben. »Hallo?«

»Ich bin es, Ed. Wie ist die Lage?«

»Alles bestens. Das Haus ist immer noch geisterfreie Zone.« Sie klang jetzt deutlich ausgeschlafener und lebendiger als heute Vormittag. »Wir graben uns durch Tess' Unterlagen, den größten Teil haben wir aber bereits gesichtet.« Sie seufzte. »Bisher leider ohne Erfolg. Ich überlasse Mike den Rest und mache mich auf den Weg zur Bibliothek, um zu sehen, ob ich dort mehr Glück habe.«

»Melden Sie sich, wenn es etwas Neues gibt.«

»Das mache ich«, sagte sie und legte auf.

Den Rest des Nachmittags ging Ed weiter seiner Arbeit nach. Mehr als einmal war er versucht Dr. Hamill anzurufen, tat es dann aber doch nicht. Sobald die Untersuchungsergebnisse vorlagen, würde sich der Gerichtsmediziner umgehend melden. Abgesehen davon war er sich ohnehin sicher, das

Ergebnis bereits zu kennen. Hamills Vermutung, dass Jim Henderson erstickt worden war, würde sich erhärten. Adrian Crowley hatte den alten Mann umgebracht.

Als er das nächste Mal aus dem Fenster sah, war es bereits dunkel. Trotz seiner Anlaufschwierigkeiten war es ihm schließlich doch noch gelungen, sich auf seine Arbeit zu konzentrieren. Ein Blick auf die Uhr sagte ihm, dass die Bibliothek längst geschlossen hatte und es an der Zeit war, bei Sam nachzufragen, ob ihre Suche etwas ergeben hatte oder ob er helfen konnte.

Er wollte gerade nach dem Telefonhörer greifen, als sein Handy klingelte. *Unbekannter Teilnehmer* verkündete das Display.

»Sheriff Travis hier«, meldete er sich.

»Hallo Sheriff«, ertönte die raue Stimme eines Mannes. »Sie kennen mich nicht, aber wir haben eine gemeinsame Freundin.«

»Sie werden mir sicher gleich verraten, wer das ist und wer Sie sind.«

»Mein Name tut nichts zur Sache«, sagte der Fremde. »Lauras Gesundheit jedoch würde es begrüßen, wenn Sie sich in einer Stunde samt der Laboraufbauten und aller Bücher, die Sie in Adrian Crowleys Haus gefunden haben, im Pfarrhaus einfinden.«

»Sonst?«

»Sonst wird es unserer Freundin schlecht ergehen.«

Das sollte wohl ein Witz sein! »Wenn Laura allen Ernstes denkt, auf diese Weise an die Bücher zu kommen, muss ich Ihnen sagen, dass sie sich getäuscht hat.«

»Wenn Sie glauben, Laura hätte diesen Anruf in Auftrag gegeben, täuschen *Sie* sich, Sheriff.« Der Fremde machte eine kurze Pause, dann fügte er hinzu: »Sicher möchten Sie jetzt einen Beweis dafür, dass sie sich tatsächlich unfreiwillig in unserer Gewalt befindet und nichts mit dieser Sache zu tun hat.«

Gedämpft hörte Ed, wie der Fremde jemanden anwies, sie – Laura – festzuhalten. Dann vernahm er einen dumpfen Schlag, gefolgt von einem Schrei. Ed rechnete damit, dass der Fremde das Gespräch wiederaufnehmen würde, nachdem er diesen Beweis geliefert hatte. Einen Beweis, der keiner war. Mit der Faust auf etwas zu schlagen und Laura dabei schreien zu lassen – das war lächerlich! Statt sich jedoch noch einmal zu melden und seine Forderungen zu unterstreichen, beendete der Fremde das Gespräch.

In einer Mischung aus Verärgerung und Verwunderung angesichts dieses dilettantischen Erpressungsversuchs starrte Ed auf das dunkle Display seines Handys. Trotz seines Ärgers wurde er das Gefühl nicht los, dass da etwas nicht stimmte. Laura mochte ihn belogen und damit verletzt haben, aber war sie wirklich die Art von Mensch, die ein derartiges Schauspiel inszenieren würde, um ans Ziel zu gelangen?

Bevor er zu einem Schluss gelangen konnte, kündigte ein Piepton den Eingang einer MMS an. Ed ging in den Posteingang und öffnete die Bilddatei. Auf dem Foto war Laura zu sehen. Sie blutete aus der Nase, und auf ihrer Wange zeigte sich ein dunkelroter Fleck, dort, wo der Schlag sie getroffen hatte. Die Verletzungen konnten nur hingeschminkt sein, nichts weiter als das Ergebnis geschickten Make-ups. Die Angst jedoch, die er in ihren Augen sah, war echt.

Fluchend scrollte er bis zum Ende des Bildes und fand folgende Nachricht: *In einer Stunde am Pfarrhaus. Denken Sie an die Laboraufbauten und die Bücher. Ich erwarte, alles vollzählig vorzufinden. Ach ja: Und keine Polizei ;-)*

Komiker! Ed spielte mit dem Gedanken, Josh das Handy zu geben, damit dieser in der Zwischenzeit den Anrufer ermitteln konnte, verwarf die Idee jedoch schnell wieder. Er würde das Telefon brauchen, falls der Kerl noch einmal Kontakt zu ihm aufnahm. Um die Rückverfolgung des Anrufs und die Klärung der Identität des Entführers würde er sich kümmern, sobald Laura in Sicherheit war.

Die Asservatenkammer lag hinter der Gemeinschaftsküche in einem eigenen Flügel des Hauses. Der Zugang war durch mehrere Türen gesichert. In einer Großstadt hätte hinter einer Sichtscheibe ein Verwalter gesessen, der mit Argusaugen darauf achten würde, dass niemand etwas mitgehen ließ. Hier liefen die Dinge glücklicherweise anders. In einem Ort mit wenigen Verbrechen gab es auch kaum Beweismittel, die verwahrt werden mussten. Bis zu dem Tag, an dem er im Crowley-Haus gewesen war, hatten sich in der Asservatenkammer lediglich ein gestohlenes Kinderrad mit den Fingerabdrücken des Diebes und ein Messer, das bei einem Überfall benutzt worden war, befunden.

Ed sperrte die schwere Sicherheitstür auf und betrat den fensterlosen Raum. Neonlicht kroch vom Gang aus ein Stück ins Innere, erreichte jedoch nicht einmal die ersten Regale. Er knipste das Licht an. Lange Reihen leerer Stahlregale unterteilten den Raum in mehrere Gänge. Sie alle waren leer. Lediglich das Regal an der Rückwand des Raumes war gefüllt. Rechts Messer und Fahrrad, auf der linken Seite die Crowley-Sachen. Alles fein säuberlich in Kartons verpackt, die mit Funddatum und -ort und dem dazugehörigen Aktenzeichen versehen waren.

Ed griff nach dem Klemmbrett mit der Liste der verwahrten Gegenstände und notierte ordnungsgemäß mit Datum und Unterschrift, was er mitnehmen würde. Sobald er Laura befreit hatte, würde er alles zurückbringen. Er nahm den Karton mit den Büchern, lud eine der Laborkisten obendrauf und machte kehrt, um sie nach draußen zu tragen. In der Tür stand Josh.

»Bringst du das Zeug zum Trödelmarkt?«

Es mochte ein lässiger Kommentar gewesen sein, einer, wie er Joshs Art entsprach. Trotzdem machte Ed nicht den Fehler, die ernste Frage dahinter zu überhören. Deputy Josh Wallace verlangte eine Erklärung. Das war sein Job und auch sein Recht.

»Ich fahre noch einmal hoch zum Crowley-Haus.« Während der letzten Minuten hatte Ed sich eine Geschichte zurechtgelegt, von der er hoffte, dass sie plausibel genug klang, damit Josh sie schluckte, und harmlos genug war, um nicht sofort einen Großeinsatz zu provozieren. »Ich habe Crowleys Aufzeichnungen gelesen und hatte eine merkwürdige Idee, wie sich vielleicht herausfinden lässt, wozu all der Krempel gut ist. Deshalb wollte ich oben alles noch einmal so aufbauen, wie wir es vorgefunden haben.«

Die Rekonstruktion eines Fundortes war weder unüblich noch verwerflich – sie war lediglich in Cedars Creek bisher nicht vorgekommen. Trotzdem hatte er Josh am Haken.

Sein Deputy wirkte interessiert. »Was für eine Idee? Kann ich helfen?«

»Nicht nötig«, wiegelte Ed ab, dem die Kisten allmählich ziemlich schwer wurden. »Es wäre zu knifflig, alles zu erklären. Ich glaube, den größten Teil kann ich nicht einmal in Worte fassen, so schräg ist die Idee. Wenn ich morgen zum Dienst komme, erzähle ich dir, ob es geklappt hat. Aber du kannst mir helfen, das Zeug zum Wagen zu tragen.« Er deutete auf die beiden verbliebenen Kisten, in denen die Laborsachen lagerten. Die darin befindlichen Reagenzgläser und Glaskolben klirrten leise, als Josh sie nahm.

Eine knappe Stunde später – er war mittlerweile bei sich zu Hause gewesen und hatte die beiden Bücher aus seinem Waffensafe geholt – lenkte Ed den Streifenwagen in die Maple Street. Er fuhr die Straße langsam entlang und ließ dabei den Blick immer wieder nach allen Seiten wandern, ohne dabei etwas Auffälliges zu entdecken. Mike Fletchers Wagen parkte vor Sams Haus, in der Küche brannte Licht, und Ed glaubte eine Bewegung hinter den Gardinen zu erkennen. Sobald er hier fertig war, würde er rübergehen und sehen, wie sie vorankamen.

Er bog in die Straße zur Kirche ein und ließ den Wagen im Schritttempo an den Warnschildern vorbei in Richtung Pfarrhaus rollen. Ein Stück vor der Kirche öffnete sich die Straße zu einem großen ovalen Parkplatz mit einer Wendeschleife am oberen Ende. Kirche und Pfarrhaus lagen auf der rechten Seite, ebenso wie der Friedhof. Links von der Straße erstreckten sich Wiesen und Felder, die bereits nach wenigen Metern eins mit der Dunkelheit wurden. Am Pfarrhaus parkten zwei Autos – eines davon gehörte Laura. Soweit er es von hier aus erkennen konnte, war es im Haus dunkel. Ed stellte den Streifenwagen ein ganzes Stück davor ab, überprüfte noch einmal seine Waffe und stieg aus. Da er es nicht nur mit den Entführern – so wie es sich angehört hatte, handelte es sich mindestens um zwei, möglicherweise um drei Männer –, sondern auch mit den Geistern zu tun haben würde, holte er die Atemschutzmaske aus dem Kofferraum und legte sie an.

Die Pistole griffbereit und entsichert, den Druckknopf des Holsters geöffnet ging er los. Das Pfarrhaus lag hinter der Absperrung. Ed hatte nicht vor, direkt darauf zuzugehen, er war sicher, dass dort ein Hinterhalt auf ihn wartete. Stattdessen schlich er am äußeren linken Rand des Parkplatzes entlang, wo die Wiesen vom Laternenschein unberührt im Schatten lagen, und umrundete langsam das Gelände, bis er die ersten Ausläufer der Absperrung, fernab des Pfarrhauses, erreichte. Ein rascher Blick über den Parkplatz, der noch immer verlassen war, dann zog Ed sich am Gitter hoch und sprang auf der anderen Seite auf den Rasen. Er blieb einen Moment stehen, gab seinen Augen Zeit, sich an die Dunkelheit zu gewöhnen, die sich diesseits des Zauns erstreckte.

Fahle Gestalten streiften zwischen den Grabsteinen umher, viele von ihnen Menschen, die er gekannt hatte. Dankbar, dass nur wenige nahe genug herankamen, um ihm einen Blick auf ihre vertrauten Gesichter zu ermöglichen, richtete er seine Aufmerksamkeit auf das Pfarrhaus. Er war so weit entfernt, dass er nicht mehr als einen dunklen Schatten ausmachen konnte, der sich vor ihm in die Nacht erhob. Ed rückte die Atemschutzmaske zurecht und zog seine Pistole.

Noch ehe er den ersten Schritt machen konnte, näherte sich ein bleicher Schemen von der Seite. Die Aufmerksamkeit auf seinen Weg gerichtet versuchte Ed den Geist zu ignorieren. Er wollte niemanden sehen, den er gekannt und gemocht hatte und der womöglich durch einen Unfall oder durch Krankheit viel zu früh aus dem Leben gerissen worden war. Doch dieser Geist ließ sich nicht ignorieren. Keine zwei Meter von Ed entfernt stellte er sich ihm in den Weg. Ed erstarrte mitten im Schritt, als er sein Gegenüber erkannte.

»Schön, dass Sie es einrichten konnten, Sheriff.«

»Crowley.« Seine Stimme klang selbst in seinen Ohren unter der Maske hohl und fremd. Trotzdem tippte er sich seitlich gegen die Maske. »Wie Sie sehen, habe ich vorgesorgt. Heute bekommen Sie meinen Atem nicht.«

Adrian Crowley verzog die Lippen zu einem Grinsen, wodurch sein Gesicht noch faltiger wirkte, als es ohnehin schon war. »Sind Sie sicher?«

Er war so sehr auf den Geist des Hexers fixiert, dass er zu spät bemerkte, dass sie nicht allein waren. Neben ihm knackte ein Ast. Als er herumfuhr, die Pistole im Anschlag, raste ihm etwas Dunkles entgegen. Ed versuchte auszuweichen, aber er war zu langsam. Der Schlag traf ihn am Schädel, riss ihm die Atemschutzmaske vom Kopf und löschte sein Bewusstsein aus.

Als sein Verstand wieder einsetzte, war es um ihn herum finster. Er fühlte sich erschreckend schwach – so schwach, dass es ihm nicht einmal gelingen wollte, die Augen zu öffnen. Ihm war eiskalt. Etwas presste seinen Brustkorb mit malmendem Druck zusammen, als läge sein Körper unter einem Mühlstein. Sein Atem entwich in flachen, pfeifenden Stößen aus seiner Lunge und entfloh über die eisigen Lippen. Nur langsam setzte sein Gehirn die einzelnen Empfindungen zu einem Bild zusammen. Als Ed die Bedeutung dessen erkannte, was er spürte, riss er die Augen auf.

Im ersten Moment wollte die Finsternis nicht weichen, dann jedoch sah er, dass es die Schatten zweier Männer waren, die das Licht von ihm fernhielten. Adrian Crowley kniete auf seinem Brustkorb. Das Gesicht des Alten schwebte über dem seinen. Die eisigen Lippen auf seinen Mund gepresst saugte er Ed das Leben aus dem Körper.

Ed versuchte sich zu wehren, doch die beiden Männer hatten bemerkt, dass er zu sich gekommen war, und drückten jetzt seine Arme und Beine zu Boden. Selbst ohne sie wäre er längst zu schwach gewesen, um noch etwas gegen den Geist ausrichten zu können, der mittlerweile an Substanz gewonnen hatte. Als er dennoch versuchte, zumindest seinen Kopf zur Seite zu drehen, schlossen sich Crowleys kalte, knochige Finger um sein Kinn und zwangen ihn, stillzuhalten. Mit jedem Atemzug floss das Leben ein wenig mehr aus seinem Körper. Dann hörte sein Herz auf zu schlagen und es wurde endgültig schwarz.

26

Nachdem Mike und ich uns den größten Teil des Tages erfolglos mit Tess' Unterlagen befasst hatten, war ich ins Archiv gefahren. Es war nicht schwer gewesen, ungesehen in den Keller zu gelangen. Mr Owens hatte hinter dem Empfangstresen ein Nickerchen gehalten, und die einzigen beiden Besucher der Bibliothek saßen am anderen Ende des Raumes an den Lesetischen und hatten kichernd die Köpfe über einer Zeitschrift zusammengesteckt. Auch meine Befürchtung, jemand könne die Schlösser ausgetauscht haben, hatte sich nicht bewahrheitet. Zugegebenermaßen war es auch eine vollkommen irrationale Angst gewesen. Es gab keinen Grund das zu tun, denn niemand hatte gewusst, dass Tess über einen Nachschlüssel verfügte. Erst recht ahnte niemand, dass er sich nun in meinem Besitz befand.

Ich hatte mich beeilt, die gruseligen Kellergänge hinter mir zu lassen. Die schmale Treppe und die niedrigen Gänge waren mir ebenso unheimlich erschienen wie bei meinen letzten Besuchen. Einmal mehr konnte ich nur über die moderne Klimakammer staunen, in der – hinter dicken Tresortüren – die Bücher lagerten, die als kostbar, aber gefährlich eingestuft worden waren.

Das erste Buch, das in meine Tasche wanderte, war das, das Tess damals für ihre Beschwörung verwendet hatte. Wenn dort stand, wie man sie rief, hatte womöglich auch jemand aufgeschrieben, wie man sie wieder loswurde. Der Haken an der Sache war, dass ich ziemlich sicher sein konnte, dass Tess ebenfalls zuerst darin nachgesehen und nichts gefunden hatte. Trotzdem konnte es nicht schaden, einen genaueren Blick zu riskieren. Der Reihe nach hatte ich die Buchrücken überflogen und die Bücher herausgezogen, von denen ich glaubte, sie könnten uns weiterhelfen.

Obwohl ich schreckliche Angst hatte, mit meiner Beute erwischt zu werden, gelangte ich ohne Schwierigkeiten an Mr Owens vorbei.

Zurück im Haus schob ich Tess' Unterlagen zur Seite und legte meine Beute zwischen uns auf den Tisch. »Nachschlag«, seufzte ich und schielte nach der Kaffeekanne, die schon wieder halb leer war. Ich goss mir etwas in meine Tasse und schüttete eine Menge Zucker hinterher – wenn ich mich noch länger mit diesem schwer verständlichen Stoff herumschlagen musste, brauchte ich Energie.

Mike nahm das oberste Buch vom Stapel und betrachtete den schartigen Ledereinband mit der vergilbten Aufschrift. »So etwas gibt es in der Bibliothek?«

»Man muss nur ein wenig suchen.«

Da große Teile der Bücher auf Latein verfasst waren, machte ich für Mike eine Liste mit lateinischen Schlagworten, nach denen er Ausschau halten sollte. Geister, Bann, Abwehr und Beschwörung waren nur einige davon.

Nachdem ich frischen Kaffee aufgesetzt hatte, machten wir uns erneut an die Arbeit. Immer wieder stieß ich auf lateinische Passagen, für die meine Sprachkenntnisse nicht ausreichten. In diesen Fällen schnappte ich mir das Buch und lief nach draußen zu Nicholas, damit er mir die jeweiligen Stellen übersetzte.

Ich war gerade wieder einmal von draußen zurückgekommen und hatte mich auf dem Boden vor der Couch niedergelassen, als Mike ein triumphierendes »Ha!« ausstieß.

Seine Wangen glühten und die Brille war ihm vor Aufregung halb von der Nase gerutscht. Schnell rückte er sie zurecht. »Sieh dir das an!«, rief er. »Das ist es!«

Er schob mir das aufgeschlagene Buch über den Tisch zu und tippte mit dem Finger auf eine Stelle, bei der es sich um eine klar lesbare englische Passage in einer alten Handschrift handelte. Es war ein Reinigungsritual, das einen Ort von allen rastlosen und toten Seelen befreien sollte. *Allen*. Das war das Wort, das mir Kopfschmerzen bereitete, denn ich hoffte immer noch, einen Weg zu finden, um eine Art Auswahl treffen zu können. Wenn es sein musste, würde ich wochen- oder monatelang für jeden Geist einzeln Kerzen abbrennen und Sprüchlein aufsagen, solange ich dadurch vermeiden konnte, auch Nicholas ins Jenseits zu schicken. Mein Gott, ich würde sogar einen Zombie zum Tanz auffordern, wenn ich Nicholas damit retten könnte!

»Sam, wir haben es! Jetzt freu dich doch!« Er sprang auf. »Ich fahre sofort los und hole die Kiste mit dem Zauberkram.«

»Welcher Zauberkram?«

»Ich habe damals nicht nur Tess' Aufzeichnungen aus der Wohnung geholt«, erklärte er, »sondern auch die ganzen Kerzen, Kreide, Pulver und was sonst noch so alles herumgelegen hat. Was glaubst du, womit ich die Geisterabwehr gemacht habe? Mit Küchenabfällen aus dem *Diner*?«

Mike wollte an mir vorbei zur Tür. Ich bekam ihn am Hosenbein zu fassen und hielt ihn zurück. »Nicht so schnell! Warte!«

Er blieb stehen und sah mich an. »Worauf denn?«

»Lass uns erst sehen, ob wir nicht noch etwas anderes finden.«

»Das ist genau das, wonach wir gesucht haben. Sieh es dir doch an!«

»Es ist nicht das, wonach *ich* gesucht habe.«

Mike sah mich einen Moment lang ratlos an, dann begriff er, wovon ich sprach. »Nicholas?« Als ich nickte, ging er vor mir in die Hocke und griff nach meiner Hand. »Weißt du was«, meinte er, »wir suchen weiter. Aber dir ist hoffentlich klar, dass wir die Sache hier durchziehen müssen, wenn wir in den restlichen Büchern nichts finden.«

Ich wollte ihm sagen, dass wir dann eben irgendwo anders weitersuchen müssten, gab mich aber nicht der Illusion hin, dass das eine Option sein könnte. Wir hatten hier ein paar ausgesprochen seltene Bücher mit Inhalten, die sich vermutlich nur sehr schwer anderswo finden ließen. Es ging nicht nur darum, dass ich nicht die geringste Vorstellung hatte, wo wir unsere Suche fortsetzen sollten, der Zeitfaktor spielte eine ebenso große Rolle. Die Suche würde Zeit kosten, Ed konnte den Friedhof jedoch höchstens für ein paar Tage sperren – und was dann? Sobald er die Sperrung nicht länger aufrechterhalten konnte, wären wir gezwungen zu handeln. Allein schon, um die Besucher zu schützen. Nein, ich machte mir keine Illusionen, dass wir unsere Suche über die Bücher, die vor uns lagen, hinaus ausdehnen konnten.

»Sam?« Mike drückte meine Hand, um meine Aufmerksamkeit zu gewinnen. Als ich ihn ansah, sagte er: »Du weißt, dass wir keine andere Wahl haben, oder?«

»Ja, das weiß ich«, sagte ich leise und es waren die schwersten vier Worte, die mir je über die Lippen gekommen waren.

Mike drückte noch einmal meine Hand und stand auf. Statt jedoch an seinen Platz zurückzukehren, schnappte er sich seine Jacke und ging zur Tür.

»Was hast du vor?«

»Das Material holen«, sagte er. »Auch wenn wir ein anderes Ritual finden, werden wir das Zeug brauchen.«

Damit konnte ich leben.

Während er weg war, setzte ich meine Suche fieberhaft fort, und als er nach einer knappen halben Stunde mit einem großen Umzugskarton auf dem Arm zurückkehrte, machte er sich ebenfalls wieder an die Arbeit.

Es dauerte nicht lange, bis ich auf eine weitere lateinische Passage stieß, auf die ich mir keinen Reim machen konnte.

Die Worte schienen etwas mit Reinigung und Jenseits zu tun zu haben, aber es gelang mir nicht, sie in einen sinnvollen Zusammenhang zu bringen. Mit dem Buch in der Hand marschierte ich wieder einmal zu Nicholas nach draußen.

Er stand ein Stück außerhalb des Vorgartens auf dem Gehweg und schien mich bereits zu erwarten. Zumindest überraschte ihn mein Auftauchen nicht, nachdem ich gerade zum sechsten oder siebten Mal seit Einbruch der Dunkelheit mit einem Buch unter dem Arm zu ihm kam. Wenn das so weiterging, hatte ich bis morgen früh einen Trampelpfad im Rasen.

»Kannst du mir das übersetzen?«, bat ich ihn und zeigte ihm die entsprechende Stelle. »Ist das etwas, was uns weiterhilft?«

Er beugte sich über das Buch und überflog die Zeilen, dann schüttelte er den Kopf. »Nein, das ist nichts«, sagte er. »Die Schlagworte stimmen zwar, aber in dem Text geht es nicht um Geister, sondern um Dämonen.«

Frustriert klappte ich das Buch zu.

Nicholas seufzte. »Ich weiß, dass es nervtötend ist, aber ich bin mir sicher, dass ihr etwas finden werdet.«

Ich hatte ihm noch nicht gesagt, dass wir bereits fündig geworden waren, und ich brachte es auch nicht übers Herz, es zu tun. Allein, weil ich nicht schon wieder von ihm hören wollte, dass er bereit war zu gehen. Dass es das Beste wäre und all die anderen Sätze, die mir wie ein Messer ins Herz schneiden würden.

Frustriert und voller Angst vor dem, was die Zukunft für uns bereithalten mochte, beugte ich mich nach vorn und hauchte Nicholas meinen Atem ins Gesicht. Ich wartete darauf, dass er ihn in sich aufnehmen und mich küssen würde, stattdessen wich er zurück.

»Mach das nicht, Sam.«

»Aber wir ...« Halt suchend klammerten sich meine Finger um das Buch in meinen Händen.

»Wir haben Regeln aufgestellt, erinnerst du dich?«

Wie hätte ich die vergessen können! Immerhin war das meine Idee gewesen. »Natürlich«, brummte ich und ballte die Hände zu Fäusten. Es ist nur so ... ich dachte, jetzt, wo ich nicht mehr ständig in deiner Nähe bin, würde es dir vielleicht leichter fallen.«

»Das tut es nicht.«

Kalten Entzug konnte ich wohl von der Liste der Dinge streichen, die ich versuchen wollte, um ihn von seiner Atemsucht zu befreien. Unglücklicherweise war das einer von lediglich zwei Punkten auf meiner Liste. Der zweite war kurz und prägnant und hieß: Lösung finden!!!

Ich war mir nicht sicher, wie lange ich mich noch selbst belügen und mir immer wieder sagen konnte, dass alles gut werden und wir einen Ausweg finden würden. Nicholas schien längst aufgegeben zu haben – anders konnte ich mir nicht erklären, warum er so versessen darauf war, diesen blöden Bann zu finden, der ihn zur Hölle schicken würde.

»Warum kämpfst du nicht?«, fragte ich leise.

»Ich kämpfe, Sam.« Er machte einen Schritt auf mich zu, blieb aber eine Armlänge entfernt stehen. »Ich kämpfe jeden verdammten Tag darum, dich zu beschützen. Unglücklicherweise gelingt mir das nicht sonderlich gut. Geh ins Haus zurück. Sieh zu, dass ihr etwas findet, damit diese Sache endlich ein Ende hat.«

Diese Sache *ist dein verdammtes Leben,* hätte ich am liebsten geschrien, doch ich presste die Lippen aufeinander, schluckte die Worte zusammen mit meiner wachsenden Angst und Verzweiflung herunter und kehrte zum Haus zurück.

Ich lief die beiden Verandastufen hoch, streckte die freie Hand nach dem Knauf aus und öffnete die Tür, als Nicholas' Stimme vom anderen Ende des Vorgartens an mein Ohr drang. »Sam!«, brüllte er. »Vorsicht!«

Ich fuhr herum und sah gerade noch, wie sich neben mir eine Gestalt aus den Schatten löste und auf mich zuschoss. Im ersten Moment hielt ich ihn für einen Geist, dann jedoch sah ich ein Tuch, hinter dem sich sein Gesicht verbarg. Er packte mich am Arm und riss mich zu sich heran. Definitiv stofflich. Und deutlich stärker als ich.

«Hilfe!«, brüllte ich. »Mike!« Tatsächlich hörte ich Schritte im Haus, konnte Mike jedoch nicht sehen, da mich der Kerl von der Tür fortzog. Plötzlich tauchte ein zweiter Maskierter mit einem Baseballschläger in der Hand auf und postierte sich neben der Tür. Ich wollte Mike eine Warnung zurufen, doch mein Schrei wurde von einer Hand erstickt, die sich über meinen Mund legte. Eine Hand mit einem feuchten Tuch. Der widerwärtig süßliche Geruch von Chloroform stieg mir in die Nase.

Mike erschien auf der Schwelle.

Der andere Maskierte holte mit dem Baseballschläger aus.

Dann tat das Chloroform seine Wirkung.

27

Außer Atem und mit schmerzenden Knien saß Laura auf einer umgedrehten Schubkarre und starrte in die Finsternis, die sie von allen Seiten umgab.

Kaum hatte Scott das Telefonat mit Ed beendet, hatte er ihren Bruder angewiesen, dafür zu sorgen, dass sie ihnen nicht mehr in die Quere kam. Im ersten Moment hatte sie geglaubt, Scott wolle sie tot sehen, dann jedoch hatte er ein »Bring sie fort!« hinzugefügt. Drei Worte, die sie so erleichtert hatten, dass ihr schwindlig geworden war. Ohne ein Wort hatte George sie zu einem Geräteschuppen gezerrt, sie hineingestoßen und von außen abgeschlossen. Laura hatte geschrien und gegen die Tür gehämmert, doch George war nicht zurückgekommen. Auch sonst war niemand von ihrem Geschrei angelockt worden – einzig die Kälte hatte nicht lange auf sich warten lassen. Rasch zog sie ihren Pullover über Mund und Nase und zuckte zusammen, als sie versehentlich ihre Wange dort streifte, wo Scotts Faust sie getroffen hatte. Sie konnte es nicht fassen: Er hatte sie tatsächlich niedergeschlagen! Und ihr eigener Bruder hatte ihn nicht davon abgehalten – er hatte nicht einmal protestiert. Stattdessen hatte er sie festgehalten.

Jetzt waren sie auf dem Weg, um Ed eine Falle zu stellen. Sie würden ihn umbringen und keiner von beiden zeigte auch nur den Hauch eines schlechten Gewissens.

»George«, hatte sie ihren Bruder beschworen, kurz bevor er sie in den Schuppen gestoßen hatte. »Ihr plant einen Mord! Das kannst du unmöglich wollen!«

»Das ist kein Mord«, hatte er erwidert. »Immerhin ist sein Leben nicht verloren, es gehört in Zukunft nur einem anderen.«

Mit Vernunft war er nicht länger zu erreichen und für Gewalt fehlte ihr die nötige Kraft. So war ihr nichts anderes übrig geblieben, als sich in ihr Schicksal zu fügen. Das Handy hatten sie ihr abgenommen, und längst hatte sie es aufgegeben, nach Hilfe zu rufen, ebenso wie sie aufgehört hatte, sich an der Schuppenwand entlangzutasten, auf der Suche nach einem Ausweg oder wenigstens einem Lichtschalter. Alles, was sie gefunden hatte, waren Geräte und Werkzeuge, an denen sie sich die Knie gestoßen hatte.

Eds Gesicht tauchte aus ihrer Erinnerung auf. Einmal mehr sah sie das verletzte Flackern in seinen Augen, als er sie in seinem Schlafzimmer erwischt hatte. Er hatte ihre Erklärung nicht hören wollen, vielleicht würde sich das nie ändern. Trotzdem konnte sie ihn nicht einfach seinem Schicksal überlassen.

Laura sprang so heftig auf, dass die Schubkarre umkippte. Sie streckte die Arme nach vorn in die Dunkelheit und schob sich langsam vorwärts. Ihre Hände tauchten in etwas Eisiges. Ein Geist! Erschrocken fuhr sie zurück. Sie stolperte über einen Rechen oder eine Harke, irgendetwas mit einem langen Stiel, und landete mit dem Hintern auf einem zusammengerollten Schlauch. Der Pullover war ihr vom Gesicht gerutscht. Sofort kam die Kälte näher. Laura presste die Lippen aufeinander, zog den Stoff zurück über Mund und Nase und kämpfte sich wieder auf die Beine. Ein weiteres Mal würde sie es nicht ertragen, dass ein Geist ihren Atem nahm. Noch immer konnte sie nicht vergessen, wie es sich angefühlt hatte, Crowleys tote Lippen auf ihren zu spüren. Wie sich seine Hände in ihre Oberarme gegraben hatten, um zu verhindern, dass sie sich ihm entwand. Als sie es endlich gewagt hatte, die Augen zu öffnen, hatte sie in das bleiche Gesicht eines alten Mannes geblickt, dessen kalte Züge von Gier erfüllt waren. Es war Scott gewesen, der sie davor bewahrt hatte, ausgesaugt zu werden.

»Denk an den Deal, Crowley«, hatte er gewarnt.

Daraufhin hatte Adrian von ihr abgelassen. Laura war zu Boden gestürzt und schwach und ausgelaugt liegen geblieben.

Es fiel ihr schwer, die Kälte zu ignorieren, die sie von allen Seiten bedrängte. Noch schwerer war es, sich nicht die bleichen Schemen auszumalen, die sich unsichtbar darin verbargen. Behutsam tastete sie sich voran, bis ihre Fingerspitzen auf die raue Holzwand trafen. Eine Hand an der Wand suchte sie nach der Tür. Als ihre Finger den Griff fanden, seufzte sie erleichtert auf.

Sie rüttelte daran, und als das nichts brachte, warf sie sich mit der Schulter gegen die Tür. Das Holz erzitterte, doch das Schloss hielt. Der Aufprall jedoch löste etwas in ihr aus, Gefühle, die sie tief in sich verschlossen hatte. Zuerst verspürte sie Verzweiflung, die jedoch schnell in Wut umschlug, als die Tür auch unter den nächsten Versuchen nicht nachgab. Wieder und wieder warf sie sich dagegen. Nach dem zwanzigsten Mal, vielleicht auch erst nach dem dreißigsten brach das Schloss aus der Verankerung und die Tür flog auf. Von ihrem eigenen Schwung mitgerissen taumelte Laura nach draußen und fiel auf den Rasen. Sofort rappelte sie sich wieder auf. Ihre Schulter und der Arm fühlten sich taub an und in ihrem Kopf tobte ein hämmernder Hurrikan, doch davon ließ sie sich nicht aufhalten.

Sie rannte an den Gräbern vorüber und wich den Grabsteinen, die zwischen ihr und dem Pfarrhaus lagen, in einem hektischen Zickzackkurs aus. Nebelschwaden zerfaserten wie Spinnweben, als sie durch sie hindurchlief. Erst kurz vor dem Pfarrhaus wurde sie langsamer. Ihr Blick glitt über die Grabsteine, auf der Suche nach ihrem Schutzamulett, das George hier zurückgelassen hatte. Es war fort. Sie hielt sich nicht länger damit auf, danach zu suchen, der Pullover musste dann eben genügen.

Ihr Blick fiel auf die Absperrgitter, hinter denen der Parkplatz lag. Vielleicht konnte sie Ed abpassen, bevor er zum Pfarrhaus ging. Sie vergewisserte sich, allein zu sein, dann huschte sie über das kurze Stück freie Rasenfläche, das die letzte Reihe Grabsteine vom Zaun trennte. Schon durch das Gitter hindurch sah sie den Streifenwagen, der ein Stück abseits abgestellt war.

Ed war bereits hier.

Fluchend schlug sie gegen den Zaun. Was jetzt? Sie spähte durch das Gitter in der Hoffnung, Ed zu sehen, doch der

Parkplatz war verlassen. Es gab nur einen Ort, an dem er sein konnte – das Pfarrhaus. Sie sah sich um, suchte nach einem Weg, auf dem sie sich unauffällig heranpirschen konnte, da hörte sie die Stimmen. Eine davon gehörte George, die andere Scott. Sie waren ganz nah, auf der anderen Seite des Zauns. Laura warf sich auf den Bauch und presste sich flach auf den Boden. Die beiden passierten die Stelle, an der sie lag, ohne sie zu bemerken, und hielten auf Eds Wagen zu. Laura wollte sich zurückziehen, fürchtete jedoch, eine falsche Bewegung könne die Männer auf sie aufmerksam machen. Sie verharrte an Ort und Stelle und beobachtete, wie die beiden Kartons aus Eds Kofferraum luden. Adrians Sachen.

Sie hatten es geschafft, die Bücher an sich zu bringen, und trotzdem war ihr Auftrag damit nicht im Mindesten erfüllt. Es war ihre Aufgabe gewesen, dafür zu sorgen, dass die Bücher nicht in falsche Hände gelangten. Doch genau dort waren sie jetzt.

Als Scott und George sich der Stelle näherten, an der sie lag, grub sie die Finger ins Gras und drückte das Gesicht auf den Boden. Der Geruch feuchter Erde drang durch den Stoff des Pullovers in ihre Nase, und der Tau, der sich wie eine kalte Schicht über ihre Stirn legte, ließ sie frösteln. Sie sah die beiden nicht mehr, konnte nur anhand ihrer Schritte erahnen, wo sie sich befanden. Mit angehaltenem Atem wartete sie darauf, dass sich die Schritte, die stetig näher kamen, wieder entfernen würden. Gleichzeitig rechnete sie damit, jeden Augenblick entdeckt zu werden. *Der Zaun verdeckt mich,* sagte sie sich immer wieder und konnte nur hoffen, dass das enge Gitter genügen würde, um sie vor Georges und Scotts Augen zu verbergen.

»... mit dem Sheriff?« George war jetzt auf ihrer Höhe, zum ersten Mal verstand sie, worüber die beiden sprachen.

»Der bleibt, wo er ist. Der Zaun wird verhindern ...« Die

Schritte der beiden entfernten sich und mit ihnen ebbten die Stimmen zu einem unverständlichen Brummen ab, ehe sie vollends verklangen.

Endlich wagte sie, wieder zu atmen und den Kopf zu heben, traute sich jedoch nicht, sich vom Fleck zu rühren. Erst als das Gitter erzitterte und sie kurz darauf das Schlagen einer Tür vernahm, richtete sie sich auf.

Der bleibt, wo er ist. Was hatte Scott mit dem Zaun gemeint? Hatten sie ihn daran gefesselt, damit er sich nicht wehren konnte, wenn Adrian sich auf ihn stürzte? Sie musste ihn finden. Schnell!

Laura sprang auf die Beine und folgte mit ihrem Blick dem Zaun in Richtung Maple Street. Sie glaubte nicht, dass sie Ed in die Nähe der Straße gebracht hatten. Wahrscheinlicher war es, dass sie ihn im hinteren Teil des Friedhofs finden würde, wo er von der Straße aus nicht gesehen werden konnte. Im Schatten der Absperrung näherte sie sich langsam der Rückseite des Pfarrhauses. Durch ein Fenster fiel Licht nach draußen und zeichnete eine quadratische Insel der Helligkeit auf den Rasen. Geduckt schlich sie weiter, unter dem Fenster vorbei. Sie war versucht einen Blick hineinzuwerfen, um zu sehen, was drinnen vor sich ging, doch zuerst musste sie Ed finden.

Das Pfarrhaus lag noch nicht weit hinter ihr, als sie vor dem Zaun einen Schatten bemerkte. Obwohl alles in ihr danach schrie, vorsichtig zu sein, wurde sie schneller. Ein paar Schritte weiter erkannte sie den Schatten als das, was er war: ein regloser Körper. Dann sah sie die Uniform und kurz darauf offenbarte ihr das Mondlicht den Blick auf ein vertrautes Gesicht. Die letzten Meter rannte sie, um gleich darauf neben Ed auf die Knie zu fallen. Der Pullover verrutschte, sie zog ihn mit einer Hand zurecht. Mit der anderen suchte sie nach Eds Puls, presste die Finger gegen seinen Hals.

Nichts.

»Ed? Ich bin es. Laura. Kannst du mich hören?« Sie schüttelte ihn leicht, doch er reagierte weder darauf noch auf ihre Worte. »O mein Gott, o mein Gott«, flüsterte sie immer wieder, während sie nach einem Anzeichen suchte, dass es noch Leben in ihm gab.

Aber da war nichts.

Schluchzend sank sie in sich zusammen, die Hand auf seiner kalten Wange.

Nur langsam wurde ihr das gesamte Ausmaß von Eds Tod bewusst: Adrian Crowley war wieder lebendig. Er war jetzt wieder ein alter Mann, dessen natürliche Lebensspanne sich bald dem Ende zuneigen würde. Doch damit würde er sich nicht zufriedengeben – nicht, wenn es eine Möglichkeit gab, den Alterungsprozess rückgängig zu machen und seine Jugend zurückzugewinnen.

Laura erinnerte sich an das belauschte Gespräch und daran, was Sam über den Trank gesagt hatte. Wenn sie nichts unternahm, würde Ed in dieser Nacht nicht der einzige Tote bleiben.

Sie konnte noch immer nicht glauben, dass George bei alldem mitmachte. Dass Scott es tat, wunderte sie nicht. Er war schon immer an Wissen und Macht interessiert gewesen. Das war auch der einzige Grund, warum er sich überhaupt in Connors Nähe aufhielt, denn ansonsten hatte er nur wenig für den Anführer ihres Zirkels übrig. Das Auftauchen von Adrians Geist hatte ihm eine Gelegenheit beschert, der er nicht widerstehen konnte. Laura musste sich eingestehen, dass sie ihn unterschätzt hatte. Noch einmal würde sie diesen Fehler nicht machen.

Vielleicht gab es einen Weg, rückgängig zu machen, was er getan hatte.

Sie durchsuchte Eds Taschen, bis sie sein Handy fand. Erleichtert stellte sie fest, dass es angeschaltet war, und wählte die Nummer, von der sie hoffte, dass sie dort Hilfe finden würde.

»Templeton«, meldete sich eine vertraute Männerstimme am anderen Ende.

»Connor«, sagte sie durch den Stoff des Pullovers hindurch, »hier ist Laura, ich brauche deine Hilfe.«

»Du klingst furchtbar«, sagte er. »Ist etwas passiert?«

Die Anteilnahme in seiner Stimme verschlug ihr den Atem. Connor war nicht nur der Leiter ihres Zirkels, er war auch ihr Freund. Der beste. Wie sehr wünschte sie sich, er wäre jetzt hier und könnte ihr sagen, was sie tun solle. »Scott ist durchgedreht, er hat einen Geist ins Leben zurückgeholt.« Schluchzend erzählte sie in wenigen Worten von Adrian und davon, was er plante. »Er trägt ein Leben in sich, das ihm nicht gehört.«

»Hast du die Cops gerufen?«

»Was sollte ich denen sagen? Dass ein Geist ihren Sheriff umgebracht hat? Ein Geist, der jetzt wieder lebendig ist?« Niemand würde ihr das glauben. Nicht einmal dann, wenn sie Adrian Crowley zu Gesicht bekämen, denn wenn er erst einmal seinen Trank gebraut hatte, wäre er niemand anderes als der junge Enkel des verstorbenen Unternehmers. »Bist du zu Hause, Connor?«

»Ja.«

Das war gut. Zu Hause bewahrte er all seine Bücher und Ritualzutaten auf, und das war genau das, was sie jetzt brauchte – vorausgesetzt, was sie sich überlegt hatte, funktionierte auch. »Kannst du ein Ritual für mich durchführen?«

»Etwas, was sich bei dir drüben auswirkt?«, mutmaßte er.

»Wenn das möglich ist.«

»Du willst ihn aufhalten, oder?«

Obwohl er es nicht sehen konnte, nickte sie. »Was ist mit

dem Ritual? Funktioniert das auf die Entfernung?« Sie hatte sich noch nie mit dieser Frage beschäftigt. Verdammt, sie hatte sich noch nicht einmal mit dieser Form der dunklen Kunst beschäftigt, ehe sie hierhergekommen und damit konfrontiert worden war.

Connor dachte einen Moment über ihre Frage nach, dann sagte er: »Wenn du mir hilfst, die Formeln wiederholst, die ich spreche, und meine Anweisungen befolgst, können wir über die Entfernung einen Kreis schließen. Das müsste klappen.«

Laura atmete durch.

»Was brauchst du, Mädchen?«

»Du musst einen Geist für mich beschwören.«

28

Déjà-vu!

Es war erst ein paar Wochen her, dass mir jemand zum letzten Mal ein mit Chloroform getränktes Tuch aufs Gesicht gepresst hatte, sodass ich mich noch gut an das Schwindelgefühl erinnerte, das die Wirkung der Betäubung begleitet hatte. Noch immer hing mir der unangenehm süßliche Geruch in der Nase, ich glaubte sogar, ihn auf meiner Zunge zu schmecken.

Im Gegensatz zum letzten Mal weigerte ich mich dieses Mal jedoch, die Augen sofort zu öffnen. Zu groß war meine Angst davor, weitere Parallelen zu damals zu finden: Die niedrige Decke über mir, der Metalltisch unter mir und daneben Adrian, der mir im freundlichen Plauderton erklärte, dass er mich bis zum Anschlag mit Betäubungsmitteln vollgepumpt hatte und mich jetzt umbringen würde.

Das war nun wirklich nichts, was ich noch einmal erleben wollte!

Vorsichtig – und immer noch mit geschlossenen Augen – versuchte ich etwas über meine derzeitige Situation herauszufinden. Die Luft war feucht und roch modrig. Ich lag auf der Seite, meine Schulter drückte ausgesprochen schmerzhaft gegen den harten Untergrund. Das letzte Mal hatte ich auf dem Rücken gelegen und war dank der Medikamente gar nicht in der Lage gewesen, etwas zu spüren. Dass der Schmerz in meiner Schulter eine Verbesserung zu damals darstellte, wagte ich dennoch zu bezweifeln.

Ich wackelte mit den Zehen und stellte erleichtert fest, dass mir meine Füße gehorchten ebenso wie meine Finger, deren Funktionsfähigkeit ich als Nächstes testete. Bei meinen Händen sah es schon wieder anders aus, was aber nichts mit irgendwelchen Drogen zu tun hatte, sondern an den Schnüren lag, mit denen meine Handgelenke hinter meinem Rücken zusammengebunden waren. Ich war gefesselt. Das erklärte auch die unbequeme Haltung und den Schmerz in meiner Schulter.

Nachdem ich mir einen ungefähren Überblick über meine Lage verschafft hatte, war es Zeit, mehr in Erfahrung zu bringen. Ich fragte mich, was die Kerle von mir wollten, die mich betäubt und gefesselt hatten, und ob es womöglich dieselben sein konnten, die bereits vor zwei Tagen in mein Haus eingedrungen waren. Nur dass sie damals Sturmhauben getragen hatten.

Ich lauschte, doch die einzigen Geräusche, die ich vernahm, waren das meines eigenen Atems und ein gedämpftes Klirren, das jedoch aus einem anderen Raum zu kommen schien. Unmittelbar um mich herum war es still.

Jetzt riskierte ich es doch und öffnete die Augen. Ich lag auf dem Boden. Vor mir erstreckte sich ein kahler Raum, etwa halb so groß wie mein Wohnzimmer. In der Mitte baumelte eine schmutzige Glühbirne von der Decke und verströmte eitrig gelbes Licht. Die Wände waren nicht verputzt und neben einer Tür gab es lediglich ein schmales Fenster auf Kopfhöhe.

Ich war allein.

Mühsam setzte ich mich auf – ein umständliches und anstrengendes Unterfangen, da mir meine gefesselten Hände dabei ebenso wenig eine Hilfe waren wie meine schlecht trainierten Bauchmuskeln. Kaum hatte ich mich in eine aufrechte Sitzposition gekämpft, wurde mir schwindlig. Mit den Füßen schob ich mich zur nächsten Wand, lehnte mich mit der Schulter dagegen und wartete darauf, dass der Schwindel nachließ. Diese Zeit nutzte ich, um zum einen das Chloroform zu verfluchen, zum anderen an meinen Fesseln zu zerren. Sie waren dünn und unnachgiebig und gruben sich schon nach den ersten Versuchen unangenehm in mein Fleisch. Aber sie lockerten sich! Ohne Rücksicht auf meine Handgelenke zog und zerrte ich weiter daran, bis sich eine der Schlaufen so weit gelockert hatte, dass ich meine Hand hindurchzwängen konnte. Meine Schultergelenke sandten einen glühenden Protest aus, als ich die Hände von meinem Rücken nach vorne zog, um die Fesseln abzustreifen. Gelbe Kunststoffwäscheleine. Ich rieb mir die wund gescheuerten Handgelenke und ließ vorsichtig erst die Schultern und dann die Arme kreisen, um wieder Gefühl hineinzubekommen.

Nachdem ich mir nicht mehr bei jeder Bewegung auf die Lippen beißen musste, um nicht aufzuschreien, stand ich langsam auf. Der Schwindel war auf ein erträgliches Maß zurückgegangen: Ein bisschen fühlte es sich an, als würde jemand von der Seite gegen meinen Körper drücken, aber es würde gehen.

Mich mit einer Hand an der Wand abstützend ging ich zur

Tür. Noch immer war von Zeit zu Zeit ein Klirren zu hören, als schlüge jemand Gläser gegeneinander, dazu gesellten sich gedämpfte Stimmen. Ich presste mein Ohr an die Holztür, schloss die Augen und konzentrierte mich. Die Worte blieben unverständlich. Ich hätte nicht einmal sagen können, ob es sich um zwei oder noch mehr Menschen handelte, die sich da unterhielten. Immerhin schienen sie beschäftigt zu sein, was mir die Gelegenheit gab, einen Blick auf das Fenster zu werfen. Wenn ich mich am Fensterrahmen hochzog, könnte ich durch die schmale Öffnung nach draußen gelangen. Zuerst einmal musste ich mir aber einen Eindruck davon verschaffen, wo ich mich befand. Ich verließ meinen Horchposten an der Tür und ging zum Fenster.

Draußen war es dunkel und das Einzige, was ich erkennen konnte, war mein eigenes bleiches Spiegelbild, das mir aus der Scheibe entgegensah. Etwas in mir sträubte sich dagegen, das Licht auszuschalten, deshalb presste ich meine Nase gegen die Scheibe und schirmte mein Gesicht zu beiden Seiten mit den Händen ab. Es dauerte ein wenig, bis sich meine Augen an die veränderten Lichtverhältnisse gewöhnten. Dann jedoch sah ich einen weitläufigen Rasen vor mir, der immer wieder von kantigen Schatten durchbrochen wurde: Grabsteine. Ich hätte meinen Hintern verwettet, dass ich mich im Keller des Pfarrhauses befand. Trotzdem stimmte etwas nicht.

Das Pfarrhaus lag weit genug von meinem eigenen Haus entfernt, um nicht von der Wirkung der Geisterabwehr betroffen zu sein. Aber wo war dann Nicholas? Er hatte doch gesehen, wie ich überfallen worden war! Warum war er nicht hier?

Außerhalb des Wirkungsbereichs der Geisterabwehr! Als mir klar wurde, was das bedeutete, schnappte ich erschrocken nach Luft, klappte den Mund aber sofort wieder zu und presste mir die flache Hand vor Mund und Nase. Die ganze Zeit über, während ich weggetreten war – der Himmel allein oder zumindest meine Entführer wussten, wie lange das gewesen sein mag –, war ich den Geistern in meiner Umgebung wehrlos ausgeliefert gewesen. Es grenzte an ein Wunder, dass ich noch lebte!

Oder auch nicht.

Erst jetzt wurde mir bewusst, dass ich zwar fror, die Ursache dafür aber eher bei meinem Pullover zu suchen war, der für ein feuchtes Kellerloch wie dieses definitiv zu dünn war. Die typische durchdringende Kälte, die die Gegenwart von Geistern begleitete, fehlte.

Okay, keine Geister.

Ich wagte zumindest ein wenig aufzuatmen. Gleichzeitig fragte ich mich, wie wer-auch-immer-mich-verschleppt-hatte es geschafft hatte, die Geister auszusperren, bis mich das Geräusch näher kommender Schritte aus meinen Gedanken riss.

Schnell schob ich mich an die Wand hinter der Tür und lauschte. Die Schritte waren jetzt ganz deutlich zu hören, ebenso ein »Ich sehe nach, ob sie schon wach ist«. Ich hätte es zwar vorgezogen, unbemerkt zu verschwinden, aber womöglich würde sich mir keine andere Gelegenheit mehr bieten. Schnell lief ich in die Mitte des Raumes und drehte die Glühbirne mit einem Ruck so weit aus der Fassung, dass das Licht erlosch und das Kellerloch in Dunkelheit versank. Mit zwei Schritten war ich zurück an der Tür und presste mich neben dem Lichtschalter an die Wand. Draußen wurde ein Schlüssel ins Schloss gesteckt. Die Tür öffnete sich knarrend einen Spaltbreit, ein langer Lichtfinger tastete sich vom Gang seinen Weg herein und breitete sich immer weiter aus.

»Was zum …«, erklang eine raue Stimme, die ich schon in jener Nacht vor ein paar Tagen im Crowley-Anwesen gehört hatte, als Nicholas und ich so unsanft verscheucht worden waren. Ein Schatten fiel um die Ecke, eine Hand, die nach dem Lichtschalter tastete und ihn mehrmals umlegte. Es blieb dunkel. »Scott, die scheiß Glühbirne ist durchgebrannt. Bring mal eine neue!«

»Keine Zeit, hol sie dir selbst.« Die Antwort war irgendwo vom anderen Ende des Gangs gekommen. »Aber sieh erst nach, wie es unserem *Gast* geht.«

Ich war schon versucht gewesen, den Kerl in den Raum zu zerren und zu türmen – ein Plan, dem ich keine sonderlich guten Erfolgsaussichten einräumte –, als ich die Worte des anderen hörte. Der Kerl bei mir stieß die Tür ganz auf, um mehr Licht vom Gang hereinzulassen, und richtete seinen Blick auf die Ecke, in der ich zu mir gekommen war.

»Finster wie in einem Bärenarsch«, brummte er und machte erst einen und, als er immer noch nicht genug erkennen konnte, noch einen Schritt in den Raum.

Das musste reichen!

Ich schob mich hinter seinem Rücken an ihm vorbei und huschte auf den schmalen Gang hinaus. Zu meiner Linken war eine Mauer, ich konnte nur nach rechts, wo in ein paar Metern Entfernung nicht nur eine Treppe nach oben führte, sondern auch am Stirnende des Gangs eine offene Tür lag. Dort stand der andere Mann, ein großer blonder Kerl, und hantierte mit Glaskolben und einem Bunsenbrenner an etwas, das verdammt große Ähnlichkeit mit der Apparatur in Adrians Labor hatte. Von der Seite fiel ein Schatten auf ihn – eine weitere Person, die jedoch von der offen stehenden Tür verdeckt wurde. Vermutliche die Frau, die schon oben im Anwesen bei den Männern gewesen war. Die Frau mit dem Geisterbann. Das würde zumindest Nicholas' Abwesenheit erklären – und die der anderen Geister. Im hinteren Teil des Raums stand ein großer Tisch, groß genug für einen Menschen. Ich wusste, was das zu bedeuten hatte, doch im

Augenblick wollte ich diese Erkenntnis nicht an mich heranlassen. Sie hätte mich nur gelähmt. Dicht an der Wand entlang huschte ich auf die Treppe zu und setzte meinen Fuß unbemerkt auf die unterste der ausgetretenen Steinstufen. Behutsam, um nur ja keinen Laut zu verursachen, schlich ich nach oben, bis ich am Ende der langen Treppe auf eine Tür stieß. Ich legte meine Finger um den Knauf und atmete auf, als er sich geräuschlos drehen ließ. Statt die Tür jedoch aufzureißen und Fersengeld zu geben, zog ich sie erst einmal nur einen Spaltbreit auf und spähte nach draußen. Vor meinen Augen erstreckte sich ein rechteckiger Hausflur mit holzgetäfelten Wänden und dicken Läufern, die wie eine Brücke auf die Haustür zuführten.

Mitten im Flur stand Nicholas und lief von einer Seite des Flurs zur anderen wie ein Raubtier, das nach einem Ausweg aus seinem Gefängnis suchte. Als er mich sah, blieb er stehen.

»Sam«, zischte er. »Gott sei Dank!«

Ich schlüpfte durch den Türspalt auf den Flur, als von unten ein Alarmschrei erklang. Die Stimmen der Männer wirbelten durcheinander und einen Moment später waren stampfende Schritte auf der Treppe zu hören.

»Schnell!«, rief Nicholas. »Ich kann nicht näher kommen wegen der ... Verflucht! Nein!«

Dann war er fort. Von einem Moment auf den anderen verschwunden. Hinter mir flog die Kellertür auf und die beiden Männer stürmten in den Flur. Mich trennten nur zwei Meter von der Haustür. Nur noch ein kleines Stück! Das musste zu schaffen sein! Wenn ich erst einmal draußen war, konnte ich mir Hilfe suchen oder zumindest ein Versteck.

Ich streckte die Hand nach der Klinke aus, als ein heftiger Ruck durch meinen Körper ging, der mich aus dem Gleichgewicht brachte. Mit den Armen rudernd versuchte ich mich wieder zu fangen, da passierte es erneut. Der verdammte

Mistkerl hatte den Teppichläufer gepackt und so kräftig daran gerissen, dass es mich von den Beinen hob. Dieses Mal verlor ich vollends die Bodenhaftung. Ich fiel nach vorn, schlug mir den Kopf an der Tür und knallte auf den Boden. Sofort versuchte ich wieder auf die Beine zu kommen, doch da war der Blonde aus dem Labor bereits über mir. Das Gesicht noch immer hinter einem Halstuch verborgen packte er mich am Arm und zog mich hoch. Das zornige Funkeln in seinen blauen Augen ließ mich erstarren.

»Die Party ist noch nicht zu Ende«, knurrte er, dann wandte er sich seinem Komplizen zu. »Wie konntest du dich so von ihr überrumpeln lassen?«

»Es war dunkel«, gab der andere zerknirscht zurück. Er hielt etwas in der Hand, von dem lediglich ein langes Lederband zu sehen war, das zwischen seinen Fingern herabbaumelte. Auch wenn ich es nicht genauer erkennen konnte, hatte ich so eine Ahnung, dass das der Grund für Nicholas' plötzliches Verschwinden und den geisterfreien Keller war.

»Hol den Kabelbinder«, befahl der Blonde und zerrte mich zurück in den Keller. Er war so ruppig, dass ich auf der Treppe zweimal ins Stolpern geriet und mir jedes Mal wünschte, ich würde ihn dabei zu Fall bringen, damit er sich das verdammte Genick brach!

Unten angekommen schleifte er mich den Gang entlang, blieb aber vor der Tür stehen und wartete auf seinen Kumpel. Nachdem der die Glühbirne festgeschraubt und mir die Hände mit Kabelbinder auf den Rücken gefesselt hatte, hängte er mir das Lederband um den Hals, das ich zuvor in seiner Hand gesehen hatte. Dann stieß mich der Blonde in den Raum zurück, aus dem ich erst vor ein paar Minuten entkommen war. Vom Schwung seines Stoßes getragen taumelte ich gegen die Wand und fiel auf den Hintern.

»Keine Dummheiten mehr!« Krachend fiel die Tür ins

Schloss, kurz darauf wurde der Schlüssel herumgedreht. Dann entfernten sich die Schritte und ich war wieder dort, wo ich angefangen hatte.

29

Eine Stimme zerrte an Eds Bewusstsein.

Immer wieder hörte er seinen Namen, gepaart mit anderen Worten, denen er, sosehr er sich auch bemühte, keine Bedeutung abtrotzen konnte. Es waren auch nicht die Worte, die seine Sinne weckten und in die Wirklichkeit zurückkehren ließen, sondern die Stimme, die sie sprach. Sie gehörte Laura. Dunkel erinnerte er sich daran, dass er ihr böse sein sollte, es dauerte jedoch einige Sekunden, ehe er sich an den Grund dafür erinnerte. Sie hatte ihn angelogen. Einen Moment lang wusste er nicht, warum und worüber sie gelogen hatte, dann jedoch kehrte sein Gedächtnis vollends zurück. Mit einem Schlag war alles wieder da.

Er war losgezogen, um sie zu retten, und geradewegs in Adrian Crowleys Falle getappt. Der Hinterhalt war sein Todesurteil gewesen, zumindest hatte er das geglaubt. Es überraschte ihn selbst, doch er hatte Crowleys Angriff überlebt. Vermutlich war Laura dazwischengegangen und hatte das Schlimmste verhindert. Er hatte nicht einmal Schmerzen. Auch die Erschöpfung, die er zuvor verspürt hatte, war verschwunden.

Mittlerweile hatte er seine Sinne weit genug beisammen, um die Augen zu öffnen. Es war kein Traum gewesen – Laura war tatsächlich hier. Sie kniete neben ihm im Gras, den Kragen ihres Pullovers nach oben gezogen, sodass er Mund und Nase bedeckte, und starrte Ed an. In der Hand, die auf ihrem Oberschenkel ruhte, hielt sie ein Handy. Sie musste die Freisprechfunktion aktiviert haben, denn jetzt sagte sie: »Es hat geklappt! Connor, du hast es geschafft. Ich danke dir!«

Der andere sagte etwas, doch die Worte drangen zu blechern aus dem Lautsprecher, als dass Ed sie hätte verstehen können. Vielleicht war er aber auch nur zu sehr auf Laura konzentriert, um sich wirklich dafür zu interessieren.

Im Gegensatz zu ihm hatte Laura sie verstanden. »Das werde ich«, sagte sie, drückte einen Knopf und ließ das Handy ins Gras fallen. Noch immer ruhte ihr Blick auf Ed.

Er setzte sich auf. Auch jetzt spürte er keine Schmerzen, nur Sorge um die Frau, die neben ihm kniete. »Bist du verletzt?«

Sie schüttelte den Kopf.

»Du hast mich gerettet.« Er rang um Fassung. Obwohl er sie rausgeworfen und ihr gesagt hatte, dass er sie nie wiedersehen wollte, hatte sie seinetwegen ihr Leben aufs Spiel gesetzt und es mit zwei Männern und einem Geist aufgenommen.

»O Ed.« Tränen sammelten sich in ihren Augen, quollen über und wurden vom Stoff ihres Pullovers aufgefangen.

»Nicht weinen«, sagte er leise. »Es ist alles in Ordnung. Komm, ich bringe dich von hier fort.« Er streckte die Arme nach ihr aus, um sie an sich zu ziehen, doch seine Hände glitten durch sie hindurch.

Er sprang auf. »Was, zum ...?« Verwirrt sah er sich um und blickte sich selbst ins Gesicht. Nur dass dieses andere Selbst noch immer im Gras lag. Reglos. Den gebrochenen Blick zum Himmel gerichtet. »Das ist nicht wahr«, flüsterte er, dann brüllte er: »Sag, dass das nicht wahr ist, Laura!«

Sie starrte auf den Boden. Langsam schüttelte sie den Kopf. »Ich bin zu spät gekommen. Es tut mir so leid, Ed.«

Nur ganz allmählich wurde ihm das volle Ausmaß dessen bewusst, was er sah und hörte, und selbst als er begriff, was geschehen war, verstand er es noch immer nicht. Dort, wo sein Herz in der Brust schlagen sollte, war nichts weiter als eine entsetzliche Leere, und als er versuchte seine Lungen mit Atem zu füllen, geschah nichts. Er ballte die Hände zu Fäusten und spürte, wie seine Finger durch die Handflächen glitten. Es gelang ihm nicht einmal, die Muskeln in seinen Armen anzuspannen. Panik machte sich in ihm breit, aber selbst sie fühlte sich anders an – vollkommen falsch. Er *wusste*, dass er Angst hatte und aufgewühlt war, doch die gewohnte Reaktion seines Körpers blieb aus. Da war kein Adrenalin, das mit dem Blut durch seine Adern rauschte, keine beschleunigte Atmung und kein rasender Puls. Er hatte überhaupt keinen Puls, verdammte Scheiße!

»Wie konntest du mir das antun?«

Mit einer entschlossenen Handbewegung wischte Laura sich die Tränen aus den Augen und sah auf. »Wir werden uns dein Leben zurückholen.«

»Wie stellst du dir das vor?« Ihr Vorhaben in allen Ehren, fehlte es doch an der Umsetzbarkeit. »Soll ich vor Crowley auf und ab hüpfen, bis ihm so kalt wird, dass er es mir freiwillig zurückgibt?«

Laura nahm das Handy, schob es in ihre Hosentasche und stand auf. »Wir finden einen Weg«, sagte sie fest. »Und als Erstes holen wir uns Hilfe. Diese Samantha Mitchell wohnt doch hier, oder?«

Ed musterte sie misstrauisch. »Was hast du vor?«

»Adrian ist nicht allein. Jemand muss eine Ablenkung inszenieren.« Ohne eine weitere Erklärung marschierte sie zwischen den Grabsteinen hindurch, tiefer in den Friedhof hinein.

»Du gehst in die falsche Richtung.« Ed folgte ihr und hielt erschrocken inne, als er sah, dass seine Fußsohlen keinen Halt auf dem Boden fanden und seine Beine im Boden versanken. Die anderen Geister schafften es doch auch, vernünftig zu gehen! Er konzentrierte sich und stellte sich vor, wie seine Füße das weiche Gras berührten, sich daran abstießen und sich auf diese Weise vorwärtsbewegten. Es funktionierte – anfangs ein wenig wackelig, dann immer besser. Mit schneller werdenden Schritten folgte er Laura und lotste sie zu Sams Haus. Er fühlte sich auf eine angenehme Art schwerelos und kam so mühelos voran, dass er immer wieder innehalten und auf Laura warten musste, die es deutlich mehr Anstrengung kostete, ihren Weg zu finden. Offensichtlich hatte es nicht nur Nachteile, tot zu sein.

Einmal, er drehte sich gerade nach ihr um und machte dabei ein paar Schritte rückwärts, glitt er durch einen Grabstein hindurch. So musste es sich anfühlen, wenn man den Finger in eine Steckdose steckte. Ein Ruck durchlief seinen gesamten Körper, so heftig, dass er für einen Moment glaubte, sein Herzschlag würde jeden Augenblick wieder einsetzen. Wiedererweckung durch Grabsteindefibrillator. Die Haare in seinem Nacken und auf seinen Armen richteten sich auf und eine Gänsehaut breitete sich über seinen gesamten Körper aus. Als er versuchte, sie zu betrachten und mit den Fingern darüberzustreichen, war da nichts. Es war nur die Erinnerung an eine angemessene Reaktion gewesen, ohne dass sein Körper tatsächlich reagiert hatte. Wie denn auch? Sein verdammter Körper lag da hinten am Zaun und fühlte garantiert gar nichts mehr!

Er erreichte Sams Haus ein ganzes Stück vor Laura. Die Haustür stand offen und das aus dem Flur dringende Licht zeichnete lange Lichtfinger auf den Rasen des Vorgartens. Auf der Schwelle kämpfte sich Mike Fletcher auf die Knie, eine Hand an die Schläfe gepresst.

»Mike!«, rief Ed schon von Weitem. »Alles in Ordnung?« Er rannte über den Rasen, auf das Haus zu und wurde so unvermittelt zurückgeworfen, dass es ihn von den Beinen riss.

Die Geisterabwehr! Während Ed wieder auf die Beine kam und sich an der unsichtbaren Grenze entlangtastete in der Hoffnung, Mike näher zu kommen – oder ihn zumindest auf sich aufmerksam zu machen, lief Laura an ihm vorbei. Als sie bemerkte, dass er zurückblieb, bedeutete sie ihm, ihr zu folgen.

Ed schüttelte den Kopf. »Ich kann nicht. Das Haus ist geschützt.«

Laura betrachtete ihn einen Moment nachdenklich, dann nickte sie und wandte sich Mike zu, der mittlerweile wieder auf die Beine gekommen war. Wacklig stand er auf der Schwelle, halb gegen den Türstock gelehnt.

»Bleiben Sie, wo Sie sind!«, fuhr er Laura an und rieb sich den Kopf. Sein Blick zuckte umher, vermutlich auf der Suche nach etwas, womit er sich verteidigen konnte. »Wer sind Sie und was wollen Sie hier?«

»Es ist in Ordnung!«, rief Ed. »Sie können ihr vertrauen.«

Seine Worte verklangen ungehört.

Laura hob beschwichtigend die Hände und redete mit ruhiger Stimme auf ihn ein. Abgesehen davon, dass mehrmals Sams Name fiel, verstand Ed kaum etwas. Nach zwei oder drei Minuten – womöglich hatte es auch länger gedauert, die Zeit schien in seinem Zustand in einem anderen Tempo dahinzufließen – verschwand Mike im Haus und kehrte kurz darauf mit zwei Atemschutzmasken zurück. Eine reichte er Laura, die andere legte er selbst an, ehe er den Vorgarten durchquerte.

Mikes Blick wanderte von einer Seite zur anderen. »Wo ist er?«, fragte er an Laura gewandt, die ihm mit der Maske in der Hand folgte.

»Weiter links. Da drüben, gleich neben dem Weg.«

Mike folgte ihrer Beschreibung und kam Ed nun ganz nah. So nah, dass er um ein Haar durch ihn hindurchgelaufen wäre. Hastig machte Ed einen Satz zurück. Das Erlebnis mit dem Grabstein hatte ihm fürs Erste gereicht.

»Bleiben Sie stehen«, sagte Laura und schloss zu ihm auf. »Er ist direkt vor Ihnen.«

Bevor Ed reagieren konnte, beugte sie sich vor und hauchte ihm ihren Atem ins Gesicht. Einem Reflex folgend nahm Ed ihn in sich auf. Es kribbelte, zuerst in seinem Mund, dann in der Luftröhre und der Lunge, von wo es sich durch seinen gesamten Körper ausbreitete, je mehr Laura ihm gab. Er konnte nicht widerstehen und beugte sich ein Stück vor, um ihre Lippen mit den seinen zu berühren. Statt erschrocken zurückzuweichen, erwiderte sie den sanften Kuss.

»Heilige Scheiße!«, Mikes Worte donnerten unter der Atemschutzmaske hervor. »Ich hoffe wirklich, dass ich Sie nie küssen muss, um Sie sehen zu können, Sheriff.«

»Ich hab nicht vor, Sie zu küssen.« Nur widerwillig zog Ed sich von Laura zurück. Er mochte das Gefühl von ihren Lippen auf seinen, aber noch mehr mochte er es, zu spüren, wie ihr Leben langsam in ihn floss und ihn mit Kraft und Substanz erfüllte. Er war noch nicht lange tot, vielleicht ein paar Stunden, doch schon verspürte er den alles verzehrenden Drang, ihr Leben in sich aufzunehmen. Er wollte seinen Herzschlag spüren und das Blut in seinen Ohren rauschen hören, wollte Dinge berühren und berührt werden können. Er wollte zurückhaben, was Adrian Crowley ihm genommen hatte, und er kannte den Weg. Atem – mehr brauchte es nicht. Erschrocken hielt er inne, als er die Hand sah, die er nach Laura ausgestreckt hatte. Bereit, sie zu sich zu ziehen und sich zu nehmen, wonach es ihn verlangte.

Hastig wich er einen Schritt zurück. »Wo ist Sam?«

»Die haben sie.«

»Wer sind *die?*«

»Mein Bruder, sein Begleiter und Crowley«, sagte Laura.

Ed kniff die Augen zusammen. »Dein Bruder?! Du willst allen Ernstes behaupten, einer der Kerle, die dich bedroht und geschlagen haben, ist dein Bruder?«

Sie nickte. Mit fahrigen Bewegungen legte sie die Schutzmaske an.

»Das ist jetzt wohl erst einmal zweitrangig«, mischte sich Mike ein. »Wenn es wirklich Adrian ist, der sie in den Fingern hat, dann ist sie in Gefahr. Wir müssen sie finden!« Er begann hin und her zu wandern, mit einer Hand rieb er sich noch immer den Hinterkopf, auf dem Ed im Halbdunkeln eine stattliche Beule zu erkennen glaubte. Schließlich blieb er abrupt stehen. »Das Herrenhaus! Bestimmt haben sie –«

Laura schüttelte den Kopf. »Sie sind im Pfarrhaus.«

»Dann also zum Pfarrhaus. Beeilen wir uns!«

30

Ich saß an der Wand, darum bemüht, meine schmerzenden Schultergelenke zu ignorieren, und starrte auf die Glühbirne. Im Gegensatz zur Wäscheleine von vorhin war der Kabelbinder die reinste Pest. Er trotzte all meinen Versuchen, ihn abzustreifen oder auch nur zu lockern, und grub sich mit jeder Bewegung tiefer in meine Handgelenke, bis ich am liebsten geschrien hätte.

Der bloße Gedanke an die Apparatur, die ich im Nebenraum gesehen hatte, genügte, um mich über den Klippenrand in ein Meer aus Panik zu stoßen. In blinder Raserei zerrte ich weiter an meinen Fesseln, ignorierte den Schmerz ebenso wie die zunehmende Taubheit in meinen Armen. Lieber würde ich auf der Flucht sterben, als noch einmal auf dem Tisch dieses Monsters zu landen!

Ich ließ mich auf die Seite fallen und versuchte die Fesseln über meine Füße nach vorn zu ziehen, blieb dabei aber immer wieder hängen. Ganz gleich, wie sehr ich mich auch anstrengte, meine Beine waren immer ein Stück zu lang und die Arme einfach zu kurz. Keuchend vor Anstrengung und mittlerweile stark schwitzend setzte ich mich wieder auf und sah mich um. Vielleicht hatte ich etwas übersehen!

Was soll das sein, spottete ein wenig konstruktiver Teil meines Verstandes. *Ein in der Ecke stehender edler Ritter, der nur darauf wartete, dass du ihn um Hilfe bittest?*

»Ein scharfkantiger Mauervorsprung würde es auch schon tun«, knurrte ich mich selbst an und ließ meinen Blick weiter über die Wände wandern. Schließlich stemmte ich mich auf die Beine und schritt die Wand ab auf der Suche nach einer Kante – meinetwegen auch nach einem Knopf, der einen verdammten Geheimgang öffnete, durch den ich entkommen konnte.

Mit jedem weiteren Schritt schwand meine Hoffnung ein Stück mehr und die Panik übernahm erneut das Kommando. Ich würde draufgehen! So einfach war das! Kein Ritter in goldener Rüstung, keine Kavallerie. Nichts. Einfach nur der nackte, viel zu frühe Tod!

Ein Geräusch auf dem Gang ließ mich zusammenfahren.

Sie kamen!

Zumindest würde ich mich nicht kampflos ergeben. Ich zog mich ein Stück in den Raum zurück, bereit, Anlauf zu nehmen und den Ersten, der mir in die Quere kam, über den Haufen zu rennen. Im Idealfall brach sich einer von uns dabei das Genick – absoluter Idealfall: wenn dieser eine nicht ich wäre.

Der Türknauf drehte sich, dann wurde die Tür geöffnet. Langsam, beinahe zögerlich. Vermutlich hatten sie Schiss, dass ich noch einmal die Glühbirne herausgedreht haben könnte und sie aus der Dunkelheit angriff. Ich hätte es gemacht, wenn ich in der Lage gewesen wäre, die verflixte Birne mit den Zähnen herauszuschrauben oder sie – ohne meine Arme zur Hilfe zu nehmen – zu zertrümmern. Beides war mir nicht gelungen.

Der Kerl an der Tür musste mittlerweile begriffen haben, dass das Licht noch an war. Trotzdem verbreiterte sich der Türspalt nur zögerlich. Der konnte doch unmöglich derartige Angst vor mir haben!

Ich machte mich bereit. Vielleicht sollte ich einfach sofort losspurten und mich gegen die Tür werfen in der Hoffnung, ihm den Schädel zwischen Tür und Türstock zu zerschmettern.

Meine Beine zuckten, und das Einzige, was mich davon abhielt, loszulaufen, war die Brutalität meines Vorhabens. Andererseits hatten diese Kerle vor, mich umzubringen! Sie würden sich kaum im Rahmen einer Diskussion davon abbringen lassen.

Ich nahm Maß.

Ein Gesicht erschien im Türspalt. Ein vertrautes Rüsselmonster. Mike! Mit einem raschen Blick vergewisserte er sich davon, dass ich allein war, dann schlüpfte er in den Raum. Eine Frau folgte ihm. Doch erst als sie sich die Atemschutzmaske vom Gesicht zog, erkannte ich die Journalistin, der ich in der Bibliothek begegnet war.

»Bist du in Ordnung, Sam?« Mit zwei Schritten war Mike bei mir, während die Frau – Laura Martin – mit konzentrierter Miene neben der Tür stehen blieb. Er griff nach meinem Arm und drehte mich herum. Erst jetzt sah ich das Taschenmesser in seiner Hand, eines dieser Multifunktionsdinger, mit denen man Raumschiffe bauen, Bären erschießen und Erdbeben verhindern konnte. Zumindest wenn man der Werbung Glauben schenkte. Um einen Kabelbinder zu durchtrennen, reichte es allemal. Mit einem *Ratsch* lösten sich meine Fesseln. Vorsichtig bewegte ich meine Arme und rieb meine Handgelenke, ein Vorhaben, das ich zehn Sekunden später verfluchte, als das Blut schmerzhaft in meinen Händen zu pulsieren begann.

»Am besten hauen wir durchs Fenster ab.« Ich sprach mit gedämpfter Stimme. Zum einen wollte ich vermeiden, dass die Kerle mich hörten, zum anderen wollte ich nicht, dass jemand bemerkte, wie zittrig die Worte aus meinem Mund kamen.

»Wir können nicht gehen«, gab Mike ebenso leise zurück. »Jedenfalls noch nicht.«

Das konnte doch nur ein Scherz sein! Mike sah aber nicht aus, als würde er scherzen. Er hatte die Augen zusammengekniffen und starrte grimmig auf das Messer in seiner Hand, ehe er wieder mich ansah. »Sie haben den Sheriff umgebracht.«

Ein Schlag ins Gesicht hätte mich kaum überraschender treffen können.

»Adrian hat ihn sich geholt«, fuhr er fort. »Er ist wieder lebendig, Sam.«

Und er würde alles daransetzen, an der Stelle fortzufahren, an der er vor seinem letzten Tod aufgehört hatte. »Und warum ist das kein Grund, die Beine in die Hand zu nehmen und so schnell wie möglich von hier zu verschwinden?«

Es war Laura, die meine Frage beantwortete. »Er wird dieses Leben nicht behalten. Es gehört ihm nicht.« Sie klang vollkommen ruhig, doch in ihren Augen brannte ein beunruhigendes Feuer.

»Als wir uns durch die Hintertür ins Haus geschlichen haben, war sein Geist noch bei uns, dann ist er plötzlich verschwunden.«

»Das Amulett.« Ich griff nach dem Lederband, das mir der

Blonde um den Hals gehängt hatte, und wollte es mir herunterreißen.

»Nicht!« Laura schoss auf mich zu und legte ihre Hand auf meine, um mich davon abzuhalten, das Band zu zerreißen. »Sie haben recht«, sagte sie. »Das ist ein Geisterbann. Aber Sie dürfen ihn nicht zerstören. Zumindest nicht so.«

Schlagartig begriff ich, warum mir diese Frau schon in der Bibliothek so bekannt vorgekommen war. Es war nicht ihr Name und auch nicht ihr Gesicht gewesen, sondern ihre Stimme. »Das ist Ihr Amulett.« Laura Martin war mit den Männern im Crowley-Haus gewesen, als Nicholas gewaltsam vertrieben worden war. Ich wich zurück. »Sie gehören zu denen.«

»Was?« Mike sah irritiert von einem zum anderen. Er wirkte angespannt, als sei er bereit, sich jeden Moment auf Laura zu stürzen, wenn diese eine falsche Bewegung machte, aber er unternahm vorerst nichts.

»So einfach ist das nicht«, sagte Laura. »Zumindest nicht mehr, seit George und Scott gemeinsame Sache mit Adrian machen.«

Natürlich. Sie hatte ihr Gewissen entdeckt und wollte nun die Fehler ihrer Freunde wiedergutmachen. Wer sollte diesen Mist glauben? »Das ist eine Falle, Mike. Diese Frau ist … Was sind Sie überhaupt? Doch ganz bestimmt keine Journalistin, oder?«

»Ich gehöre einem Hexenzirkel an«, sagte sie. »Es war unsere Aufgabe, Adrians Bücher zu finden und fortzubringen, bevor jemand Dummheiten damit machen konnte.«

Da hatte sie die Rechnung ohne den Sheriff gemacht. »Mike?«

Er antwortete nicht sofort. Sein Blick ruhte auf Laura, als versuche er zu ergründen, was in ihr vorging. Schließlich schüttelte er den Kopf. »Ich glaube, sie will Ed wirklich helfen.«

»Das ist wahr.«

Ich starrte die Frau an, die mit den zerzausten Haaren, einem Bluterguss auf der Wange und den verquollenen Augen nicht mehr viel Ähnlichkeit mit der gepflegten Erscheinung hatte, der ich in der Bibliothek begegnet war. Das reichte nicht aus, um ihr zu vertrauen. Allerdings war mir bewusst, dass es mir momentan ein wenig an Möglichkeiten mangelte, aus eigener Kraft aus dieser Sache herauszukommen. Und ich begriff noch etwas: Wenn Laura bei Ed und Mike gewesen war, konnte es unmöglich ihr Schatten gewesen sein, den ich im Labor gesehen hatte. Adrian! Dass er mir so nah gewesen war, brachte meinen Puls selbst im Nachhinein noch zum Rasen.

So wie es aussah, blieb mir gar keine andere Wahl, als mich auf eine Zusammenarbeit mit Laura einzulassen.

»Also gut«, gab ich mich geschlagen. »Wie sieht euer Plan aus?« Und ich hoffte inständig, dass sie einen hatten!

Nachdem ich meine Zustimmung signalisiert hatte, kam Laura erneut näher und griff nach dem Amulett. Die Lederschnur spannte sich um meinen Hals, als sie es anhob. Zum ersten Mal erhaschte ich einen Blick auf den Anhänger, eine flache, silbern glänzende Metallscheibe, in die kleine Zeichen und Figuren eingraviert waren. Laura streckte Mike die andere Hand entgegen. »Geben Sie mir das Taschenmesser.«

Ich konnte nicht sagen, dass es mir gefiel, sie mit einem Messer vor mir stehen zu sehen. Dass sie mir nicht die Kehle durchschnitt, sondern mit der Messerspitze die Zeichen auf dem Amulett bearbeitete, konnte mein Unbehagen nur teilweise lindern. Konzentriert kratzte sie über die silberne Oberfläche, bis die Zeichen zumindest stellenweise unleserlich waren.

»Das dürfte genügen«, meinte sie mit einem letzten prüfenden Blick. »Damit sollte es seine Wirkung verloren haben.

Sie müssen es aber anbehalten, damit niemand misstrauisch wird.« Sie ließ das Lederband los, sodass der Anhänger zurück auf meine Brust fiel, und gab Mike das Messer zurück. Dann sah sie sich erwartungsvoll um.

Ich spürte die Kälte einen Augenblick, bevor das Lächeln auf Lauras Züge trat. Ein trauriges Lächeln, in das sich Erleichterung mischte. »Ed«, flüsterte sie.

»Ist er –«

»Sam!« Nicholas schoss durch die Außenmauer in den Keller. Erst unmittelbar vor mir blieb er stehen und musterte mich eingehend. »Geht es dir gut? Bist du verletzt? Ich konnte nicht zu dir, diese verdammte Kette ...« Sein Blick fiel auf das Amulett an meinem Hals.

»Sie hat es unbrauchbar gemacht«, sagte ich und deutete auf Laura, die sich leise mit Ed unterhielt – oder mit einem Fetzen Luft. Ich sah die Fragen, die wie ein Gewitter durch Nicholas' Augen zogen, und kam ihm zuvor. Mit knappen Worten erzählte ich ihm, was dem Sheriff zugestoßen war und dass Laura vorhatte, seinen Tod ungeschehen zu machen. Ihm das zu sagen fiel, mir schwer. Die Vorstellung, dass Ed sein Leben zurückbekommen sollte, während Nicholas weiterhin ein Geist bleiben würde, fand ich ungerecht. Im Gegensatz zu mir schien Nicholas es jedoch zu verstehen.

»Adrian trägt ein Leben in sich, das ihm nicht gehört«, sagte er. »Es ist nur gerecht, wenn er es zurückgeben muss.«

»Leute«, meinte Mike, »können wir vielleicht weitermachen, bevor ich mir noch mehr wie ein Trottel vorkomme, weil ich der Einzige bin, der keinen unsichtbaren Freund hat.«

Nicholas nickte. »Je eher ihr von hier verschwindet, desto besser. Ich postiere mich vor der Tür und passe auf, dass keiner kommt. Und ihr denkt euch etwas Vernünftiges aus.«

Er war noch nicht ganz durch die geschlossene Tür nach

draußen verschwunden, da hatte ich die anderen bereits über sein Vorhaben aufgeklärt. »Also gut«, sagte ich dann. »Höchste Zeit für einen Schlachtplan.«

31

Laura zog sich in den Schatten eines Baumes zurück. Dicht an den Stamm gepresst stand sie da und beobachtete, wie Mike in der Dunkelheit zwischen den Gräbern verschwand.

Trotz des Strickpullovers war ihr kalt. Sie wusste, dass sie von Geistern umgeben war, und war froh um die Atemschutzmaske, die sie vor Übergriffen schützte. Die Angst jedoch konnte ihr keine Maske der Welt nehmen.

Es hatte nicht lange gedauert, bis sie einen Plan gefasst hatten. Einen, der angesichts der knappen Zeit, die ihnen geblieben war, durchaus Hand und Fuß zu haben schien. Laura wäre lieber bei Ed im Keller geblieben, allerdings hatte Sam ihr klargemacht, dass sie die Ablenkung übernehmen musste. Andernfalls würde es ihnen womöglich nicht gelingen, Scott und George aus dem Haus zu locken – und das war für die Durchführung ihres Vorhabens von essenzieller Bedeutung.

Noch ein paar Sekunden, dann würde sie ihr Versteck verlassen und den Stein ins Rollen bringen.

Sie war erleichtert, dass sich Sam nicht nur einverstanden erklärt hatte, Ed und ihr zu helfen, sondern auch bereit war, einen wichtigen – und riskanten – Teil des Plans zu übernehmen. Laura hatte gespürt, welche Angst Sam vor Adrian hatte. Kein Wunder bei allem, was dieser Mann ihr angetan hatte. Umso höher war es ihr anzurechnen, dass sie nicht einfach mit Mike und Laura geflohen, sondern im Keller zurückgeblieben war. Laura hatte die Entschlossenheit in Sams Augen gesehen und erkannt, dass sie beschlossen hatte, diese Sache ein für alle Mal zu beenden. Es mochte ihr dabei nicht allein um Ed gehen, sondern auch darum, Adrian endgültig das Handwerk zu legen. Letztlich waren Sams Beweggründe für Laura ohne Bedeutung, solange sie damit Ed helfen würde.

Laura und Mike waren durch das Oberlicht nach draußen geklettert, um nicht noch einmal riskieren zu müssen, auf dem Weg durch das Haus erwischt zu werden. Zuerst hatte Laura vorgeschlagen, nach oben zu laufen und Alarm zu schlagen, bis ihr bewusst geworden war, dass sie ihre Anwesenheit im Haus nur schwer erklären könnte. Immerhin hatte George sie im Geräteschuppen zurückgelassen.

Sie warf einen raschen Blick auf ihre Armbanduhr, deren Zeiger schwach phosphoreszierten. Die Zeit war abgelaufen. Mikes Vorsprung war groß genug, jetzt war sie an der Reihe. Sie zog sich die Schutzmaske vom Gesicht und ließ sie am Fuß des Baumes ins Gras fallen. Der Wind strich über ihre erhitzten Wangen wie eine Hand, die nach etwas tastete, was sie verloren hatte. Ohne die Maske fühlte sie sich nackt und ausgeliefert. Trotzdem musste sie sie zurücklassen, wenn sie keinen Verdacht erregen oder zeitraubende Fragen über die Herkunft des Dings provozieren wollte.

Laura zog den Kragen ihres Pullovers bis über die Nase nach oben. Ein wenig half es ihr, sich sicherer zu fühlen. Doch es war eine trügerische Sicherheit, die mit jedem Schritt, den sie sich dem Pfarrhaus näherte, weiter schwand.

Schließlich begann sie zu rennen.

Sie umrundete das Pfarrhaus, stürzte auf die Eingangstür zu und riss sie so heftig auf, dass sie gegen die Wand knallte. »George! Scott!«, schrie sie in den Flur.

Gedämpfte Stimmen waren zu vernehmen. Laura folgte ihnen und wäre beinahe mit den beiden Männern zusammengestoßen, die ihr aus dem Keller entgegenkamen.

»Zum Teufel!«, schnappte Scott. »Was hat sie hier zu suchen? Hab ich dir nicht gesagt, du sollst sie einsperren!«

George setzte zu einer Rechtfertigung an, doch Laura kam ihm zuvor. Sie machte eine wegwischende Handbewegung, als sei die Tatsache, dass er sie eingesperrt hatte, ebenso wenig von Bedeutung wie all die anderen Dinge, die die beiden ihr angetan hatten. »Willst du diskutieren, Scott, oder willst du hören, was ich zu sagen habe?«

»Dann rede!« Dieselbe Kälte, die sie in seinen Augen sah, hatte auch seine Stimme gefrieren lassen.

Scott war noch nie einfach gewesen. Er kommandierte andere gern herum, war oft barsch und interessierte sich lediglich dafür, was ihn im Zirkel weiter nach oben bringen konnte. Trotz allem hatte sie ihn noch nie so gesehen wie in den letzten Stunden. Es war, als hätte der Drang nach Adrians Wissen jede Moral in ihm ausgelöscht. Er war blind geworden für das, was er tat.

»Da draußen ...« Sie musste sich nicht einmal bemühen, atemlos zu klingen. »Der Typ aus dem *Diner* schleicht da draußen herum. Mit einem Knüppel bewaffnet.«

Scott griff hinter sich und zog die Pistole aus dem Hosenbund. Mit einem raschen Blick vergewisserte er sich, dass sie geladen war. Laura blieb fast das Herz stehen. Sie hatte nicht daran gedacht, dass er eine Schusswaffe hatte! Jetzt war es zu spät, etwas dagegen zu unternehmen, denn bevor sie den Mund noch einmal aufmachen konnte, bedeutete er George mitzukommen und stürmte aus dem Haus.

Laura folgte den beiden.

Es fiel ihr schwer, nicht ständig auf die Pistole in Scotts Hand zu starren und sich stattdessen auf den Weg vor sich zu konzentrieren. Hoffentlich würde Mike die Waffe rechtzeitig bemerken.

Mit weit ausgreifenden Schritten rannten George und

Scott vor ihr über den Friedhof, so schnell, dass Laura Mühe hatte mitzuhalten. Scott hatte den Kiesweg längst verlassen und lief über die Wiese und zwischen den Gräbern hindurch. Grabsteine, Blumenbeete und Sträucher flogen nur so an ihr vorbei. Hin und wieder geriet Laura auf dem unebenen Boden ins Straucheln, einmal musste sie einen Sturz mit der Hand abfangen. Der Pullover über ihrem Gesicht machte ihr das Atmen schwer, schließlich zog sie ihn herunter. Bei diesem Tempo würde es ohnehin keinem Geist gelingen, sie anzugreifen.

Immer wieder streifte Scotts Blick durch die mondbeschienene Dunkelheit vor ihm, auf der Suche nach dem flüchtigen Eindringling. Der Friedhof war wesentlich weitläufiger, als sie geglaubt hatte. Waren die Gräber anfangs noch dicht an dicht nebeneinander, so lagen sie bald in größerem Abstand zueinander, immer wieder von Rasenflächen, Blumenrabatten und Wegen durchbrochen. Bald erkannte sie, dass sie immer tiefer in das Gelände hineinliefen, fort von der Stelle, an der Mike wartete. Sie musste die beiden wieder auf Kurs bringen, zuerst jedoch brauchte sie einen Augenblick, um sich selbst zu orientieren.

»Da drüben!«, rief sie, sobald sie sich einen Überblick verschafft hatte, und deutete in die Richtung, in der sie Mike wusste. »Da hat sich etwas bewegt.«

Scott hielt abrupt inne. Sein Blick folgte Lauras ausgestrecktem Arm. Da er nicht sehen konnte, was es nicht gab, halfen ihm auch die zusammengekniffenen Augen nichts. Laura befürchtete schon, er würde einfach weiterlaufen, nachdem er nichts entdeckt hatte, zu ihrer Erleichterung schlug er jedoch einen Haken und rannte in die Richtung, in der sie George und ihn haben wollte.

Wieder streifte ihr Blick die Pistole in seiner Hand. Zwei Männer, einer davon mit einer Schusswaffe, gegen einen

Mann und eine Frau – beide unbewaffnet. Es bedurfte keiner höheren Mathematik, um sich ihre Chancen auszurechnen. Im Nachhinein betrachtet hätten sie sich vielleicht mehr Zeit lassen sollen, um ihren Plan auszuarbeiten oder sich zumindest ebenfalls zu bewaffnen. Andererseits hatten sie genau diese Zeit nicht gehabt. Die Aufbauten im Labor waren fertig, das hatte Nicholas über Sam berichten lassen, entsprechend groß war die Gefahr, dass sie jeden Moment kamen, um Sam zu holen. Dann wäre es zu spät gewesen. Ihnen war gar keine andere Wahl geblieben, als sofort zu handeln. Lieber mit einem halb ausgegorenen Plan als ohne jede Hoffnung für Ed.

George und Scott liefen nun auf den Baum zu, den Mike ihr zuvor gezeigt hatte. Eine alte, knorrige Eiche mit ausladenden Ästen und einem Stamm, der dick genug war, einen Mann zu verbergen. Sie waren zu weit vom Baum entfernt, doch Laura hatte Angst, Scotts Misstrauen zu erregen, wenn sie versuchte, ihn näher heranzudirigieren. Die Männer blieben stehen und sahen sich um. Laura kaute auf ihrer Unterlippe und überlegte, wie sie die beiden unauffällig lenken konnte, als zu ihrer Rechten ein Ast knackte.

George fuhr herum. »Da!«, zischte er und deutete auf ein Gebüsch. »Da bewegt sich was!«

Tatsächlich war das Blattwerk in Bewegung. Ob durch den Wind oder durch ein Tier, das sich darin verborgen hielt, vermochte Laura nicht zu sagen. Es war auch vollkommen gleichgültig. Alles, was zählte, war, dass ihnen das Glück im entscheidenden Moment zur Seite stand.

»Er soll uns nicht sofort bemerken.« Scott schob George vor sich auf den Baum zu und bedeutete Laura, ihnen zu folgen. Mit zwei Schritten Abstand tauchte sie nach den Männern in den Schatten der Eiche, als Mike hinter dem Stamm hervorsprang. Er hielt einen Spaten in den Händen, holte aus und schlug damit nach Georges Kopf. Dieser drehte sich geistesgegenwärtig zur Seite, sodass ihn das Schaufelblatt nur an der Schulter traf. Aus dem Gleichgewicht brachte ihn der Angriff trotzdem. Während er noch versuchte sich wieder zu fangen, setzte Mike bereits nach. Scott hob die Pistole und legte an. Der Lauf bewegte sich, auf der Suche nach seinem Ziel, doch immer wieder geriet George in die Schusslinie.

Bevor Scott einen Schuss abgeben und dabei Mike oder George verletzen konnte, stürzte sich Laura auf ihn. Sie hatte vorgehabt, ihn von den Beinen zu reißen, prallte jedoch von ihm ab, ohne dass er auch nur ins Wanken geraten wäre. Ohne ihm die Gelegenheit zu geben, sich ihr zuzuwenden, warf sie sich ihm noch einmal entgegen. Sie wollte ihm die Waffe aus der Hand reißen, doch Scott hob den Ellbogen und zielte damit auf ihr Gesicht. Mit einer Drehung ihres Oberkörpers entging Laura dem Zusammenstoß mit seinem Ellbogen. Plötzlich befand sie sich in seinem Rücken. Sie sprang hoch, schlang ihre Beine von hinten um seine Hüften und wand ihm die Arme um den Hals, um nicht herunterzufallen. Scott versuchte sie abzuschütteln, erreichte damit aber nur, dass sie sich noch mehr festklammerte und ihm mit den Armen die Luft abdrückte. Er schlug mit der Pistole nach ihr. Laura riss den Kopf zurück, konnte aber nicht verhindern, dass der Griff der Waffe ihre Wange dort streifte, wo seine Faust sie zuvor getroffen hatte. Mit dem Schmerz kam die Wut. Statt ihren Griff zu lockern, verstärkte sie ihn und ließ sich weder von ruckartigen Bewegungen noch von Schlägen dazu bringen, von ihm abzulassen. Scott wankte und geriet immer wieder aus dem Gleichgewicht. Plötzlich bewegte er sich rückwärts, erst langsam, dann immer schneller. Als Laura begriff, was er vorhatte, war es zu spät. Scott hatte die Eiche erreicht und ließ sich mit voller Wucht nach hinten fallen. Laura krachte gegen den Baumstamm. Der Aufprall presste ihr die Luft aus den Lungen. Ihre Arme lösten sich von

Scotts Hals und sie fiel wie ein Stück Fallobst ins Gras. Sie fühlte sich benommen und jeder Atemzug sandte rasenden Schmerz durch ihren Rücken. Trotzdem versuchte sie sofort wieder auf die Beine zu kommen.

Nicht weit entfernt duckte sich George unter einem weiteren Spatenangriff hindurch und schlug mit der Faust zu. Er traf Mike mitten ins Gesicht. Der Schlag riss ihn von den Beinen und warf ihn zu Boden.

Sie musste ihm helfen! Mühsam kämpfte sie sich hoch und hatte es gerade auf die Knie geschafft, als ein Tritt in die Seite sie zu Boden schleuderte.

»Du denkst wohl, du bist klüger als wir«, fuhr Scott sie an und trat noch einmal zu. »Von dir lasse ich mir keinen Strich durch die Rechnung machen! Nicht von dir und auch von niemand sonst!«

Laura drehte sich auf den Bauch und stemmte die Hände in den weichen Erdboden, um sich aufzurappeln, als sie der nächste Tritt traf und ihr den Atem raubte. Alles in ihr schrie danach, liegen zu bleiben und sich nicht mehr zu bewegen, um nicht noch weitere Angriffe auf sich zu lenken. Dann jedoch sah sie Eds Gesicht vor sich. Nicht das des vor Energie strotzenden, lebendigen Mannes, sondern das jenes Mannes, dessen Haut sich so kalt unter ihrer Berührung angefühlt hatte. Kalt und tot. Nein, sie durfte jetzt nicht aufgeben! Wenn sie es tat, wäre nicht nur Ed verloren, sondern auch Mike und Sam.

Wieder versuchte sie sich hochzustemmen. Scotts Stiefel raste auf ihr Gesicht zu und Laura riss schützend den Arm in die Höhe. Sie hörte, wie ihr Handgelenk unter dem Aufprall brach. Schmerz explodierte in ihrem Gelenk, schoss den Arm entlang und entfachte ein Feuerwerk roter und schwarzer Flecken vor ihren Augen. Ein weiterer Tritt in die Seite schickte sie zu Boden. Dieses Mal blieb sie liegen.

»Hör auf, Scott! Nicht!«

Aus dem Augenwinkel sah Laura, dass Mike nicht weit von ihr auf dem Boden lag und sich nicht mehr rührte. In einer Mischung aus Benommenheit und Dankbarkeit beobachtete sie, wie George sich zwischen Scott und sie schob, um ihn davon abzuhalten, sie noch einmal zu treten. Erst jetzt sah sie, dass Scott noch immer die Pistole in der Hand hielt. Es grenzte an ein Wunder, dass er sich mit Tritten zufriedengegeben und sie nicht einfach abgeknallt hatte.

Trotz Georges Einmischung war er nicht bereit, von ihr abzulassen. Fluchend redete er auf ihren Bruder ein und versuchte ihn zur Seite zu schieben, doch George verteidigte seinen Platz und weigerte sich Scott vorbeizulassen. Mit wachsender Wut schrie Scott auf ihn ein, packte ihn an den Schultern und wollte ihn wegstoßen. George jedoch ließ sich nicht herumschubsen. Er griff nach Scotts Armen und hielt ihn fest. Sie begannen miteinander zu ringen, schlugen, traten und stießen sich, bis Laura kaum noch in der Lage war, dem Ganzen zu folgen. Mittlerweile waren die Männer so ineinander verkeilt, dass sie, benommen, wie sie war, kaum noch sagen konnte, wo der eine anfing und der andere aufhörte. Sie waren nur noch ein großes Knäuel aus Körpern, Armen und Beinen, von dem blanker Hass aufstieg.

Scott hatte George niedergerungen und kniete nun auf ihm, doch George wehrte sich. Er setzte eine Beinschere an, warf Scott herum und wälzte sich über ihn. Scott versuchte sich zu befreien, das Knäuel aus Leibern wurde wieder enger. Plötzlich zerriss ein Donnern die Stille. Schlagartig erstarrten die Männer in ihrer Bewegung. Für die Dauer einiger Herzschläge rührte sich keiner von ihnen. Dann rutschte George zur Seite und fiel ins Gras.

Scott sprang auf. Die Pistole in der Hand blieb er über ihm stehen. »Komm schon, Mann! Mach keinen Scheiß!«

George rührte sich nicht. Ein dünnes Rinnsal Blut lief aus seinem Mundwinkel.

»Das war doch nur ein Schlag. Stell dich nicht so an, George!«

Aber Laura sah das Blut, das das Hemd und die Jacke ihres Bruders an der Brust zu durchtränken begann. Halb kriechend, halb laufend eilte sie an seine Seite. Ihr eigener Schmerz war vergessen. Alles, was sie noch sah, war George, dessen Brust sich mehr und mehr in feuchtem Rot färbte. Sie kniete sich neben ihn, zog seinen Kopf in ihren Schoß und strich ihm über die schweißnasse Stirn.

»Das wird wieder«, flüsterte sie. »Alles kommt in Ordnung.« Sie sah auf und brüllte Scott an: »Ruf einen verdammten Krankenwagen!«

Scott rührte sich nicht. Er schien sie nicht einmal zu bemerken, stand nur da und starrte auf die Waffe in seiner Hand, als hätte er sie noch nie gesehen.

»Scott!« Ihre Stimme brach.

George zupfte an ihrem Ärmel und lenkte ihre Aufmerksamkeit wieder auf sich. »Ich wollte nicht, dass der Sheriff stirbt«, flüsterte er. »So weit sollte es nicht kommen.«

»George ...«

Er holte rasselnd Luft. »Du musst nichts –« Seine Worte gingen in einen Hustenanfall über. Er bäumte sich auf und spuckte Blut. Laura hob seinen Oberkörper ein Stück an, um ihm das Atmen zu erleichtern, doch es folgte kein Atemzug mehr. Seine Hand rutschte von ihrem Arm und fiel zu Boden. Das Leben war aus seinem Blick gewichen.

Ein Schluchzen stieg in Lauras Kehle auf, sie schluckte es herunter und hob den Kopf. Ihr Blick richtete sich auf Scott. Durch einen Tränenschleier hindurch sah sie ihn voller Hass an.

»Das habe ich nicht gewollt«, flüsterte er. Die Pistole rutschte ihm aus der Hand und fiel mit einem dumpfen Schlag ins Gras. »O mein Gott, das wollte ich nicht. Laura, es tut mir leid. Ich ...«

»Ich habe schon einmal einen Geist beschworen.« Ihre Stimme klang eisig und sie fragte sich, woher sie die Kraft für diese Kälte nahm. »Ich kann es wieder tun. Und ich werde dafür sorgen, dass er dein Leben nimmt, als Austausch für das, das du ihm geraubt hast.«

»Vielleicht solltest du das wirklich tun«, gab Scott tonlos zurück.

Ein Schatten ragte über ihm auf. Mike! Ein Zischen durchschnitt die Luft, als er mit dem Spaten ausholte und zuschlug. Wie ein gefällter Baum ging Scott zu Boden. Mike warf den Spaten weg, hob die Pistole auf und steckte sie sich in den Hosenbund.

Seine Lippen bewegten sich, trotzdem dauerte es eine Weile, bis sie begriff, dass er mit ihr sprach, und selbst dann wollte es ihr nicht gelingen, seinen Worten einen Sinn abzuringen.

»Laura?« Er griff nach ihrer unverletzten Hand und zog sie auf die Beine. »Geht es?«

Die Frage schoss in tausend Echos durch ihren Kopf. Sie wollte antworten, wollte ihm sagen, dass alles in Ordnung war, dass nichts in Ordnung war – nie wieder sein würde. Doch sie schaffte es nicht einmal, den Kopf zu bewegen.

Hinter ihnen regte sich Scott.

Sofort fuhr Mike herum, packte ihn und zog ihn auf die Beine. Scott war noch immer halb besinnungslos und ließ sich ohne Widerstand vorwärtsschieben. Vielleicht war es auch der Schock, der ihn willenlos machte. Derselbe Schock, der Laura die Sprache geraubt hatte und sie jetzt dazu brachte, Mike wie ein Gespenst zu folgen.

Er führte Scott zur Absperrung, wuchtete ein Gitterstück

weit genug zur Seite, dass sich eine Öffnung bildete, durch die er Scott auf den Parkplatz schieben konnte. Laura folgte ihnen. Sie ließ Scott nicht eine Sekunde aus den Augen, aus Angst, er könne sich befreien und abhauen. Doch Scott schien ebenso unter Schock zu stehen wie sie selbst.

Mike schob ihn zu Eds Streifenwagen, öffnete die Tür und stieß ihn auf den Rücksitz. Mit einem Schlag, der so endgültig klang wie der Schuss, warf er die Tür hinter ihm zu. »Hier kommt er erst wieder raus, wenn jemand die Tür von außen öffnet.« Er drehte sich zu Laura um, die noch immer auf Scott starrte, dessen Gesicht sich hinter der Scheibe abzeichnete – bleich und leer. Mike nahm sie bei den Schultern. Die Berührung tat weh und zwang sie, ihre Aufmerksamkeit auf ihn zu richten. »Du weißt, dass du das nicht tun kannst«, sagte er ernst. »Du kannst George nicht zurückbringen.«

Laura nickte. Sie wusste, dass sie es nicht tun durfte, das Wissen jedoch, dass sie es tun *könnte,* machte den Verlust zumindest für den Augenblick erträglicher.

32

Das Warten machte mich verrückt.

Wie lange war es her, dass Nicholas durch die Wand aus dem Keller verschwunden war? Sekunden? Minuten? Stunden? Es hätten ebenso gut Tage sein können. Tatsache war, dass mein Zeitgefühl aussetzte, sobald ich nervös war. Da half es auch nichts, mir immer wieder zu sagen, dass bestenfalls drei Minuten vergangen waren.

Er war losgezogen, um zu sehen, wo Adrian steckte. Wenn er zurückkam, war ich mit meinem Teil des Plans dran. Nur dass es sich in meinem Fall nicht um eine Ablenkung handelte wie bei Laura und Mike. Ich durfte den Lockvogel spielen.

Wenn es nur endlich losgehen könnte!

Nichts war schlimmer, als auf etwas zu warten, was einem schon Angst machte, wenn man nur daran dachte. Ich wollte mir nicht länger ausmalen, was alles schiefgehen und auf welche Arten Adrian unsere Pläne durchkreuzen und mich umbringen könnte. Es war Zeit, zu handeln!

Mit Nicholas war auch das letzte bisschen meiner Ruhe verschwunden.

Was mir beinahe ebenso viele Sorgen machte wie Adrian war die zunehmende Kälte. Anfangs hatte ich nur einen leichten Schauder verspürt. Ein kühler Luftzug, wie Nicholas ihn damals in meinem Haus verbreitet hatte, und ich war ziemlich sicher gewesen, dass es sich dabei um Ed handelte. Mittlerweile jedoch war die Kälte durchdringender geworden, und ich wurde das Gefühl nicht los, dass der eine oder andere Geist bemerkt hatte, dass das Amulett mit der Geisterabwehr nicht länger funktionierte, und jetzt einen Blick in den Keller riskierte.

Ich presste die Lippen aufeinander und legte mir die Hand über die Nase, um gar nicht erst einen Geist in Versuchung zu führen. Verflucht, ich wusste ja nicht einmal, ob der Sheriff bereits den Drang nach Atem verspürte und wie er damit zurechtkam. Die Versuchung, mir den Pulli über Mund und Nase zu ziehen, war groß. Da ich jedoch bald Adrian gegenüberstehen würde und er nicht erfahren durfte, dass der Geisterbann nicht mehr wirkte, musste ich darauf verzichten.

Nicholas schoss durch die Mauer. Mich traf fast der Schlag, als er keinen Meter vor mir aus dem Nichts auftauchte. Daran konnten weder seine erhobenen Hände noch das »Ich bin es nur« etwas ändern, mit dem er mich zu beruhigen versuchte.

»Wie sieht es aus?«

»Es ist alles aufgebaut«, sagte er. »Zumindest sieht alles so aus wie damals im Haus.« Die Nachricht hätte mich erschrecken sollen, immerhin wusste ich, wozu die Aufbauten dienten. Stattdessen verspürte ich Erleichterung. Das Warten war vorüber. Ich konnte endlich etwas tun.

Entschlossen ging ich zum Fenster und riss es so fest auf, dass es gegen die Wand krachte. Die Scheibe zitterte und zerbrach klirrend. Scherben rieselten zu Boden.

»Sam!« Nicholas' Stimme hinter mir ließ mich herumfahren, halb rechnete ich damit, Adrian schon in der Tür zu sehen, doch da stand nur Nicholas. »Deinen Atem!«

Ich schluckte einen Fluch herunter. Die Besessenheit, endlich etwas unternehmen zu können, hatte mich tatsächlich einen wichtigen Teil unseres Plans vergessen lassen! Wie sollte ich ohne Nicholas' Hilfe gegen Adrian bestehen? *Konzentriere dich!*, schalt ich mich. Mit zwei Schritten war ich bei Nicholas und hauchte ihm meinen Atem ein. Kaum spürte ich seine Arme auf meinen, hörte ich Schritte auf dem Gang. Sofort wich Nicholas in den toten Winkel hinter der Tür zurück. Ein Schlüssel wurde ins Schloss gesteckt und herumgedreht, dann wurde die Tür aufgedrückt. Adrian stand auf der Schwelle, eine alte, gebeugte Gestalt, und sah mich an.

»Du bist deine Fesseln schon wieder losgeworden.«

Ich wollte ihm eine locker-flockige Erwiderung um die Ohren hauen und mich auf ihn stürzen, doch sein Anblick ließ all meine Entschlossenheit verfliegen. Wie gelähmt hielt ich mitten in der Bewegung inne. Ich starrte in sein faltiges Antlitz und sah darunter doch nur das Gesicht des anderen, jungen Adrian, der bereit gewesen war, mich kalt lächelnd umzubringen – der es immer noch war.

Dieser Augenblick des Zögerns kostete uns das Überraschungsmoment.

Obwohl Nicholas sofort hinter der Tür hervorschoss und

zum Angriff überging, konnte uns das nicht mehr retten. Adrian, der seine Anwesenheit gehört oder gespürt haben musste, fuhr herum. Seine Gesichtszüge entgleisten, er wich zwei Schritte zurück, hatte sich jedoch schnell wieder unter Kontrolle.

»Wie kommst du hierher? Du kannst gar nicht …« Sein Blick schoss zu mir und fing sich an dem Amulett, das noch immer um meinen Hals hing. »Laura«, stieß er hervor. »Dieses Miststück hat uns hereingelegt.«

Er wollte noch mehr sagen, aber Nicholas stürzte sich auf ihn und erstickte damit jedes weitere Wort. Er versuchte Adrian zu fassen zu bekommen. Das war der Plan: Ihn zu packen und zum Stillhalten zu zwingen, damit Ed sich zurückholen konnte, was ihm gehörte.

Adrian wand sich und entzog sich dem Griff seines Bruders, der sofort nachsetzte. Er verpasste ihm einen Kinnhaken, der Adrian zurücktaumeln ließ, und unternahm einen erneuten Versuch, ihn festzuhalten.

Endlich erwachte ich aus meiner Erstarrung. Ich näherte mich den beiden von der Seite und suchte nach einem Weg, ebenfalls einzugreifen und Nicholas zu Hilfe zu kommen. Mit meiner Angst hatte ich es versaut! Hätte ich nicht die Kontrolle verloren und Adrian stattdessen angegriffen, sobald er den Raum betrat, hätte Nicholas ihn längst in seiner Gewalt.

Langsam umkreiste ich die beiden. Endlich bekam Nicholas seinen Bruder zu fassen. Er drehte Adrian den Arm auf den Rücken, bis dieser vor Schmerz aufheulte. Ein Ruck und eine halbe Drehung, dann hatte Nicholas ihn unter Kontrolle. Als ich näher kam, schüttelte er den Kopf. Ich blieb stehen und wartete darauf, dass Ed sich den Atem nahm.

Tatsächlich zuckte Adrian plötzlich zusammen und riss den Kopf zurück. Nicholas verstärkte seinen Griff, dann veränderte sich etwas in seinem Blick. Schrecken mischte sich unter die Sicherheit, die gerade noch darin gelegen hatte.

»Was –« Ich erkannte das Problem, noch bevor ich die Frage ausgesprochen hatte: Ich hatte ihm nicht genug Leben eingehaucht. Er wurde durchlässig! Seine Finger versanken in Adrians Arm, was dieser mit einem Lachen quittierte.

Nicht genug, dass ich uns das Überraschungsmoment versaut hatte, nein, ich hatte auch versäumt, Nicholas meinen Atem zu geben, *bevor* ich Adrian auf mich aufmerksam machte. Was ich ihm danach noch geben konnte, war nicht genug gewesen. Ich hätte heulen können vor Wut und Entsetzen.

Bemüht, meinen Fehler wiedergutzumachen, suchte ich nach einem Weg an Adrian vorbei. Es würde jedoch nicht genügen, zu Nicholas zu gelangen. Wir mussten ein paar Sekunden gewinnen, in denen ich ihm – von Adrian unbehelligt – meinen Atem einhauchen konnte.

»Komm nicht näher«, warnte Nicholas und verlor das letzte bisschen Stofflichkeit, mit der er Adrian noch gehalten hatte. »Sieh zu, dass du hier rauskommst. Ich nehme mir deinen Atem auf dem Gang.«

Seiner Aufforderung folgend fuhr ich herum und lief auf die Tür zu.

»Hiergeblieben!« Eine Hand schloss sich um meinen Arm und riss mich zurück.

Ich versuchte den Griff abzustreifen, doch die Finger gruben sich nur noch fester in mein Fleisch. Für einen alten Mann war Adrian erschreckend kräftig. Deutlich kräftiger, als ich ihn vor einigen Wochen im Herrenhaus erlebt hatte. Es musste mit Eds Lebenskraft zu tun haben, die er nun in sich trug.

Ich trat nach ihm und versuchte mich ihm zu entwinden. Tatsächlich verschwand der Klammergriff an meinem Arm, doch ich war noch lange nicht frei. Stattdessen packte er mich an den Haaren und zerrte mich hinter sich her auf den Gang.

»Genug gespielt«, zischte er. »Mit dir verschwende ich keine Zeit mehr.«

»Lass mich raten ...« Keuchend griff ich nach meinen Haaren und versuchte zumindest ein wenig Spannung von meiner protestierenden Kopfhaut zu nehmen. »Dir geht die Kraft aus.«

Als er nicht antwortete, wusste ich, dass ich recht hatte. Eds Atem hatte ihn ins Leben zurückgeholt und ihm für eine Weile eine gewisse Stärke verliehen. Das Leben würde ihm bleiben, doch schon bald wäre er wieder der gebrechliche alte Mann, der er laut allen Naturgesetzen auch sein sollte. Dann käme er nicht einmal mehr gegen *mich* an. Und das wollte er verhindern.

Er zerrte mich den Gang entlang auf die offene Labortür zu. »Mit dir werde ich auch ohne die Hilfe dieser beiden Trottel fertig.«

Ob Lauras Begleiter wussten, dass sie bei ihm nicht sonderlich hoch im Kurs standen?

Mit jedem Schritt, mit dem das Labor näher kam, wuchs meine Panik. Auf eigenen Beinen dorthin gebracht zu werden, statt auf Adrians Seziertisch zu mir zu kommen, machte es nicht besser.

Adrian überquerte die Schwelle und zog mich hinter sich her. Als jedoch der Türstock in Reichweite kam, klammerte ich mich daran fest und sperrte mich dagegen, mich in den Raum schleifen zu lassen. Es gab einen heftigen Ruck, ein Gefühl, als würde mir die Schädeldecke weggerissen. Dann war ich frei von seinem Griff. Adrian, der nur noch ein abgerissenes Büschel meiner Haare zwischen den Fingern hielt, fuhr herum und versuchte mich wieder zu fassen zu bekommen. Ich holte aus und rammte ihm ein Knie zwischen die Beine. Keuchend krümmte er sich zusammen. Ohne abzuwarten, ob er zu Boden ging oder sich wieder fing, machte ich kehrt und stürmte auf die Treppe zu.

Ich spürte Kälte um mich herum und hoffte, dass es Ed war, der mir folgte, und nicht eine Horde anderer Geister, die nach meinem Atem gierte.

Auf halbem Weg zur Treppe hing eine Glühbirne an einem langen Kabel von der Decke. Einer Eingebung folgend streckte ich den Arm aus und verpasste ihr im Vorüberlaufen einen kräftigen Stoß. Die Glühbirne knallte gegen die Decke und zersprang. Dunkelheit breitete sich aus, lediglich aufgeweicht von dem bisschen Licht, das aus dem Labor hinter mir auf den Gang sickerte.

Ich hatte die Treppe erreicht. Als ich den Fuß auf die erste Stufe setzte, fragte ich mich, ob das ein Fehler war und ob es nicht besser wäre, in den Kellerraum zurückzulaufen, um sicherzugehen, dass Ed auch wirklich da war. Doch abgesehen davon, dass mich keine zehn Pferde dazu gebracht hätten, mich freiwillig in diese Falle zu begeben, wäre Adrian sicher misstrauisch geworden, wenn ich es getan hätte. Alles andere als der direkte Fluchtweg war nicht nur undenkbar, sondern auch unglaubwürdig.

Ich lief etwas mehr als die Hälfte der langen Treppe nach oben, bis mich das Licht aus dem Labor nicht mehr erreichte. Vorsichtig tastete ich mich durch die Schwärze voran, als Nicholas vor mir auftauchte. Ohne das schwache Leuchten, das seine geisterhafte Erscheinung im Dunkeln umgab, hätte ich ihn nicht bemerkt.

»Deinen Atem«, verlangte er und drückte noch im selben Moment seine Lippen auf meine, drängend und ohne jede Zärtlichkeit.

Ich atmete mehrfach aus, presste so viel Luft aus meinen

Lungen, wie ich nur konnte, und flößte sie ihm selbst dann noch ein, als ich längst seine Arme um mich herum spürte. Erst als meine Knie nachgaben, ließ er von mir ab. Mit jedem Stück, das er an Substanz gewann, schwand das Leuchten, das ihn für meine Augen aus der Dunkelheit hervorgehoben hatte. Ich konnte kaum mehr als die schemenhaften Umrisse seiner Gestalt erahnen. Er schob mich sanft zur Seite und ich lief die letzten Stufen bis zum Ende der Treppe nach oben. Vor der Tür hielt ich inne. Ich musste einfach wissen, was passierte.

Adrian erschien am Fuß der Treppe. In das dünne Licht getaucht, das von hinten auf ihn fiel, wirkte sein Gesicht wie das des Toten, der er war. Die bleiche Haut spannte über den Knochen, die tief liegenden Augen waren von dunklen Schatten umgeben und seine Lippen nicht mehr als zwei aufeinandergepresste Striche. Die ersten sieben oder acht Stufen lagen hinter ihm, als Nicholas aus den Schatten trat und sich ihm – deutlich sichtbar in den letzten Ausläufern des Lichts – in den Weg stellte.

»Du!« Adrian hielt abrupt inne. »Wann wirst du begreifen, dass es sinnlos ist, mir in die Quere zu kommen?« Er mochte fest und entschlossen klingen, trotzdem wich er eine Stufe zurück.

Nicholas folgte ihm, erst eine Stufe, dann noch eine. Als er unmittelbar vor Adrian aufragte, versetzte er ihm einen Stoß vor die Brust. Adrian geriet ins Straucheln. Er versuchte sich abzufangen, verfehlte das Treppengeländer jedoch und griff ins Leere. Wie in Zeitlupe kippte er rückwärts, überschlug sich einmal, stürzte die letzten Stufen hinab und blieb liegen.

Ich ging in die Hocke, um den unteren Teil der Treppe besser überblicken zu können. Nicholas setzte seinem Bruder sofort nach, packte ihn am Kragen und zog ihn auf die Beine.

Adrian lachte wild. »Du willst es wohl noch einmal versuchen, was? Offensichtlich hat dich mein Atem schon beim letzten Mal nicht lebendig machen können. Vielleicht solltest du einfach aufgeben?« Er wirbelte herum und verpasste Nicholas einen Fausthieb, der ihn wanken ließ. Wieder lachte er. »Alles, was ich tun muss, ist, dich so lange zu beschäftigen, bis die Wirkung ihres Atems nachlässt. Dann hole ich mir deine Süße.« Irrsinn schwang in seiner Stimme mit. Als er sich vorbeugte und mich direkt ansah, wurde mir ganz anders.

Auch Nicholas sah jetzt zu mir hoch. »Verschwinde, Sam!«

Adrian nutzte den Moment der Ablenkung. Mit einer ruckartigen Drehung befreite er sich aus Nicholas' Griff, wirbelte herum und schlug erneut zu. Nicholas konnte gerade noch seinen Arm in die Luft reißen, um den Schlag abzufangen. Statt zurückzuschlagen, warf er sich nach vorn. Sein Angriff brachte Adrian aus dem Gleichgewicht. Nicholas ließ sich einfach fallen, riss seinen Bruder mit sich zu Boden und begrub ihn unter sich.

Für den Moment hatte Adrian die Kontrolle über den Kampf verloren. Ein Moment, der Nicholas genügte, seinen Bruder auf den Bauch zu rollen, ihm das Knie ins Kreuz zu stemmen und die Arme auf den Rücken zu drehen. Adrian keuchte und wand sich in seinem Griff, konnte sich jedoch nicht befreien – nicht, wenn er nicht riskieren wollte, dass Nicholas ihm den Arm ausrenkte oder gar brach.

»Na los«, keuchte er. »Nimm dir, was du haben willst. Töte mich!«

»Ich werde dich nicht umbringen.« In Nicholas' Stimme schwang so viel Wut mit, dass mir ganz kalt wurde.

Adrian hingegen hatte dafür nur erneutes Gelächter übrig. »Dann warten wir doch einfach, bis dein Griff an meinem Arm verschwindet und ich dich nicht mehr sehen kann, Bruderherz.«

»Dass *ich* dich nicht umbringen werde, bedeutet nicht, dass du am Leben bleibst.« Nicholas stand auf und zog Adrian mit sich auf die Beine, ohne seinen schraubstockartigen Griff zu lockern.

»Was denn? Soll das etwa deine Hexe erledigen?«

Nicholas drehte ihn herum, bis sein Gesicht dem Gang zugewandt war. »Sheriff!«

Ich wusste, dass Ed da war, als Adrian zurückzuweichen versuchte. Nicholas' Griff ließ ihm jedoch keinen Spielraum. Unglauben breitete sich auf seinen Züge aus, gefolgt von Entsetzen. Sein Mund war aufgerissen, doch kein Schrei kam über seine Lippen. Adrians Augen wurden riesig, quollen vor Panik fast aus den Höhlen, als der Sheriff plötzlich vor ihm sichtbar wurde. Während Ed an Substanz gewann, packte er Adrian am Kinn und zwang ihn stillzuhalten. Seine Finger krallten sich in Adrians Fleisch, wo sie tiefe Abdrücke hinterließen. Adrian zappelte und versuchte vergebens, seinen Kopf fortzureißen und sich Nicholas zu entwinden. Seine Gegenwehr wurde von Sekunde zu Sekunde schwächer, doch Ed ließ nicht von ihm ab. Auch dann nicht, als er in Nicholas' Griff zusammensackte. Ein Schemen, etwas, was aussah wie ein durchscheinendes Ebenbild des Sheriffs, glitt durch die Wand auf Ed zu und schien mit ihm zu verschmelzen. Ich hätte wetten mögen, dass Eds Leichnam nicht länger auf dem Friedhof lag.

Adrians Atem erstarb. Als auch das Leben aus seinen Augen wich, gab Ed ihn frei und trat zurück.

Nicholas ließ den Leichnam seines Bruders fallen.

Verwundert blickte der Sheriff an sich herab, hielt seine Hände in die Höhe und betrachtete sie, nur um die Handflächen gleich darauf gegen die Wand zu drücken. Als sie nicht im Mauerwerk einsanken, lächelte er.

Es hatte funktioniert.

Meine Knie zitterten vor Erleichterung, als ich die Treppe nach unten lief. Neben Nicholas blieb ich stehen, schob meine Hand in seine und sah Ed an. »Alles in Ordnung?«

Ed nickte.

Mein Blick fiel auf Adrians Leichnam. Im Tod hatte er jeden Schrecken für mich verloren. Alles, was von ihm geblieben war, war der kraftlose Körper eines alten Mannes, dessen Zeit abgelaufen war. Ein Mann, den ich nicht länger zu fürchten brauchte. Und genau so wollte ich ihn in Erinnerung behalten. »Wie sollen wir den Behörden erklären, dass er hierliegt?«

»Gar nicht«, sagte Ed. »Wir packen ihn wieder da hin, woher er gekommen ist – in die Gruft. Aber erst muss ich wissen, ob Laura in Ordnung ist.«

Er war so schnell an mir vorbei, auf dem Weg nach oben, dass ich mich fragte, ob er aus dem Totenreich eine übermenschliche Schnelligkeit mitgebracht hatte.

Nicholas und ich blieben allein im Keller zurück. Zum zweiten Mal innerhalb kürzester Zeit hatte er seinen Bruder sterben sehen. Und zum zweiten Mal hatte er einen Beitrag zu seinem Tod geleistet. Im Gegensatz zum letzten Mal trug nun ein anderer Adrians Leben in sich – auch wenn es nur geliehen gewesen war.

»Geht es dir gut?«

Nicholas sah mich an und zu meinem Erstaunen lächelte er. »Wir haben es geschafft.«

Das beantwortete meine Frage nicht wirklich. Ich wollte wissen, wie er sich dabei fühlte, drängte ihn aber nicht weiter. Stattdessen nickte ich. »Und dieses Mal war es auch gar nicht so schwer.«

Tatsächlich war es überraschend einfach gewesen, mit Adrian fertig zu werden. Fast schon zu einfach. Der Gedanke löste sich jedoch in Luft auf, als mir bewusst wurde, dass uns der schwierigste Teil noch bevorstand. Adrian Crowley mochte tot sein, doch da draußen war immer noch ein Heer von Geistern unterwegs, das gebannt werden musste.

33

Nicholas und ich verließen den Keller Hand in Hand. Vor dem Haus erwarteten uns Mike und die anderen, wobei Mike der Einzige war, der uns Beachtung schenkte. Ed hielt Laura fest umschlungen und schien nicht einmal zu bemerken, dass wir da waren.

»Mike!«, rief ich, erleichtert, ihn zu sehen. »Ist bei euch alles glattgelaufen?«

»Leider nicht. Lauras Bruder ist tot.« Er erzählte von einem Gerangel und einem Schuss, der sich gelöst und Lauras Bruder tödlich getroffen hatte. »Den anderen habe ich hinten in den Streifenwagen gesperrt«, schloss er seinen knappen Bericht.

Mein Blick wanderte zu Laura. Erst jetzt fiel mir auf, dass sie weinte und Ed ihr immer wieder tröstend über den Rücken strich. Ihr Bruder mochte auf der falschen Seite gestanden haben, trotzdem tat es mir leid, dass es so für ihn geendet hatte.

»Was machen wir jetzt?«, wollte Mike wissen.

Ich spürte die Kälte, die sich um mich herum zusammenzog, und konnte nicht verhindern, dass es mich schüttelte. »Lasst uns erst einmal von hier verschwinden, fort aus der Reichweite der Geister.«

Da wir mit Nicholas nicht in mein geistersicheres Haus konnten, zogen wir uns erst einmal auf die andere Seite des Absperrgitters auf den Parkplatz zurück. Ed und Laura folgten uns, eine Hand hielt sie eng an den Körper gepresst. Mittlerweile hatte sie sich die Tränen abgewischt, und unter die Trauer um ihren Bruder, die ihr deutlich anzusehen war, mischte sich etwas anderes – die Erleichterung, dass zumindest Ed am Leben war.

»Bleiben noch die Geister«, fasste Mike unser Problem zusammen.

Ed sah mich an. »Haben Sie einen Bann gefunden?«

Ich war noch nicht bereit, Nicholas aufzugeben. Solange ich nicht alle anderen Möglichkeiten ausgeschlossen hatte, würde ich für mich behalten, was wir gefunden hatten. Unglücklicherweise lag diese Entscheidung nicht allein in meiner Hand. Ich spürte Mikes Blick auf mir. Als ich aufsah, betrachtete er mich mit einer Mischung aus Bedauern und Entschlossenheit. *Es muss sein*, schienen seine Augen zu sagen.

»Ja, das haben wir«, beantwortete er Eds Frage an meiner Stelle.

Mir wurde übel. Die Endgültigkeit seiner Worte und die erschreckende Erkenntnis, dass es jetzt kein Zurück mehr gab, verschlugen mir den Atem. Ich wollte ihnen sagen, dass wir weitersuchen mussten, dass es einen anderen Weg geben *musste*, doch ich brachte keinen Ton heraus. In ihrer aller Augen stand die Erleichterung darüber geschrieben, dass der Spuk bald ein Ende haben würde, den Ed über uns gebracht hatte. Selbst Lauras Miene hellte sich ein Stück weit auf. Am liebsten hätte ich sie angeschrien, sie gefragt, was sie damit zu schaffen hatte und warum sie sich darüber freute, dass wir den Mann, den ich liebte, zur Hölle schicken würden! Aber das wäre ungerecht gewesen. Stattdessen klammerte ich mich an Nicholas' Hand und hielt den Mund. Tröstend erwiderte er den Druck meiner Finger, doch ich musste ihm nur in die Augen sehen, um die Wahrheit zu erkennen: Er war bereit zu gehen, um mich – und uns alle – zu schützen. Was ich davon hielt, war nicht relevant. In dieser Hinsicht war er ganz der galante Gentleman aus den glorreichen Fünfzigerjahren.

Sturer Hornochse.

»Das Ritual besteht nur aus wenigen materiellen Komponenten«, fuhr Mike fort. »Ich bin ziemlich sicher, dass bei Tess' Sachen alles dabei ist, was wir brauchen.« Mit einem kurzen Blick zu mir fügte er leise hinzu: »Wir könnten sofort anfangen.«

Ed sah Laura nachdenklich an. »Du kennst dich doch mit solchen Dingen aus, nicht wahr? Wenn wir alles Nötige beisammenhaben, kannst du dann dieses Ritual durchführen?«

Sie nickte. »Alles, was wir brauchen, ist ein sicherer Platz, an dem ich arbeiten kann.«

»Wir könnten es in Sams Haus machen«, platzte Mike heraus. »Der ganze Zauberkram und das Buch mit dem Ritual sind ohnehin dort und meine Geisterabwehr schützt uns vor unerwünschten Besuchern.«

Laura sah mich an. »Ich müsste vermutlich Zeichen auf den Boden malen – mit Kreide.«

»Die Böden müssen sowieso abgeschliffen werden«, flüsterte ich und dachte an die Nacht zurück, in der Tess ein Pentagramm auf meinen Wohnzimmertisch gemalt hatte. Die Nacht, in der wir Nicholas ins Jenseits schicken wollten und ihn stattdessen erst beschworen hatten.

Jetzt sollte er wirklich gebannt werden.

Am liebsten wäre ich zum Haus gerannt, hätte das verdammte Buch gepackt und in ein großes loderndes Feuer geworfen. Ich wusste jedoch, dass Nicholas mich festhalten und, wenn es sein musste, auch fesseln würde, sollte ich auch nur den Anschein erwecken, das Ritual sabotieren zu wollen. Irgendwo tief in mir drin war mir ja selbst klar, dass kein Weg daran vorbeiführte. Ed konnte den Friedhof nicht ewig sperren und Mike und ich waren am Ende unseres Recherchematerials angekommen. Wo sollten wir unsere Suche fortsetzen? Im Internet? In Hexenzirkeln?

Hexen!

Das war das Stichwort. Laura kannte sich mit so etwas aus!

Ich gab Nicholas' Hand frei, ging zu Laura und zog sie unter Eds skeptischen Blicken ein Stück zur Seite. »Sagen Sie«, setzte ich an, sobald wir allein waren, und fürchtete mich schon davor, die Frage überhaupt auszusprechen aus Angst vor der Antwort. »Gibt es … Kennen Sie …« Ich atmete einmal tief durch, dann sprudelte es aus mir heraus: »Wenn wir dieses Reinigungsritual durchführen, wird auch Nicholas gebannt. Gibt es keinen Weg, das zu vermeiden? Ein anderes Ritual, einen Schutzzauber für ihn? Irgendetwas?!«

»Du meine Güte, daran hatte ich gar nicht gedacht!«, entfuhr es ihr. Sie griff nach meiner Hand und drückte sie, wie Nicholas es zuvor getan hatte. »Sie Ärmste!«

Ich kniff die Augen zusammen. »Ist das ein Nein?«

»Zumindest habe ich noch nie davon gehört, dass so etwas möglich ist. Aber ich habe einen Freund, den Leiter unseres Zirkels. Er kennt sich mit diesen Dingen besser aus als ich.« Sie fischte umständlich ein Handy aus der Hosentasche, drückte eine Taste und hielt es sich ans Ohr. Am anderen Ende meldete sich jemand, eine Stimme, die mein Ohr nur als unverständliches Brummen wahrnahm. »Ich bin es, Laura.« Der Angerufene sagte etwas. »Ja, Ed lebt«, sagte sie kurz darauf, ehe sie wieder in Schweigen verfiel und der Stimme lauschte. Ein Schatten zog über ihr Gesicht – die Erinnerung an die vergangenen Stunden – und verdunkelte ihren Blick. »Nein, es ist nicht alles in Ordnung. Das erzähle ich dir später. Jetzt habe ich ein anderes Problem, bei dem ich deine Hilfe brauche.« In knappen Worten schilderte sie mein Dilemma. Von Zeit zu Zeit beantwortete sie Zwischenfragen, aus denen ich kaum mehr heraushörte als die Tatsache, dass Nicholas nicht zeitgleich mit den anderen Geistern beschworen worden war und dass er sich im Augenblick in einem materiellen Zustand befand. Nachdem sie geendet hatte, lauschte sie der darauf folgenden Antwort.

»Das dachte ich mir«, sagte sie schließlich und beendete das Gespräch. Als sie mich wieder ansah, schüttelte sie nur stumm den Kopf.

»Kein anderes Ritual? Kein Schutz?«, fragte ich verzweifelt. »*Gar* nichts?«

»Connor sagt, dass der Bann eines Geistes immer auf dessen Seele zugreift. Um eine Seele von der Reinigung auszunehmen, müsste man sie extrahieren und gefangen setzen.«

»Und das können wir nicht?«

»Das ist schwarze Magie, Sam. Abgesehen davon, dass wir etwas Derartiges nicht praktizieren, wissen wir nicht, welche Auswirkungen es auf die Seele hätte und ob diese hinterher noch immer dieselbe wäre.«

»Gibt es denn keine andere Möglichkeit? Was ist, wenn ich mich mit ihm ins Auto setze und so weit wie möglich von hier fortfahre? Das Ritual kann doch unmöglich eine unbegrenzte Reichweite haben!«

»Das nicht, aber die Seelen sind auch mit den Gräbern und den darin ruhenden Überresten verbunden.«

»Das heißt, das Ritual wirkt nicht nur auf den Geist und dessen Seele, sondern auch auf die Grabstelle.«

»Es tut mir wirklich leid.«

Mike trat zu uns. »Seid ihr bereit?«

Was sollte ich darauf sagen? Klar, höchste Zeit, meinen Freund nie wiederzusehen? Glücklicherweise erwartete er keine Antwort von mir, Lauras Nicken genügte ihm.

»Bringen wir es hinter uns.« Er sah mich auffordernd an. »Kommst du, Sam?«

»Sie bleibt mit mir hier«, antwortete Nicholas an meiner Stelle.

Ich war mir nicht sicher, ob er das sagte, um sich von mir verabschieden zu können, oder ob er fürchtete, ich könne im letzten Moment das Ritual verhindern oder in irgendeiner Form sabotieren. Offen gestanden traute ich mir selbst nicht. Ich wusste nicht, ob ich die Kraft haben würde, daneben zu stehen und es einfach geschehen zu lassen. Ganz sicher würde ich es nicht ertragen, den genauen Moment zu kennen, in dem Nicholas für immer verblassen würde.

Mike musterte mich einen Moment lang, schließlich nickte er. »Gehen wir«, sagte er an Laura und Ed gewandt, trat zum Absperrgitter und zog es an einer Verbindungsstelle weit genug auf, um einen schmalen Durchgang zu schaffen.

Laura zog sich den Pullover bis zur Nase hoch und schlüpfte durch den Spalt, während Ed stehen geblieben war, den Blick auf eine Stelle jenseits des Gitters gerichtet.

»Mike, gehen Sie durch das Gitter und dann bleiben Sie stehen.«

»Was? Warum das denn?«

»Tun Sie es einfach!«

Mike folgte der Anweisung des Sheriffs. Sobald er auf der anderen Seite der Absperrung innehielt, sagte Ed: »Da will sich jemand verabschieden. Atmen Sie aus.«

Verwirrung spiegelte sich in Mikes Zügen wider – es dauerte einen Moment, bis er begriff. »O mein Gott!« Ich las die geflüsterten Worte mehr von seinen Lippen ab, als dass ich sie tatsächlich hörte. Mike stand da wie erstarrt, und ich dachte schon, es hätte ihm den Atem verschlagen. Dann jedoch stieß er deutlich hörbar die Luft aus.

Das erste Anzeichen für ihr Erscheinen war das leise Klirren der Ohrringe. Eine Sekunde später flackerte eine vertraute Silhouette im Mondschein auf, erst verschwommen, dann immer deutlicher. Platinblonde Stacheln, knallroter Lippenstift, der das warme Lächeln betonte, nicht einmal der Kaugummi fehlte.

»Tess«, flüsterte ich, ging auf den Zaun zu und betrat den Friedhof.

Sie stand dicht vor Mike, der sie in einer Mischung aus Unglauben und schierer Freude ansah. »Warte einen Moment.« Sie drückte seine Hand und war an ihm vorbei, ehe er etwas erwidern konnte.

Dann stand sie vor mir, und obwohl es so viele Dinge gab, die ausgesprochen werden mussten, wusste ich nicht, was ich sagen sollte. »Tess …«, setzte ich an und plötzlich war alles wieder da. Die Erinnerung an unsere Freundschaft und mein dummes Verhalten, wofür ich mich nie hatte entschuldigen können. »Es tut mir so leid.« Und damit meinte ich alles – den Streit, ihren Tod, vielleicht auch die Tatsache, dass ihr Geist beschworen worden war und jetzt, zusammen mit den anderen, wieder fortgeschickt werden sollte.

»Mach dir um mich keine Sorgen.« Eine Kaugummiblase wuchs aus ihrem Mund und platzte mit einem vernehmlichen Knall. Ein vertrautes Geräusch, das mich zum Lachen brachte. Gleichzeitig liefen mir die Tränen über die Wangen.

Wir umarmten uns, und auch wenn es mir schwerfiel, gab ich sie bald wieder frei. Ich deutete zu Mike, der Tess die ganze Zeit über nicht aus den Augen gelassen hatte. »Da drüben wartet jemand, der dich dringender braucht als ich.«

Tess nickte. »Sammelabschied.«

Abschied. Was sagte man jemandem, den man nie wiedersehen würde? Leb wohl? Fröhliches Jenseitsleben? »Ich werde dich nie vergessen.«

Tess grinste, ihre handtellergroßen Ohrringe klimperten und hüpften lebhaft auf und ab, als sie nickte. »Und ich behalte dich im Auge.«

Bevor ich sie fragen konnte, ob das möglich war, ob sie tatsächlich aus dem Tod heraus dazu in der Lage wäre, machte sie kehrt und fand sich gleich darauf in Mikes Armen wieder. Als sich die beiden küssten, verließ ich den Friedhof und kehrte auf den Parkplatz zurück. Hinter mir schloss Ed das Absperrgitter von der anderen Seite und plötzlich war ich allein. Ich sah mich nach Nicholas um, ohne ihn zu entdecken, und fürchtete schon, er könne gegangen sein, ohne sich zu verabschieden. Dann jedoch kam er vom Pfarrhaus her auf mich zu. In der Hand hielt er eine Wasserflasche.

»Lass uns ein paar Schritte gehen.« Nicholas griff nach meiner Hand und führte mich über den Parkplatz davon auf eine angrenzende Wiese. Wir gingen eine ganze Weile nebeneinanderher, bis wir eine kleine Baumgruppe erreichten, in deren Zentrum eine Bank stand, auf der wir uns niederließen.

Es gab so vieles, was ich ihm sagen wollte, doch meine Gedanken kreisten ständig nur darum, dass Laura in diesem Moment alles für das Ritual vorbereitete. Vielleicht hatte sie sogar bereits damit begonnen. Das Wissen darum, dass diese letzten gemeinsamen Momente ein Abschied für immer waren, lähmte meine Zunge ebenso wie meinen Verstand. Ich war wie gefangen in meinem eigenen Körper, nicht in der Lage, mich aus eigener Kraft aus dem Kerker zu befreien, den mein Geist für meine Gedanken geschaffen hatte. Noch immer suchte ich fieberhaft nach einem Ausweg. Wenn er lebendig wäre ... Aber es gab nur eine Möglichkeit, ihn ins Leben zurückzuholen. Wenn er jemanden wählte, der das Leben nicht verdient hatte. Einen Verbrecher oder ... Mein Gott, wollte ich wirklich entscheiden, wer es wert war, zu leben, und wer nicht? Oder, schlimmer noch, wollte ich Nicholas zwingen, eine derartige Entscheidung zu treffen?

»Sam.« Nicholas' Stimme durchdrang die Mauer, die ich um meinen Geist herum errichtet hatte. Ich sah ihn an. »Hör auf, dir den Kopf zu zerbrechen, und lass uns die letzten Augenblicke, die uns noch bleiben, genießen.«

Genießen? Wie konnte er in dieser Situation von *genießen* sprechen!

»Hier«, er schraubte die Wasserflasche auf und reichte sie mir. »Trink einen Schluck, das wird dir guttun.«

Tatsächlich war mein Mund vollkommen trocken. Dankbar nahm ich die Flasche entgegen und leerte sie mit ein paar Schlucken zur Hälfte, ehe ich die Kappe wieder darauf schraubte und sie zur Seite stellte. »Nicholas ...«

Er zog mich in seine Arme, so eng wie schon lange nicht mehr, und ich klammerte mich an ihm fest. Ich versuchte nicht länger meine Tränen zurückzuhalten. Das Gesicht an seiner Schulter vergraben schluchzte ich hemmungslos. Gleichzeitig verfluchte ich mich dafür, unsere letzten gemeinsamen Augenblicke damit zu verbringen, zu flennen, statt ihm zu sagen, was ich für ihn empfand und wie sehr ich ihn vermissen würde.

»Es ist in Ordnung«, flüsterte er in mein Ohr und strich mir über den Rücken. »Wir haben alles versucht und keinen Weg gefunden. Jetzt ist es an der Zeit, zu gehen.«

»Wegen der Kontrolle?«, schniefte ich und spürte, wie er nickte.

Mir war schlecht und schwindlig vor Kummer, weshalb ich mich nur noch fester an ihn klammerte. Er zog seinen Kopf zurück und fing meinen Blick auf. Einen Moment lang lehnte er seine Stirn gegen meine, und als ich kurz darauf seine Lippen auf meinen spürte, schloss ich die Augen und verlor mich in einem langen Kuss voller Zärtlichkeit und Liebe. Unaufhörlich flößte ich ihm meinen Atem ein aus Furcht, ihn nicht mehr zu spüren, wenn er an Substanz verlor. Zum ersten Mal seit Tagen wehrte er sich nicht dagegen.

Auch wenn der Verlust meines Atems nicht spurlos an mir

vorüberging und ich spürte, wie mir immer schwummeriger wurde, weigerte ich mich, den Kuss zu beenden. Wenn ich ihn jetzt merken ließ, dass es mir nicht gut ging, würde er sich sofort aus meinen Armen befreien und wieder auf Abstand gehen. Das könnte ich nicht ertragen.

Gegen den Schwindel ankämpfend verlor ich mich in seiner Zärtlichkeit und versuchte die Leere zu vergessen, die mich morgen in meinem Haus erwartete. Ich lebte nur für diesen Augenblick, in dem ich ihm meinen Atem einflößte und ihm dem Leben so nah brachte, wie ich nur konnte. Einen Augenblick, aus dem sich mein Geist mehr und mehr zurückzog, während sich mein Bewusstsein zunehmend trübte. Nicht länger imstande, mich aus eigener Kraft aufrecht zu halten, sank ich gegen Nicholas' Brust.

»Es tut mir leid«, flüsterte er an meinen Lippen. »Aber du musst mich gehen lassen.«

»Tut dir leid?«, nuschelte ich und erschrak angesichts der fehlenden Kontrolle über meine Stimme. Wenn er zu viel Atem nahm, fühlte sich das anders an. Das hier hatte eine andere Ursache. »Was hast du …?«

»Ich habe ein paar Schlaftabletten des Reverends im Wasser aufgelöst.« Er hielt mich mit einem Arm umfangen und streichelte mir mit der Hand über die Wange. »Ich hatte Angst, dass du mich sonst nicht gehen lassen würdest.«

Ich wehrte mich gegen seinen Griff, versuchte mich von ihm zu befreien, um … Ja, um was eigentlich? Um mir das restliche Wasser ins Gesicht zu schütten in der Hoffnung, wieder klar im Kopf zu werden? Um vor dem Mann davonzulaufen, von dem ich mich nicht trennen wollte? Da war etwas, was ich tun konnte, dessen war ich mir sicher, doch mein Verstand war mittlerweile so vernebelt, dass ich den Gedanken nicht mehr zu fassen bekam. Kraftlos ergab ich mich seiner Umarmung. Immer wieder setzte mein Bewusstsein für einen Moment aus, es gelang mir jedoch jedes Mal, es zurückzuzwingen.

Nicholas küsste mich noch einmal. »Ich liebe dich«, flüsterte er. »Jetzt schließ die Augen und ruh dich aus.«

Ich wollte protestieren, wollte jeden einzelnen Moment bewusst erleben, der uns noch blieb, doch sosehr ich mich auch dagegen wehrte, das Schlafmittel war stärker. Schließlich musste ich mich der Dunkelheit ergeben, die sich über mich legte.

34

Als ich die Augen wieder öffnete, war es hell.

Ich lag in meinem Bett, das Gesicht zum Fenster, und blinzelte gegen die Oktobersonne an, die sich durch die Scheibe ihren Weg ins Zimmer bahnte. Mein Kopf dröhnte, meine Haut war von einem dünnen Schweißfilm überzogen und die darunter liegenden Nervenenden waren so empfindlich, dass selbst die Berührung meines Federbetts zu viel war. Abgesehen davon war mir entsetzlich warm.

Nur langsam gewöhnten sich meine Augen an die Helligkeit, noch länger dauerte es, bis meine Erinnerung zurückkehrte. Nicholas war fort. Nicht einfach unsichtbar bis zum Einbruch der Dunkelheit, sondern fort. Für immer. Tränen sammelten sich in meinen Augen und liefen mir still über die Wangen.

Ich sollte aufstehen und duschen oder nach unten gehen, um zu sehen, ob Mike oder der Sheriff da war. Jemand, der mir erklären konnte, was geschehen und wie ich in mein Bett gekommen war. Doch abgesehen davon, dass ich es nicht fertigbrachte, mich auch nur aufzusetzen, wollte ich niemanden sehen. Nicht jetzt, nicht später. Vielleicht nicht einmal morgen oder übermorgen. Im Bett zu bleiben, bis der Schmerz erträglicher wurde, der meine Eingeweide zerreißen wollte und mir die Luft abschnürte, schien mir die einzig vernünftige Alternative.

Es dauerte einen Moment, bis mir bewusst wurde, dass es kein Schmerz war, der mir das Atmen schwer machte, sondern ein sehr realer Druck auf meinem Brustkorb. Auf der Suche nach dem Ursprung hob ich die Decke an und fürchtete schon, dass mich jemand ans Bett gefesselt hatte, um mich ruhigzustellen. Stattdessen erblickte ich einen Arm, der sich um meinen Oberkörper wand. Nur langsam begriff ich, dass die Hitze nicht von meinem Federbett, sondern von einem Körper in meinem Rücken kam.

Langsam drehte ich mich um …

… und blickte in Nicholas' blaue Augen.

»Bitte lass mich jetzt nicht aufwachen«, flüsterte ich.

»Du bist wach.« Lächelnd zog er mich enger an sich.

»Laura!«, sagte ich und setzte mich auf, nur um mich mit einem erleichterten Seufzer sofort wieder in die Kissen fallen zu lassen. »Sie hat dich erneut beschworen!« Die Lösung war ebenso einfach wie genial. Warum war ich nicht selbst darauf gekommen? Nicholas zu bannen, bedeutete nicht, dass er auch gebannt bleiben musste! Laura kannte die Rituale und Formeln und wusste, was nötig war, um ihn zu mir zurückzubringen. Und sie hatte es getan.

Zum ersten Mal seit Tagen konnte ich wieder lächeln. Ich fühlte mich frei und beschwingt und … »Warte! Es ist Tag. Warum kann ich dich sehen? Und warum kann ich dich …«

… berühren?

Er beugte sich zu mir und küsste mich auf die Stirn. Sein Atem strich wie ein warmer Hauch über mein Gesicht. Er nahm meine Hand und legte sie auf seine Brust. »Spürst du das?«

Die Wärme seiner Haut drang durch den Stoff des Hemdes, pochend im Rhythmus seines Herzschlags. Er zog mich an sich und sein sonst so kalter Körper fühlte sich ganz warm und lebendig an.

Er atmete.

»Das war keine Beschwörung«, stieß ich aus. »Was …?«

»Ich lebe, Sam. Ich bin aus Fleisch und Blut, und weder eine Geisterabwehr noch das Tageslicht können mich vertreiben.« Tränen glänzten in seinen Augen, er scherte sich nicht darum, ließ ihnen freien Lauf und hörte dabei nicht auf, zu lächeln. »Du hast mich gerettet – in jeder Hinsicht.«

»Aber wie ist das möglich?« Ich wagte kaum zu blinzeln aus Angst aus diesem Traum zu erwachen.

»Laura hat dir nicht alles erzählt, was sie von ihrem Zirkeloberhaupt erfahren hat. Als du mit Tess gesprochen hast, sagte sie mir, dass es vielleicht noch Hoffnung gebe. Eine verschwindend geringe Chance, ohne jede Garantie. Nichts weiter als eine Idee, die dieser Connor gehabt hatte.«

»Warum hat sie mir das nicht gesagt?«

»Sie wollte dir keine falschen Hoffnungen machen.«

Ich verspürte einen Anflug von Wut, gefolgt von schlechtem Gewissen. Laura hatte mir nur den Schmerz ersparen wollen, falls es nicht funktioniert hätte. »Wie?«

»Dein Atem. Ich hatte ihn in mir und durch unseren Kuss bekam ich immer mehr. Genug, um zumindest einen Funken Leben in mir zu haben.« Er zuckte die Schultern. »Vielleicht war es auch nicht wirklich der Lebensfunke, sondern die bloße Tatsache, dass ich genügend Substanz hatte, um meine Seele an meinen Körper zu binden. Ich weiß es nicht genau, und offen gestanden sind mir die technischen Fragen auch egal. Auf das Ergebnis kommt es an.«

In meinem Kopf drehte sich alles. Ein wild rotierendes Karussell, ein Kaleidoskop aus Hoffnungen und Möglichkeiten, das all die Ängste und Sorgen der letzten Tage in Vergessenheit geraten ließ.

Wir waren jung und lebendig. Die Welt stand uns offen.

Das Leben geht weiter …

Scott Thomas wurde wegen Mordes an seinem Freund George Martin zu lebenslänglicher Haft verurteilt.

Adrian Crowley ist tot und alles spricht dafür, dass er es dieses Mal auch bleiben wird.

Reverend Ian Jones kehrte nach einer dreimonatigen Entziehungskur in seine Gemeinde zurück, wo er seitdem nach Geistern Ausschau hält, die sowohl seine Schäfchen als auch seine Alkoholabstinenz gefährden könnten. Sein besonderes Augenmerk gilt dabei der Crowley-Gruft.

Laura Martin beendete ihre Mitgliedschaft im Zirkel des Blauen Mondes und nahm einen Job in der Bibliothek von Cedars Creek an. Ed und sie sind mittlerweile verheiratet und haben eine Tochter.

Sheriff Edward J. Travis feiert seit diesen denkwürdigen Ereignissen zweimal im Jahr seinen Geburtstag - einmal im Juni, an dem Tag, an dem er tatsächlich geboren ist, und einmal im Oktober, am Tag seiner Wiedergeburt. Er besorgte Nicholas die nötigen Papiere, damit dieser unter einer falschen Identität sein neues Leben beginnen konnte.

Mike Fletcher verließ Cedars Creek und besuchte über die Jahre unzählige Seminare und Workshops zum Thema Beschwörungen, Geister und Esoterik im Allgemeinen. Mittlerweile hat er Latein gelernt und ist der Star einer Reality-Show, in der er mit einem Team aus Spezialisten vor laufender Kamera paranormale Phänomene untersucht.

Samantha Mitchell und Nicholas Crowley sind zusammen nach Boston gezogen, wo Sam ihren Traumjob bei Jameson Industries angetreten hat. Die beiden haben einen großen Freundeskreis und gehen gern aus, verbringen ihre Zeit aber am liebsten in vertrauter Zweisamkeit. Nicholas schreibt erfolgreiche Drehbücher für Zombiefilme.

Kate Logan

DER GEIST, DER MICH LIEBTE

Als Sam ein altes Haus in Cedars Creek erbt, erlebt sie eine böse Überraschung. Ihr neues Heim grenzt nicht nur an einen Friedhof, sie hat auch einen Mitbewohner: Nicholas – jung, charmant und seit über 50 Jahren tot. Zu ihrem Entsetzen fühlt sich Sam bald unwiderstehlich zu ihm hingezogen. Da kommt ihr der attraktive und höchst lebendige Adrian zur Ablenkung gerade recht. Doch dann gerät Sam in den mörderischen Strudel schwarzmagischer Ereignisse und plötzlich weiß sie nicht mehr, wem sie trauen soll – den Lebenden oder den Toten.

Eine schaurig-schöne Horrorkomödie voll Romantik, Witz und düsterer Magie.

288 Seiten

ISBN 978-3-8000-5290-5

UEBERREUTER